U0874665

本書爲國家社科基金重大招標項目
『近千年來畿輔文化形態與文學研究』（12&ZD165）之
階段性成果

國朝畿輔詩傳

上

（清）陶　樑　輯
江合友　程宇静　點校

國家圖書館出版社

圖書在版編目（CIP）數據

國朝畿輔詩傳：全三册 /（清）陶樑輯；江合友，程宇静點校．-- 北京：國家圖書館出版社，2017.12

ISBN 978-7-5013-6313-1

Ⅰ．①國…　Ⅱ．①陶…②江…③程…　Ⅲ．①古典詩歌－詩集－中國－清代　Ⅳ．①I222.749

中國版本圖書館 CIP 數據核字（2017）第 299681 號

書　　名　國朝畿輔詩傳（全三册）
著　　者　（清）陶　樑 輯　江合友　程宇静 點校
責任編輯　張慧霞
封面設計　翁　涌

出　　版　國家圖書館出版社（100034　北京市西城區文津街 7 號）
（原書目文獻出版社　北京圖書館出版社）
發　　行　010-66114536　66126153　66151313　66175620
66121706（傳真）　66126156（門市部）
E－mail　nlcpress@nlc.cn（郵購）
Website　www.nlcpress.com→投稿中心
經　　銷　新華書店
印　　裝　河北三河弘翰印務有限公司
版　　次　2017 年 12 月第 1 版　2017 年 12 月第 1 次印刷

開　　本　880×1230（毫米）　1/32
印　　張　58.75
字　　數　1250 千字

書　　號　ISBN 978-7-5013-6313-1
定　　價　160.00 圓

前言

清道光十九年（一八三九），陶樑編纂的《國朝畿輔詩傳》刊行[一]，選録順治三年（一六四六）

[一] 關於《畿輔詩傳》的編者，略有爭議。徐世昌《大清畿輔書徵》卷十三將此書著録於高繼珩名下，並有按語：『世傳是書爲長洲陶樑所輯考，《聽松廬詩話》云：「寄泉窮二十餘年之力著《畿輔詩傳》……郭效程《蜨階外史題辭》有云名山柱下遍搜羅，自注：時先生輯《畿輔詩傳》凡八百家。」……是此書原本爲繼珩所輯，鑿鑿可據。陶樑作是書，《凡例》謂「崔明府旭、高孝廉繼珩家有舊本，因各出所藏互相考證」。又言「自順治丙戌迄道光丁酉，共得八百七十五家，彙成六十卷」。據此，則其採集人數，與郭效程所見相同。是其書爲繼珩所著，而陶樑又增益之者也。乃陶樑《凡例》僅附繼珩於校讎之例，未免攘人之美，故特著之。』案：《畿輔詩傳》除《凡例》有説明，各卷亦署名負責校勘者，其中卷五、卷十一、卷十七、卷二十三、卷二十九、卷三十五、卷四十一、卷五十九等署『寶坻高繼珩寄泉校』。按地方總集編輯常見情況，陶樑官位最顯，是組織者和主要出資人，從書中九十餘條《紅豆樹館詩話》來看，其參與度很高。由高繼珩、崔旭、邊浴禮、汪喜孫、吴長卿、梅成棟等具體負責各卷的編校工作，當無疑義。至於『舊本』，當指崔旭、高繼珩已進行了部分搜訪採輯工作，陶樑亦有部分搜訪所得。至於編輯成書，是將各自『舊本』互相考證，由陶樑統一全書體例，又得益於陶樑的影響力，充實了編者隊伍，如梅成棟的加入，有利於天津府詩人的編録。《書徵》僅據郭效程《題辭》孤證，即判定《詩傳》全書爲高繼珩所著，未免武斷。

至道光十七年（一八三七）近二百年間畿輔地區的詩歌。作爲省級區域的斷代總集，《畿輔詩傳》規模龐大，徵引宏富，無論是存人還是存史，都達到了全面而系統的高度。

陶樑（一七七二—一八五七），字寧求，號鳧薌，一作鳧香，江蘇長洲（今蘇州）人。嘉慶十三年（一八〇八）二甲六名進士。選庶吉事，授編修。出知永定府，調正定，又調大名，纍遷至内閣學士、兼禮部侍郎。富收藏，精鑒賞。陶樑在畿輔爲官凡二十三年，爲人風雅，著有《紅豆樹館詩稿》，又交游廣泛，《畿輔詩傳序》：『樑縶官於斯，前後凡二十三載。先是在京師，已與其邑之人士游，至是益習其土風，諳其故事。而邑人士亦多以所藏選本見視。乃始薈萃諸作，録而傳之。』因此陶樑對畿輔風土人情皆深有體悟，對詩歌文獻的搜羅又不遺餘力，《畿輔詩傳》選域寬廣，細大不捐，兼綜各家，名家則多録詩作，小家亦酌録備存。不僅如此，陶樑還以小傳、詩話的形式，補充材料，評品詩藝，不常見的材料所在多有，《畿輔詩傳序》：『復爲小傳、詩話，以綜其事，多者不敢濫，僻者不敢遺。』通觀此書，則清代畿輔詩歌的整體面貌可一覽無餘，其區域特色亦可作初步探討。

一

清代畿輔詩歌的一個顯著特點是量的增長，詩人和作品數量遠超前代，呈現繁榮景象。據《畿輔詩傳凡例》，『兹選自順治丙戌，迄道光丁酉，共得八百七十五家，彙成六十卷』，《畿輔詩傳》

收録詩人八百七十五家，除徵引總集、目録等文獻一百一十餘種之外，另搜集畿輔地區詩歌别集五百多種，數量頗爲可觀。與此同時，清代畿輔地區的著述同樣呈現繁榮景象，據《［民國］河北通志稿》，在《文獻志》『藝文』部分，明代爲一卷，而清代則有四卷之多，粗略估算，清代畿輔地區的著述數量是明代的四倍之多[一]。徐世昌《大清畿輔書徵序》搜羅著録清代畿輔十一府六州文獻四千一百八十八種[二]，作者一千八百七十七人，正是得益於這種濃厚的文化氛圍，使得清代畿輔地區的詩歌創作走向繁榮。

明、清兩代皆定鼎北京，國祚皆長達二百餘年，因此進行數量比較有一定的參照意義[三]。孫承澤《畿輔人物志序》：『名賢蔚起，或生自土著，或徙自他方，代不乏人。』[四]但從文學家的産出而言，明代畿輔顯的寥落沉寂。以已出諸斷代總集而論，明、清兩代詩歌總集尚無消息，但詞總集已出了不少，因爲詞人大多是詩人，可體現大致情況。以《全明詞》《全明詞補編》而論，北直隸詞

［一］河北省地方志辦公室整理點校：《［民國］河北通志稿》，北京：北京燕山出版社，一九九三年，第二〇八五頁。

［二］徐世昌撰：《大清畿輔書徵》卷首，民國間天津徐世昌鉛印本。

［三］以國祚而論，明代二百七十六年，清代二百六十七年，明代略長。如考慮明成祖永樂十九年（一四二一）二月遷都北京，則明代北直隸作爲畿輔地區的時間較之清代要少約四十四年。

［四］（清）孫承澤撰，李洪波點校：《畿輔人物志》卷首，北京：北京出版社，二〇一〇年。

人共二十八人，而且没有優秀詞人。而清代情况要樂觀的多，葉恭綽《清代詞學之攝影》統計確知籍貫的詞人四千二百三十七人，占籍直隸五十八名，滿洲五十八名，順天府十名，總計一百二十六人，這個數字與《全清詞鈔》入選數量大致相符；《全清詞·順康卷》收録直隸籍二十二人，準此而論，清代直隸籍詞人當在一百人以上，而且不乏梁清標、舒位、邊浴禮等具有一定影響的詞人。這與著述總量的估算情况較爲一致，即清代畿輔地區著述總量是明代的四倍。正如謝永芳所論，『單就明代而言，北直文學家至少是北直詞人對於有明一代文化的貢獻，顯然是與其地所處的文化次核心地位不相符的』[一]。而清代畿輔地區的文學家雖無法媲美江南文化核心區，但總體而言與其文化次核心地位是相稱的，《畿輔詩傳凡例》所言不虚：『聲音之道與政通，教化之行自近始，畿輔爲首善之區，我朝定鼎以來，重熙纍洽，垂二百年。文治聿興，人才蔚起。和其聲以鳴盛者，指不勝屈。』陶樑等搜羅二百年間畿輔詩人八百七十五名，别集五百餘種，從時間上僅占清代的四分之三。按可比計算，晚清畿輔詩人當不少於二百二十名，别集一百餘種，那麽清代畿輔詩人約有一千一百人，詩歌别集超過六百種，這個數量和規模當然無愧於清代畿輔地區的政治和文化地位。另外，還有一部叢書可做參照，王灝所編《畿輔叢書》收書一百八十五種，明代約二十種，清代著作超過一百種。而王灝光緒六年（一八八〇）即已去世，晚清三十一年間的畿輔著作没有涉及，明、清兩代入選數

[一] 謝永芳：《區域觀照與明詞研究——以明代北直隸詞人爲例》，《詞學》第二十一輯，二〇〇九年。

量比更達到五倍以上。因此從數量來説，清代畿輔詩歌較之明代有顯著增長，更遠超此前更早的畿輔地區。

張宏生師論及清代詞人之衆、作品之多達到空前程度時説：『數量並不等於質量，多並不等於好。但相當的數量必然表現出一定的質量，也是不容懷疑的事實。』[一]量的增長同時伴隨質的提升，清代畿輔地區出現若干具有全國性影響的詩人，如申涵光、梁清標、邊連寶、翁方綱、紀昀、戈濤、朱筠、朱珪、舒位、張之洞、史夢蘭等。而明代畿輔詩壇，僅有李延興、石珤、楊繼盛、劉乾、趙南星等有一定影響的詩人，而且難以拿到全國層面去説，在明代詩歌史上的分量不重。相比之下清代畿輔詩壇就堪稱成就輝煌，體現畿輔地域的詩人旺盛的創造力和優秀的詩藝水平。以清初而論，申涵光是河朔遺民詩羣的『鉅擘』，爲『顧炎武、傅山一係南北溝通的名家』[二]。畿輔詩歌以乾隆朝最爲輝煌，陶樑《紅豆樹館詩話》：『乾隆中畿輔前輩以宏奬風流爲己任，首推朱文正、紀文達兩相國，而覃溪先生鼎峙其間，幾欲狎主齊盟，互執牛耳，通籍以後，屢持文柄，英才碩彦識拔無遺厥後多以文名。』[三]描述朱珪、紀昀、翁方綱在當時詩壇鼎足而三、互執牛耳的盛況。阮元《紀文達公

[一] 張宏生著：《清代詞學的建構》，南京：江蘇古籍出版社，一九九九年，第二頁。

[二] 嚴迪昌著：《清詩史》，杭州：浙江古籍出版社，二〇〇二年，第三二三頁。

[三]（清）陶樑輯：《國朝畿輔詩傳》卷三十九，清道光十九年（一八三九）刻本。

遺集序》表彰紀昀：『公之學在於辨漢宋儒學之是非，析詩文流派之正僞，主持風會，非公不能。』[一]至清代後期，仍有舒位、張之洞、史夢蘭、邊浴禮等詩人，享譽一時。如龔自珍《己亥雜詩》贊許舒位『如此高材勝高第，頭銜追贈薄三唐』[二]，譚獻《重刻瓶水齋詩集序》亦稱許其『天才亮特』『詩篇雄俊』[三]。清代畿輔地區詩歌在數量顯著增長的同時，涌現出若干具有全國性影響的優秀詩人，體現量、質齊升的整體發展趨勢，真正達到了繁榮昌盛的程度。在經歷了明代二百餘年的低谷期之後，清代畿輔成爲全國詩歌發展的核心區之一，並在乾隆朝一度達到巔峰狀態，無愧於其政治文化首善之區的地位。誠如王樹楠《大清畿輔先哲傳序》所云：『二百數十年來，畿輔人才之衆幾甲天下。』[四]

二

清代畿輔詩歌在保持『清剛慷慨』之地域性特質的同時，吸收多種風格質素，形成多樣化特徵，既有區域性特色，又容納綜合性的風格。

[一]（清）陶樑輯：《國朝畿輔詩傳》卷四十二，清道光十九年（一八三九）刻本。
[二]（清）龔自珍撰，王佩諍校：《龔自珍全集》，上海：上海古籍出版社，一九七五年，第五二〇頁。
[三]（清）舒位撰：《瓶水齋詩集》，上海：上海古籍出版社，一九九一年，第八一四頁。
[四] 徐世昌等撰：《大清畿輔先哲傳》，臺北：明文書局，一九八五影印本，第六九頁。

出於地理、氣候等因素，畿輔詩人性格開朗豪爽，這一點在詩歌中得到了反復的表達。魏徵《隋書·文學傳序》比較南北方的文學説：『江左宫商發越，貴於清綺；河朔詞義貞剛，重乎氣質。氣質則理勝其詞，清綺則文過其意。理深者便於時用，文華者宜於詠歌。此其南北詞人得失之大較也。』河朔一般泛指黄河以北的區域，《宋史·河渠志》曰：『河朔幅員二千里，地平夷，無險阻。』其實最能代表河朔的還是畿輔地區。中唐時期范陽（今北京房山）人賈島是著名的苦吟詩人，精於雕琢，喜寫凄苦枯寂之意境，自謂『兩句三年得，一吟雙泪流』，但他也寫有《劍客》這樣剛勁的作品：『十年磨一劍，霜刃未曾試。今日把示君，誰爲不平事。』這是典型的畿輔詩歌的作風。清初畿輔地區出現過一個詩歌流派，叫做河朔詩派，其代表性的總體特徵是『清剛』。詩派領袖申涵光在《畿輔先賢詩序》中説：『蓋畿輔山川雄廣，士生其間，多伉爽大義，無幽滯纖穠之習，故其音閎以肆，沉鬱而悲凉，氣使然也。』他自己的詩歌就是如此，《送趙秋水入都》：『人生感意氣，殺身爲知音。』《詠古》：『壯士不爲金，感君重士心。』沈兆澐《蓬山詩存序》：『燕趙山川雄廣，士生其間，多伉爽明大義，無幽澀穠纖之習。故其音宏以肆，沉鬱而悲凉，气使然也。我朝文治聿興，英才蔚起，申涵光、楊思聖開河朔之派，一時如殷岳、張蓋、劉逢源、劉湛才力無不相埒。』[二]但即便是河朔詩

[二] 徐世昌撰：《大清畿輔書徵》卷三十二，民國間天津徐世昌鉛印本。

派宗主申涵光，亦『有著情韻美追求』，『在較爲奇拔的羣體風尚間，他表現較爲淡逸』[一]。陶樑《畿輔詩傳凡例》：『申凫盟詩以少陵爲宗，而出入高、岑、王、孟之間。』如《春游》：『出門池水净，纖鱗亂碧空。溪柳鳴布穀，滿路迎飛蟲。散行無定步，時入麥畦中。桃梨間緋素，因嗟造化工。』清麗恬淡，確乎接近與王、孟的田園詩風。又如任丘邊連寶，其詩學韓、孟，戈濤《隨園詩草序》説『縱横排奡，不可方物』[二]，具『剛果之氣』是其詩的主要特點，但同時晚年所作又『冲夷淡寂』，《僻地》：『僻地人煙少，蕭晨物象清。天空孤鳥没，日落遠山明。』在主體風格中容納别樣的趣味。

清代畿輔地區崇尚理學的風氣很盛，出現過孫奇逢、顔元、李塨這樣的大儒，因此『合程、朱、李、杜爲一身』（申涵光《馬旻徠詩引》）是畿輔詩人的追求之一。理學對詩歌的影響，一方面會導致如趙湛《省心吟》『百行此其源，立身首孝弟』之類質木無味的詩作；另一方面影響詩歌的政治趣味，過分强調修身養性，可能會缺少氣節，劉世南甚至認爲理學會『腐蝕思想』，使人成爲『奴儒』[三]。但這衹是明顯可見的表現，更深層次的影響是詩人心態，相對於江南士子的温柔才情、婉轉多姿，畿輔詩人更重學問，尚雅正，思想趨向於保守，甚至於把詩寫得呆滯，毫無靈動之感。容城

[一] 嚴迪昌著：《清詩史》，杭州：浙江古籍出版社，二〇〇二年，第三一六頁。

[二] （清）陶樑輯：《國朝畿輔詩傳》卷三十四，清道光十九年（一八三九）刻本。

[三] 劉世南著：《清詩流派史》，北京：人民文學出版社，二〇〇四年，第一一頁。

孫奇逢是清初畿輔理學大家，所作詩正如陶樑所評：『徵君詩多，樸實説理，而品學卓越，如岱頂蒼松，豈屑與吟風弄月之輩較短長乎？』[一]如《秉燭吟》即是議論之體：『乾坤原易簡，陰陽自偶奇。時物任行生，俯仰夫何疑。古來賢達人，別是一鬚眉。秉燭光幾何，勉勉有前師。』大興翁方綱提倡肌理説，善於寫學問詩，『幾於言言徵實』（張維屏《國朝詩人徵略》），『似詩非詩，似文非文』（劉聲木《萇楚齋隨筆》卷一），是詩中別體。陶樑《紅豆樹館詩話》則從正面評價説：『徵文考典幾於無一字無來歷，而雄傑之氣、峭拔之筆相輔以行，擺脱町畦，別開奧窔，舉神韻、風格、性靈諸説皆不足以囿之，匪獨爲畿輔詩人一大宗，實近日文章家所未有也。』[二]在學者眼中，翁方綱這種詩風是有其獨特的價值的，繆荃孫《重刻復初齋詩集序》説翁方綱詩『可以見學力之富，不必隨園之纖佻、船山之輕肆，而後謂之性情也。』比之袁枚、張問陶這樣倍受肯定的純文學詩人，翁詩有其特點。學問、思致也是人的性情，畿輔詩歌在這一點上與浙派詩有相同之處，又有自己的特色。

畿輔詩人也崇尚性靈之詩，對於山水之美、隱逸情趣有著獨到的書寫。如獻縣紀昀《富春至嚴陵山水甚佳》其二：『濃似春雲淡似煙，參差綠到大江邊。斜陽流水推篷坐，翠色隨人欲上船。』清新靈動，以擬人手法寫空翠逼人之感，生動而令人如身臨其境。獻縣戈濤《坳堂詩集》中山水詩

[一]（清）陶樑輯：《國朝畿輔詩傳》卷九，清道光十九年（一八三九）刻本。

[二]（清）陶樑輯：《國朝畿輔詩傳》卷三十九，清道光十九年（一八三九）刻本。

猶多，『所作格律峻整、氣力磅礴』[一]，對畿輔地域風光的描寫尤有特色，既有雄壯之音，《過正定》：『綠蕪斜徑帶裙腰，麥隴煙深雊雉驕。山色浴藍初過雨，柳陰披幄乍聞蜩。』大興舒位傾心於袁枚的性靈詩説，『涿鹿風雲氣，常山虎豹形。邦畿拱千里，鎖鑰壯重扃。』又有清新之趣，《趙州道中》：幕游南方，有輕靈之作，如《施秉道中》：『梔子花開四面風，山坳蝴蝶草根蟲。無人解贈同心者，亂插紅藤笠子中。』但畿輔的基因使他在性靈派中有所創獲，陳文述《舒鐵雲傳》説他『以奇博創獲，橫絶一時。』如《再贈陳髯》『手弄梅花過歲寒』，正悠然寫來，後面却斗轉爲『半世雄心磨劍具，一等老眼借書看。登臨山水年年别，嫁女昏男事事難』這樣矯健的風格。故舒位有性靈派的纖巧之美，同時又有横絶之態，譚獻《瓶水齋詩集跋》説他『求之高、岑、歐、梅且變化』，龔自珍《己亥雜詩》專門贊美他『鬱怒清深兩擅場』，是乾嘉之際詩壇的鉅匠。張愛玲的祖父豐潤張佩綸，既有慷慨的詩作，如《孝達前輩致海南香、雷州葛》：『驚雷飛雹起無端，五月披裘怯夜闌。獨有故人知傲骨，葛衣能敵九邊寒。』又有寫文人雅趣的清新之作，如《晚春》：『市塵知避俗，兀坐玩春深。火燼茶香細，書横竹個陰。惜花生佛意，聽雨養詩心。傲吏非真寂，虚空喜足音。』

對於邊塞詩這一傳統題材，畿輔詩人既有承繼傳統的慷慨蒼凉之作，也以各自的才性寫出新穎的境界，體現畿輔詩人的創造性。邊塞詩的作者大多有著謫戍或游歷邊塞的經驗，因此寫來生氣淋

[一]（清）陶樑輯：《國朝畿輔詩傳》卷三十八，清道光十九年（一八三九）刻本。

漓。蔚州魏象樞《雁門關述所見》『邊氣春猶勁，關門草未生。荒陂存漢朝，古塞係羊城。徑曲隨人轉，山高覺馬輕』諸句，古邊塞的荒寒高闊生動可感。長垣郜焕元《贈李將軍戍楚》『射虎未聞封李廣，雕蟲猶復困揚雄。千羣代馬悲笳裹，獨戍江湖險塞中』，對友人困頓的軍旅生涯深表同情，慷慨激昂。紀昀之子紀汝佶《老將》『但使三邊停遣戍，何妨百戰未封侯。沾袍熱血腥還在，報國雄心病豈休』，寫盡久經沙場老將的愛國豪情。天津沈峻的邊塞詩則寫出諷刺之意和勞生之歎，《抵通化作》對朝廷拓邊政策有所反思，感慨深沉：『尋河直到大荒流，禹畫何曾盡九州。瀚海幾程常載水，龍沙四月尚披裘。山圍戍卒羈臣夢，城擁風戈露雉秋。聖世籌邊逾漢代，漫教定遠覓封侯。』《平番道中》含蓄道出戍邊的酸辛之感：『褰帷向日絶風埃，無數遥山撲面來。小市幾家還築堡，戍樓數里又逢臺。松林背嶺深無路，水碓冲波殷若雷。撩亂春愁向春問，梨花何事避人開。』上舉數例以繼承邊塞詩傳統爲主，而紀昀《烏魯木齊雜詩》一百六十首、盧龍薛國琮《伊江雜詠》一百二十首則以謫戍新疆的經歷，寫出清代疆域意識下的新邊塞詩。首先是改變如唐代岑參那樣作意好奇、渲染邊塞苦寒的寫法，而是注重表現新疆的風土民情，以歌誦王化之立場，贊美豐饒物産和民族和睦。紀昀《烏魯木齊雜詩序》：『今親履邊塞，纂綴見聞，俾寰海内外，咸知聖天子威德郅隆。開闢絶徼，龍沙葱雪，古來聲教不及者，今已爲耕鑿弦誦之鄉，歌舞游冶之地。』[一] 如紀昀寫

[一]（清）紀昀撰，孫致中等校點：《紀曉嵐文集》，石家莊：河北教育出版社，一九九一年，第五九五頁。

土産青鹽『分明青玉浄無瑕』，薛國琮寫阿克蘇紅鹽『煮海何須循舊法，山前片片簇桃花』[一]。其次是對邊疆歷史、輿地進行考察，以學者的嚴謹細緻書寫新疆的風物。錢大昕《烏魯木齊雜詩跋》：『他日採風謡、志輿地者，將於斯乎徵信。夫豈與尋常牽綴土風者，同日而道哉？』[二]因此紀昀在詩後均有自注，補充相關信息，多有踏勘考證之語，如『北庭故堞人猶識，賴有殘碑記大唐』注：『後得唐《金滿縣碑》，乃知唐北庭都護府城。』[三]薛國琮《伊江雜詠》亦每詩皆注，徵引典籍甚多，如《北户録》《西征録》《西域記》《北史》《漢書》等。

清代的畿輔地區，地近京師，詩人們與詩壇的主流互動更加深入，或者説畿輔詩人本身就是詩壇主流的一分子。畿輔詩歌的藝術視野更爲寬闊，風格也趨於多樣化，既保持慷慨清剛的區域特色，又容納綜合性的風格；淡逸、輕靈、質實、沉鬱，都在畿輔詩歌的涵蓋之内；性靈之詩、學問之詩，亦所在多有；在傳統詩歌題材的寫作方面，既能以傳統風格記事抒情，又能有所創造，加入新的因素。

[一]（清）史夢蘭選輯，石向騫等點校：《永平詩存》，長春：吉林大學出版社，二〇一一年，第一〇五頁。
[二]（清）紀昀撰，孫致中等校點：《紀曉嵐文集》，石家莊：河北教育出版社，一九九一年，第六一〇—六一一頁。
[三]（清）紀昀撰，孫致中等校點：《紀曉嵐文集》，石家莊：河北教育出版社，一九九一年，第六五七頁。

三

清代畿輔地區處於政治中心，在空間上接受王化更爲直接，地位顯要，名臣輩出，潤色鴻業，鼓吹教化，是畿輔詩歌區域特色的重要方面。陶樑《畿輔詩傳序》：『畿輔爲輦轂近地……而以仰承至意，鼓吹休明者，尤非他省可跂及。』又說：『近畿渥被皇澤，承宣懿爍，有如《周南》《召南》，及漢家三輔者然。』他將保定高陽縣人李霨置於卷一，獨占一卷，可見重視，《畿輔詩傳凡例》：『高陽相國勛業巍然，澤州陳廷敬謂其詩遭際盛時，有雍容太平之象，允宜冠冕羣賢，列於卷首。其同時從龍之彦，科目係在前朝，詮次較後，以示區別。』這當然與陶樑的官僚立場和價值取向有關，以李霨官至東閣大學士，列在卷首，爲清初畿輔詩人之冠。但同時他也揭示了清代畿輔詩歌的重要内容是應制，是潤色鴻業，表達對朝廷的擁戴感激，『非他省可跂及』。陶樑《紅豆樹館詩話》：『國朝定鼎之初，北方實多賢輔，而文章彪炳，開一代風氣之先者，首推坦園相國。蓋承其父文敏公國楷遺訓，黼黻升平，殫心獻替，不動聲色，勳業偉然。今讀《坦園集》，六代三唐，合爐而治，聯珠綴玉，蔚爲盛世元音，以視唐之燕、許，宋之楊、劉，洵足方軌齊軫，故著録較多，爲是集冠冕焉。』[一]《畿輔詩傳》首選李霨《耕田恭紀》十首，即典型的歌頌鼓吹之作，詩小序：『順治十一年

[一]（清）陶樑輯：《國朝畿輔詩傳》卷一，清道光十九年（一八三九）刻本。

仲春，肇舉耕耤之禮，霨叨侍從，獲睹盛典，賦詩十章，俾擊壤者謳焉。』李棠《心遠堂集序》：『觀先生應制諸篇，以及唱酬題詠之作，宏音亮節，具有殷然忠愛、藹然敦厚之思。固宜其藻煥皇猷，謨訓同垂也。』[一] 説明表達政治認同的詩歌，在當時受到很大程度上的認可，被認爲是詩歌創作的重要組成部分，畿輔詩人在這方面的用力甚勤。紀昀對李霨這類創作深表認同，《心遠堂集提要》：『遭際盛時，故其詩有雍容太平之象，古人所謂臺閣文章者，蓋若是矣。』[二]

歌功頌德，或許是清朝身居高位的文人都有的創作内容，但畿輔詩人似乎顯得尤爲突出，體現出作爲京師外圍的文士，對王化的感受最爲直接，更爲容易表露出臣服的心態。清初畿輔名臣輩出，畿輔文人對清朝政府接受起來十分迅速，較少江南士子堅持『夷夏之防』的决絶和亡國破家的沉痛，很快參與到新政權的建設當中去。如李霨爲順、康兩朝重臣，其父李國榗在明朝官至大學士；傅維鱗順治間官至工部尚書、太子少保，而靈壽傅氏在明代久沐皇恩，傅承問、傅鋌、傅永淳皆官居要職；父親明太僕寺丞申佳胤在甲申之變殉國死難，申涵光祇恨李自成，而在《辭辟舉書》説自己在清朝『實受再造』；梁清標是明崇禎十六年（一六四三）進士，在清順治元年（一六四四）即接受

[一]（清）陶樑輯：《國朝畿輔詩傳》卷一，清道光十九年（一八三九）刻本。

[二]（清）紀昀、（清）陸錫熊撰，四庫全書研究所整理：《欽定四庫全書總目》，北京：中華書局，一九九七年，第二五二八頁。

編修之職，官至户部尚書、保和殿大學士；魏裔介的祖父魏純粹是萬曆三十二年（一六〇四）進士，他在清順治三年（一六四六）中進士後，成爲清初名相，在康熙朝官至吏部尚書、保和殿大學士、太子太傅。諸如此類，不勝枚舉。再從創作來看，梁清標詩作《蕉林詩集》，《四庫提要》評價：『作於明季者多感慨諷刺之言。及入本朝以後，則渢渢乎春容之音矣。』[一]感情基調有如此的反差，集中應制鼓吹之作不少，魏裔介《蕉林詩集序》：『應制記事，陳大雅德音之辭。』[二]魏裔介本人亦復不少這類詩作，《秋獮南苑》寫出作爲文臣扈從出獵而洋洋自得的心態：『玉靶雕弓斜控鞍，箭如鴟叫萬人歡。儒臣後騎承恩寵，指點黄羊親與看。』

再看乾隆朝畿輔詩歌三大鉅子朱珪、紀昀、翁方綱，是具有全國性影響的詩人，其潤色鼓吹之作仍然占據了重要位置。陶樑毫不諱言，《畿輔詩傳凡例》：『近日如朱文正、紀文達、翁覃溪三公詩集，高文典册，足以鼓吹休明，久稱燕許大手筆，竊恐同時館閣諸公未易齊驅並駕也。』把善於『鼓吹休明』作爲三人詩歌優點來誇贊，並以爲同時館閣都比不上。沈兆澐《蓬山

[一]（清）紀昀、（清）陸錫熊撰，四庫全書研究所整理：《欽定四庫全書總目》，北京：中華書局，一九九七年，第二五一九頁。

[二]（清）陶樑輯：《國朝畿輔詩傳》卷六，清道光十九年（一八三九）刻本。

詩存序》則以贊歎的口氣説：『朱文正、紀文達、翁覃溪三公，鼓吹休明，洋洋乎大觀矣』[一]從清初畿輔名臣善於歌功頌德，到乾隆詩壇名家也善於鼓吹休明，可以看到畿輔詩歌這一區域特色的繼承脉絡，即從畿輔士人政治臣服心態出發歌頌朝廷。朱珪的這類創作，陶樑《紅豆樹館詩話》：『《知足齋集》中應制諸作，摛華掞藻，實大聲宏，渢渢乎朱弦清廟之音。』[二]又如紀昀，其《紀文達公遺集》收入詩歌十六卷，前四卷爲『恭和聖製』，卷五爲『丙子春帖子、二巡江浙恭紀』，卷六爲『西域入朝、大閲禮成恭紀』，卷七爲『御試土爾扈特歸順』，卷八爲『千叟宴』，卷九到卷十三爲『題贈詩、交游、弔古抒情』等，卷十四爲『烏魯木齊雜詩』。卷十五、十六爲『館課存稿』。與潤色鴻業直接相關的詩占了七卷之多，占總數約百分之四十四。雖然這與紀昀是文學侍臣有關，但與其他區域尤其是江南文人相比，其比重之大是很突出的。紀昀即便在寫《烏魯木齊雜詩》之時，仍把『鼓吹休明』看成是自己的職責，《序》：『昔柳宗元有言：「思報國恩，惟有文章。」余雖罪廢之餘，嘗叨預承明之著作，歌詠休明，乃其舊職。』[三]出於對朝廷的政治情感認同，文士以詩歌的方式謳歌朝政，表達忠君報國的情懷，紀昀這一表

[一]（清）陶樑輯：《國朝畿輔詩傳》卷三十二，清道光十九年（一八三九）刻本。
[二]（清）陶樑輯：《國朝畿輔詩傳》卷三十七，清道光十九年（一八三九）刻本。
[三]（清）紀昀撰，孫致中等校點：《紀曉嵐文集》，石家莊：河北教育出版社，一九九一年，第五九五頁。

述有相當的代表性。王昶《蒲褐山房詩話》提到紀昀的『應制之作』爲『詞苑所宗』[一]，作爲乾隆朝畿輔詩人才、學之表率，其詩作不僅是畿輔區域特色的集中體現，也必然會帶動其他士子的類似創作。

四

清代畿輔詩歌的另一個特别值得注意的現象是民族融合，尤其是滿漢融合，開拓了詩歌的疆界，獲得新的成就。

清廷定鼎北京，大量的旗籍文人常駐京師及周邊，他們的漢語詩歌創作爲畿輔地域的詩歌注入了新的活力。陶樑《畿輔詩傳凡例》：『八旗分駐京師，氏族則肇自瀋陽，流長源遠，前見《熙朝雅頌集》，搜羅宏富，選擇精嚴，幾於無體不備，無美不收，洵足萃長白之宏文，標盛京之傑作。迄今人材益盛，詩集日增，必有重編續集，以昭一道同風之治者，固非是集所能方駕，而亦不廢並存耳。』這是就選録詩歌的標準而論，側重籍貫淵源。史夢蘭則認爲：『《畿輔詩傳》不收旗籍，亦以八旗分駐京畿，不歸州縣統轄。』[二]這又是從行政管轄的角度來説。清朝長期實行旗、民分居的

[一]（清）陶樑輯：《國朝畿輔詩傳》卷四十二，清道光十九年（一八三九）刻本。

[二]（清）史夢蘭，石向騫等點校：《永平詩存》卷首，長春：吉林大學出版社，二〇一一年。

制度，旗籍文人集中居住在畿輔區域之内，但地方對他們没有管轄權。但從文學發生、發展的實際空間場域來看，聚居在畿輔的旗籍文人的創作與長白、盛京無關，是否具有行政管轄權與文學的産生空間也無關。故考察清代畿輔詩歌的歷史發展，不能把長期居住在畿輔的旗人排除出去，割裂旗、漢，從而導致對畿輔漢語詩歌創作的客觀歷史情况認識片面的問題，甚至對滿、漢融合這一詩歌區域發展的新特點視而不見。梅成棟編《津門詩鈔》專門考慮流寓、寓賢的問題，並予以收録，《津門詩鈔凡例》：『集中終册有流寓、寓賢，及附見職官數卷，非借才於異地，或因其人之子孫已占籍津門，或其詩有關於吾鄉名勝、古蹟、物産、風俗，或與吾鄉名士、大夫贈答酬唱之作，或其人之功德惠政有洽此邦。存其詩，懷其人，以志甘棠之愛。』[一]這一處理方式較爲全面地反映了區域詩歌發展的歷史狀貌，旗籍文人長期甚至終身都在畿輔地區生活，與該區域血脉相連，其關係較之流寓、寓賢更爲緊密。

在畿輔地域發生的漢詩創作，旗人不僅甚爲活躍，而且取得了客觀的成就，説明旗人迅速接受了漢族文化，並達到較高水準，形成了可觀的規模。鐵保《白山詩介凡例》：『本朝滿洲、蒙古、漢軍，既係從龍之彦，更生首善之區，名作如林，豈容缺略？』[二]雖以『白山』爲詩歌總集的地名，但從

[一]（清）梅成棟輯：《津門詩鈔》卷首，清道光四年（一八二四）刻本。

[二] 李雅超校注：《白山詩詞》，長春：吉林文史出版社，一九九一年，第二頁。

『更生首善之區』來看，《白山詩介》所收詩人多與畿輔地區有關係。嘉慶九年（一八〇四），仍由鐵保領銜編纂，在《白山詩介》基礎上擴充而成的《欽定熙朝雅頌集》刊行，收録清初自嘉慶初年五百八十五位滿洲、蒙古、漢軍八旗旗人七千七百餘首詩作，首次較爲全面反映了旗人詩歌創作的情況。需要指出的是，《熙朝雅頌集》是旗籍文人和畿輔文士通力合作編成的，由滿洲正黄旗人鐵保領銜，實際出力的是蒙古正黄旗人法式善；參與的畿輔文士是紀昀和朱珪。紀昀和鐵保還合作編纂了《欽定八旗通志》，交往密切；朱珪、翁方綱都爲法式善《清秘述聞》作《科名故實二書序》，相互間詩歌交游甚爲頻繁。畿輔文士與旗籍文人的文化互動，對八旗詩歌文獻的保存和發揚起到了重要作用，同時也推動和促進了詩歌創作。

旗籍詩人中的佼佼者鐵保和法式善的詩歌活動時間，恰與畿輔詩歌發展的高峰期相互交疊，二人又與畿輔詩歌鉅子朱珪、紀昀、翁方綱交往頻繁，存在著某種必然性。嘉慶帝《熙朝雅頌集序》：『夫開創之時，武功赫奕。守成之世，文教振興。雖吟詠詞章，非本朝之所尚，而發抒心志，亦盛世之應存。』[二] 旗人接受漢化，積纍到乾嘉時期達到一個高點，正如王學泰所言『體現了旗人文化的進步和滿漢人民相處的和諧』，《雅頌集》的編刊，『是滿族上層和文士公開融合於漢文化之中的標

[二]（清）鐵保輯，趙志輝校點補：《熙朝雅頌集》，瀋陽：遼寧大學出版社，一九九二年，第四頁。

志』[二]。旗人漢化氛圍日漸高漲的情況下，出現優秀的旗籍詩人，有其必然性。清朝政權由開創期（順康）進展到守成期（乾嘉），畿輔作爲首善之區的地位也隨之穩定，畿輔文士中的優秀分子朱珪、紀昀、翁方綱獲得了較高的政治地位，都官至内閣學士，憑藉這種地位，提攜後進，成爲詩壇的焦點人物。同在畿輔詩壇活動的漢族詩人和旗籍詩人因而可以在同一平臺上進行交流對話，從而構建了乾嘉畿輔詩歌民族融合的詩史新景象。

從早期宗室詩人吟詠政治失勢後凄凉的感懷，到乾嘉間充分漢化之後形成自己風格的鐵保和法式善的詩歌，畿輔地區的旗籍詩人爲畿輔詩歌增添了更爲豐富的色彩。鐵保倡舉寫真景實情，寫出誠懇自然的詩歌，往往即事抒懷，慷慨沉鬱，《抒懷》其二『華髮蕭騷事遠游，萬三千里此淹留』，把貶謫之悲寫的豪闊動蕩。鐵保的『真』，還帶有馬上民族的風習，彪悍直接，《塞上曲》：『陌上健兒同牧馬，一聲齊唱大頭刀。』法式善則與鐵保不同，他既有館閣的閑雅做派，又具神韻詩派的清幽之美，體現出承平日久、充分漢化後旗人風流自賞的特點，從文本上來看幾乎與漢人的詩歌没有區别。得益於滿漢融合的氛圍，當晚清畿輔詩壇充滿著末世哀音，旗籍詩人也以自己的人生悲歌參與進來，如奕志、奕澴等多寫愁苦之音。而滿洲鑲藍旗才女顧春，其《天游閣集》中在丈夫奕繪去世後寫的自傷身世諸詩，字字血泪，感人全深，允爲畿輔女性詩歌之冠冕，爲中國女性詩歌史

[二] 王學泰：《〈欽定熙朝雅頌集〉和旗人的詩歌創作》，《文學遺産》一九九二年第五期。

增加了難得的精品。

五

上述論斷當然不足以概括清代畿輔詩歌區域特色的豐富性和多樣性。清代畿輔詩歌文獻有待於進一步搜集和整理，文本也需要更爲細緻的解讀，纔能認識的更爲深透。總起説來，清代畿輔詩歌的歷史價值有以下三個方面值得注意：

首先，清代畿輔詩歌有其獨特的藝術價值，其中的優秀詩作，凝聚著創造性的智慧和才華，需要我們去發掘和表現，以糾補目前對於清代詩史區域性認識偏頗乃至錯誤的方面。陶樑《畿輔詩傳凡例》：『歷觀諸家選本，往往詳於南而略於北，不知詩人何地，蔑有兹集所收……天之生才，不以地限，操觚之士，未暇遍觀，先存軒輊之見。豈通論乎？』清代詩歌選家『詳於南而略於北』由來已久，有江南詩歌藝術價值整體上較高的因素，但也有北方詩歌文獻整理和研究相對滯後的因素。略舉一例，如清初畿輔詩歌一般都論到申涵光，極少有人提到鉅鹿楊思聖，《畿輔詩傳凡例》説：『楊猶龍才力亦足相埒，入蜀後詩尤爲波瀾老成，於南施北宋外别樹一幟。』這是很高的評價，把楊思聖提到與清初主流詩人相比較的層次去説。又《紅豆樹館詩話》：『《且亭集》近體多於古體，五律尤多於七律。申涵光稱其俊音亮節，上宗老杜，近比信陽；王企埥稱其寄托深遠，一往豪邁，皆非溢美。』[一]如《入棧紀行》其八：『男兒生不偶，辛苦遠行游。蜀道連天塹，山川阻且修。登車抗前旌，慷慨彈蒯緱。功名既有分，亦不爲封侯。所悲同衆人，白首老園丘。浩歌懷古烈，馬嘶風颼颼。誰能乞世憐，永爲高士羞。』有頓挫悲壯之境，而聲音瀏亮俊朗，聲情一體[二]。類似的在藝術上有造詣却被埋没的清代畿輔詩人還有很多，有待我們去發現。

其次，歷史是一面鏡子，深刻理解清代畿輔詩歌的區域特色，有利於今天京津冀傳統文化的繼承和發揚，如何揚長避短，既不丢掉地域性的優秀傳統，又能與新時代共同進步，體現時代脉搏的律動，或許從中能找到有價值的參照。王長華指出，宋代以後燕趙地區文學的發展面對三大文化轉型：『黄河文化的衰落與長江文化的崛起、傳統的燕趙文化向近世的京畿文化轉型、唐宋文化的轉型。』[三]具體説來，經由金元明清四朝近千年的經營，傳統燕趙文化已經完成了向近世京畿文化的轉型，轉型的過程有很多的經驗和教訓，可以成爲今天京津冀文化協同發展的借鑒。比如元代大都文化圈在通俗文化上保持著領先地位，而明代北直隸地區二百餘年時間詩歌創作成績全面落後於南

[一]（清）陶樑輯：《國朝畿輔詩傳》卷四，清道光十九年（一八三九）刻本。

[二]《欽定四庫全書總目》卷一百八十一《且亭詩集》提要謂楊思聖：『入蜀諸作，刻意摹杜，而刻畫之痕未化也。』楊詩學杜或未至渾化之境，然紀事抒情能達慷慨深沉之境，亦頗爲難能，非流連光景者可比。

[三]王長華：《中國古代文學作品選·河北文學通史》，北京：科學出版社，二〇〇九年，第六頁。

方，有什麽教訓可以汲取？清代畿輔詩歌在大致重合的區域發展，真正取得了文化次核心地位，在長江文化崛起的大背景下保證了畿輔詩歌區域的有效增長，有什麽經驗可以參照？

最後，清代畿輔詩歌作爲中華文學發展之重要且典型的區域個案，其中所蘊含的重要歷史價值，亟需進一步深入研究。張國星指出：『中華文明是「滿天星斗，百川歸海」。中華文化以及作爲其重要載體的中國古代文學，自來就是多民族、多源文化——文學在交匯中交流，在交流中達成交融的歷史。』[一]清代是非漢族政權統治時期，文化落後民族成爲政權主人，滿族所代表的游牧文化在碰撞中與漢族所代表的農耕文化相融合。由於旗人居住空間上集中於畿輔地區，因此這一地區的文化碰撞和融合進程更加集中和典型。以詩歌來説，清朝前期的統治者提倡旗人尚武，抑制旗人從事漢語詩歌寫作，但最終文化融合的潮流取得勝利，旗人漢詩寫作蔚爲大觀，以《熙朝雅頌集》的編成爲標志。嚴迪昌説：『八旗詩風熾盛，從文化現象言，當然是滿漢融匯的佳事，對華夏整體文化的演進，顯然是積極的推促。』[二]中華文化就是在各民族的共同參與下最終凝聚而成的，朱萬曙認爲：『民族之間的戰争、政權之間的更替，往往激發文學家的創作激情，帶來文學創作的新貌，其

[一] 張國星：《中華文學：滿天星斗、百川歸海的歷史品格》，《文學遺産》二〇一五年第四期。

[二] 嚴迪昌著：《清詩史》，杭州：浙江古籍出版社，二〇〇二年，第八四五頁。

間往往折射著民族文化交融的歷史背景。』[一]清代畿輔詩歌的區域特色是在民族融合的歷史背景下形成的，畿輔空間中各民族如何參與漢詩寫作，共同醞釀畿輔詩歌的新面貌，其歷史細節必定是多姿多彩的，其運作機制也是複雜的，祇有弄清楚這些問題，纔能準確揭示出其中的歷史價值和意義。

六

《國朝畿輔詩傳》於道光十九年由紅豆樹館刊刻以來，未曾重刊，故道光刻本爲該書傳世唯一版本。此次整理即以道光刻本爲底本。底本漫漶不清而致缺字者，據他書校補，並出校記；缺字未能校補者，以□表示。底本誤字，顯係誤刻者，如東坡刻爲『東波』、口占刻爲『口古』，逕改，不出校記；如據他本校改者，則出校記。總的來説，校記條目不多，不單獨開列，以按語的方式在句下以小字注出。避諱字，如王士禛刻爲王士正，丘刻爲邱者，逕改，不出校記。書中所選録之組詩，爲醒目考慮，皆加其一、其二、其三等字樣，依次排列。鑒於我們學殖尚淺，校點疏漏之處恐難避免，敬請讀者批評指正！

[一] 朱萬曙：《觀念轉變與『中華文學』的建構》，《文學遺産》二〇一五年第四期。

目録

前言……一
序……一
凡例……三

卷一

李霨……一

卷二

魏裔介……三一
魏象樞……四八

卷三

竇遴奇……五九
傅維鱗……七二

朱之弼……七五
劉鴻儒……七六
于嗣登……七七
呂纘祖……七八
楊時薦……七八
陳協……七九
張慎行……八〇
張純熙……八一
蔡含靈……八二
王登録……八二
王景祚……八三

卷四

楊思聖……八五

卷五

郜煥元……一一五

石申……一二七
宋翔……一二八
胡兆龍……一三〇
梁清寬……一三三
李及秀……一三七
李鴻勳……一三七
梁清遠……一三八
金肖孫……一三九

卷六

梁清標……一四一
成克鞏……一六二
杜立德……一六五
高爾儼……一六八

卷七

王崇簡……一六九
戴明説……一七六
倪光薦……一七八
王公弼……一七八
劉餘祐……一七九
孫昌齡……一八〇
工正志……一八〇
李起龍……一八一
趙端……一八二
董國祥……一八三
趙漁……一八四
金鎮……一八五
趙永吉……一九二
王霨……一九三
楊啓辰……一九三
胡鳳閣……一九三
梁維樞……一九四
范士楫……一九五

李士焜……一九七
李芳莎……一九七
邊大綬……一九九

卷八

王熙……二〇一
郝惟訥……二〇六
谷應泰……二〇七
李昌垣……二〇九
馬鳴蕭……二一〇
錢綎……二一一
佘一元……二一一
李世洽……二一二
張繼鑣……二一三
徐兆慶……二一四
多宏安……二一四
郝浴……二一六

周體觀……二二〇
成亮……二三〇
謝泰……二三〇
陳上年……二三二
張宏儼……二三三

卷九

孫奇逢……二三五
李孔昭……二四二
杜樾……二四四
王餘祐……二四六
魏一鰲……二五六
王體健……二五七
高鐈……二五八

卷十

申涵光……二六一

卷十一
張蓋……二九一
殷岳……三〇〇
劉逢源……三〇六
趙湛……三一四
周鐈……三一八

卷十二
張永祺……三一九
郭棻……三二四

卷十三
張湣……三四九
譚宏憲……三五〇
李鳳翔……三五一
趙吉徵……三五一
李振藻……三五二
劉元徵……三五二
紀元……三五四
劉芳躅……三五五
劉慶藻……三五六
田種玉……三五七
馮源濟……三五七
魏力仁……三五八
張橓……三五八
杜鎮……三五九
戴王縉……三六〇
魏雙鳳……三六〇
李枝長……三六一
翟廉……三六一
井在……三六二
陳聖俞……三六四
李如湋……三六四

曹鼎望……三六六
崔崋……三六八
蔣宏道……三七二
甯爾講……三七三
高恒懋……三七四
李伸……三七四
成克大……三七五
鄭茂……三七九

卷十四

張衡……三八一
申涵盼……三八七
蘇嵋……三九五
魏裔訥……三九八
連佳樗……三九九
王維坤……四〇二
周根郜……四〇七
李孔嘉……四〇八
崔天寵……四〇八
趙培基……四〇九
劉滋……四一〇
崔鳴鷟……四一〇
牛樞……四一一

卷十五

劉文炤……四一三
梁以樟……四一八
史可程……四二四
韓畕……四二五
李友太……四二八
杜依中……四二九
馬之騋……四三〇
劉六德……四三一
王炘……四三二

辛民……四四二
沈嘉客……四四二
孫望雅……四四三

卷十六

喬鉢……四四五
米壽都……四四六
馬之驦……四四八
劉佑……四五一
楊遺白……四五三
段國璘……四五四
魏體仁……四五四
馬鴻勳……四五五
黄莄若……四五七
王鍾岳……四五八
王俞巽……四六〇
張昕……四六一
陳士雅……四六二
趙嶋……四六二
張仲……四六三
韓岩……四六三
董昌齡……四六四
王涜……四六四
路澤農……四六五
張光昌……四六五
孫桂……四六六
章漢……四六七
劉可書……四六九
邊銘珣……四六九
劉獻廷……四七〇
龐克慎……四七五

卷十七

魏裔魯……四七七

傅維橒……四八二
胡介祉……四八五
李其凝……四八八
成光……四八九
傅燮詷……四九三
王澤洪……四九七
陳褱……四九七
杜恭俊……四九九
張瀞……五〇〇
李士邵……五〇〇
魏裔京……五〇一
魏勷……五〇一
王涵熉……五〇二
傅燮雝……五〇三
高緝睿……五〇四

卷十八

孫郁……五〇七
秦璟……五一二
申涵焜……五一二
王元烜……五一五
何天寵……五一七
張鴻儀……五二〇
黄之鼎……五二三
紀愈……五二四
師若棐……五二五
孔琦……五二六
井鎡……五二七
崔徵璧……五二七
李振世……五二八
谷元調……五二九
黄任……五二九

王鄰……五三三
張恂……五三三
王郎……五三四

卷十九

宫夢仁……五三五
張鴻佑……五三八
方峨……五四〇
姚昇……五四一
劉鼎……五四三
黄伸……五四四
邵璸……五四六
王作肅……五四八
張榕端……五四九

卷二十

翁叔元……五六一
李聘……五六三
馬子驤……五七一
黄之棠……五七二
申頲……五七三
鄭惟孜……五八二
劉果實……五八四
閻中寬……五八四
楊雍……五八五

卷二十一

龐塏……五八七
米漢雯……六〇七
張烈……六一一
錢中諧……六一二
勵杜訥……六一二

卷二十二

袁佑……六一五
崔如岳……六三〇
陳僖……六三一
戴王綸……六三三
紀炅……六三四
李瑞徵……六四一
王方穀……六四三

卷二十三

魏荔彤……六四五
張霖……六四八
何林……六四九
梁允植……六五〇
崔岱齊……六五二
李文秀……六五五
張柚雲……六五六
孫芝蔚……六五七
陳寅……六五七
曹釗……六五八
曹鈖……六六三
曹鋡……六六四
曹鈐……六六六
賈穆……六六七
楊自牧……六六七
王建衡……六七〇
劉獻……六七〇
孫芝蒨……六七一
張楠蘧……六七一
張橋恒……六七二

卷二十四

張霔……六七三

林徵韓……六八一
邊汝元……六八四
許惟祚……六八六
曹廣端……六八八
曹廣憲……六八九
劉驊良……六九〇
金憲孫……六九一
李經垓……六九二
劉芳洪……六九三
李曉……六九四
鄧林尹……六九五
田庶……六九五
高必達……六九五
黃之琮……六九六
李燮元……六九七
王潔……六九八
張鴻漸……六九九
唐居仁……六九九
米漢倬……六九九
陳聯……七〇〇
霍映秀……七〇〇
許世昌……七〇一
劉鼎……七〇一
曹天賜……七〇一
殷四端……七〇二
陳良弼……七〇二
蘇峒……七〇三
蘇溥……七〇三
馮亭楷……七〇四
金平……七〇四
張楨……七〇五
汪黃贊……七〇五
金大中……七〇六
陳良翰……七〇六

卷二十五

孫洤……七〇七
黄儀……七一三
魏學誠……七一六
李旭升……七一六
王源……七一七
段大任……七一九
張瀓……七二〇
王企靖……七二一
多時珍……七二二
李塨……七二三
崔緝麟……七二四
黄叔琳……七二五
趙炯……七二七
鄭預……七二七
張坦……七二八

張壎……七三〇
李暄亨……七三三
張丙厚……七三四
紀遴宜……七三五
謝廷瑶……七三五
李周望……七三六
樂玉聲……七三六
王盤……七三七
朱同邑……七三八
趙董……七三九

卷二十六

王煐……七四一
杜其旋……七五二
張鎮嶽……七五三
黄謙……七五四
王師旦……七五六

龍震……七五七
胡惟一……七六一
李鏗……七六一
梁洪……七六三
楊大年……七六四
褚爽……七六四
沈起麟……七六六
李覲曾……七六七
童葵園……七六八

卷二十七

成文昭……七六九

卷二十八

勵廷儀……七九三
戴寬……七九六
高光宗……七九八
胡琇……七九八
王居建……七九九
薄有德……八〇〇
牛大宿……八〇〇
王企堂……八〇〇
紀遲宜……八〇一
魏嵲……八〇一
宮鴻歷……八〇三
戴寅……八一四

卷二十九

芮復傳……八一九
周人龍……八二一
蔣仁錫……八二三
張坦……八二三
王僧慧……八二五
查爲仁……八二五

張塏……八三五
程可式……八三六
王履吉……八三八
申程章……八三八
鄭灝……八三九
鄭宏慶……八三九
高澤泓……八四〇
舒大成……八四〇
王鈞……八四二

卷三十

陳德榮……八四七
魏廷珍……八五六
紀邁宜……八五八
李基塙……八六一
紀逯宜……八六三
郎大乾……八六三
李法顔……八六四
牛思任……八六四
陳儀……八六五
趙尚友……八六九
高荀僑……八七〇
秦鑄……八七〇
姜順龍……八七一
高廷獻……八七二
魏述祖……八七二
于振琊……八七三
張爕元……八七四
邢芸圃……八七四
李鋮……八七五
邵泰……八七六
勵宗萬……八七七

卷三十一

王蘭生……八七九
周焯……八八五
成文繹……八九一
胡捷……八九二
查爲義……八九三
馬仲琛……八九三
崔允貞……八九四
邊睿……八九五
吴炯……八九五
牛焜……八九六
陳倬……八九七
王不黨……八九七
黄聰……八九八
王若璉……八九九
魯璠……八九九
梁雍……九〇〇
梁穆……九〇〇
朱函夏……九〇二
黄裕……九〇四
李日茂……九〇五
董樫……九〇五
查曦……九〇五
查爲政……九〇八
于揚獻……九〇九
辛志可……九〇九
李才賛……九〇九
張堂……九一〇
張珽……九一一
鄭廣緒……九一一
紀恒……九一二
王鼿……九一二
王鶴……九一三

馬爾恂……九一三
陳玠……九一四
邊怡……九一四

卷三十二

尹會一……九一七
紀逵宜……九二二
魏元樞……九二八
王又樸……九三一
鮑梓……九三三
張礨……九三四
李之崍……九三四
邵錦潮……九三五
紀咸……九三五
楊方晃……九三六
李培深……九三七
陳德華……九三七

陳浩……九三八
陳慰祖……九四六
陳鳳友……九四七
林璁……九四七
李翔鱗……九四八
李籍……九四八
霍備……九四九
紀邁宜……九四九
張如鉽……九五〇
宋懋行……九五〇

卷三十三

單鈺……九五一
周人驥……九五五
金相……九五六
常青岳……九五六
張冲之……九五九

魯克恭……九六〇
黃祐……九六一
陳德正……九六一
李法孟……九六五
劉燉若……九六六
李承恩……九六七
王壎……九六八
張應楸……九六八
田志勤……九六九
何琇……九六九
邵大業……九七〇
李若龍……九七四
王榮勳……九七五
李學禮……九七七
姜森……九七八
董榕……九七九
蘇珊……九八〇

卷三十四

邊連寶……九八一

卷三十五

王今遠……一〇〇七
張惟寅……一〇〇八
朱嘉善……一〇〇九
蘇鶴成……一〇〇九
曹雲昇……一〇一〇
邊中寶……一〇一一
魏大名……一〇一五
紀晉……一〇一七
劉元鼐……一〇一八
徐金楷……一〇一九
徐垣……一〇一九

紀宣猷……一〇二〇
周人麒……一〇二〇
孫坦……一〇二一
田志蒼……一〇二一
張瓏……一〇二二
成懷祖……一〇二五
張穎……一〇二八
王太岳……一〇二九

卷三十六

李棠……一〇三九
田志隆……一〇四七
徐浩……一〇四七
馬兆鰲……一〇四八
劉炳……一〇四八
紀復……一〇四九
温如玉……一〇五〇
丁時顯……一〇五一
牛思凝……一〇五二
李德舉……一〇五三
高成璉……一〇五四
李中簡……一〇五四

卷三十七

朱珪……一〇七一

卷三十八

邊繼祖……一〇九七
金振聲……一〇九八
汪舟……一〇九九
金世熊……一〇九九
陳曾公……一一〇〇
吴肇元……一一〇〇
戈濤……一一〇六

張慶長……一一一七
王永芳……一一一八

卷三十九

翁方綱……一一一九

卷四十

張模……一一四九
于豹文……一一五二
王鴻典……一一五七
李湜……一一五八
王繼燿……一一五八
王潤……一一五九
紀淑曾……一一六〇
多士宗……一一六八
張湘……一一七〇
戈源……一一七二
查善長……一一七三

卷四十一

朱筠……一一七五

卷四十二

紀昀……一二〇七

卷四十三

金玉岡……一二三五
王淑向……一二四一
查善和……一二四二
張鯉……一二四三
張琯……一二四四
趙思……一二四四
周兆升……一二四五
朱繼善……一二四五

康桓……一二四六
李汝襄……一二四六
王應楔……一二四七
孫濂……一二四八
杜休徵……一二四九
杜昌言……一二五一
劉我愚……一二五一
曹昕……一二五一
吕淙……一二五三
張汝功……一二五四
金勇……一二五五
王彦……一二五五
孫湘……一二五六
趙松……一二五六
張映斗……一二五七
王一夔……一二五七
王一貫……一二五八
王一輔……一二六〇
邊聖照……一二六〇
王履泰……一二六一
蘇炯成……一二六一

卷四十四

紀昭……一二六三
王大鶴……一二六四
解秉智……一二六五
龍鐸……一二六六
邊乂禧……一二六七
邊嚮禧……一二六八
單道臨……一二七一
邵自華……一二七四
丁廷輔……一二七四
孫維龍……一二七四
朱岐……一二七六

鄭熊佳……一二七七
邊思訥……一二七八
王希曾……一二八〇
俞光滏……一二八二
邵自鎮……一二八三
高喆……一二八五
邵庾曾……一二八六
季炬……一二八七
丘庭樹……一二八八
殷希文……一二九〇
崔述……一二九一
崔邁……一二九五
董覲光……一二九七

卷四十五

李廷儀……一二九九
胡鵬雲……一三〇二
梁用梅……一三〇二
紀啓曾……一三〇三
趙瞵……一三〇四
馬其……一三〇六
紀汝佶……一三〇六
汪誠若……一三〇七
李殿圖……一三〇八
李蔚……一三一〇
吳人驥……一三一一
辛大成……一三一二
王家幹……一三一三
牛稔文……一三一四
宋赫……一三一四
卜維吉……一三一六
紀承曾……一三一六
陳文衡……一三一七
紀汝倫……一三一八

趙桐……一三一八
張虎拜……一三一九
王禄朋……一三二〇
紀曾藻……一三二一
孔昭熺……一三二五
劉塏……一三二六
包慓……一三二六
王旭暢……一三二七
王鴻……一三二八
趙人龍……一三二八
俞大猷……一三二九
丘庭瀣……一三二九
芮振宗……一三三一
成諟……一三三一
甯羲年……一三三二

卷四十六

李惟寅……一三三三
沈峻……一三四一

卷四十七

查禮……一三六三
欒樟……一三七八
趙春熙……一三七九
高珊……一三八〇
王毓柱……一三八〇
金永……一三八一
賈炎……一三八一
馮福星……一三八三
白汝霖……一三八三
杜正灼……一三八四
高一鶴……一三八四

檀振遠……一三八五
郝仁……一三八六
虞潢……一三八七
周自邰……一三八八
王耿光……一三八八
張浴……一三八九
成誠……一三八九
張標……一三九〇
王璣……一三九一
牛克敬……一三九一
鄧咸中……一三九一
鄧懋……一三九二

卷四十八

李廷敬……一三九三
丘桂山……一四〇三
胡文銓……一四〇四
朱恒慶……一四〇五
朱兆慶……一四〇五
王振榮……一四〇六
張煦……一四〇七
陳居敬……一四〇八
查誠……一四〇八
張梓蔭……一四〇九
葉汝蘭……一四一〇
張太復……一四一〇
邵自昌……一四一二
韓湯衡……一四一三
莫允宣……一四一三
王天禄……一四一五
劉祖志……一四一六
張詮……一四一七
湯承功……一四一七
何夢蓮……一四一八

金坤……一四二三
張丙震……一四二三
徐瀾……一四二四
王堯恒……一四二四
趙敾……一四二五
馮智……一四二七
華蘭……一四二八
李光謙……一四三〇
張五倫……一四三二
鄧諧……一四三三
戈湞……一四三四
張中正……一四三五
黄成彦……一四三五
鄭師……一四三六
芮熊占……一四三六

卷四十九

張灼……一四三七
金思義……一四四二
祝德全……一四四二
荆塏……一四四三
姚逢年……一四四三
劉東里……一四四四
李簡……一四四四
王振緒……一四四五
劉昇……一四四六
欒立本……一四四六
高爲泌……一四四七
邵玉清……一四四七
張德懋……一四四八
查彬……一四五九
張端城……一四五九

張源……一四六〇
李景程……一四六一
高占魁……一四六二
徐通復……一四六四
馬廷爕……一四六四
沈嶧……一四六五
龎世騮……一四六六
樊宗浩……一四六六
樊宗清……一四六七

卷五十

翁樹培……一四七一
劉廣恕……一四八七
劉廷楠……一四八七
馬思聖……一四九〇
杜南棠……一四九〇

卷五十一

舒位……一四九一

卷五十二

馬允剛……一五二一
王發楠……一五二四
劉之睿……一五二六
邊士培……一五二六
舒其紹……一五二七
邊志醇……一五二九
張靖……一五三〇
邵葆醇……一五三〇
王定柱……一五三三
金紹驥……一五四〇
丁文鈺……一五四〇
王廷建……一五四一

馬學賜……一五四一
蔣第……一五四二
冉玉行……一五四二
王殊渥……一五四二
周廷俊……一五四五
邊士圻……一五四六
施德寧……一五四七
李泉……一五四七
步毓巖……一五四八
沈樂善……一五四八
李肆頌……一五四九
王殊澤……一五四九
田籍……一五五〇
梁瑞霖……一五五〇

卷五十三

田玉……一五五一
孫鳴鐸……一五五三
黄鎰……一五五四
紀曾華……一五五四
解培垍……一五五五
王樹門……一五五五
劉因炬……一五五七
朱克振……一五五七
姜貽縉……一五五八
李美……一五五八
王企曾……一五五九
舒其紳……一五六〇
鄭濟燾……一五六一
査淳……一五六二
王昭……一五六三
崔大本……一五六三
王彤……一五六四
張樹萱……一五六四

王實堅……一五六五
魯鍔……一五六五
霍紫綬……一五六六
梅履端……一五六六
袁正琮……一五六七
竇徵榴……一五六八
王廷樞……一五六九
張述椝……一五七〇
胡睿烈……一五七〇
莊石璞……一五七一
張賜寧……一五七二
左之準……一五七三
沈銓……一五七四
王本仁……一五七四
寧岐昌……一五七五
黃掌綸……一五七五
樊宗澄……一五七六
王孫蘭……一五七六
鮑琮……一五七七
李泰……一五七七
史鑑……一五七七
曹煥……一五七八
金銓……一五七九
邵廷杰……一五七九
穆得元……一五八〇
趙庭荃……一五八〇
戈昫……一五八二

卷五十四

李燧……一五八三
李景潞……一五九八
康堯衢……一五九九
張熲……一六〇一
喬耿甫……一六〇四

喬樹勳……一六〇五
王延襄……一六〇六
張奎震……一六〇七
王誥……一六〇七
李耀祖……一六〇八

卷五十五

邵葆祺……一六〇九
牛堉……一六一六
金象豫……一六一六
劉者德……一六一七
紀淦……一六一七
李汝霖……一六三〇
沈士煋……一六三〇
林天培……一六三四

卷五十六

王廷紹……一六三七
商載……一六四四
焦景新……一六四四
查訥勤……一六四五
王有慶……一六四五
李玉綸……一六四六
鮑克莊……一六四七
楊遇隆……一六四七
李蘊……一六四八
魏宗白……一六四九
吴蔭松……一六五〇
莫嵩屏……一六五〇
周壽椿……一六五一
牛霆……一六五五
徐銓……一六五五

唐詮……一六五六
田文洛……一六五六
谷懷清……一六五七
王墀……一六五八
李大壯……一六五八
李珠光……一六五九
高以本……一六五九
王棻……一六五九
李光里……一六六二
楊鍈……一六六三
王履謙……一六六三
紀樹棨……一六六四
高潮……一六六四
朱棠……一六六五
劉庚……一六六五
王瑞徵……一六六六
邊九鼇……一六六七
高蘭孫……一六七〇
李長峰……一六七二

卷五十七

李雲章……一六七五

卷五十八

方履籛……一七〇五
楊際運……一七二六
潘一桂……一七二九
王枚……一七二九
郭紹鏞……一七三〇
魏亨培……一七三〇
陳祺齡……一七三〇

卷五十九

李佛桐……一七三七

潘文木……一七四四
胡鎮懷……一七四五
胡鎮英……一七四六
鄭成基……一七四七
馬宗濂……一七四九
張招覲……一七五〇
劉鶴林……一七五一
王喬蔭……一七五一
李濬通……一七五二
邵自祐……一七五六
金驤……一七五六
谷宗善……一七五七
劉錫……一七五七
卜大醇……一七五九
陳靖……一七六〇
趙之城……一七六一
王成烈……一七六一
陳華……一七六二
邢元植……一七六二
翟際華……一七六三
王城……一七六三
劉栻……一七六三

卷六十

查林……一七六五
王桐……一七七〇
張廷選……一七七一
盧廷楝……一七七二
張瓛……一七七四
王拱端……一七七四
劉天義……一七七五
張炳墀……一七七五
康鈞……一七七六
孫超曾……一七七六

馬毓醇……一七七九
楊繼曾……一七七九
馮晉……一七八〇
鄭佐……一七八〇
繆共位……一七八一
孫人傑……一七八二
王廷樾……一七八三
王際清……一七八三
王廷椿……一七八四
張虎士……一七八四
鄭樸……一七八四
鄧興業……一七八五
孫兆麟……一七八五
陳桂攀……一七八六
馮嘉蘭……一七八六
張百禄……一七八六
劉敦福……一七八七
邊芝雲……一七八七
趙璋……一七八八
邊壽封……一七八八
姚承謙……一七九〇
步際梅……一七九一
王惟放……一七九一
胡衡齡……一七九二
許維一……一七九二
劉宏煦……一七九二
黄中觀……一七九三
夏應涵……一七九三
程玉瑲……一七九四

序

國朝創業遼瀋，整旅入關，武功耆定，文治興起。畿輔爲輦轂近地，較之前漢，廼左馮翊、右扶風，比其沐浴於聖化，而以仰承至意，鼓吹休明者，尤非他省所可跂及。櫟鑿官於斯，前後凡二十三載。先是在京師，已與其邑之人士游，至是益習其士風，諳其故事。而邑人士亦多以所藏選本見視。乃始薈萃諸作，録而傳之。復爲小傳、詩話，以綜其事，多者不敢濫，僻者不敢遺。有若鴻儒碩學，名在人口，而句律無存。亦復附詳端緒，以待後人之補輯焉。蓋昔者聖人採詩，凡列十五國風，其所編次，鄭之與毛，小有異同，而其首二南也，則一二南者，先儒以爲周在岐山之陽，古公始居其地，迨後文王徙豐，乃分岐周故地爲周、召二公采邑。且使周公爲政於國中，召公宣布於諸侯焉。故二南之詩，獨爲正風。竊以爲白山黑水，王氣盤鬱，如周之岐陽。燕京幽薊，風化首善，如周之豐鎬。而近畿渥被皇澤，承宣懿爍，有如《周南》《召南》，及漢家三輔者然。然則此編之作，與夫成周二南之領在樂官者，意指不殊。而《漢志》所列燕代邯鄲、河間謳歌之詞不傳者，亦庶幾可以想見也，己櫟雖不材，顧以入侍禁林，出典大郡，奉職棐忱，搜訪遺佚，冀備輶軒使者之俯采，蓋風也，而雅頌在其中矣。豈獨爲此都人士備掌故、資諷詠已哉？刻既成，爰揚扢而爲之序。至於綜輯微意，諸見《凡例》中者，此不復載云。

道光戊戌三月，賜進士出身、前翰林院編修、日講起居注官、國史館提調、直隸清河道署按察使司按察使、知大名府事長洲陶樑。

凡例

一　聲音之道與政通，教化之行自近始，畿輔爲首善之區，我朝定鼎以來，重熙纍洽，垂二百年。文治聿興，人才蔚起。和其聲以鳴盛者，指不勝屈。歷來詩集選本，或兼採前代，或僅列時賢，或旁及他省，或限於郡邑，未爲賅備。兹選自順治丙戌，迄道光丁酉，共得八百七十五家，彙成六十卷，略仿《昭明文選》之例，生者不録，冀以表彰前哲，闡發幽光，不敢稍蹈標榜之習也。

一《清廟》《明堂》，三百篇，以冠雅頌，與變風、變雅體制各殊。我國家文治武功，典禮明備，載筆諸臣，鴻章鉅製，雍容揄揚，足備一朝掌故，又如忠義節烈之事，垂之歌詠，足以翊名教而植綱常。有關世道人心，尤非淺鮮。亟應採輯，以廣流傳，蓋不獨以清詞麗句見長，總期有裨實用。

一　我朝開國之初，畿輔人才應運而生，順治丙戌會榜，凡得一百餘人，率多敭歷中外，位望通顯。而高陽相國勛業巍然，澤州陳廷敬謂其詩遭際盛時，有雍容太平之象，允宜冠冕羣賢，列於卷首。其同時從龍之彦，科目係在前朝，詮次較後，以示區别。至康熙己未、乾隆丙辰，兩開博學鴻詞科，曠典昭垂，爲元明所未有。無論前此科目，均彙爲一編，以志詩人際遇之盛。

一　山林隱逸，時際滄桑，往往有高不仕之節者。如容城孫奇逢，倡道蘇門，屢徵不就，自謂勝國遺民，而《畿輔通志》列於儒學之首，所著《四書近指》《理學宗傳》諸書，業已著録《四庫全書》中，同時如獻縣王餘祐、曲周王體健，清苑高鐈等，均從受業講性命之學，因其志行相符，依類編次，亦猶元詩之存元遺山，明詩之存陶南村也。

一　八旗分駐京師，氏族則肇自瀋陽，流長源遠，前見《熙朝雅頌集》，搜羅宏富，選擇精嚴，幾於無體不備，無美不收，洵足萃長白之宏文，標盛京之傑作。迄今人材益盛，詩集日增，必有重編續集，以昭一道同風之治者，固非是集所能方駕，而亦不廢並存耳。

一　都會之地，四方輻湊，每值開科之歲，擔簦負笈多士，來觀上國之光，因而占籍者歷科皆有。即如大興胡侍郎兆龍、昌平錢宮詹中諧、静海宮中丞夢仁、永平翁尚書叔元，均非土著。兹選總以太學題名碑録爲斷，不復再注原籍，以歸畫一。至輿圖，代有沿革，如磁州之隸於豫省、蔚州之隸於晉省，今既歸併畿輔，其地詩人均一例採入。若原隸直省之内，黄滑濬等縣，業經改隸中州，即有作者，概不著録。

一　歷觀諸家選本，往往詳於南而略於北，不知詩人何地，蔑有兹集所收。如申鳧盟詩以少陵爲宗，而出入高、岑、王、孟之間，同時楊猶龍才力亦足相埒，入蜀後詩尤爲波瀾老成，於南施北宋外别樹一幟。又如龐雪厓之冲淡，成過村之天才雋逸，即阮亭、竹垞諸詞壇亦交口推之。近日如朱文正、紀文達、翁覃溪三公詩集，高文典册，足以鼓吹休明，久稱燕許大手筆，竊恐同時館閣諸公未易齊驅並駕也。天之生才，不以地限，操觚之士，未暇遍觀，先存軒輊之見，豈通論乎？

一　韓畕、梁以樟、劉文炤之詩見於《明詩綜》，沈歸愚尚書復選韓畕入《國朝别裁集》，誠以其人雖勝國遺民，既已食毛踐土，覆載之内，豈容自外生成。若梁以樟官前明縣令，康熙間其人尚在，劉文炤爲新樂侯劉文炳之弟，順治乙酉年纔十五，後復流寓江淮，其詩均應採録，不妨與《明詩綜》並存，至雞澤殷淵、大興崔子忠俱死明季甲申之難，仍不著録。

一　是集徵引書目，如《欽定明史》《欽定四庫全書提要》，俱已敬録。他如《畿輔通志》、各府州縣新舊志、《太學題名碑録》、朱彝尊《明詩綜》《曝書亭集》《日下舊聞》《静志居詩話》、楊謙《竹垞先生年譜》、王士禛《帶經堂集》《居易録》《香祖筆記》《池北偶談》《古夫于亭雜録》《漁洋詩話》《感舊集》、吴偉業《梅村集》、靳榮藩《吴詩集覽》、魏禧《叔子文集》、毛奇齡《西河合集》、趙執信《飴山集》、施閏章《愚山集》、宋琬《安雅堂集》、陳其年《湖海樓集》、梁佩蘭《六瑩堂集》、田雯《古歡堂集》、姜宸英《湛園文鈔》、陶澂《舟車集》、吴雯《蓮洋集》、韓菼《有懷堂集》、李武曾《秋錦山房集》、湯斌《文正公集》、魏裔介《兼濟堂文集》《觀始集》《溯洄集》、王崇簡《青箱堂文集》《文貞公年譜》、王熙《文靖公集》、魏象樞《寒松堂集》、鄧漢儀《詩觀》初、二、三集、陸次雲《皇清詩選》、魏憲《百名家詩鈔》、孫鋐《清詩初集》、席居中《昭代詩存》、徐釚《續本事詩》、王企靖《七家詩選》、郜焕元《五鹿詩選》、宋犖《江左十五子詩鈔》《筠廊偶筆》、顧祖禹《方輿紀要》、汪琬《説鈴》、王晫《今世説》、方象瑛《松窗筆乘》、彭紹升《測海集》、方苞《望溪文集》、全祖望《鮚埼亭集》《詞科摭言》、杭世駿《道古堂集》《詞科掌録》、李富孫《鶴徵録》、錢陳羣《香樹齋集》、盧見曾《山左詩鈔》、董柴《如蘭集》、楊方晃《磁人詩》、沈德潛《别裁集》、商盤《越風》、管幹珍《舊雨集》、尹會一《北學編》、鄭方坤《詩人小傳》、陳儀《學士文集》、王步青《己山文集》、袁枚《小倉山房集》《隨園詩話》、李中簡《嘉樹山房文集》、王昶《春融堂集》《湖海詩傳》《蒲褐山房詩話》、查爲仁《蓮坡詩話》、蔣士銓《忠雅堂集》、顧光旭《響泉集》、紀昀《文達公遺集》《閲微草堂筆記》、朱筠《笥河文集》、朱珪《知足齋集》、朱錫經《朱文正公年譜》、姚鼐《惜抱軒文集》、吴錫麒《有正味齋集》、曾燠《賞雨茅屋集》、阮元《揅經室集》《漢學師承記》《兩浙輶軒録》、洪亮吉《卷施閣集》、趙懷玉《亦有生齋集》、張問陶《船山詩草》、黄景仁《兩當軒集》、吴嵩梁《香蘇山館集》、查揆《篔谷詩集》、鮑桂星《覺生詩集》、劉大觀《玉磬山房集》、舒位《瓶水齋集》、李基塙《墨霞堂集》、藍瑛《圖繪寶鑑續纂》、張庚《畫徵録》、馮金伯《國朝畫識》《墨香居畫識》、阮葵生《茶餘客話》、戴璐《藤陰雜記》、法式善《槐廳載筆》《清秘述聞》、王家相《續清秘述聞》、黄崇蘭《貢舉考略》、張維屏《聽松廬文鈔》《詩人徵略》、李燧《晉游日記》、李兆元《十二筆舫齋雜録》、朱滋年《苔岑詩略》、李簡《歷代畿輔詩選》、梅成棟《津門詩鈔》，凡史傳、志乘、碑銘、誌狀，下逮叢書薈説、瑣事遺聞，共百十餘種，僅止耳目所及，非敢謂考鏡之資，得此已足也。

一　詩以專集爲重，其得自選本者，零章碎句，未能窺見全豹。兹選如李霨《心遠堂集》十二卷、魏裔介《兼濟堂集》十二卷、魏象樞《寒松堂集》九十二卷、竇遴奇《倚雉堂集》十二卷，梁清遠《祓園集》九卷、梁清標《蕉林詩集》十八卷、成克鞏《清慎堂集》四十四卷、杜立德《太傅詩選》一卷、高爾儼《古處堂集》四卷、王崇簡《青箱堂集》六十六卷，劉餘祐《燕香齋集》八卷、孫昌齡《亦園集》四十卷、范士楫《橘州集》六卷、王熙《文靖公集》二十四卷、馬鳴蕭《愓齋詩草》集》十四卷、李孔昭《秋蟄吟》一卷、杜樾《紫峰集》十四卷、王餘祐《五公山人集》十四卷、高一卷、佘一元《潛滄集》八卷、郝浴《中山集》四卷、周體觀《晴鶴堂集》十六卷、孫奇逢《夏峰鐈《淵穎集》四卷、申涵光《聰山集》六卷、殷岳《留耕草堂詩》一卷、周鐈《葭里集》六卷、《二集》六卷、《三集》五卷、郭棻《學源堂集》十八卷、張湣《讀書堂詩草》十卷、劉元徵《培園詩集》六卷、翟廉《宦游偶寄》一卷、《井在鐵潭集》八卷、《篚蟫集》四卷、成克大《歷游詩》十卷、張衡《聽雲閣集》二卷、馬之駿《墨隱詩草》三十卷、黄茞若《留笏草堂集》一卷、王鍾岳《香草亭詩》一卷、章漢眝《月軒集》六卷、邊銘珣《東陵集》二卷、傅維橒《燕川漁唱》二卷、張瀚《純白齋詩》一卷、申涵焜《江航草》一卷、《敏庵集》一卷、孔琦《果齋集》四卷、張榕端《寶嗇堂詩》四卷、《蘭樵河上草》二卷、李聘《余存集》二卷、馬子驤《午夢堂詩稿》一卷、申頲《耐俗軒集》三卷、龐塏《叢碧山房集》五十七卷、袁佑《雪軒集》二卷、紀炅《桂山堂集》八卷、李瑞徵《篚餘草》一卷、魏荔彤《懷舫集》三十六卷、王建衡《任庵詩集》九卷、孫枝蒨《腴古齋詩》一卷、林徵韓《忘餘草》一卷、邊汝元《漁山詩草》二卷、劉騂良《支莊詩集》一卷、李經垓《東園集》七卷、孫淦《擔峰集》四卷、張澂《覦田集》五卷、崔緝麟《段垣詩訂》二卷、張壎《秦游詩》一卷、王煐《憶雪樓詩》二卷、成文昭《暮觴詩集》五卷、《二集》三卷、勵廷儀《雙清閣詩稿》八卷、王企堂《雪坡詩稿》四卷、魏嶸《鋤經山房稿》一卷、《且齋草》四卷、芮復《傳衣亭詩草》一卷、查爲仁《蔗塘未定稿》六卷、《外集》八卷、程可式《來山堂詩鈔》八卷、王鈞《松露堂稿》四卷、陳德榮《葵園詩集》四卷、紀邁宜《儉重堂集》十二卷、李基塙《墨霞堂集》一卷、陳儀《蘭雪齋集》十八卷、趙尚友《山泉吟稿》一卷、姜順龍《采鹿堂集》四卷、李鍼《鄧尉山房集》三卷、周焯《卜硯山房集》二卷、邊睿《土苴集》一卷、黄聰《蒸菌書室集》一卷、梁穆《列翠軒詩》二卷、李日茂《澤畔吟》一卷、查曦珠《風閣詩草》七卷、李才贇《怡雲堂集》一卷、尹會一《健餘詩草》三卷、紀逵《宜藺瓮集》八卷、魏元樞《與我周旋集》十二卷、王又樸《詩禮堂詩集》七卷、邊怡《積翠山房詩稿》二卷、楊方晃《雞肋集》四卷、陳浩生《香書屋詩》六卷、《恩光集》一卷、單鈺《鏤冰詩鈔》五卷、周人驥《香遠堂詩稿》八卷、常青岳《晚菘堂集》二卷、劉燉若《渠陽鐸韻》一卷、李承恩《致遠堂詩稿》一卷、張應楸《佩蘭齋集》一卷、邵大業《謙受堂集》十二卷、李學禮《補過堂集》四卷、邊連寶《隨園詩草》八卷、蘇鶴成《野汀詩稿》三卷、邊中寶《竹巖詩草》四卷、《南游壎篪集》一卷、魏大名《一簣山人詩草》四卷、紀晉《賓樹軒詩》二卷、張瓏《平林遺稿》一卷、成懷祖《關西橐草》四卷、王太岳《青虚山房集》二十四卷、李棠《思樹軒詩稿》四卷、劉炳《嘯谷詩草》四卷、李中簡《嘉樹山房集》十八卷、朱珪《知足齋集》二十卷、邊繼祖《澄懷園詩集》二卷、吴肇元《桐華書屋詩稿》十卷、戈濤《坳堂詩集》十卷、翁方綱《復初齋集》七十卷、王繼燿《不自收拾集》二卷、朱筠《笥河詩集》二十卷、紀昀《文達公遺集》十六卷、金玉岡《黄竹山房詩鈔》三十卷、田盤《紀游草》一卷、《天台雁宕紀游》一卷、《粤游草》一卷、曹昕《中田閒吟》一卷、邊嚮禧《就昀齋詩》十卷、邊思訥《雲鶴詩草》一卷、俞光滏《柏園詩草》三卷、邵自鎮《夷白山人行卷》一卷、《不須編》一卷、邵庾曾《香渚詩草》一卷、《使黔草》一卷、《消寒集》一卷、《雁門集》一卷、《視漕集》一卷、殷希文《和樂堂詩鈔》五卷、崔邁《德皋詩草》一卷、李廷儀《杏瓊齋詩集》六卷、馬其《雲亭詩》一卷、汪諴若《願學集》四卷、李殿圖《番行雜詠》一卷、紀曾藻《小癡遺稿》一卷、劉塏《宦游草》一卷、王鴻《紅豆山房詩》一卷、李惟寅《廉餘詩集》二卷、沈峻欣《遇齋詩集》十六卷、查禮《銅鼓書堂遺稿》三十二卷、趙春熙《雙琴堂詩集》六卷、王毓柱《粤游吟》一卷、《竹香樓詩》一卷、賈炎《蕉園詩稿》一卷、張浴《子午集》一卷、李廷敬《平遠山房詩鈔》四卷、邱桂山《依緑山房詩賸》一卷、張太復《因樹山房詩鈔》二卷、《令支游覽集》一卷、《晉游草》一卷、邵自昌《世麟堂集》二卷、何夢蓮《式古堂詩集》四卷、華蘭《皖城集》一卷、李光謙《香國來人稿》一卷、張五倫《渌漪軒學吟草》一卷、戈湏《追逋集》四卷、芮熊占《蕉亭閒詠》一卷、張灼《十穫齋詩稿》一卷、荆塏《片石山房詩稿》一卷、張德懋《石蘭堂詩》九卷、張源《必爲軒詩稿》一卷、樊宗浩《硯圃山房遺稿》一卷、樊宗清《留餘山房詩集》二卷、翁樹培《比部遺詩》一卷、舒位《瓶水齋詩集》十七卷、《别集》二卷、王發楠《鴻泥書屋詩草》一卷、邵葆醇《韡華吟舫詩草》一卷、王殊渥《且住爲佳軒詩》二卷、邊士圻《爽軒集》四卷、步毓巖《樂饑草堂詩》一卷、田玉《附蓬小草》一卷、黄鎰《鶴陰堂詩稿》一卷、李美《清華堂詩鈔》一卷、魯鍔《耕心堂草》一卷、梅履端《拙石山房草》一卷、黄掌綸《春倪草堂詩》一卷、邵廷傑《清吟巢詩鈔》三卷、穆得元《澌于集》三卷、李燧《青墅詩稿》十卷、康堯衢《海上樵人稿》十二卷、《津門風物詩》四卷、張頫《寒竽山房詩》一卷、邵葆祺《司勳存稿》一卷、紀湰《豆花齋詩集》一卷、王廷紹《澹香齋詠史詩》一卷、李藴《尺松齋集》四卷、王墀《游盤詩》一卷、王棻《吾溪詩鈔》八卷、李光里《春熙堂詩》一卷、王履謙《游豫雜詠》一卷、邊九鏊《時齋詩草》四卷、方履籛《萬善花室遺集》四卷、陳祺齡《劍花龕詩影》一卷、李佛桐《愈愚蓬舍詩稿》八卷、鄭成基《東園集》十二卷、馬宗濂《通江詩草》一卷、劉錫《寫梅閣詩存》一卷、劉栻《一石山房詩》一卷、查林《花農詩鈔》六卷、張廷選《西湖雜詠》一卷、《冶堂草》一卷、盧廷楝《栖素山房詩稿》二卷、王拱端《芸窗詩》一卷、孫超曾《海岑集》一卷、繆共位《青棠書屋詩稿》一卷、鄭樸《哀吟集》一卷、傅維鱗《四思堂集》、劉鴻儒《四留堂集》、吕纘祖《几園集》、王登録《梅軒詩草》、楊思聖《且亭詩》、郜焕元《猗園存笥稿》、石申賓《笏堂遺集》、胡兆龍《息游堂詩集》、戴明説《定圃詩集》、王公弼《景慶堂詩選》、董國祥《了餘園吟草》、金鎮清《美堂詩集》、王蔚《韋庵集》、胡鳳閣《伏櫪齋集》、李士焜《麟篆齋集》、李芳莎《威如堂詩集》、谷應泰《築益堂詩集》、謝泰《蓼集編》《客中吟》、魏一鰲《雪亭詩草》、王體健《讀騷齋詩集》、張蓋《張子詩選》、劉逢源《積書巖詩》《學迂軒稿》、趙湛《玉暉堂稿》、趙吉徵《菜根堂詩選》、紀元《卧游山房稿》、杜鎮《賓田齋草》、戴王縉《蕭雲齋集》、魏雙鳳《南游草》、陳聖俞《寓甌雜詠》《歸田詩》、李如滂《行素堂詩集》、曹鼎望《楚游新安二集》、崔華《公餘詠》、蔣宏道《來仲軒詩草》、鄭茂《竹邊樓詩集》、申涵盼《定舫詩草》、蘇湄《圯上吟》、魏裔訥《逸休居詩》、連佳樗《損齋詩草》、王維坤《漸細齋詩集》、牛樞《滇游草》、劉文炤《攬蕙堂偶存》、梁以樟《卬否集》、史可程《浮叟詩集》、韓畕《天樵子集》、杜依中《雨花詩集》、劉六德《智侯集》、辛民《辛子詩集》、孫望雅《得閒人集》、喬鉢《文衣詩集》、米壽都《吉土詩集》、馬之驦《旻徠詩集》、劉佑《尋遠樓詩集》、楊遺白《舟瓠齋集》、魏體仁《一枝堂詩集》《客吟續稿》、馬鴻勳《醉庵草初集》、張昕《緑肥軒詩稿》、董昌齡《野心齋小集》、龐克慎《裕德堂稿》、胡介祉《谷園詩集》、成光《素園集》、傅燮詷《繩庵詩稿》、陳襄《容堂詩》、魏裔京《致遠堂詩》、魏勷《玉樹軒詩草》、王涵熉《撚鬚吟》、傅燮雝《笠亭詩集》、高緝睿《崇古堂詩》《鏡山閣偶存》、王元烜《三惜齋詩集》、何天寵《紫來閣集》、井鎡《半草山房詩鈔》、崔徵璧《西清初學編》《東海集》《金臺集》《懷州集》《游梁集》、李振世《裕昆堂集》、黄任《坦齊詩集》、王鄰《問津園詩草》、張恂《二一山房稿》、王郞《墨妙堂集》、宫夢仁《齊魯詩》、方峨《嵋雪集》、姚昇《東巖草》、劉鼎《南游草》《淇澳草》《匪魚草》、王作肅《復初齋詩草》、翁叔元《梵園詩集》、閻中寬《芸暉堂詩集》、米漢雯《漫園詩草》《始存集》、陳僖《燕山草堂集》、張霖《遂閒堂稿》、何林《彌年集》、崔岱齊《坐嘯軒瑣言》、李文秀《楚吴偶吟》、陳寅《主一堂集》、曹剑《鶴龕集》、曹鈖《瘦庵集》、曹鋡《雪窗詩集》、賈穆《瘦仙裔人詩稿》、楊自牧《潛籟軒稿》、張橋衡《積力齋百詠》、張霔《帆齋逸稿》《晉史集》《欸乃書屋集》《緑艷亭集》、許維祚《六雪齋詩草》、曹廣端《初暘集》、曹廣憲《石倉集》、金憲孫《埘園稿》、李曉《梧臺集》、鄧林尹《雪江草》、黄之琮《自娱草》、李燮元《慕庵詩集》、王潔《幽居山房稿》、殷四端《静遠居稿》、金平《致遠堂詩集》、張禎《焚餘草》、汪黄贊《目耕堂集》、金大中《可亭集》、黄儀《灌園草》、李旭升《游南草》、段大任《莘野詩草》、趙炯《香魚山房草》、張坦唤《魚亭詩草》、紀遴宜《式綸堂集》、李周望《論心堂集》、欒玉聲《退閒堂稿》、王槃《培風堂詩集》、趙董《修書樓詩草》、杜其旋《詠雲齋詩集》、黄謙《歷下吟》《太行行草》、王師旦《淑莘詩集》、龍震玉《紅草堂詩集》、胡惟一《藥餘草》、李鏗重《積堂集》、楊大年《蘅香草》、褚爽《南村草》、沈起麟《誦芬堂詩》、童葵園《閑閑齋集》、戴寬《裕庵遺稿》、王居建《述園集》、牛天宿《謙受堂詩草》、紀暹宜《五芝樓集》、宫鴻歷《恕堂甲乙游草》《淮壖集》、戴寅《小戴詩草》、周人龍《居易堂詩稿》、王僧慧《槐園集》、王履吉《修修齋詩草》、舒大成《試墨齋詩集》、魏廷珍《課忠堂詩鈔》、李法顔《棗柏西林稿》、魏述祖《静遠堂詩集》、于振翀《愛萱齋詩集》、胡捷《讀書軒集》、馬仲琛《樂儀堂稿》、牛焜《慎思齋詩集》、王不黨《于役草》、王若璉《墨癡集》、梁雍《散朗齋詩稿》、朱函夏《谷齋集》、董樫《涉江草》《濱灤吟》《于役江干草》、查爲政《蘭亭詩鈔》、辛志可《游藝園詩集》、紀恒《藤花書屋詩草》、馬爾恂《客園蟬露草》、李之嶟《秦役草》《旋晉草》、李培深《越游草》《燕山草》、陳鳳友《素齋詩草》、紀邁宜《返吴吟》、張如鉽《蘭谷詩草》、張冲之《素修堂詩鈔》、陳德正《葛城詩稿》、田志勤《業精堂詩草》、王榮《勣澄齋詩草》、董榕《庚洋集》《庚溪集》《詩意集》、徐金楷《步青堂詩草》、田志蒼《翙羽堂詩草》、田志隆《研悦堂詩草》、馬兆鰲《醒流集》、紀復《寶樹新屋詩草》、温如玉《静淵齋詩存》、丁時顯《青蜺居士集》、牛思凝《謙受堂詩草》、李德舉《三有堂詩草》、金振聲《觀善堂詩集》、汪舟《桐陰山房稿》、金世熊《竹坡存稿》、張模《貫經堂詩鈔》、于豹文《南岡詩草》、王鴻典《抱經堂集》、李湜《海天書屋詩草》、紀淑曾《漢臯集》、張湘《大雅堂詩集》、王淑向《斗室集》、查善和《東軒詩草》、趙思《崍滴集》、周兆昇《蘿月軒集》、王應楔《珊瑚集》、杜昌言《浣花樓詩集》、吕淙《秋岡書屋詩箋》、王彦《醉吟集》、趙松《偶存集》、邊聖照《雪舟詩稿》、王履泰《飲香草》、邊乂禧《述德堂詩》、單道臨《積雪山樵稿》、王希曾《一梧齋詩草》、季炬《寶簾堂詩草》、崔述《知非集》、董觀光《牧亭詩草》、趙璘《櫜中稿》、紀汝佶《半舫詩鈔》、李蔚《嵐秋山房賸稿》、宋赫《東野詩草》、紀承曾《紫藤書屋詩草》、張虎拜《妙香閣詩集》、王禄朋《秋坪吟草》、孔昭熺《醫俗軒詩集》、包愫《留香書屋小草》、邱庭澨《芝房賸稿》、欒樟《粤游草》、金永《歸與草堂集》、杜正灼《卧鵬樓詩草》、周自邰《草龕詩集》、成誠《悔齋詩草》、王璣《損廬詩存》、牛克敬《眠雲詩稿》、鄧咸中《西園詩存》、張煦《世德堂詩稿》、陳居敬《映奎堂稿》、查誠《天游閣詩集》、王天禄《蓮舫賸草》、張詮《東周詩草》、張丙震《悟蘭室詩稿》、徐瀾《硯北草》、馮智《梅墅詩存》、鄧諧《百城書屋賸稿》、張中正《倚雲軒詩鈔》、鄭師《晚香草》、祝德全《葆初詩草》、王振緒《澮園草》、劉昇《東溪詩草》、李景程《紅素山房詩草》、高占魁《三味齋稿》、徐通復《菊圃詩草》、馬廷燮《梅亭遺稿》、沈嶧《鶯鳴集》、龐世騮《槐陰存草》、劉廣炤《如心堂吟草》、劉廷楠《偶一草》、杜南棠《荔村詩稿》、邊士培《延香書屋詩草》、邊志醇《十笏齋詩草》、王定柱《鴻泥吟》《椒園詩賸》、金紹驥《竹村吟稿》、王廷建《吹劍集》、周廷俊《味雪廬詩稿》、施德寧《致園詩草》、沈樂善《黔中草》、李肄頌《放鶴軒吟草》、田籍《篤慎堂詩集》、孫鳴鐸《木齋草》、紀曾華《暗香書屋詩草》、解培垍《鬲南詩草》、朱克振《方有齋集》、王企曾《西亭集》、王昭卧《隱齋詩草》、王彤《霞峰詩草》、王實堅《冰雪齋詩草》、袁正瑺《蕉窗存稿》、竇徵榴《征次吟》《岳陽吟草》、張述榘《訪漁稿》、張賜寧《黄花吟館詩集》、左之準《百藥堂詩稿》、沈銓《六琴十硯齋詩草》、王本仁《崧香堂詩草》、甯岐昌《又新堂詩稿》、樊宗澄《寒竽集》、王孫蘭《晴雨軒詩草》、金銓《野田存草》、趙廷荃《湘三詩稿》、戈昫《味素山房詩》、喬耿甫《僑樵稿》、喬樹勳《六橋詩鈔》、王延襄《老圃詩稿》、沈士煋《閩海詩存》、林天培《又一村吟草》、王有慶《善舟吟稿》、鮑克莊《清穆堂詩集》、魏宗白《夢蝶詩草》、徐銓《藕船詩草》、田文洛《四銘堂詩草》、谷懷清《杏錦堂詩稿》、李珠光《夢厓詩草》、楊鍈《翠雨山房詩鈔》、紀樹棨《積雪亭稿》、劉庚《少白詩草》、王瑞徵《滇黔吟草》、李雲章《卍聞齋詩稿》、楊際運《碧山草堂集》、張招覲《雨香龕詩草掇餘》、邵自祐《蕙圃詩鈔》、谷宗善《可亭詩鈔》、陳靖《讀石山房小草》、趙之城《琴鶴堂詩草》、邢元植《緑柳山房詩草》、翟際華《寒竽小草》、王城《萬里行吟草》、張瓛《容膝軒詩草》、康鈞《石斧集》、楊繼曾《拂雲軒詩草》、馮晉《夢陶山人學吟稿》、鄭佐《紅蕉花館詩稿》、王際清《味古齋吟稿》、鄧興業《萬竹山莊詩草》、馮嘉蘭《愛竹山房詩草》、趙璋《所夢集》、步際梅《馥堂詩草》，共五百餘種，或得從郵寄，或出自故家，臚舉其目，用備他日續訂《藝文志》之一助云。

一　是集雖主選詩，義在存人，凡二百年來，名公鉅卿之作，固宜加意搜採，然如宛平孫侍郎承澤之博雅，祁州刁孝廉包之理學所著，皆卓然可傳，乃詩則輾轉求索，竟無從得其隻字。竊恐此外掛漏尚多，所望當代同志，摭拾奇零，彙寄補入，以免遺珠之憾。至是集徵求既廣，展轉傳鈔，往往一詩重出，字句不無小異。兹祇擇其佳者録入，無從更校原本，識者諒之。

一　採風問俗，職在史官，余備員畿輔二十餘年，每車轍所經，即留心搜訪。嗣聞崔明府旭、高孝廉繼珩，家有舊本，因各出所藏，互爲考證，復馳書各府州縣，廣文中之同志者，詳加採輯。元城湯訓導堃、安肅蘇教諭元翼，尤力肩其事。其參閲者，爲崔明府旭、梅廣文成棟、高孝廉繼珩、邊茂才浴禮；代司剞劂者，爲沈觀察兆澐、吴參軍景周。此外如白小山尚書鎔、趙菊言侍郎盛奎、步香林侍御際桐、王穀葊比部慶元，皆有功於斯集。餘不及一一備書。

國朝畿輔詩傳卷一

李霨

霨，字景喬，又字臺書，號坦園，高陽人。順治三年進士，歷官東閣大學士，謚文勤，祀鄉賢。有《心遠堂詩集》十二卷。

《四庫全書提要》：《心遠堂集》十二卷，李霨撰。是集爲霨所自編，初刻於康熙辛亥，至於丁巳，又續廣之。其論詩，謂『王、李、鍾、譚，其詞皆予，而所不予者在其效顰學步之流』，持論最爲平允。故集中諸作，皆冲和雅正，不爲叫囂之音，亦不蹈纖仄之習。其門人陳廷敬《序》稱其『寫一時交泰之盛』，蓋遭際盛時，故其詩有雍容太平之象。古人所謂臺閣文章者，蓋若是矣。

《畿輔通志》：霨自幼苦志讀書，言行不苟。入閣時年甫三十有四，風度端凝，内介外和，朝野倚以爲重。聖祖初年，輔政諸臣事多專决，票擬未當，霨每於談笑間婉言曲喻，徐使改易，調劑之力居多。三藩變亂，察哈爾部落亦叛，天子命將討不庭，一應軍機方略諭旨，口授霨起草。每入或夜分乃出，或留宿閣中。人有問者，默不應。霨嫻掌故，凡大典禮，必以屬之，出則扈從，入則侍講。所得賜予，悉以分給宗親。恪恭忠慎，二十年如一日。

王熙《李文勤公墓志》：公立朝風骨甚整，不喜立名譽。喜著述，負藻鑒，能知人。魁儒鉅公多出其門。精天文地理百家之言，常奉詔觀楊光先測驗日影，又考驗吴明烜時憲七政二曆異同，又測驗火星木星躔度，著書不爽，雖專門之學，莫能難焉。

李棠《序》：詩者，性情之事也。作者吐性情於楮墨之間，要須以渾樸沉雄之氣，載其忠厚和平之言，開天地之光華，鳴朝廷之休豫，斯足貴耳。今觀先生應制諸篇，以及唱酬題詠之作，宏音亮節，具有殷然忠愛、藹然敦厚之思。固宜其藻焕皇猷，謨訓同垂也。

曹禾《序》：先生自翰林登政府，佐世祖皇帝，致治太平，功德在當世，事業在史官。先生且有而不居，退然若未足。至於詩文，固視爲文士之末務，尤不欲以示世。然自開國以來，文明大啓，至於今，垂三十年，朝野犁然嚮風，原其始，則自世祖皇帝鼓舞興起於上，而先生首被知遇，凡國家大著作，如典謨訓誥，縣於日月。至於應制詩賦，流傳人間，自是學者知所依歸，而羣焉稽古。迨於皇上又以經術啓沃，崇儒右文，承學之臣，彬彬盛美，莫不以先生爲折衷。此先生之文章爲氣運所關，而開風會之始。蓋自主臣同德，棫樸作人，而致今日之盛，非偶然也。

《紅豆樹館詩話》：國朝定鼎之初，北方實多賢輔，而文章彪炳，開一代風氣之先者，首推坦園相國。蓋承其父文敏公國楷遺訓，黼黻昇平，殫心獻替，不動聲色，勳業偉然。今讀《坦園集》，六代三唐，合爐而治，聯珠綴玉，蔚爲盛世元音，以視唐之燕、許，宋之楊、劉，洵足方軌齊軫，故著録較多，爲是集冠冕焉。

耕田恭紀

順治十一年仲春，肇舉耕耤之禮，爵叨侍從，獲睹盛典，賦詩十章，俾擊壤者謳焉。

其一

昊天擇厥子，惟德不以親。聖人執大象，奠物非佚身。禋享有常秩，幽以悦百神。阜求不敢私，明以媚兆人。人神苟無憾，黄虞道彌淳。

其二

板板降疾威，嶽瀆藴瘡痏。金革蝕元化，動植失其理。乃睠授大命，真人東方起。一戎消欃槍，四征翦封豕。端扆坐明堂，來庭仰恭已。

其三

維皇凛邦本，旰食懷春冰。云胡堯湯運，水旱妨年登。牲玉徧羣祀，墜典靡不興。覓土咨陽官，朕命汝克承。司事以時戒，農祥晨可徵。

其四

中春吉維望，祀事蕆且虔。除壇簡農用，瞽告協風先。淳濯致精意，祇祓德逾蠲。閶闔儆宵漏，庭燎光燭天。鸞旂聲噦噦，戾止於壇前。

其五

維時夜向晨，卿雲爛初霽。外壝駐珫纛，帳殿留玉軑。簨簴備和聲，羽旄陳儛綴。裸鬯手殷薦，馨香神所嚌。肹蠁煙熅中，遥見揖羣帝。

其六

倬彼田千晦，后稷監所薅。震渝爰有待，陽癉蒸土膏，葱犗既閑則，覃耜乃躬操。一墢示無耦，三推肯去勞。畢事聖顔豫，日華浮赭袍。

其七

公卿何濟蹌，方剛間黄髪。斑三循乃職，恪恭孰敢忽。終畝維庶人，備塈力搰搰。保介播及時，百種覆新垡。億秭鍾神倉，我粢潔以餴。

其八

式禮敬終事，帝用蠤爾成。來賀四方至，齋宫仙嚴清。田畯率厥屬，襏襫雜簪纓。膳夫羞玉食，班常羅廣庭。誰謂田野人，亦解簫韶聲。

其九

天意如有畣，醲和變春寒。瀲旭風不運，重輪耀雲端。一時轉僊仗，萬姓瞻迴鑾。侍臣騎如水，劍佩鳴珊珊。千載曠斯遇，帝力歌同歡。

其十

無逸唯聖謨，太康古所戒。居高聽則卑，蔀屋徯時邁。華陽馬欲歸，渤海刀須賣。菽粟如水火，方隅饑始瘥。更有監門圖，愚臣贊颺拜。

秋感雜述

其一

斜陽正鳴蟬，低徊去霞影。耳目遂凄迫，孤緒如有儆。遠磓滋舊憶，泫露有餘静。恭惟古喆人，此生以爲穽。嘗恐日淪棄，蛉鵴失所秉。買山笑豈免，臨淵羨徒耿。

其二

啁噍夸毗子，磐折事要津。一笑或相假，不惜辱其身。餤冷利亦去，禍釁發所親。今日操戈者，昔日彈鋏人。閉門謝結納，白首幸如新。

其三

鶢鶋止魯門，神悸饗鐘鼓。於越文身邦，舉俗笑章甫。物情安所習，驚衆乃招侮。從來達識者，和光在塵土。

其四

中庭雙紫薇，光蕤夏及秋。誰使花不實，歲晚成沉憂。結絛未堪贈，委砌無人收。美人感幽獨，坐對西風愁。我生同物化，芳妍詎相借。況復白露時，單衾怨遥夜。

其五

苦竹亦有節，寒菊亦有芳。哀此簷際花，蕭槭萎嚴霜。物性異貞脆，順受固其常。奈何末世士，局促失行藏。

其六

驅馬故城下，烏鳶翔空壕。敗屋絶烟火，蓬艾如牆高。黄塵埋斷碣，遺名認賢豪。嗟彼中澤鴻，嗁饑聲嗷嗷。徒知振長策，計晚思補牢。

其七

繁霜錮地脈，凝陰陽氣窮。落葉積庭廡，枯條鳴北風。田家斂農器，羣務皆休工。悄悄念終古，有愁無由通。餔糟以諧世，崎嶇違深衷。

哭濟寧李逸羣先生

乙酉秋八月，邑里初罷兵。賤子苦謀食，挾策游上京。是時喪亂餘，百務皆廢傾。矧此鉛槧業，迂僻遠人情。多士稍稍集，黽勉入貢場。山東李夫子，分校司文衡。榜發乃叨薦，果出其門牆。爰從同門後，始得睹儀光。公德如海嶽，勺躋莫可量。鄙野乃驟變，薰陶賴包蒙。及予告歸時，拜别招提中。公意甚珍惜，道義重勉襄。出門當仲冬，北風慘衣裳。計予方抵里，公亦授巖疆。迨乎丙戌春，予獲售南宮。書札寄自淮，愉悦盛期望。清河古泗地，疲劇當河衝。公才有餘刃，擘畫無不臧。左右簿領間，砥淬道彌精。亥子冬春交，臺諌需才良。當宁軫守令，銓府奏公名。應召始北轅，淮民涕浪浪。由是躋兵垣，是冬郊禮成。解澤沛宇内，畿南命公行。捧綸不崇朝，德音備宣揚。明年四月半，竣職報大廷。馳驅察道途，凋瘵憫遺甿。賦繁有司暗，論列首其鄉。奏入得俞旨，切責期均平。未幾公移居，予舍共一坊。相去僅數武，時時得過從。公最慎交游，予至則命觴。嘯詠必終日，名理同品評。暑雨破岑寂，閒堦愛幽凉。頗嗜熊鳥術，吐納神康强。七月感脾疾，予爲薦醫生。公疾屢小愈，人事復見妨。鞅掌不可辭，浸淫再羸尪。静攝益謝客，予獨造寢牀。公無婢御侍，藥餌惟予商。歲朝喜和霽，起步坐前廊。神貌愈清炯，謂可復健王。首春過人日，候疾達公房。欣然語之坐，茗酒勸予嘗。肢體雖委頓，議論更肫詳。劇談迄日夕，惜别情憯傷。豈料遂永訣，轉瞬殊哀榮。易簀當上元，奔眂已殂升。未及聽遺訓，擗搶莫自通。一子哭躑躅，二僕走煢煢。旅邸無長物，周身具蒼黄。故鄉千里外，痛惻感路傍。矧於及門士，能無摧肺腸。公性異流俗，名行夙端方。土苴録與位，恬處無競容。出口絶臧否，物我已兩忘。大道覆羣倫，達識齊彭殤。所抱未竟施，不憖悲彼蒼。丹旐出郭門，返魄濟北塋。哀哉申此詞，引領雲茫茫。

秋日寓感

其一

歷歷泫景市，匆匆芳歲摇。客心久濩落，秋氣仍蕭條。在户有蟋蟀，抱葉無鳴蜩。斜日明空林，商聲隨驚飆。陰陽默嬗代，巧智日益雕。哀榮轉相伺，如彼暮與朝。有形無不盡，金石湓焉銷。寄言南山松，無爲詫後凋。

其二

候迫無淹晷，秋陰易爲暮。閒堂向夕開，清燈耿幽素。夜久羣籟息，徵鴻數聲度。感此不成寐，彳亍中庭步。仰眂流雲繁，罨藹寒月露。河漢西南横，衆星爛以錯。已矣何憂虞，濶哉此天路。

其三

余本躬耕士，早耽田畮樂。霜期滌場後，百穀亦已穫。歲暮羣役休，雞犬偃林薄。鄰里時招邀，濁酒共斟酌。世事若反掌，人境兩零落。昔歡百無一，長懷負夙諾。武備正未弛，誰能念藜藿。還瞻故里墟，寒莽宿饑雀。

其四

秋至寒夜遥，幽人起清旦。高樹霜始凝，顧瞻時物晏。科頭獨隱几，嗒焉形神判。何用抒遐衷，遺編幸堪玩。楚國有貞夫，懷忠而被竄。其意乃摧愴，其詞胡衍曼。薋菉盈王庭，荃茝擯荒岸。諒無淈泥行，安免懷沙歎。豺虎却譖人，蛾眉妬華粲。突梯膏寵利，好修蒙世難。古今諒同軌，達士安足惋。披讀若有觸，沉吟及日旰。

酷暑

酷暑絶經過，長晝獨閉門。炎飆時颯颯，吹我几席温。日車停中天，萬物同蒸燔。飛鳥焦其羽，池流爲之飜。畏景苦難暮，欲寐氣鬱瞀。已憎團扇重，頗覺纖絺煩。傷彼道傍子，簇聚如雲屯。揮汗事畚鍤，萬指相攀援。觸熱豈不憚，嚴箠莫可奔。一身饑且渴，喝舉室悲游魂。使民有恒期，師行避熇燉。兹役矧可緩，胡令多銜冤。浮埃蔽上蒼，雲雷久無恩。安得生羽翼，憤激爲叩閽。我居幸閒逸，湫溽何足論。

有事太學，宿御書樓下，感述

索處忘歲陰，境異結遐想。揭來人蹟外，寂歷得心賞。入門肅高矚，形神迭幽爽。循覽多陳蹟，太息深一往。老槐四五株，天風墜秋響。隤陽漏東壁，宿蘚連階磉。須臾晚色來，城闕黯莽蒼。衆籟雜然作，客意悽憹惘。緬思昔建國，規模何宏廣。四維密以張，教化尤敦獎。成均作人府，經史資溉養。鏤板布四方，庋置危樓上。治平有根據，邪説莫能蕩。磐石數百年，厥報實默享。遺構猶幸存，經始憶疇曩。丹雘剥高甍，巉嶸欹銀牓。斷垣失障蔽，空庭塞榛莽。細民溷清閟，楗鐍無人掌。藜火銷太乙，夜氣窺魍魎。羽陵簡易蠹，汲冢逸難網。牆壁隱詩書，章甫淪兵仗。即今絃誦徒，不費公家帑。拯時見迂闊，懷古足俛仰。片月寒近人，夢游尚惚恍。

感述

我里高河東，實維顓帝墟。村氓數百家，俗類古陳朱。承平孳姓族，雞犬恒晏如。萑苻一朝起，殺聲鬨耰鋤。茅茨照烽燧，平原血成渠。孤嫠走四方，貰魂刀俎餘，羸老什存一，轉徙無安居。況復頻水旱，新田無人畬。盛衰有主者，私念徒區區。

雜述

其一

鳴蟬本微物，胚胎自泥塗。炎風假之便，憑高任喧呼。喋喋如有訴，纖羽颺輕軀。使我夢魂擾，不得游華胥。爾時能幾何，秋霜被庭梧。繁聲會銷沉，終作抱葉枯。詩人刺蜩螗，宣父吟蟪蛄。厭静而尚囂，無乃非良圖。

其二

何以解我憂，駕言出南郭。窈窕誰家墅，芳塘映林薄。石徑深逶迤，亭館布參錯。芙蕖爛錦綺，飛粱跨水閣。規模殊壯麗，金碧已剥落。賴有游人來，時時慰蕭索。借問刱者誰，當年氣熏灼。傳舍閱多人，百歲如今昨。感此意豁然，萬事付杯酌。爲語同游客，慎勿緩行樂。

南苑雜詩

其一

不踐城南途，欻焉已十載。豈惟日月積，似覺阡陌改。荒畦接村墟，居人幾家在。久旱麥禾焦，耕者方憂餒。長風吹驚沙，羸馬循殘壘。繚垣啓紅門，紺宇奉真宰。曾識經始年，金碧餘光彩。石梁隔流水，濺濺濕蘭茝。徒御遠相失，行行意彌怠。筋力非當年，馳驅增歎慨。

其二

融風吹南陸，獵獵帷帳鳴。披沙一開眼，油然見雲行。沉沉黯西山，遥遥接高城。濃陰蔽朝旭，曉起聞雨聲。兹聲一何美，能使珠玉輕。甘澤雖未足，亦可濡枯莖。播種盡人事，穜稑均西成。凡草固易滋，蓊然乘怒生。晚霽看野色，一洗塵襟清。素餐愧宵旰，舍郊廑省耕。

郊居即事

中夏暑猶薄，晨光引遐矚。夜雨濕村煙，四時皆新浴。萬樹静微風，平疇凝一緑。遥田當我樓，可以時寄目。雞豚識原野，煙火辨茅屋。策杖羡老農，蚤起察穜稑。悠哉天地意，萬化於此足。

春日遣興

冰雪起漸遠，頗覺天宇和。西望斂朝煙，峰影晴翠多。社燕葺故壘，庭樹振柔柯。羣動紛自適，我胡憂虞羅。白眼向今古，浩浩一長歌。

積雨秋夜讀書有懷田里

幾日碧蘚合，客庭閒且肅。濕雲低護簷，飛雨凉濺燭。永夕幸無營，開卷破幽獨。息念攻羣疑，觀生驗早服。四年隔鄉園，五畝荒穜稑。今秋霖潦過，奔流瀦平陸。漁舟載戈鋋，焚殺及茅屋。况復煩撻伐，無地安樵牧。遺壘烏鳶肥，空村狐狸哭。理亂如相周，天心豈難卜。

詠史

紛紛七雄時，宗周若旒綴。世主醉富强，人心死功利。禮賢徒虚名，賤士工游説。從成則楚王，横成則秦帝。山東實唇齒，傾詐争自弊。相割委强秦，弱肉恣狼噬。吾愛張孟談，曲折存趙計。吾愛魯仲連，卓犖挫秦勢。排難辭成功，羞爲浮榮繫。長嘯懷古人，千秋氣淩厲。季子多黄金，徒傷身後裂。

漫興

露結庭始寒，木葉稍欲脱。夜長秋分後，待旦渺難達。欹枕聞嚴更，栖鴉冷相聒。枯蕉集微雨，蕭森凉氣闊。勞生竟何成，歎息時已末。諒無羽翼期，瑶華安可掇。懷哉滄州人，晤語庶當豁。

九日登歸義寺閣

日月協陽數，嘉名昔共珍。客懷非一感，睠焉追同人。野徑入幽寺，地偏趣易伸。高閣豁遠目，物態一何新。風日午方暖，雲木秋逾真。澹蕩衆山色，蒼莽九衢塵。爲歡幸簡率，盛氣無逡巡。誰能愛清醒，坐負百憂身。

久旱快雨竟日

伏後數日風，秋行百物瘁。昨夜猶繁星，兹雨出不意。土潤適宜時，况爲滌炎熾。早霞映窗紅，俗諺乃足誌。翻盆聲砰洶，決渠力犇恣。百川會神靈，九陌怯塗墍。驕陽歷三時，疵沴蒙動植。霑灑雖時有，滋渥今方被。一洗瘖痍蘇，晚收田畝利。草竊得銷亡，兵炎俱偃避。共睹熙攘時，重乾子遺淚。區區持斯願，天心或不棄。

初發都門

六年東吏舍，所向困局迫。出郊兹晨始，豁若樊籠釋。望山懷故栖，遵途惑新陌。回首魏闕高，塵沙黯將夕。軀微墮世罟，拮据事行役。豈無四方志，悲與親愛隔。曠寂均苦樂，浮生安所擇。起滅情無端，沉思莫能擲。

便道過里

怱怱車馬至，蓬户散雀羅。開扉掃塵榻，陰森氣未和。遺友三五人，攜酒相經過。道昔如失夢，問名幸無譌。意色共憯悒，慰藉翻滂沱。塹其斟酌厚，微酣成悲歌。悲歌何所云，人少豺虎多。

望惠山

弱懷結奇尚，遠游欣必遂。當境何多乖，投緣似相避。惠山挺吴壖，一水入遥視。佳泉耀茶經，夙聞已神醉。坡陀間高下，林壑布森邃。少斂雨餘雲，微辨烟中寺。騷騷南風逆，淡淡西日墜。暝色野蒼茫，遽失諸峰翠。徵飆束嚴程，愈信簪組纍。遐期汎秋濤，庶滌山靈恚。

經江郎山次峽口

出郭路漸南，目極萬山蔽。坡陁互高下，輿行踐田畷。江郎何由名，三峰聳雲際。或云慕僊者，江氏三昆弟。飛舉道未成，化石迷年歲。未遑究誕渺，徒能仰幽麗。一峰形敦龐，一峰比而鋭。林立肩相隨，隱見蒼煙衛。行賈必過瞻，豐縮卜明翳。又云巔有池，雲波汜溶瀹。金鯽多奇鱗，碧蓮非塵蔕。可望不可探，俗鞅何由税。

舟發浦城

地形下東南，灘溜如矢疾。客行衝霧雨，扁舟僅容膝。粼粼沙浪高，齒齒石鋒密。磄砢礙中流，鉅細狀非一。狹逼驚濤飛，深沸漩渦溢。舟楫巧紆避，簸蕩神先怵。篙工一失手，勢争洪波汨。菀薈崖卉稠，奔激岸峰崒。驢奇豫初覽，煩促厭縷述。乘流怪浮生，坎止私願畢。

建安道雨

雲晦飛鳥藏，行子不得息。輿梘渺無定，川陸屢回惑。南土苦卑濕，夏溽雨蒸塞。淫霖迷昏曉，險滑困緣陟。長河漲白霧，遥山皓同色。衹疑天潢傾，神龍怒叵測。飛沫濡須鬢，顛躓步匍匐。徒裝没新潦，芒屨委塗植。微躬匪金石，而爲陰陽蝕。已往慚知非，迷復將何極。

浦城旅舍早秋效長慶體

娟娟池面荷，淡淡河下水。寂寂虚廊静，獵獵微風起。魚影近依依，竹光青靡靡。森爽凉肌骨，徘徊閒杖履。新秋迎可親，殘暑去如委。勿爲羈旅嗟，幽居胡得此。

仙霞嶺

雨破炎風凉，吹我仙霞嶺。途改旅思新，力盡崖路永。迥合目易眩，盤陡步無整。衣穿白露濕，肌濺懸流冷。低視飛鳥背，仰接奔龍影。挂樹猿狖閒，蹲石虎豹猛。天近雲車翻，嵐沐烟鬟靚。蒼黑杉百丈，葱蒨竹千頃。唯昔此設險，巖關搤要境。事去衆志非，金湯費藩屏。盜賊尚聚嘯，險隘尤多梗。世人競捷足，及兹未易騁。

往復過將樂，以不得游玉華洞爲恨

伊余滯京師，每作雲林想。薄秩苦維縶，不得遂長往。及兹遠行役，萬里環輪鞅。雖倦馳驅勞，謂伸夙昔仰。鏞州富嵒窟，玉華號幽廣。窅冥鍾瑰異，蒸瀦幻物象。昔過嚴程迫，今歸淫潦長。逢人詢髣髴，驚喈徒悵惘。神境隔塵俗，劣賦慳靈賞。乃徵造物緣，離合莫能强。

黯淡灘

谿灘奇多石，黯淡不可觸。我來值水殺，洪流尚犇續。巉巉萬石齒，旷布無遺矚。直下磯勢阻，逆陟峽形矗。當其氾濫時，拍天激浪酷。行了推畏途，咫尺鄰魚腹。岌岌牽一筊，禍劇垂堂蹙。長年氣整暇，槳枻理詳熟。仰泝凌飛濤，石罅妙紆曲。進止有餘裕，操持快心目。因知濟險者，所負必素足。庸夫喜大言，遇變手恒束。

陌上桑

青青陌上桑，不許路人折。盈盈桑下女，不爲路人悦。將物比貞心，黄金不如鐵。

有所思行

有所思，乃在岱宗之巔。玉書金檢不可覩，七十二代空茫然。仄聞黄虞前，結繩物自理。書契胡爲乎，千秋殉蒼史。河中之馬本無文，仰觀俯察徒紛紜。

曹孝子

名廣攄，京師人。母病，刲股以進，母起，孝子病愴，竟卒。

孝子全，孝子隱。孝子彰，孝子殞。兒膚愴，兒心安，霜刀凛凛六月寒。親身安，親心苦。冥冥報施不可覩。奪爾百歲兮，還爾萬年。形骸有盡兮，馨香永延。皇天所厚兮，在彼不在此。嗚呼，孝子兮，孰云其死。

鳴箏詞

縠帳涼生屏華燭，蘭軒半敞人新浴。手停團扇揎冰綃，調箏聊按歸風曲。繁絃本自號秦聲，況逢趙女顔如玉。皓腕頻低雁柱移，金鈿纔卸蛾眉緑。大絃沉沉小絃起，初爲黄鐘後清徵。百種幽情十四絃，殷勤排當憑纖指。青葱脆映玻璃甲，攏撚搊挑皆有法。曼聲視睆鶯囀花，急響飄騰泉出峽。俄翻苦調變陽和，颯然霜霰來庭柯。鷩鳥腷膊羽相亂，高天爛爛垂星河。將迴復引怨思多，悲生樂極翻滂沱。箏乎信工情則那，曲終掩袂四壁静，竹稍忽墮流螢影。

擣衣曲

旃檀爲杵紋石砧，先擣徵衣後錦衾。徵衣遠寄交河戍，枯草飛沙没行路。錦衾憔悴伴空閨，玉顔無夢中宵啼。啼亦不可歇，夢亦不可成，欲識君邊刁斗恨，試聽妾處擣衣聲。

苦寒行

其一

燕山一夜雪後風，重衾裹足如水中。日車蹙縮藏曉紅，人履河腹聲冲冲。椎擊綆挽撼鮫宫。

其二

長安索米頻休假，時騎羸馬向官舍。指裂據鞍不可下，短髭拗折冰花謝。枯毫凍研酸風射。

其三

蓬門婦子燎茅炬，黐糲炊煙僵不舉。嗟余苦寒差勝汝，更聞橋下雙鶴語。堯年之寒未應許。

空城雀

官倉鼠，常苦肥，空城雀，常苦饑。饑者遠羅網，肥者瀕灾危。朝飛蓬蒿門，暮宿積垣裏。啾啾引羣雛，鷹鸇不屑視。君不見揚雄執戟甘寂寞，終令奇字催投閣，可憐不及空城雀。

感秋雜詠

曉

清旦氣㵪肅，况當秋欲闌。平林薦初日，餘夢受新寒。苔露冷猶照，鄰碪急稍安。不堪將短鬢，坐對歲華殘。

風

庭前芳菊枝，蕭瑟不勝吹。落日忽相别，虚堂君自知。傳香隔疏幌，驚露散清墀。秋夢還堪寄，相從去海涯。

水

臨流同落落，而我净秋心。清影一相照，孤懷千古深。寒鷗甘浩蕩，墜葉怯浮沉。同憶山窗下，聲聲瀉素琴。

砧

秋聲非一感，碪杵亦年年。歎息鄰家子，低徊擣練篇。明河樓角注，暗露竹梢縣。欲待虚窗月，勞君伴夜絃。

竹

恃爾爲寒友，非徒共隱居。秋風時自許，苦節意何如。籜隕龍孫瘦，霜凝鳳尾疏。夜看千尺影，落月照簷虚。

草

遲暮難爲色，秋風可奈何。夾堤看雨霽，接塞入雲多。古道唯車馬，深宫亦綺羅。明年春盡後，相約憶山阿。

瓶花

幸爾伴幽獨，兼無風雨欺。容華如可友，采折豈非宜。色静香虚牖，心傷别故枝。物情違所性，珍惜詎能知。

宿院即事

嚴儆直承明，霜濃夜氣清。長河殘月暈，老樹凍烏聲。黄紙緘書秘，青綾襆被輕。同人話未已，宫漏欲三更。

復次日蓮驛

一隙兵戈徑，微軀此再留。青楓傳戍火，白石浄溪流。砦閉雲霄隘，村空虎豹游。爾曹昧天命，行旅得無憂。

促織

語默非由己，微生二氣間。空階如有約，秋客獨相關。月魄寒羅幕，機絲損玉顔。勞勞悲衆籟，委化未能閒。

郭外

近郭誰家墅，幽尋偶到門。短籬藤蔓老，喬木鳥聲繁。秋色遂如此，客懷無與言。翻愁逢俗士，車馬隔林喧。

白雲觀次石生給諫韻

何地尋真隱，珠宫一畝隈。風煙孤堞迴，雪色衆峰開。事逐白雲去，人騎黄鶴來。探奇不覺遠，野興自相催。

泡子河

泡子河邊路，曾經全盛時。青山催馬齒，朱樹失蛾眉。病樹生枝秃，荒橋度板危。試尋絃管地，蛩語滿秋籬。

潞河道中

霜日曉初鮮，籃輿破野烟。遺甿悲雁户，故轍識桑田。笳鼓駝聲送，旌幢虎旅旋。武功方未已，行役自悽然。

靈璧道中

中都何代建，王業黯蒼茫。雲氣銷龍虎，山形鎖鳳凰。創垂當日意，憑弔幾人傷。猛士藏弓盡，空憐豐沛荒。

將樂山行

回合千嵒裏，危途已稔經。雨乾梅子盡，瘴熱草頭青。陟嶺蛟湖峻，探林虎窟腥。昔人歌蜀道，應未識臨汀。

阻風野泊

缺岸連叢篠，蒼崖罥黑雲。捲蓬風力怒，觸石浪花分。酌暗螢徐下，眠驚虎夜聞。境緣奇不厭，漸習遠人羣。

雷雨泊溪灘

灘曲苦邅迴，收帆急雨來。幽嵒騰絮霧，老樹繞奔雷。魑魅深林哭，魚龍夜壑開。蕭然散炎鬱，險阻復何猜。

西苑舊蹟

妝樓遺址盡，孤墻出高臺。佳氣五雲渺，悲風四面來。天文蝌蚪譯，龍藏鬼神猜。異域僧徒在，應能辨劫灰。

清明同仲生諸年友登靈佑宫樓

春城艱野醉，令節况登樓。歌細風徐度，山蒼翠晚浮。空尊嘑墓鬼，高樹隱圜丘。俗客看相怪，應非簪紱流。

送王藉茅歸省

執友難言别，寧親敢告勞。風煙柏岡樹，舟檝盟津濤。驛路疲乘傳，鄉園看賣刀。問君萊子服，曾有鸘鷫袍。

同沚亭冰壺游桃花寺

蘭若憑虚際，同人快一登。林深風淅瀝，徑仄石崚嶒。絶壁流雲合，飛泉急雨增。幽探殊未倦，復上最高層。

秋日城西即事

秋郊朝氣肅，蔓草未全腓。白露催林葉，晨光上客衣。敗壕寒水咽，荒墅遠烟微。欲覓當年蹟，同游在者稀。

送李屺瞻司理廉州

百粤東南極，滄溟萬里寬。地仍秦象郡，富異漢珠官。訟牘舒民力，詩囊見歲寒。平生期許意，未盡在彈冠。

春日西郊

其一

坐惜青春去，城西問舊游。柳陰河勢曲，花氣野風柔。廢圃圍荒井，危橋咽細流。同人相待久，選勝到林丘。

其二

欲去仍餘興，徘徊古寺門。碑殘猶辨字，佛卧自忘言。返照明高樹，遥山補斷垣。無端歸騎促，憑弔意空存。

春日偕予衮登報國寺閣

塵清睥睨晝溶溶，宫闕參差翠影濃。上界天風吹鸛雀，西山雲起照盧龍。春催草樹争殘凍，望入川原怯遠峰。身世漸知歸浩渺，驚濤俯聽起蒼松。

九日大風雨舟阻邳河

縱眺河干濕兩眸，北風怒雨打船頭。山遥鼂繹烟中隱，水亂徐邳地外流。菊琖萸囊何處好，黄蘆白草此時秋。畏途百戰經湖濼，伏莽縱横尚未收。

雨游中頂回香亭

數畝芙蓉錦障齊，清流曲曲抱長堤。振衣風送廖天外，過雨雲垂上苑西。隔水笙簧宜遠奏，尋芳壺榼更重攜。儘拚騎馬乘船似，落照籠陰路不迷。

秋分大雷雨

秋氣平分更起雷，驕風横雨莽相催。祠官俎豆陳方罷，月姊旃麾濕不開。屋角雷光明詰曲，庭心水勢怒喧豗。於今夏正渾難據，欲向羲和問管灰。

送艾長人司農祭告中嶽

崧高勝蹟中天下，廟貌清嚴黃蓋峰。坐卧數千年柏樹，登攀三十六芙蓉。少姨殿圮豐碑仆，玉女窗虚亂石封。遥羨告虔通陟降，星軺處處問仙蹤。

秋思

雲净西山翠影鋪，高城吹角曉嗚嗚。未聞歸馬閒龍盾，更見徵兵急虎符。露落故宫班女扇，衣霑清淚阮公途。中林鵖鴂鳴何早，已送霜風逼槁梧。

擬宫詞

其一

惆悵樓東薄命吟，昭陽日影夢中沉。當熊辭輦恩難恃，落葉哀蟬憶反深。自昔丹青能易貌，何人詞賦可回心。春風著意鳴鶗鴂，紅雨千秋怨不禁。

其二

新縑故劍易生疑，濁水清塵兩不期。爲問絳紗初繫日，何如金屋退閒時。照顔不夜珠無色，樹背忘憂草有知。縱道君恩深似海，波瀾洄澓使人悲。

其三

皓齒争妍滿六宫，專房敝席幾人同。蝶隨香袂時時改，柳引羊車處處通。歡極那知蓮漏促，寵移不待玉尊空。當筵一奏秋風曲，始信君王是化工。

其四

洛浦明珠鄭國蘭，千秋長擬奉君歡。同游正墮雲間翼，獨舞俄羞鏡裏鸞。七寶臺高終怯步，六銖衣薄詎勝寒。鉛華不是承恩具，斟酌蛾眉畫愈難。

留調臣

不是勸君留，緑槐陰可惜。試聽樹頭蟬，聲聲怨行客。

夏夜

醒愁明月明，睡愁明月落。醉覺無人聲，暗風響村柝。

題畫贈琴客

會得無絃意，高情今古同。時來巖下坐，抱膝聽松風。

田兼三席上口占

高堂明燭耿深秋，細雨黄花動夜愁。耐可吴歈催客醉，十年前事上心頭。

清明郭外

顛風殢雨釀寒輕，細草平川緑未盈。最是游人無意緒，翻將風雨惱清明。

元夜

九衢燈火競時新，璧月高懸映璧人。跳索兒郎團鼓女，分明妝出太平春。

黄村道中

坡陀高下失前旌，踏棘穿沙信馬行。乍喜逢人堪問路，遥聞林外喚鷹聲。

宿盧溝

沙岡盡處是盧溝，雉堞蒼茫暮靄收。毳幕纔安催秣馬，半規霜月照徵裘。

夜宿玉泉山下

寒郊虎旅送嚴更，霜氣侵幃月影清。無那酒醒歸夢覺，枕傍細聽駱駝鳴。

復游觀音堂至裂帛湖功德廢寺而返

裂帛湖頭偶問津，清流碧草宛如春。亭臺遺址無從識，若箇曾經全盛人。

明景帝陵

蒼蒼栝柏冷煙凝，古瓦頹垣牧豎登。白髮中官扶杖立，向人指點景皇陵。

三屯營道中雪晴

玉削羣峰四望同，旭光喜見樹頭紅。層冰馬踏翻忘倦，人在房山圖畫中。

雨中再簡子明

別酒重斟苦易醒，淒雲寒雨一燈青。却愁後夜蕭蕭響，客舍篷窗兩處聽。

西苑雨中

平湖十里開明鏡，菡萏千枝簇錦屏。獨上金鰲停馬看，白鷗飛入五龍亭。

歸途雜述

濺沫飛流百道分，驚雷隱隱四山聞。中盤佳處空遥指，一半峰巒入白雲。

明太監王承恩墓

常侍孤墳傍寢園，尚留短碣表忠魂。遺弓當日何人拾，應有銀璫碧血痕。

國朝畿輔詩傳卷二

魏裔介

裔介，字石生，號貞庵，又號崑林，柏鄉人。順治三年進士，歷官秘書院大學士，謚文毅，祀賢良。有《兼濟堂集》二十卷。

《四庫全書提要》：《兼濟堂集》二十卷，魏裔介撰。裔介有《孝經注義》，已著録。是編《奏疏》三卷、《序》六卷、《書牘》二卷、《傳志》二卷、《祭文論》二卷、《雜著》二卷、《樂府古今體詩》三卷附《年譜》一卷。其平生著述，刻於江南者，有《兼濟堂集》二十四卷；刻於京師者，有《文選二集》上下二編、《崑林小品》上下二編、《崑林外集》一編、《奏疏尺牘存餘》七卷；其刻於林下者，有《文選》十卷、《嶼舫近草》五卷、《詩集》七卷、《樗林三筆》五卷。此集乃詹明章裒輯諸本，簡汰繁冗，合刊爲一編者也。裔介立朝，頗著風節，其所陳奏多關國家大體。詩文醇雅，亦不失爲儒者之言，雖不以詞章名一世，而以介於國初作者之間，固無忝焉。

《畿輔通志》：裔介授給事中，有糾邪黨、去冗員、舉經筵、防叢脞、杜侵欺、開言路諸疏。

改吏科，上《褒録幽忠疏》。又因星變，上疏十餘，皆切時政。滇、黔未靖，密陳用兵機宜，多見採録，條陳時事，疏無虚日，贊襄機務，深合宸衷。

彭紹升《測海集》：順治五年，石生官工科給事中，上疏請及時講學，舉經筵以隆治本。又言上下之情未通，滿漢之氣中閼，綱紀弛，法度壞，宜召對。羣臣虚心咨訪，以求救時實政，並令史官記注，傳信萬世，俱報聞。轉吏科給事中，九年疏請定視朝之制，始詔，以逢五一視朝，著爲令。先後纍疏，請恤災荒，寬逃人連坐之禁，録建言得罪諸臣。增官吏禄俸，停不急之工，罷侈靡無益之費，因言天下未平，率由徵求太急、刑罰太繁，宜廣開言路，通民情，尚寬大平易之治，勿以刻薄瑣碎傷治體。其論事鯁切，多此類也。十四年授左都御史，詔奬其直，加太子太保。召至中和殿，諭曰：『惟朕知爾。』世祖田於薊州，上疏諫報，曰：『朕不日即還矣。』十八年以滇、閩用兵，加天下練餉五百萬，石生請敕部，計軍需足用即止。詔除，已派外並停徵。康熙元年，雲南平，上疏請撤滿洲兵，還駐荆襄，扼天下形勝，消姦宄之萌，爲部議所沮，復請命湖廣總督自武昌移駐荆州，從之。及吴三桂反，湖南州縣俱陷，卒不得過。荆州人以是服石生之先慮也。三年拜保和殿大學士，十年以疾乞休，家居十六年，卒。

吴偉業《序》：柏鄉魏公，秉鴻駿魁傑之才，遭逢聖朝，迴翔禁近。世祖章皇帝興起，右文招延俊茂文學侍從之臣，無不掞藻摛華，對揚休命，而公實巋然爲冠首。其後歷諫垣，躋憲府，密勿論思紀綱庶政，封章數十上。皆關天下國家大計，蓋非當宁知公之深不能盡用。公之言以興致太平，而非公之才與公之學亦不能輔導以成至治。今上御極，公入居政府，於時海内晏安，從容於黄扉綸閣之間，得以留心述作。公又邃於濂洛關閩之旨，以其餘閒作爲詩歌，則又能籠挫萬物，匠心獨妙。至於悲鼎湖之莫逮，痛子期之云亡，其忠孝氣節，於君父友朋之間，尤惓惓乎三致意焉。所謂理學文章政事，公殆兼而有之。

曹禾《序》：先生首擢制科，爲翰林，爲諫議，既而掌臺綱，掌銓政。爰立作相，翊佐我皇上，大啓土宇，政教所迄，窮陬海澨，嚮風慕化。先生之文章，當代仰爲師表。先生則以爲道德之餘，事功之末，久而不肯出也。蓋先生深於濂洛關閩之旨，不欲以文章名世，而不知先生之文，先生之道德也。先生之文，先生之事功也。既以其道德事功輔聖主，而垂治統復，以其道德事功闡絶學，而開文運，則先生之生於此時，乃天所以啓一代文明之盛，誠非偶然也。

阮葵生《茶餘客話》：王漁洋云：『李高陽之於曹頌嘉禾，梁正定之於汪蛟門懋麟，魏柏鄉之於董秀才文友，以寧服膺，贊歎不啻。若自其口出諸君，皆及門士，而文友與柏鄉未嘗識面，是之謂真知己。』

《紅豆樹館詩話》：文毅潛心理學，著述十餘種，皆宗程朱，詩清和雅飭，具有根柢，嘗有句云：『道以遲能重，書因悟轉疑』，可知其胸中所得矣。

觀滄海

滄海非東，崑崙非西。倬彼天漢，元氣混齊。蓬萊三山，是耶非耶。銀臺金闕，侯不乘槎。潤色萬物，震蕩九土。沐日浴月，天樞地户。幸甚至哉，歌以詠志。甲午春，流民南走如蟻，有夫婦至滹沱河，欲渡，舟子索值，無以應，遂並其子女赴河死，余聞而哀之，作《投河歎》。

望望棄故里，蹩躠度層阿。積雪愁未盡，寒雨漫長坡。豈不念鄉閭，命也嬰禍羅。行期計匝月，遥望見滹沱。滹沱何澎湃，春風增白波。對此心怵惕，四顧空延俄。饑夫前致詞，亦欲渡此河。離鄉日已遠，無食一身多。况今襤褸婦，黄口一肩駝。但獲渡濟去，冥報豈有他。舟子瞪目視，笑爲船上歌。饑夫語饑婦，我當葬蛟鼉。爾挾懷中雛，丐食行逶迤。饑婦更無語，長號赴奔渦。饑夫投其雛，捐命同飛蛾。是時天地黯，慘色起嵯峨。饑民岸林立。哽咽共跌蹉。哀哉今之民，而不如駕鵞。

哀盜

雉羽綴朱纓，長弓響鳴鏑。倭刀燦若雪，袒肩挂裘裼。跨馬出都門，直渡盧溝水。翻身射皂鵰，飛血濺象弭。蹀躞縱横馳，側身若蛟螭。行人皆辟易，長跪獻金貲。醉眼方朦朧，縶縛後車屬。弓刀不及發，狼藉司寇獄。豈乏鐵衣朋，跼蹐不敢贖。

春日感懷

其一

種樹以爲林，結茅以成屋。家有負郭田，聊足供饘粥。春風樹若黛，秋雨山如沐。一二三老農人，戴笠牧黄犢。此事樂有餘，此生甘鹿鹿。虚名煎膏火，途窮見車覆。憂來每無方，顛毛種種秃。座右金人銘，朝夕事三覆。籛鏗真吾師，敬慎以爲轂。

其二

范丹釜生塵，曲逆家落魄。張陳與蕭朱，衡纊争强弱。所以朱公叔，絶交甘寂寞。人生重友朋，明信以爲約。鬱鬱青松色，歲寒終不削。愧彼桃李花，方春競絢綽。余家世燕趙，由來恥浮薄。策馬古鄗城，遥望邯鄲郭。桓桓信陵君，仗義資大略。好與屠沽游，孤寒欣有託。歎息斯人去，仁風不可作。

其三

少伯霸越後，五湖煙水清。子房學辟穀，欲從赤松行。古之賢達人，脱屣視公卿。而我竟何事，高卧古燕京。寒威日凛冽，三月及清明。春風度楊柳，百卉始向榮。啾啾榆枋間，鳥雀自相争。何如空山下，萋萋芳草生。桃花蔽夾岸，泠泠澗水鳴。念此長太息，流涕濡冠纓。歸與會有時，遥憶古人情。

其四

猶龍與覍盟，我輩論文早。王孟如復生，晨夕相傾倒。晚得巢壑子，浩歌天地老。仗劍走西秦，尋源崑崙道。不見古時人，唯見連天草。長鋏復歸來，黃鵠翔蒼昊。莫効隨陽雁，飲啄謀粱稻。庶幾共夷猶，廣羊山色好。巢壑子，殷岳也，鷄澤人。

其五

芒屩沿溪行，西至白雲院。白雲自去來，不見古人面。松陰羽士家，晨爨炊香飯。曲徑轉幽篁，綸巾雜丹篆。對此默無言，玉液思修鍊。當午長春子，萬里走雪山。諄諄不嗜殺，沙漠霽龍顔。乃知古仙術，仍欲濟時艱。安得戰伐息，蒼岫閉松關。

古風

農家有真樂，歸田始得知。一犂耕初雨，五月織新絲。牆頭梨棗熟，鳥雀莫令窺。圃内蔬菜長，灌溉不失期。秋成但得半，豈復愁朝饑。雖曰官租急，幸免戍邊陲。晚黍況已茂，新釀日可期。入門唤婦子，客至速爲炊。

讀杜子美詩

古作多蔚跂，兹編實云聖。盥手展縹帙，肅然起恭敬。世人誦公詩，擷芳資游泳。我誦見公心，楷模性情正。救琯雖云非，其意實孤勁。一躓不復收，驊騮終遠屏。有語不忘君，愴怛忠愛盛。飄泊蠶叢間，欃槮長鑱柄。路阻豺虎多，身傍干戈横。燦燦浣花詞。磊磊夔州詠。百年歌獨苦，斯語淚如迸。放舟夷陵後，潦倒春華競。天困萬古胸，抒發鴻濛性。陶冶不可窮，世秉詞伯政。讀之浹數旬，高齋風雨併。既哭復還歌，枕藉以爲命。斯人竟已矣，惄焉心如怲。

讀李太白詩

三謝與鮑庾，江左稱獨步。太白更絶塵，汗血如飛兔。擲筆振金石，有文懸瀑布。萬象羅胸中，百代生指顧。是氣曰浩然，不祇爲章句。沉香亭畔詞，諷諫有微趣。奴視高將軍，才人詎能慕。羽翮落九天，挂席逐煙霧。留滯東魯雲，蹭蹬采石路。我思汾陽王，再衍晉陽祚。云誰識此人，青蓮慧眼故。無知功未酬，夜郎竟遠戍。璘也實蠢愚，偶而被籠簽。龍章與鳳姿，豈若争食鶩。古今稱謫僊，斯言良不誤。黄金如可成，須並子美鑄。

夜醒

春夜宿齋中，睡醒覺夜永。呼童然膏炷，四壁有餘炳。長安百萬家，悄如太行嶺。犬吠時復聞，積雪起空冷。耳目俱寂然，中懷獨耿耿。乃知喧闐地，未嘗無真境。不必聞晨鐘，蘧然有深省。

選唐詩清覽集作

鴻濛啓元運，靈淑鍾人紀。喜起肇賡歌，風雅隆周祀。漢魏有升降，六朝多綺靡。卓哉真觀君，世濟擅厥美。磊磊富瓊枝，豈惟杜與李。歷下重格調，竟陵采幽旨。遥遥古人心，笙竽若隔耳。大道已曠邈，澆氣顧莫止。鎮以中和音，萬物返其始。

夏日感懷

其一

富貴多磨滅，貧賤亦支離。人生天地間，倏忽如飆馳。魯陽不可倩，誰能挽西曦。惻惻烈士心，常恐智慧衰。榮名古所尚，修業當及時。

其二

好鳥在樊籠，不能翺與翔。哲士沉下僚，焉能遂賡颺。仕路多高足，援手藉金張。歲星照金馬，執戟甘爲郎。叔夜遇非時，多才反致殃。至人有愚色，盛德貴深藏。卓然大易訓，知柔亦知剛。

其三

瞻彼庭中樹，韡韡有光華。秋霜未及濡，零落頓堪嗟。物華誠有時，吾生亦有涯。澡身嚴夙夜，比德耀晨葩。懻懻君子願，徒聞詠蒹葭。

其四

岵屺不可涉，舊廬且關心。年未逾不惑，白髮忽來侵。蟪蛄鳴高樹，霞氣變遥岑。感此懷怵惕，中夜起長吟。終當脱丹黻，撒手赴長林。

其五

少者日以長，長者日以老。韶年高第人，倏已爲枯草。世謂運推遷，非人所能造。抑知物亂真，自損致伐夭。欲以駐頹顔，安得安期棗。寡欲而節食，庶可延壽考。

其六

泜原有高士，槐濱有達人。東西雖一舍，無異比屋鄰。負才各不羈，素業自相親。絶巘同攀眺，孤潭共垂緡。畢娶師尚長，躬耕慕子真。嗟哉出處異，而我失其淳。倦鳥思故山，有巢在荒榛。時因晨風發，良懷佳句新。

其七

宇宙日以新，文章最汗漫。諸子各簧鼓，百家若河漢。自非卓犖識，珠沙孰能判。嗟余束髮時，受業觀爻象。四十竟無聞，坐惜光華旦。嘗聞聖人言，約禮斯弗畔。庶用警餘年，勤補拙之半。

送胡世其歸贊皇

子爲大賢後，郊外有名園。賜書滿鄴架，十載閉柴門。披褐來都下，相見多嘉言。言亦何所道，但云山中好。白雲羃庭除，花落常不掃。聞之怡余顔，忽復傷懷抱。歲寒凋萬物，今已生春草。五行暗鑠人，盜之而使槁。若不豁雙瞳，金石焉能保。子歸待竹林，明月紛浩浩。余將拂衣去，抱甕以終老。

示勷、嘉二子詩

吾年五十餘，氣血漸衰老。爾等業未成，使我縈懷抱。長者頗知書，歐李筆法好。次者畢論孟，未知敷文藻。老子復何爲，日日東華道。豈不念鄉閭，林園多茂草。欣逢日初昇，海内未襁褓。歲值丙午春，天賜豐年造。倉鶊鳴黄桑，麥秀發歧早。秋禾徧郊原，水田足香稻。吾將歸乎來，高歌問瀛島。

秧歌行

鳳陽婦女唱秧歌，年年正月渡黄河。北風飛雪沙撲面，鼕鼕腰鼓自婆娑。衣衫襤褸帕在首，自言出門日已久。前年壽州無雨澤，今歲泗州決河口。父母生我亦嬌姿，藏在深閨學絡絲。織成合歡鴛鴦被，嫁與輕薄年少兒。少年輕薄習賭博，日日倡家醉平樂。妝奩典盡鬻黄金，公姑頭童齒已落。我唱秧歌度歉年，完却官租還種田。南來北往如飛雁，如此艱辛定可憐。

畫鷹歌爲相國金先生作

氣應少皞爽鳩氏，勁翮森竦勢欲起。人言此是海東青，飛過碣石三千里。三千里外集横木，虞人巧計相羈服。一朝獻入長楊宫，日食大官庖下肉。華絆金鐶逸氣生，爪如銀鉤足枯荆。尾疏臆潤目常側，雄心慘淡若經營。伏盡秋高商飆發，翠華雷電動雲闕。獵師相將始出籠，礪吻下韝色若艴。草枯木落狐兔驕，淩霄一縱搏飄颻。須臾洒血滿平地，龍媒照夜競鴞鏕。功成歸來振毛羽，恥與燕雀同儔伍。畫壁猶令凡鳥驚，丹青仍貯雲臺府。君不見祝融之精爲鳳凰，五德俱備羽蟲王。千年一見焕文章，鷙鳥自古比忠臣。周之尚父稱鷹揚，閎夭散宜旦奭同翱翔。

秋夜行

寒風一夜悲騷屑，萬木蕭疏晚秋節。白雲在天鬱不流，梧桐半死芙蓉折。畫堂張宴鼓青絲，霓裳六么相間之。美人二八顔如玉，目成心許恨别離。恨别離兮可奈何，我今作歌爲君歌。

燕歌行效曹子桓送田髴淵

燕山吴水路修長，離筵絲竹發清商。古人遺事空斷腸，一語知心誰能忘。黄鶴千里自翱翔，不能奮飛白雲鄉。春寒陰雨忽高凉，佳人欲爲公子裳。天涯回首一彷徨，今夕何夕幸同堂。置酒臨風嗟未央，長歌忽下衆星光。高車駟馬如履霜，懷憂不覺鬢毛蒼。良平事業漫相望，殷勤執手賦河梁。

九日集樸園

移尊登小閣，雲物晚來清。煙外疏砧落，霜前白雁横。寒山吞暮日，流水匝孤城。憑眺悲今古，長吟賴友生。

送友人南歸

山色猶如晉，游人欲向吴。輕鰷浮淺渚，高鳥下平蕪。澹澹秋雲没，荒荒白日徂。亂峰戴古驛，徵馬正踟躕。

平定道中

匹馬行將夕，雲煙處處多。霜輕花再發，澗曲水能波。山險原連塞，關嚴尚荷戈。中宵聞雁唳，起舞自婆娑。

過定州觀雪浪石

不有坡公識，誰知雪浪名。鴻濛歸片碣，江漢入濤聲。勝蹟金元變，奇懷涕淚橫。地經百戰後，瓦礫滿山城。

寄高温如官閬中

來往三巴路，王程計幾千。干戈依戰壘，涕淚見人煙。白日烏鳶聚，高原豺虎眠。家書三月少，秋月正孤縣。

追送田鬃淵

數日勞鞅掌，悵然君遠行。飛蝗殘晚稼，積雨黯秋城。前路龜山蔽，孤舟吴月並。華堂有醴酒，誰與聽啼鶯。

贈范動吉世兄歸虞城

跋涉將千里，青燈敘舊言。高堂垂白髮，生事葺荒園。菊向新枝吐，人憐亂後存。當年後樂意，此去更須論。

和霍龍淮游娘子關水簾洞

林下多幽事，秋游娘子關。濃花開洞口，老樹接溪灣。瀑起空中月，猿啼雨後山。丹丘應不遠，乘興好躋攀。

壬子冬日在鎮城作

妻子知爲累，驅車到郡城。風寒催老鬢，日短下前楹。俗薄交游少，人閒書卷清。向來存道眼，今日倍分明。

過傅掌霝太史曉園

自有滄州意，蕭然三徑清。藉花能醉客，坐樹不妨鶯。著述淹風雨，交游念死生。濁醪君不惜，一晤一回醒。

喜辯若弟至都

二載昆朋隔，栖栖未得閒。有懷期對語，相見一開顔。秋色移河漢，鄉思落故山。惟愁歸計迫，獨挾碧雲還。

春日憶山中園林寄諸弟

雪霽長安道，風吹游子顔。高齋春不暖，獨卧夢常閒。古樹冢寒鳥，晴雲鎖故山。同胞應念我，何處下松關。

題田鬍淵水西草堂

勝事繼雲林，幽居傍水潯。江天浮樹杪，峰色下庭陰。人有元龍氣，歌成白雪音。穀城石可祀，藜杖許相尋。

贈殷伯巖

不作淮南令，歸來事桔槔。名山多杖履，田舍有風騷。爽氣虬鬚動，清言河漢高。卜鄰曾有願，終共隱蓬蒿。

游西山桃源洞

何人移植武溪花，石徑盤回静不譁。靈洞千年藏日月，幽巖一曲抱煙霞。因收橡子來猿窟，貪看雲峰見鶴家。回憶當年燈火處，依稀篆草護籠紗。

野鷄鋪

寒飈觱發動秋波，終古風流與恨多。荒冢魚燈沉寶玉，平原馬首躍金戈。天心混混蠡探海，客路茫茫公渡河。起舞聞鷄成底事，不如青笠伴漁簑。

和楊猶龍

幾回蕭索歎淹留，碣石蒼蒼雲物愁。三載珥貂真續尾，一書曲突恥焦頭。居因地僻心常息，話到山深暑欲秋。嫁娶未諧禽向約，乘槎天外負奇游。

彭城放鶴亭

雲龍山下茅亭址，天外修翎何處來。一水勢從西極下，千帆遥指海門開。斷蛇事業餘荒草，戲馬悲歌賸古臺。却憶當年蘇太守，清風琴鶴共徘徊。

餽龔芝麓洓酒和韻

易州城下黄金臺，流水釀爲竹葉醅。御苑鶯啼猶閉户，晚春花落且銜杯。登樓屢欲哀王粲，衣綵方思戲老萊。文獻中朝推雅望，五湖煙艇可能回。

和別寶坻杜純一相國

版泉南渡近恒山，欲望彤廷豹尾班。自是長卿多卧病，非關白傅愛投閒。當公綸綍憂勞日，愧我雲霞縹緲間，此去杖藜尋藥餌，何時咨儆覲天顔。

和紀伯紫

鍾山醉老太平春，自與雲霞道氣親。三代尚存惟我輩，百年獨步見斯人。久居深巷辭華轂，恥向侯門吐錦茵。高隱從來思濟世，殷勤屬我作良臣。

秋杪赴臨城別墅

鶺鴒井邊荆棘堆，路人遥指漢王臺。纔登高處晴峰見，漸入深林爽氣來。懷古樓頭宜對月，息波亭上好銜杯。當年戰壘今何在，韓信陳餘盡草萊。

小亭新成，猶龍晚過納凉，即和前韻

擬藏萬卷落新成，知己相看一笑迎。世上何人敦古道，天留我輩作狂生。菜根饗頻非兼味，疏月投懷豈世情。聞説西南烽火急，憂時直欲請長纓。

述懷

終古雲山一望中，幽栖常欲蹈冥鴻。興亡世事同蕉鹿，得失虚名付楚弓。蓮社豈能邀靖節，醉鄉且自效無功。年來高卧層臺下，静對春花幾樹紅。

猶龍《與文衣》詩有『夜雪打空廊』之句，文衣和之，余步其韻

其一

夜雪打空廊，梅花窗外冷。寒香初放時，高韻何人領？

其二

夜雪打空廊，迷却天邊樹。孤舟一釣翁，自識江干路。

秋獮南苑

玉靶雕弓斜控鞍，箭如鵰叫萬人歡。儒臣後騎承恩寵，指點黄羊親與看。

蒙恩賜馬

權奇名騎錦雲韉，從獵蹁躚過古阡。新出宛羣猶戀主，驕嘶不敢下金鞭。

漫興

索米長安衣帶寬，故園春草路漫漫。夜深忽作梨花夢，誰倩宫中賦曉寒。

涿州公廨中古槐

王謝堂前燕已飛，西京禾黍幾歔欷。行人若問興亡事，古樹年年對夕暉。

居真定夜聞鐘聲

病久支離學懶慵，每逢山水喜相從。卜居真定原無意，愛聽開元寺内鐘。

魏象樞

象樞，字環極，一字環溪，蔚州人。順治三年進士，歷官刑部尚書，謚敏果，祀賢良。有《寒松堂集》九十二卷。

《四庫全書提要》：《寒松堂集》九十二卷，魏象樞撰。象樞平生立朝端勁，爲人望所歸，講學亦醇正篤實，無空談標榜之習。文章樸直，亦如其爲人。惟其子學誠編此集時，意在先人手澤一字無遺，遂細大不捐，幾盈百卷，未免有榛楛勿翦之憾耳。

《畿輔通志》：象樞授給事中，疏凡數十上，大著風節，以吏科常大計，陟廉黜貪，計典肅清。尋以事左遷，以馮溥薦起御史，知無不言，纍遷左都御史，振肅憲綱，中外嚴憚，進刑部尚書，引汲黯故事請辭，奉特旨加尚書銜，仍留原任，授刑部尚書，治獄嚴明，未嘗稍有縱釋，後奉命巡察畿輔，糾貪除慝，百姓稱快。象樞在臺省，兢兢以汲引爲己任，所舉湯斌、郝浴、陸隴其、于成龍輩，皆爲名臣鉅儒。

《測海集》：順治六年，環極爲吏科都給事中，時言官吴拜、吴達以言事論死囚疏，論言官失言之罪不過處分，處分當付吏部，貪贓、壞法、挾怨、報仇如是等罪，乃下刑部。今以失言而問大辟，何以處貪贓、壞法、挾怨、報仇者，請嗣後分别重輕，著爲成例，此言路通塞之大關也，有旨報聞。又言上初親政，宜慎起居，不當遠出。又因災變，上言語侵權貴，尤切直，聲震朝野。十一年大學士陳名夏得罪，詔責言官不先舉劾，貶光禄寺丞，乞歸養母。母喪服除，以馮孔博薦，再召爲御史。康熙十七年，授左都御史。明年，京師地震時，明珠、索額圖執政，以利權相傾，各樹黨，排斥正人，朝臣無敢言。環極請封陳二相挾私罔上狀，明珠等皆惕息，尋遷刑部尚書，以病乞然去。

王士禛《池北偶談》：康熙辛酉二月，上謁孝陵，諸公卿三品已上皆從，多賦詩紀事。蔚州魏公環溪一詩，極令人感動。詩曰：『薊門西望望皇畿，共侍鑾輿展謁歸。禮罷陵門雲自闔，夢迴寢殿淚頻揮。老臣將去填溝壑，何日重來拜翠微。廿載承恩無寸補，鐘鳴漏盡尚依依。』予謂五、六句最沁人心脾。

沈德潛《别裁集》：公爲本朝直臣第一，彈劾必匪人，如余司仁、劉顯貴、程汝璞是也。薦引必正人，如湯文正斌、陸清獻隴其二公是也。任都御史時，特命巡察畿輔，攘除尤見風力。歸田後，書數千卷，外無長物，嘗笑曰：『尚書門第，秀才家風。』又可想見其清節矣。

《紅豆樹館詩話》：敏果以益都馮公疏薦起用，清操峻節，有聲臺諫，所爲論事薦賢諸疏，皆敷陳剴切，具古大臣風度。嘉慶五年，睿皇帝詔求賢良後裔，公六世孫煜以《寒松堂集》進，上覽奏疏稱善，謂居諫垣者當以爲法，賜煜舉人。先是集版，燬於火。至是始重刊行世。聖世不忘耆舊，恩禮優隆，固爲超邁前古，而公於數世後猶能上荷主知，賞延於世，亦其公忠侃直，有以致之也。

巡行過北平，登孤竹堂望夷齊廟有感

孤竹何崔巍，兩裔高千古。仰止夢魂間，有懷常欲吐。安得涉山巔，瓣香頭一俯。告我希聖心，難濟蒼生苦。凛凛對簡書，汗下渾如雨。此行負朝廷，愆尤何日補。遥望乞神靈，相助驅豺虎。灤水自無波，澄清在畿輔。

剥榆歌

黄沙日暮白村路，燈火盡絶泥塞户。路傍老翁攜稺兒，手持短鐵剥榆樹。我問剥榆何所爲，老翁倚馬哽咽悲。去歲死蝗前死寇，數十村落無孑遺。蒼蒼不恤儂衰老，獨留餘生伴荒草。三日兩日乏再饘，不剥榆皮焉能飽。榆皮療我饑，那管榆無衣。我腹縱不果，且教我兒肥。嗟乎，此榆贍我父若子，日食其皮皮有幾。今朝有榆且剥榆，榆盡同來樹下死。我爲老翁頌丹綸，免貢蠲租十道使。而况天子軫遐邊，九閽胡云隔萬里。長歌願告鄭監門，繪作流民圖一紙。

我友篇

我友我友武承之，雙眼洞徹骨清夷。衫履倏然望而知，胸中都無俗可醫。昔年定交杵臼時，人曰疏狂儂不疑。俯視帖括如小兒，漢魏以下非吾師。相與正字或補詩，一聲一律齊鼎彝。甘使賓家號阿癡，絶口不言方朔饑。前歲過爾舊下帷，看我十年好鬚眉。去歲走筆問爾蓍，行藏料爲季主窺。茫茫世事説何爲，騎驢來泛故人卮。向儂不喜亦不悲，但言魏子乖時宜。天王明聖誰能欺，勉哉勉哉慰老慈。聞君言執君子手，吾愧諍臣識諍友。世上文章輕敝帚，今古幾人三不朽。秋老天高此君偶，我輩對之差不醜，肝腸如雪膽如斗。

循吏歌與張開有

君不見人藉柔茅水歸壑，慈惠不深俗易薄。又不見羊牽則却驅則行，峻法徒滋飲食争。漢庭多少循良吏，政教畫然得其平。張子開有本長者，二十個儻三十雅。自從謁選入承明，堅樸渾如金在冶。相見曾云嚼菜根，俯首雪涕就我言。幼服庭訓矢清白，躊躇反慮辱師門。近日蒙恩殊不少，召入太和瞻天表。尾附諸臣賜宴歸，金盤玉盌香繚繞。異等忝廁分榮名，何以副之心怦怦。男兒學吏女學婦，得無一指臨蒼生。愧予難悉作吏苦，爲歎今人不如古。古人愛身今愛官，此身一失官何補？以爾素性甘清貧，滿眼瘡痍繫爾身。榮辱得失天所主，安肯攫民媚他人。民乎民乎盡殘喘，頻年水旱多展轉，功令初嚴匿逃家，生怕吏人驚雞犬。棗壤况復接二東，邇來大盜勢難窮。鈴柝夜聞城市肅，狐鼠乘隙不敢訌。諺云賈人有牛庖人割，用剛用柔吾自掇。佇望循聲滿恒陽，傳中猶紀真衣鉢，初志如山不可奪。

呈孟心亭督府陛見回任

督府從龍彦，三邊叩闕臣。蒼生勞白髮，紫塞斷青燐。不有麒麟畫，焉知鎖鑰人。當年兵入晉，談笑大河濱。

生日感賦

無家吾有賦，五嶽是誰家。歲月蕉藏鹿，文章筆畫蛇。一官僮僕累，寸舌友人嗟。寂寞邯鄲枕，居然護碧紗。

富平李天生至蔚以長歌來見，即贈

讀盡書千卷，知君有夙根。平心搜理窟，老氣逼詞源。既見真如醉，何時進一言。歸家須努力，經史待評論。

抵蔚

依舊天涯子，家鄉祇暫過。一官勞日月，雙淚出關河。市井黄塵暗，親朋白髮多。不才應瓠落，强仕復如何。

見母

十年離故土，今日傍庭萱。嘻笑偏多淚，風霜不忍言。幾番憂仕路，八口賴家園。解得高堂意，投簪亦聖恩。

入都訪孫退谷、王敬哉兩先生

上國推人望，高風四海知。重來瞻泰斗，並卧想龍髟。重道尊儒日，徵文考獻時。願將真學術，還慰聖人知。

贈劉千里

兵火連江漢，高人獨布衣。乍銜恩詔出，仍載異書歸。上國驚王粲，中原想陸機。佇看雲壑業，不是宦情微。

訪趙錦帆比部

淹留不敢問，醉後淚雙垂。作賦才難量，爲郎宦獨遲。春雲孤少室，客夢老燕支。最是元龍輩，交情若有私。

懷汪鈍庵編修

應召身猶健，歸田志已堅。時清容閉户，道大在編年。松菊雙蓬鬢，乾坤一釣船。名山千載事，歲月正悠然。

答贈朱山暉觀察

十年松菊好，栗里即吾師。白髮愁何益，青山問獨遲。蕭條高士榻，索寞故人巵。欲逐歸飛鳥，從君借一枝。

訪畢亮四同年

門前如太古，客到始開關。猛覺烟霞近，猶非竹石間。奇文開奥窔，道氣豁堅頑。此夜無秋夢，應從悟後删。

晚行過白登

泛泛徵車暮，揺揺北雁過。沙吹邊草急，樓鎖戍雲多。好夢歸楊柳，鄉心隱薜蘿。千年遺漢蹟，一夜轉悲歌。

雁門關述所見

邊氣春猶勁，關門草未生。荒陂存漢廟，古塞繫羊城。徑曲隨人轉，山高覺馬輕。九龍亭上字，石斷戍雲横。

陳公朗同年爲題可亭額，賦謝

客從亭子上，偶爾命名時。一字行藏録，千秋道德師。簷孤分月小，竹瘦得烟遲。欲待中郎至，清宵笛共吹。

送申隨叔太史假歸，兼訊鳧盟觀仲

一卧蘿山鬢已華，喜從京國問烟霞。廿年兄弟真吾友，一代文章幾作家。大業忍辭青玉案，宦情多在碧雲涯。故園叢菊應無恙，共看長天雁影斜。

送衛部孫少司馬養病歸里

景明山色入烟霏，景明山屬曲沃。十載金門説翠微。朝右不回三晉望，斗南今見一人歸。詩成報國枌榆舊，酒熟看花筍蕨肥。付託蒼生難弟在，祇宜高卧掩荆扉。

贈張行源

行源尊人九萬公以新喻令值金逆之變，罵賊不屈，賊手刃之。妻妾、弟媳皆遇害。時行源隻身扶櫬，艱阻備嘗，萬里無恙。余與行源官光禄，聞頗悉，敬爲賦之。

先世幽光迴不回，蓼莪聲斷也哀哀。半生血淚雙孤盡，九死風濤一櫬來。人識忠門多令子，天教寒暑老中材。應思他日酬恩地，清白還從節烈開。

朱山暉兵憲問病榻前，志謝

文園寂寂病何如，篋裏曾無封禪書。北塞關河空灑淚，故人風雨一停車。中原拙宦潘生老，下里狂名阮籍疏。一自使君來上谷，風流還記五雲初。

觀移寺尋讀書舊居題壁

空山依舊是元都，此日登臨興欲孤。樓鎖煙霞千嶂合，門開風雨一僧無。蹊花照眼愁人老，澗水烹茶問客逋。惟有讀詩亭子在，可容一枕卧狂夫。

至蔚有感

冉冉徵雲片鋏孤，停驂聊問季鷹鱸。狂名盡改當年舊，諫草全焚一字無。病後妻孥翻易擲，亂餘城市總堪圖。何時乞得青山許，任却煙霞老壯夫。時捧詔事竣，抱病，將北上復命。

送王蓼航年兄歸養

拾取煙雲半篋輕，嵩巖卜築豈逃名。十年浪送之官友，一輩初言侍母情。未許參軍忘舊舍，已同司業愛諸生。君歸尚有天涯子，不是離羣淚亦傾。

送少司寇張東山先生養病歸里

同是天涯卧病身，送君歸去忽沾巾。少年兄弟今餘幾，九列功名合讓人。夢裏青山仍素業，風前白雁自勞臣。社中諸老如相問，爲道疏慵復下陳。

輓李少司寇慶餘先生

孺慕百年還涕淚，幾回堂上拜吾家。傳聞易簀呼丹陛，但欲抽簪謝白麻。無愧平生書數卷，可憐客路鬢全華。延陵一見終相許，不爲先生報木瓜。

都門贈田鬛淵次韻

相思日日問籃輿，杖策驚聞傍玉除。乞米漫投顔氏帖，買丹應載鄴侯書。何妨世法周旋少，轉以交情會合疏。百尺樓頭豪氣在，無門更肯曳長裙。

哭湯元子

館舍蕭蕭白日寒，忽驚箕尾去長安。九年甲榜終身事，五月中書一命官。却幸生兒能記誦，可憐先世倍艱難。才名寂寞湘江冷，數卷遺詩不忍看。

病中和胡東甌年兄見懷韻

彭澤去官曾五柳，司空歸老又三宜。况因消渴文園日，更得逍遥白社詩。上古停雲真漠漠，蘿山新雨正絲絲。范家雞黍還相約，記取金門刻燭時。

答馮廣文訥生

蕭蕭三徑賦歸初，誰道吾師漢二疏。竊禄中朝慚肉食，移家南郭趁園蔬。連年賸有安身藥，舊日曾無薦士書。問罷高堂何所事，手研丹墨注蟲魚。

弔周將軍

大呼高帝出城闉，三百年來此一身。帳下投醪多戰士，軍前拔幟是孤臣。裹尸不愧真男子，擐甲曾聞有婦人。若使將軍猶未死，彗芒那敢近中宸。

送季天中給諫徙上陽

掖垣封事下秋官，責雨疏狂敢自寬。臣罪尚餘千古憾，主恩猶賜一家安。廣陵雲起遲遲望，鐵嶺風高細細餐。直北六星何處照，老親終日倚門看。

哭魏昭華先生

昔年乍去身猶健，昨夜空山萬里魂。海上鱷魚驕白日，庭前鵩鳥下黄昏。遺書暗灑孤臣血，垂死仍銜故國恩。最是聖朝容直諫，許君骸骨葬平原。

國朝畿輔詩傳卷三

竇遴奇

遴奇，字德邁，號松濤，大名人。順治三年進士，歷官安徽徽寧廣德道。有《倚雉堂集》十二卷。

《四庫全書提要》：《倚雉集》十二卷，竇遴奇撰。是集爲其友賀應旌所編，凡文五卷，詩六卷，詞一卷。倚雉者，其所居堂名也。

《大名縣志》：遴奇，明户部主事如蘭曾孫，知府星子。順治二年舉人，三年進士，授户部主事。七年督餉上谷，時設三省制府，駐大名，而餉司設於易水，有欲以糧餉即本地交兑者，遴奇力争之，以申職掌。八年榷蕪湖關，清白自守，嚴條約，禁羸羡，風駛難泊者宥之。關南陸路負擔沿行，有司設欄巡察，遴奇概除，商民便之。憂歸。十四年補户部山東司郎中，奉命督漕。知漕弊由交兑後時，盡革其弊，漕政一新。十五年出爲江南潁壽道僉事。時霍邱賊倚山爲窟，蔓延不能制。遴奇鼓舞鎮將，協力徵勦。驅驍騎入深谷，直搗其穴，連戰，斬其魁，降者八百人。海氛擾江寧，嚴爲警備，江北恃以無恐。十八年缺裁改補徽寧廣德道。徽有豪姓，恣爲不法，廉得其狀，立置典刑，風紀肅然。以齎奏北上，道病，移疾歸。遴奇和易坦直，與人洞傾底裏，無妄言，人服其真誠，宗族故人有來告者，皆遇之厚歸。數年卒，年五十四。子曰嚴，敘州府知府。

孫奇逢《序》：松濤宦游，不廢吟詠，恬退田里，益肆力風雅，寄情託志，往往在勳名富貴之外。

劉體仁《序》：公性正氣和，經緯大政，不露崖岸，出其緒餘，蹴踏文囿，於古詩得其樸雅，於近體得其簡遠。其至處，往往與元次山抗行。

孫郁《序》：先生本乎性情，發於吟詠。近體高偉雄渾，與開元大歷諸君子分路揚鑣，古風尤氤氳萬狀，横絶一代。遠當嗣響漢魏，近亦與陳拾遺、李崆同相伯仲。

雜興

其一

幽谷出佳人，肌骨若冰雪。臉際有芙蓉，眉端生新月。東鄰宋玉窺，三年未一瞥。堅貞不嫁身，豈容鑽隙穴。十五充後庭，六宮無與埒。誰知寵生妬，君恩中斷絶。長門一步地，有如河漢隔。古風日以衰，王化日以竭。但貴桃李姿，不貴松柏節。

其二

韝鷹具利爪，攫物厲秋風。使不逢狐兔，亦與凡鳥同。丈夫當無事，何以異凡庸。邊徼忽多故，擐甲效從戎。靈鵲化金印，旗纛建交龍。銘勳膺上賞，晉爵列侯封。平時論豪傑，管樂亦無功。

張子房

秦皇如虓虎，士民遭毒螫。力士一狙擊，天下遂大索。雖曰報韓仇，無乃類劍客。佐主平函夏，帷帳常畫策。奇謀蓋羣公，英風挫項籍。能忍成大謀，終遂興漢業。一時多奇人，似爲子房設。後有四老人，前有一黄石。

游白嶽

八月中秋豆花雨，雲巖草木猶媚嫵。青天萬仞插芙蓉，瓣香叩齒禮真武。石壁變幻若龍虬，伊誰鑿闢曰神斧。不信人間有帝閽，星辰歷落手能數。小輿直上日亭午，側身東望雲如縷。我生已徧燕吴山，兹山去天不尺五。逡巡石磴步天梯，當關虎豹猙獰怒。天生異物守門庭，駱駝獅象勢俣俣。蓮花聳秀衆峰出，巋然瓊宫與玉宇。背枕玉屏摩雲霄，紺殿金鼎篆煙吐。五老壁立不記年，三姑對峙自今古。龜蛇列宿左右纏，手汲飛泉飲石乳。傲吏逃名尋丹丘，何如此地修靈府。歙黟從來山最奇，不説峨嵋與天姥。

題劉松年岳陽樓畫

丹崖蒼壁江南有，數年相對亦非偶。岷江浩浩萬里來，予昔泛舟在京口。一時謝政歸故鄉，惟見浮伾與濁漳。雖然素有向平志，但苦千里難裹糧。少文卧游亦可人，安見畫裏即非真。家無米家書畫船，揀得舊本劉松年。岳陽樓比黄鶴樓，懸來滿室生雲煙。我聞樓在瀟湘之尾洞庭口，下有長江蛟龍吼。有時風静水如練，君山一點在兩肘。湘女梳頭對明鏡，水光山色入户牖。黄陵廟裏人煙集，西邊欲落扶桑日。萬艘千航泊江頭，洞賓飛過人不識。一一傳神阿堵中，惟有范老一記畫不出。

飲酒詞

天上月，出東渤，清光乍圓還又缺。枝上花，堆鬟鴉，容華轉眼委泥沙。朝夭斲，夕老醜，緑髮朱顔豈能久？落日沉，良夜深，沽酒莫惜囊中金。終日醉，貪卧肆，安能束帶見小吏。緑蟻香，琥珀光，一飲須盡三千觴。陶淵明，阮步兵，呼之欲出爲我朋。

貞婦篇

有姊有姊適楊氏，年方二十夫君死。哀哀寡婦多辛苦，之死靡他恒自矢。楊氏占籍舊元城，舅氏成名曾出仕。一朝罷官即捐館，室如懸磬何所恃。夫君亦是青雲器，不料一疾竟不起。日夜籲天願身代，孤兒呱呱泣不止。誰知孤兒竟不育，皇天降禍伊胡底。因此家計愈艱難，伯氏析箸不我以。行孤影孑再無人，朝夕惟一赤脚婢。廿載因依在予家，去年予亦歸鄉里。相見感傷交淚流，姊已垂白頻落齒。代買薄田供饘粥，憂及宗祧立猶子。吁嗟乎！古來節婦亦多矣。或得舅姑憐，或爲伯叔喜，或際豐裕饒甘旨，或者膺褒封，雲冠霞帔光桑梓。數者皆非所以論，吾姊寒衾孤幌數十年，良人黄泉日待爾。吁嗟乎！丹崖之松高千尋，歷盡冰霜常如此。南山可移海可填，節婦之節不可徙。予恐後世久湮没，故敘生平備彤史。

登敬亭山弔李太白

大塊下墜成敬亭，宛溪終古常清泠。近城綿亘幾十里，突兀屹立在郊坰。一望層巒皆蒼翠，方春草木自娉婷。逐隊來游多麃麕，鳧鷖淺水羣梳翎。琴溪仙蹟在眼前，麻姑鍊丹幾千年。山川得人非偶然，千秋幻出李青蓮。錦袍色似翠雲鮮，豪飲猶如瀑布川。白也已騎長鯨去，精靈常在敬亭巔。山中芳杜年年長，白也新詩字字傳。潯陽雨夜郎霧，采石捉月月不顧。不能攜得敬亭去，我來數百餘年後，登山猶記題詩處。

自來安到和州，一路山巖蒼翠，至温泉寺少憩，因賦

亂山崀㠐數十里，羣峰如龍矗雲起。行行籃輿轉山腰，有水潺潺流澗底。長江鍾阜遠勢來，龍眠巢湖近相倚。青松無數如偃蓋，白日雜還走鹿麑。脚踏曲盤石苔滑，黄精芝草長不死。中有高人事隱棲，縛茅搆屋山麓裏。倦客登臨意興嬾，遥望蘭若止數里。法雨天花常自飛，講習堂外石齒齒。僧房寂静白石鐺，頭陀供茶兼萸紫。寺傍有泉如鼎沸，熱如探湯色甚美。跬步有屋四圍遮，招我沐浴水清泚。傳有日光在下蒸，不然疑是火龍髓。因思塵世苦煩熱，如何炎歊却在水。安得乾坤放逸人，探奇名山興未已。

寄嚴兒家報

平安付驛使，秋仲尚難回。夏麥須常曬，寒蔬及早栽。雨多防屋漏，窗閉懼書㒸。節費納官稅，無勞里正催。

九華山

其一

九華登絕頂，遥望近黄山。巖草迎眸轉，危橋引步艱。煙消羣壑現，風静野雲閒。峭壁夾幽澗，潺湲水一灣。

其二

躡履偶登眺，雕劖屬化工。水流千澗外，峰入大江中。蒼翠滴仙館，丹霞鎖梵宫。夙懷游五嶽，此地得無同。

江上泛舟

夜雨滴紅樹，澄江似掌平。草衰孤鶩宿，水退遠沙明。摇落真堪惜，飄零不世情。頻年常作客，今又泊臺城。

春日懷劉覺岸

昔我同年友，而今幾箇存。如君復石隱，夢不到青門。把酒移山影，垂竿繫月痕。青青原上草，何處覓王孫。

夏日園居王襄璞方伯過訪

地僻人蹤少，逢君懷抱開。一時同解組，三伏且銜杯。野鳥將雛至，乖龍送雨來。狂歌興未已，城角晚鐘催。

夏日贈趙秋水

其一

媿比揚雄宅，何勞問草□。山居才數月，别客已經年。雷走千巖雨，風鳴百樹蟬。披襟消永日，舌底吐青蓮。

其二

趙子才名重，江南昨日還。談詩出沈朱，作字法鍾顏。聞到鶴林寺，今歸馬服山。悤悤别我去，良晤一何艱。

三月晦日作

野水滿橫塘，蘿痕印短牆。雨來旋鸖井，風急亂鶯簧。虛牖納朝霽，空亭受晚凉。一巵聊自醉，未曉尚春光。

遣懷

年老鈔書讀，逢人敢醉狂。衣裳資草木，談笑盡農桑。蘿徑招幽客，山禽戀小堂。桃源隨處有，何必問漁郎。

譙郡有懷

征馬長嘶古道傍，江山猶是舊斜陽。但看飛蓋稱才子，詎料當塗竊帝王。細雨斜侵羅襪冷，春風輕颭菜花香。千秋欲弔奸雄蹟，野雉空飛過白楊。

壽春署中雜詠

八公山上列連營，千載如聞草木聲。投水無鞭驕晉壘，賭棋有屐却秦兵。荒丘漠漠孤猿嘯，落葉蕭蕭旅雁鳴。勝地名賢兩寂寞，白雲蒼狗幾回更。

宿江寧鎮

江寧驛口暫停旌，又是天涯幾日程。漁艇晚炊煙乍起，踈星漸落月初明。烏啼簷角飛無定，風翦林梢寒有聲。伏枕不堪思往事，殘燈獨坐夜三更。

送張九逵之揚州

少年曾逐五陵豪，寶馬霜蹄金飾刀。詩思清如淮海月，文瀾驚似廣陵濤。邗江古渡宜秋草，瓜步芳洲倒濁醪。二十四橋游獵徧，而今不説有盧敖。

送朱汗朱歸滑州

壽春千里促行裝，邂逅相逢薦羽觴。瓠子河邊秋雁早，黎陽城外柳枝黄。人銜淮水披殘月，馬過梁園趁曉霜。寫罷黄庭藏客篋，知君詞賦有長楊。

送曹别駕謫官還里

問君拂袖意如何，爲愛投竿返薜蘿。交道三年同調少，宦途百折左遷多。還家每讀梁園賦，挂席遥穿洛水波。高蹈自知忘寵辱，春來風雨滿層阿。

香山寺

招提僦屋水之西，屐齒隨僧路不迷。幽洞夜來山鬼叫，叢篁風動竹雞啼。幾重絶巘千秋壯，兩字來青前代題。百劫消磨山未改，巖牆粉褪半成泥。

徐子遜户部典試蜀闈

三年籲俊貢天衢，暫借司農文教敷。三蜀有山連越巂，五溪無路下巴渝。錕鋙自是延津劍，騕褭非同轅下駒，佇見㚟風還大雅，誰云滄海有遺珠。

述懷

北望徵鴻未寄書，天涯空自負居諸。草於霜後色全瘁，梅到冬初枝漸舒。萬事關心頭早白，一身多病齒先疏。何時徙倚柴門外，秋水蘆花學釣魚。

夏日偶吟

沙麓城隅一草堂，主人竟日可相羊。晴風似酒榴花醉，長日如年燕子忙。陽羨紫茶烹石鼎，吴江白苧翦輕裳。柴門客少苔痕滿，散帙微吟入睡鄉。

讀張石龕集

張子文高四十年，慼山山下葬荒阡。騷魂自作芙蓉主，才鬼應登菁葩仙。千佛有名芳外史，百身無計贖重泉。精靈幸護遺編在，墓草青青倍黯然。

聞賀宣三新遷水村別墅，賦贈

函樓久已逝波光，別墅新開水一方。疑是子真居谷口，恍如陶令住柴桑。簟鋪冰縷消長晝，盃截青荷作羽觴。何處風來偏有韻，侵人花氣過東墻。

玉泉山

萬泉噴湧作西湖，四望芙蕖今已無。寺遠僧還明月在，水流路斷野橋孤。濯纓塵去一朝静，脱帽凉來竟日呼。竹裏行廚珍饌簡，放歌不減舊狂奴。

初夏漫成

其一

新緑初肥草木榮，南窗枕簟暮寒生。偶然對酒心先醉，相約看花意懶行。節過梅天晴亦雨，月逢望日旦猶明。小軒浴罷渾無事，起聽西園蛙鼓聲。

其二

黑甜一夢到桃源，瓦枕繩牀樂小軒。墻角花開稱姊妹，籬邊竹迸號翁孫。蛣蜣脱殼羽初振，螻蟈鳴陰聲尚吞。孟夏良辰稱浴佛，龍華争赴給孤園。

采石懷古

兹山歷萬年，突兀起孤嶼。欲覓酒中仙，秋江寂不語。

江行雜詠

雲定水停流，霞光遠可矚。一雙白鳥來，踏碎波間緑。

涉溪

朝行溪水深，暮涉溪水淺。水性原無常，人情如是轉。

三山磯

芒鞋偶一到，覿面亦巑岏。半臂浸江水，無人士意寒。

西子

館娃齊唱採蓮歌，吴越興亡問苧蘿。寂寞千年煙月冷，浣紗石上碧苔多。

班婕妤

猶記承恩夜未央，天顔有喜御鑪香。自從紈扇西風急，長信蕭蕭水殿凉。

緑珠

名園金谷已成塵，千載猶傷石季倫。有盡繁華皆似夢，至今惟説墜樓人。

鸚鵡

金眸靈鳥出西河，曾向潼關一度過。莫怪樊籠常繫爾，能言自古譴尤多。

采白懷李白

貰酒江亭解佩刀，奇峰突兀壓飛濤。乘舟捉月人千古，猶憶當年宮錦袍。

家園小葺

新築茆扉松下開，小園蔬藥滿畦栽。虛堂四望納風雨，時有香從水面來。

夏日游敬亭山

翠雲不改似當時，載酒同官醉一巵。兩水雙橋如畫裏，座中猶見謫仙詩。

秋日登鼂山

寂歷澄潭映碧空，浮雲不斷古今同。入山始信秋光老，一夜青霜萬樹紅。

仙人

瑶臺十二玉闌干，夜半天階下紫鸞。説是仙人君不信，空留秋色滿山寒。

田宏正

節度驕矜胎禍深，獨於魏博見臣箴。太師廟外松杉古，想見當年留闕心。

盧枘

罵座名同禰子狂，圜扉猶不廢詞章。黎陽山下無窮樹，何處盧鴻舊草堂。

高郵舟中書所見

欸乃漁人舉棹聲，女郎隄畔蹋歌行。桃蹊柳陌人争渡，送盡孤帆一日程。

傅維鱗

維鱗，字掌雷，號歉齋，靈壽人。順治三年進士，歷官工部尚書，祀鄉賢。有《四思堂集》。《四庫全書提要》：《四思堂集》八卷，傅維鱗撰。維鱗有《明書》，已著録。是集奏疏一卷，記序雜著二卷，詩五卷。所載如《更役法》《嚴巡方考覈》諸疏及《屯田苦民書》諸作，頗有侃直之風。至《士傳民語》諸謡曲，盡明末兵荒流離之狀。然統其全集觀之，則頗傷麤率，蓋天性耿直，直抒胸臆，不甚留意於文章云。

陸隴其《傳》：尚書原名維楨，少穎悟，中崇禎壬午科舉人。順治丙戌成進士，入翰林爲庶吉士，尋授編修，修《明史》。戊子典試江南，旋晉左中允，以直言忤執政，出爲東昌兵備道，駐臨清。臨清當水路要衝，凡大師經臨，設法供應，不令民輸半菽，齊民感之。甲子山左大饑，施粥設賑，安集流亡數萬人。又屯田爲民累，窮年芟薙，卒無成功。鱗著《屯田苦民書》，御史採以入告，盡除之。特召爲少廷尉，遷太僕寺少卿，升通政使。甫五日，左副都御史缺出，銓部未及疏名。世祖謂鱗曰：『無以易若。』即拜左副都御史。明日上《勸學疏》，纚纚數百言，意極忠懇。又密策邊海機務，上嘉納，戊戌遷户部右侍郎，尋加太子少保。靈邑地瘠，民苦賠糧，率士民具呈《請蠲荒賦》，得恩旨，蠲糧若干。辛丑補工部右侍郎，轉左侍郎，旋晉工部尚書。丁未春卒。著有《明書》《四思堂集》。

徵兵謡

按《靈壽縣志》，掌雷有謡三十篇，總名《士傳民語》，作於崇禎庚辰年。録二首。

聞道羽檄下州縣，徵兵補伍資征戰。昔時祇道從軍苦，今日從軍轉宴宴。呼盧六博争梟雉，撒地青蚨常數萬。朝來郊射鬬便猥，中途時得客人錢。倡樓恣飲不能奈，拔刀每欲向人前。主帥雖不給正餉，幾敢瞋目行威權。有時聞警趨壁壘，轔轔蕭蕭何雄偉。縱使流氛高逼天，兵將常離數百里。馬不勞我日秣芻，鞭箠威人如威奴。一時誰敢少撓阻，割級正好獻幕府。誰家有女顔色嬌，馬上常馱伴寶刀。父母夫壻每追哭，十里不見黄塵高。駐馬又復無營隊，各人跨馬投闤闠。夜來宰却塒上雞，天明攜去奩中黛。護防城郭尤泰然，栖遲噉飲相呼讙。一人稍稍不得志，百千上馬揮刀鐶。在家縣吏夷如草，大噪將軍跪求好。一激爲賊掉臂行，招安易得服官早。喜怒何嘗不自由，殊勝在室勤鋤耰。争先報名挂兵簿，駿馬驕嘶耀威武。臨行惟屬女與妻，隄防兵過爲兵虜。

城者謡

高兮古來已云高，深兮古來已云深。祇爲有城不固守，致令隨地賊騎侵。十千長鑱钁冰水，冰刀亂割踝及髀。呼聲動地運石泥，瞻望巖巖仍欲壘。我築堅晷短，勒限工難完。我築駛他時，傾頹追起止。緩兮急兮皆不可，半日無食仍負荷。餓仆泥頭無一言，吏來尚謂佯爲惰。城上人，池内屍，親戚不敢明斂葬。恐責補工多羈縻，死時惟聞無他屬。寄語妻孥莫向哭，哭時或致城隅崩，曾勞役夫尺寸築。

觀戴巖犖畫，上有王覺斯先生題語

昔悟篔簹性，今招山水魂。有樓深寺出，無路野橋存。煙裏村如濕，雲流樹没痕。况逢王逸少，揮灑並難論。

濟上雜詠

其一

推波風力緊，隔岸紫山迎。小憩依沙嘴，長年狎浪聲。檣危輪餉舳，旌曳護漕兵。永夜愁無寐，孤燈一劍清。

其二

昔載名山筆，花畦時自鋤。行藏山屐賸，歲月壑舟虛。稗子歡旌鼓，輕鷗笑簿書。勞勞竟如此，何日混樵漁。

其三

束帶羞彭澤，扁舟愧子皮。每因歸路遠，益動故園思。山邈雲初斷，臺空角罷吹。著書徒覆瓿，無用在東時。

朱之弼

之弼，字右君，大興人。順治三年進士，歷官工部尚書。

《測海集》：順治中，右君官給事中，極論六部遇事推委，政務日弛，請行試詢考覈之法，纍遷至户部右侍郎，尋謫官。十六年授副都御史。世祖方嚴懲貪之令，得贓十兩以上者，即流塞北。右君言：『此令出，撫按所糾必無以大貪入告者，何則？一經提問，有司無不求減贓罪，圖保身命，雖纍千萬，期不滿十兩而止。然則有嚴令之名，無嚴令之實也。皇上但擇撫按一大貪者懲之，擇撫按一大廉者獎之，衆貪懼，衆廉奮矣。』十七年夏，天旱，因奏前山東撫臣耿焞、河南撫臣賈漢復墾荒不實，歲增數十萬之賦，百姓重困怨苦之氣積爲沴厲，宜加勘豁。河南報災户部，言六月内旱。

皇上步禱，甘霖大沛，處處有秋，何以彰德、衛輝，獨請蠲恤？有旨覆勘。右君固爭，以爲地有窊窿，澤有贏縮，雨露所滋，豈無枯槁？因極言覆勘無益。與户部尚書王宏祚力爭於朝，宏祚辭卒屈。康熙七年纍遷工部尚書。又言閩民攤賠兵米及諸傜役之害，詔切責，大吏多得罪去，其弊遂革，尋轉刑部。以會推事蒙詰責，同列者或勸之自明，右君曰：『吾昨一歲四遷，不以無功辭，今甫一謫，即以無過自白乎？』遂歸老於家。

聞吴粲叟學使輯《匡盧志》，詩以索之

聞道匡盧飛蓋時，閒尋圖籍費周咨。亭臯細酌濂溪水，石室親摹大禹碑。鮑謝清暉看振策，白蘇逸韻羨摛辭。憐余素有煙霞癖，展卷終期慰所思。

劉鴻儒

鴻儒，字魯一，遷安人。順治三年進士，歷官都察院左都御史，祀鄉賢。有《四留堂集》。

《畿輔通志》：鴻儒父光裕，有行誼。鴻儒登進士，官户科給事中。國初額賦未定，吏胥爲奸，派擾滋甚，鴻儒疏請頒賦制，以甦民困，詔從之。又條上京東鹽法，語極切直。其在通政，有《遵論陳言疏》。在兵部，有《開請海禁疏》。在户部，有《酌議錢法疏》。官都憲，疏免逋賦。復論封疆大臣不宜拘以文法，隳任事之心，請飭部破例，以收實效，爲科臣所劾歸。

《紅豆樹館詩話》：秀水高寓公承埏宰遷安，於魯一有國士之目。魯一典學八閩，甄拔所及，杞梓林立，洵爲不負賞識。而高公去思一碑，於師弟淵源尤惓惓云。

重游龍泉寺

溽暑鬱我懷，攜朋尋高爽。出城見南山，幽況夙所賞。龍泉久神異，風雨靈澤廣。别來二十年，老健喜重往。密樹結層陰，峭壁當沆漭。峆岈窈窱入，薜蘿分披上。躡翠陟其巔，大千指諸掌。法王寶地尊，霞光羅萬象。景趣猶如昔，理會頓殊曩。探無悟無極，閲有謝有攘。臨兹諸緣空，耳目餘清響。留連恣遐矚，浩浩神氣朗。桃源勿勞思，舍此將焉訪。

于嗣登

嗣登，字岱仙，安州人。順治三年進士，官大理寺卿。

《安州志》：嗣登謙冲慈亮，讀書不出户閾，順治丙戌成進士。御試特授侍御史，兩閲月以監禮太廟失儀，罷歸里。居十年，因薦復官，遣視兩浙鹽政，清逋裕，餉報最。掌河南道事，監視吏、兵二部。推升補吏垣給諫，轉禮垣掌印，章疏皆關大計，升光禄寺少卿。壬子典試江西，得人甚盛。纍遷刑部右侍郎，多所平反，人號曰：『今之于公。』凡爰書有不當者，輒獨上一議。或難之，嗣登曰：『此心無愧，此官安足惜？』會更定處分光棍例，嗣登又獨主一議，忤旨，降二級，補光禄寺。

未幾，升大理寺卿。己未病歸，卒。

贈杜子静請假展祀

楊柳春風動繡旗，鴻才太史出丹墀。幾年霜露懷先澤，到日山川展孝思。易水黴軺催驛路，金臺落月映樽巵。應知顧問王程早，握别何勞憶後期。

吕纘祖

纘祖，字峻發，號修祉，滄州人。順治三年一甲二名進士，歷官宏文院侍讀學士。有《几園集》。

過僧舍

林端梵影插秋天，正在長流夾岸邊。散步莫疑因病酒，偶來非是爲逃禪。塵門不禁貧人履，僧榻偏酣高士眠。簷際松風波底月，久忘身世隔塵煙。

楊時薦

時薦，字仲升，號賢甫，鉅鹿人。順治三年進士，歷官都察院左副都御史。

魏裔介《傳》：時薦宦轍所至，以子惠爲先。窮民無告者，施予無倦。遇大兵大荒之後，尤加意撫卹，不使失所。愛士禮賢，如恐不及。而祛積弊，懲大憝，毅然行之，無所旁撓。

搆飲泉亭

夫子之道大，溥博如淵泉。井養在萬世，飲德及飛蠕。當時乃不遇，轍蹟此迴旋。停車歃清冷，挹注心悠然。用汲艱明王，東周誰解縣。我來覩遺蹤，肅拜重留連。高風邈難即，匡坐想鳴絃。何以寫仰止，巍亭搆數椽。豈惟飾耳目，亦用昭薪傳。風雨永無虞，勿墜告後賢。

陳協

協，字念蓋，文安人。順治三年進士，歷官户部侍郎倉場總督，祀鄉賢。

魏裔介《傳》：念蓋究心當代掌故，擢户部給事中，遷禮科，升工科。極言閎議，一無撓避，非軍國大計不以上。請定賦役，俾民不重科，官吏無容乾没。開國之始，謚法未定，臣下靡以勸懲。公請列事蹟，議之太常，請當宁覈定。本朝易名鉅典自公始。宣大爲雄邊，號饒沃，自姜逆之亂，城若甌脱已。又裁宣撫與口北道，公乃力言修復之便，迄今漸得生聚，皆其力也。他如蠲文大鹽課之攤派，譚畿輔水利之蓄泄，其陳凶荒也，言鬻子、傭工二事，最爲悲痛，切民隱，天下韙之，不肯倚傍，巋然獨立，所言不抗不墜，務循職掌，無出位謀，其中則毅然不可奪，可稱名諫議也。

弔曹孝子歌

孝子，名廣攄，字藴昔，少司馬無山公長子，以母病，刲股而殞。

母若病兮，兒無以爲情。母或死兮，兒不如無生。兒病不言兮，恐傷母心。母生兒死兮，惟念之誠。生孝易知兮，死孝難名。嗚呼！其愚不可及兮，亘萬古而常存。

張慎行

慎行，字五從，號恒庵，南宫人。順治三年進士，官雲南晉寧州知州。

《南宫縣志》：慎行仕山東沂水令時，軍興旁午，慎行内撫小民，外接禁旅，儲糧餉以給軍需，練鄉勇以防草竊，蚤夜拮据，迄用相安。戊子丁内艱歸。辛卯補晉安令，邑僻處山隅，無城池可守，值金逆甫平，人心洶洶，慎行選練鄉總，俾庠生屠公弼統其事。癸巳正月，賊驟至，慎行入屠生家，傳諸鄉總，誓以大義，指授方略。夜半出不意攻之，賊大潰去。升昌、康、饒、九四郡輿屯同知，身詣隴畝，躬親勸課，墾田萬頃。歷官以來，屢司文衡，分校山東省試，得少司農焦毓瑞等六人。後補晉寧州牧，致仕旋里。

贈純臺李公崇祀鄉賢

鳳闕雞籌響玉珂，秣陵攬轡意如何。澄清狐鼠冰霜肅，珍惜桑麻雨露多。祠近宫牆親孔孟，煙横松柏聽琴歌。名臣還有名臣繼，駟馬高車渡沁河。

張純熙

純熙，字晦先，正定人。順治三年進士，官廣東巡按監察御史。

拜主客司作

華省三年久，毫無補寅清。虛糜天庾米，徒抱國士情。昨日除書下，又冒郎官名。因思主客職，建官良匪輕。天子當有道，鞮譯悉來京。以此柔遠服，故設主客行。古名典屬國，外此無紛營。署小虛生白，老樹撲簷楹。身閒討静理，坐聽幽鳥鳴。同官多良友，相見絶將迎。問余親函文，啜茗依短枰。言詩尊杜甫，觀時憶賈生。劇談忽已晚，日暮出禁城。垂鞭信羸馬，心和意俱平。豈不愛顯達，拙守自硜硜。

送王孟二生下第南還

吾子南歸去，燕山黄葉秋。暮雲煙樹遠，落日大河流。俠氣看雄劍，客懷憐敝裘。那堪離别意，迢遞故鄉樓。

蔡含靈

含靈，字子虚，寧晉人。順治三年進士，歷官河南睢成道僉事，祀鄉賢。

《畿輔通志》：含靈知天台縣，浙中劇寇縱横，台邑尤甚。含靈甫下車，設方略，出奇兵衝賊營，斬其渠帥，招降餘黨，民始安堵。擢工部主事，纍遷河南睢成道。署臬篆纔六月，清滯獄四百餘案，咸服其神。尋以疾卒於官。

寓齋晚坐

自笑懶成癖，一官今又閒。客疏安用避，門静不須關。睡穩高吟後，凉生落照間。曠遐誠有分，莫强論時艱。

王登録

登録，字拱北，號退修，一號懷園，任丘人。順治三年進士，官江西永新縣知縣。有《梅軒詩草》。

《任丘縣志》：登録授稷山縣知縣，負才明敏，案無留牘，興革悉合民意。姜逆變起，城陷，被執不屈，賊羈之。守者素德公，縱詒王營，陳賊可破狀，留軍中督餉。賊平敘功，補永新知縣。邑荒殘，人户逃竄，登録務爲煦育，與民休息，市井改觀。

秋泊江上感懷

一艇江頭泊，秋深水面寒。蘆花全帶白，楓葉盡成丹。塞雁南歸易，離人北渡難。那能驅百感，暫使舊秋寬。

烈血八甎

烈姝，宋宗室女也，委禽於譚。生子甫在襁褓，元兵屠城，譚舉家匿大成殿中，爲元兵所執，殺譚一家以脇趙，趙罵曰：『姑死汝，舅死汝，夫死汝，我不死汝，歸何所？』遂與嬰兒同遇害，血漬殿兩楹八甎間，爲抱嬰兒狀。或磨煅，狀益顯。嗣殿甎破壞，蒙以灰沙，其蹟猶表著，至今不滅云。特將心匪石，保此掌中珠。慷慨貞譚婦，從容烈趙姝。詞嚴輕利刃，色厲叱狂奴。血染堂階碧，千秋總不渝。

王景祚

景祚，字振公，號迂叟，文安人。順治三年進士，歷官鴻臚寺正卿。有《用拙山房草》。

吴正怡《傳》：公生而警敏，乙酉丙戌聯捷進士，授山西太原府推官。姜瓖叛大同，人心恟懼。公攝寧武道，阨其吭，議城守。賊進偪太原，時人心益驚擾。會有蒙古兵防邊撤回，途經太原，須供頓，以部牌至例，兵馬不入城。公與撫軍議以計致之，明日出師，公介胄從，與賊戰於晉祠西，大破之，斬首數萬，追奔數十里，至其所據城下，拔其城，賊遁去。將軍將以軍法屠城，公跽而請曰：『變肇於逆，民脅從耳。活此百萬人，皆將軍賜！』遂止。寧武饑，人相食，撫軍遣公賑之。時寧武倉軍儲數千石，公不暇，請即日發之，曰：『活此數萬之命，罷予一人之官，且甘心焉！』既反命，撫軍疏奏報可。壬辰授廣東道監察御史。明年奉命巡湖北。明年補山東左參議，備兵東兗。榆園盜起，窺城邑，山東、河南、直隸三省會勦，莫能除。公標將孫維統沉勇有略，公專任之，授以機宜，踰旬斬賊師以獻。丙申以憂去官。己亥起補杭嘉湖道。庚子遷太常寺少卿，轉通政使司右通政，尋轉左通政使司。丁未轉都察院左僉都御史，尋升奉天府尹。先是，遷徙人口，隸各牛录下，公特疏請歸州縣。遷客流人雖有羈旅之苦，而無奴隸之辱者，公之德也。遼左舊不榷鹽，有豪商叩閽，請行下公議。公疏言遼左不榷鹽者，實有遠慮，一旦創舉，恐滋後擾，奉旨罷之。辛亥升大理寺卿，親閱爰書，多所駁正，每不狥衆議，持疏上聞。乙卯補大鴻臚。明年請告回籍。年七十卒。著有《用拙山房草》若干卷。

送韓斗山刺濱州

鳳城雪霽氣仍寒，握手長亭欲別難。一路兒童遮竹馬，三刀父老望銀鞌。不愁濱海無新詠，但惜燕山失舊歡。信道故人情未倦，琳瑯須寄百篇看。

國朝畿輔詩傳卷四

楊思聖

思聖，字猶龍，號雪樵，鉅鹿人。順治三年進士，歷官四川左布政使贈工部侍郎，祀鄉賢。有《且亭詩》。

《四庫全書提要》：《且亭詩集》，楊思聖撰。申涵光所作小傳稱有《且亭詩》七集，然不著其卷數。此本乃思聖既殁，其子履吉所編。凡詩八百餘首，其入蜀諸作刻意摹杜，而刻畫之痕未化也。

《畿輔通志》：思聖任山西按察使，老吏挾獄詞前立，挑燈披覽，不三月了積獄三百六十案，無濫無枉。擢布政使。蜀當新闢，百事草創，首以招徠爲務，綱舉目張，翕然從之。

魏裔介《楊猶龍墓志》：公幼有神童之目，年十二補博士弟子員。己卯以鄉試副榜貢入太學。壬午中順天舉人。丙戌成進士，選翰林院庶吉士，已授編修，纂修實録。升修撰，歷任春坊侍讀學士。尋出爲山西按察使，升河南右布政使，轉四川左布政使，卒。公天材雋妙，風神卓絶，尤工詩，擅晉人書法。世祖皇帝方留心翰墨，召詞臣能書者面給筆札，公所書縑幅獨稱旨，賞賚有加。會上欲破銓法積習，内外互用，公遂補外。在山西讞決精敏，纍年大案片言立解。在河南攝左藩事，草羨額，給軍餉，以廉潔稱。遷蜀。蜀係新造，土荒不治，民與虎狼雜處。時又用兵，軍需旁午，通省榷算，歲入不過三千緡。公悉心綜理，首曰募開荒，立法盡善，計增額至數萬。次曰招外商，平劑物價，無有奇贏，四方擔負而至，蜀漸復故。凡四載入覲，賜袍服有差，而病已甚矣！公於詩抉開元、大歷之精髓，明人中獨喜李空同、何太復，當冥搜放意，動愜天然。入蜀以後，益蒼茫蔚跂，伯仲浣花。生平鑑别人倫，接待寒素，有若饑渴。己丑禮闈拔今侍讀學士曹本榮等二十八人。先是公與永年申涵光、雞澤殷岳讀書廣羊山中，後居太岳。每懷巖栖之志。及病亟，殷生時在左右。公曰：『我爲庸醫所誤，殆將不振。没後魂魂，其依廣羊乎？太原有高士傅青主者，精醫術，若彼至，或可救。』殷生掉臂行，力趨青主，觸炎冒雨，晝夜走千里。及至，而公已没。公之知人能得士心也類如此！

《紅豆樹館詩話》：柏鄉魏公嘗作五君詠，首推先生及蔚州魏敏果公，一時稱爲楊、魏。其出按山西也，吴梅村學士送以詩云：『碧山學上起嚴裝，新把牙旗下太行。玉麈開尊從將吏，銀毫判牒喜文章。三關日落凝笳吹，千騎風流出射堂。憶賜錦袍天上暖，西游早拂雁門霜。一天凉影散鳴珂，落木平沙雁度河。北地詩名三輔少，西風客思五原多。紫貂被酒雲中火，鐵笛迎秋塞上歌。回首禁城從獵處，千山殘雪滿滹沱。』後遷蜀，欲自投劾歸，例外吏不得自陳。撫軍羈留之，遂病行，抵軹關，卒。《且亭集》近體多於古體，五律尤多於七律。申涵光稱其俊音亮節，上宗老杜。近比信陽王企埥稱其寄託深遠，一往豪邁，皆非溢美。故著録較多。

秋夜感述

空院響梧桐，夜永秋方半。竟夕不遑寐，沉吟坐成歎。披衣步前楹，仰視明河爛。初月出未高，衆星縱横燦。南有孤飛禽，肅肅厲羽翰。霜重儔侶失，哀鳴如有怨。苦被凡鳥猜，顧影自驚彈。稻粱志已違，鳧藻非所玩。何當矰繳收，飛飛入雲漢。

送黨大司農於姜告歸

知足志士懷，盛滿達人懼。自昔以爲訓，白首乃不寤。曠覽懷前哲，艶稱有二傅。寥寥經千年，此道不復著。况當天衢亨，羣公正翔步。華纓間朱輪，照耀紛馳騖。胡然遽拂衣，維縶不可駐。征車旦夕駕，僕夫儼在御。賦贈滿詞林，尊酒狹廣路。感彼道傍人，三歎爲君顧。日夕悲風起，驚沙卷高樹。去去難重陳，庶足慰遲暮。

答周元亮　時以陳章侯畫見寄

長安無静交，車馬紛相望。寸心各有營，僶俛學揖讓。嗟我素心友，遠隔蠻方瘴。闊别已歲周，延佇空惆悵。何來雙鯉魚，緘書報無恙。開緘讀素書，略盡寒温况。雅慕劉簡齋，清修秉微尚。爽籟振金石，孤吟發空曠。如坐仙霞巔，聳肩聞高唱。寄我篋中山，突兀恣奇創。煙雲倏起没，巖角忽簸蕩。髣髴來虚室，章侯與元亮。人生百年内，役役無善狀。詩畫及友朋，常苦不得當。殷勤謝遠人，斯義誠難忘。

寒夜

冬夜凄以長，寂寞絶人境。凉月薄帷幕，荒庭交樹影。寥寥寒柝鳴，熊熊孤劍冷。擁被不成眠，森沉萬慮永。早歲乏深智，淩厲思一騁。遂爲世綱牽，甘心逐蚌黽。人生不百年，哀樂在所領。貧賤各有適，豈必勒鐘鼎。愁來憶古人，見機苦不猛。含恨當語誰，淚下如修綆。

卒歲感述

其一

我有長恨端，迫此歲暮情。朔風吹庭樹，寒日照柴荆。起坐仰天歎，歸鳥飛且鳴。吾生胡不達，獨爲世綱攖。

其二

冉冉冬日暮，積雪耀林端。負疴卧虚室，慨然念微官。家貧禄復薄，妻孥常苦寒。况乏濟時略，終當歸林巒。奈何日徵逐，索米老長安。

其三

出門何所適，落日見西山。回望寸心違，逢人多厚顔。三五誰家兒，傳呼大道間。貂裘控驄馬，嚼齧黄金環。出入尚書第，可望不可攀。引領長太息，歸來獨閉關。

懷古

日夕登高臺，云是昭王墓。野雲蓋枯草，不見徵人路。霸圖既銷歇，山河亦已故。徒有黄金名，千載令人慕。

古風

豺虎性甘人，狼貪固難移。哀此蚩蚩氓，蹙蹙安所馳。機深伏魚鳥，山澤綱罟施。矜恤猶不暇，况乃任恣睢。晨興理爰書，涕下如漣洏。坐視不可救，惜哉心力疲。昊天有明鑒，殺人烏可爲。

山行遇雨

栖栖苦無成，中年嬰世務。行役安得辭，雞鳴懷往路。陰雨感天時，險夷信所遇。振衣陟重岡，蹉跌無安步。輿夫怨塗泥，招呼何暇顧。滴瀝聲轉急，千峰起煙霧。風來麥浪翻，緑波飛鷗鷺。山花隨意開，瑣細不知數。衆壑響驚濤，丁丁石橋渡。牛羊下高巖，樵牧隱深樹。旅途雖云勞，亦復賞幽趣。行行至前村，燈火時已暮。

入棧紀行

其一

極望峰巒稠，雲飛常没頂。空翠霑衣裳，吹落澗谿影。花鳥亂聽聞，心眼細細領。晞陽射碧潭，石粼碎光炯。蒙蘢草葉陰，樹老身戴癭。山鬼時一嘯，肅肅毛髮冷。前行隔後行，後嶺迷前嶺。

其二

戒途首茶坪，蹋步淩盤磴。登登僕馬勞，相顧色不定。石氣凉生雨，亭午山色暝。感歎發中懷，何暇賞幽勝。客子多畏人，履險憂蹭蹬。

其三

山深四時殊，六月麥未穫。地瘠民苦貧，終歲衣裳薄。不知造化理，於何齊美惡。美者豈常妍，富貴蒙丹雘。惡者豈常媸，貧賤甘藜藿。美惡天難問，窮愁伊誰託。

其四

棧雲易爲雨，朝行蒙霧露。崖樹架連橋，奔流澗石怒。攀緣争一罅，坡陀馬足誤。山禽鳴翠屏，幽陰衆壑赴。始知所歷高，下見夜來路。壯懷在馳驅，漫自賦感遇。

其五

鳳邑萬山内，城小帶砂岡。草深鋤犂廢，磽确石田荒。居人盡健兒，户口半逃亡。况復通秦蜀，官差日相望。喧喝盛氣勢，錦衣坐當堂。奔波縣令走，驛吏色倉皇。美酒間大肉，飽食身手强。持符事横索，鞭扑多殘傷。此輩工假竊，仁者宜慎防。安忍見窮黎，割肉奉虎狼。

其六

千峰萬峰盤，鳳嶺稱高秀。蓊匌巖谷深，終古雲烟凑。凄清囀異禽，斷續啼猿狖。山果俯可拾，雜花開錦繡。何處潛蛟龍，崩奔雷霆鬬。百折未及半，回首低羣岫。崚嶒石齒尖，寸步苦難就。嗟哉此險艱，行人困馳驟。安得煩五丁，手驅巇嶫走。魍魎不敢藏，朗然見白晝。突兀何時盡，鬱結使我疚。

其七

客子悲遠道，旅途未遑安。整裝淩晨發，帶雨度柴關。灘石相激聒，雲生暗峰巒。步滑屢欹仄，衣濕幾時乾。强顔慰僮僕，談笑輕波瀾。中情默自傷，胡能駕羽翰。

其八

男兒生不偶，辛苦遠行游。蜀道連天塹，山川阻且修。登車抗前旌，慷慨彈蒯緱。功名既有分，亦不爲封侯。所悲同衆人，白首老園丘。浩歌懷古烈，馬嘶風颼颼。誰能乞世憐，永爲高士羞。

其九

棧深雷雨驕，溪喧愁無寐。積霖困荒村，檐瓦隨風墜。蕭條晨爨艱，恒饑色憔悴。人馬雜坐卧，相對發長喟。起視山頂雲，縷縷生烟織。重陰密難開，惜此陽光閟。

其十

棧行苦未已，終日歷崔嵬。西登雞頭嶺，喜見萬山開。七盤相措拄，石門雲氣來。落景望梁州，川原繞城限。不復憂顛墜，暫得避喧㕢。寸心稍慰悦，故鄉安在哉。艱難蜀道遠，哀歌首重回。

游玉峰

閬南玉峰危，獨立諸山遠。曲折抱河流，回回巖谷轉。淩晨果兹游，沙石亂清淺。登頓披蒙茸，蹴踏屐齒緩。呀然天闕開，羣壑俱在眼。錦屏西如朝，雲氣互晦顯。古殿稍輝煌，歲久積塵滿。恭惟上帝尊，像服猶冠冕。最後孤頂圓，峭絶昔誰剗。相傳璞璧藏，欲採苦深緬。下望見江村，人家散平衍。户牖蔭桑麻，花竹通雞犬。尚想堯舜時，飲食恣衎衎。奈何戰伐仍，干戈到魚鯿。門多縣吏跡，夜黑聞賦斂。盜賊胡能定，鬱紆愁未展。放懷委林丘，佳境從斯踐。

登城觀江漲

長峽古誰鑿，險勢闢閌閬。崖東下急湍，萬壑争奔放。溽雨重陰積，半夜聞江漲。驚響鬭雷霆，陣馬鳴甲仗。晨起淝危堞，目盡波瀾壯。杳冥衆山浮，城郭恣滉瀁。崩石頹岸沙，千艘不得上。在昔此川水，吴楚舟相望。羣流會夔門，瞿塘如搤吭。千里片時間，哀猿叫疊嶂。何當靖寇盜，深谷見滌蕩。舳艫接東南，絡繹看轉餉。飽聽竹枝歌，競學榜人唱。乘興過荆襄，擊楫破鉅浪。倏忽通往來，布帆欣無恙。

送王邁人分藩江右

落葉千山肅，分飛鴻雁鳴。如何在異鄉，兹晨送子行。霜露被徵衣，寒林多悲聲。執酒立斯須，對酒不能傾。我聞潯陽水，江流九派清。匡廬勢屼嵂，隱處惟孤貞。奇草徧巖谷，服食可長生。青雲日以馳，白髮日以盈。安得脱塵綱，相從採芝英。

春郊行樂

負痾四運周，久卧積重陰。今晨天氣曉，和氣吹我襟。息訟朝行樂，駕言適水潯。雜英覆芳甸，麗日耀層林。谷静嘉禽集，參差弄好音。游子感時序，遇物成悲吟。榮名復何事，素領忽見侵。歎息靡家室，悠悠滯余心。

爲丁野鶴題重逢羅漢卷

白描虚傳羅漢像，古今幾人稱心賞。公麟已没章侯死，畫手徒多祇鹵莽。我觀此圖真奇古，經營毫髮皆可數。綻衣幻作蜃樓雲，飛錫倒連滄海雨。洪流汩汩旃檀香，老龍夜吐明珠光。水精魑魅盡辟易，翠蓋靈旗時渺茫。憐君自是再來人，静修白業種佛因。暮市遭逢雙眼碧，泥塗一紙見前身。攜君手，爲君題，精爽颯颯日已低。相期共結青蓮舍，杖履常隨明月蹊。

放歌行贈崔興我

督亢陂邊沙浩浩，昭王臺上空衰草。擊筑難尋舊酒徒，拔劍哀歌天欲老。崔生崔生謫仙儔，一飲一石不能休。心輕黄金如糞土，常將白眼對王侯。昔年驄馬氣如電，揚州視鹺誰不羨。一朝歸來祇敝裘，蕭索翟門無人見。惟我與君最相親，得錢沽酒不辭貧。脱帽露頂復大笑，人間毁譽等浮塵。祇今持節向安廬，許寄毛家一篋書。丈夫相知在然諾，天涯雖隔猶比閭。執君袂，把君杯，眼前同心能有幾。身後榮名安在哉，奈何不醉徒徘徊。

雪浪石以子瞻得名，魏石生年丈雪後望西山，曰：『此雪浪山也。』作詩，屬余和之

亂石槎枒古北口，怪雪吹山山勢走。千巖萬巖何夭矯，天吴鼓鬣老魚吼。絶似層冰結，又如碧海移。耳邊已聞驚濤怒，眼底常見堆琉璃。蒼虬蜿蜒數百里，噴珠濺沫鞭不起。中有雲氣隨變化，晶光騰掉鱗甲裹。昔有髯蘇氏，得石名雪浪。即以顔其齋，作銘坐相向。吾友石生更好奇，每對西山發浩思。雪後迥視忽大叫，高懷應許子瞻期。風塵澒洞道路艱，泥污車馬滿市闤。安得攜手住岩間，劚藥餐霞弄潺湲。來往空明豁心顔。

送彭燕又旋里兼訊顧偉南

光熹之際龍在野，人文往往歸復社。當時陳徐最知名，君也犄角不相下。十數年間歎沉淪，俊及廚顧俱埃塵。短衣破帽子尚在，流落誰悲失路人。去年上策復不遇，憐才難買千金賦。狂歌日沽燕市醪，痛哭屢弔昭王墓。愛我時時肯一過，酒闌擊劍客顔酡。人生感激爲知己，抒心寫意豈有他。送子七月凉風早，蓴菜鱸魚秋正好。到家爲問顧偉南，他日相逢漫草草。

雪樵子行

昂藏七尺雪樵子，浪蹟金門饑欲死。十載栖遲守一官，不堪重問少年事。少年意氣頗不羣，共羨作賦淩青雲。縱横豈屑秦王父，指顧常輕霍冠軍。交游盡是天下才，置酒論文登高臺。屢欲將身獻聖主，手拯蒼生何雄哉。物换星移陵谷改，相看無復舊顔在。著書誓擬老吾廬，採藥頻期入滄海。偶觸世綱困風塵，敝裘羸馬走踆踆。自憐不是公卿舊，且復低頭隨衆人。懶慢從來不同調，强學磬折何由肖。婆娑每使長官嗔，蹭蹬微聞僮僕笑。以此感歎獨閉門，蕭條謝客負朝喧。一歲苦吟詩一卷，眼暗手皴雙鬢髡。君不見潯陽陶元亮，囊懸乞食猶無恙。罷官彭澤乏酒錢，黄花滿把坐相向。又不見浣花卜居叟，離亂衣衫露兩肘。朝移西瀼暮東屯，旅病年年艱升斗。歷觀古來達人高士大抵皆如此，况我才疏已老䰎。雪樵子，爾何癡，郭外有田，牀頭有醑，遶屋青山雲𩅦𩆵，當階流水竹離披。何如早歸去？耕爾田，啜爾醑，登山臨水，讀書彈碁。胡爲汩没名利場，魚魚鹿鹿，下氣低眉。黄金不可聚，官高亦足危，以窮以老安足悲？

送人入蜀鎮幕

中原雲擾争逐鹿，奔走下士競車轂。整頓往往歸異人，豈能憔悴老山谷。羨君年少迥出羣，翩翩意氣美而文。紫騮飛轡致千里，白袷談兵驚一軍。上書曾邀天子顧，杖策西出蠶叢路。諭蜀争傳司馬文，登樓漫擬仲宣賦。憐余薄宦歎飄蓬，愁病獨吟一老翁。相逢傾蓋如舊識，時時慰藉旅途中。江城春早寅回斗，梅花爛醉嘉陵酒。野寺行人送夕陽，山亭弔古園衰柳。即今經歲苦南征，烽煙滿地哀笳鳴。君去莫惜箙中箭，爲我一矢下聊城。

酬王邁人見懷之作

梅花已落杏花吐，庭樹春禽兩兩語。微風一夜吹草堂，曉來獨看屏山雨。珍重裁書寄數行，淋漓佳句墨痕香。烹茶正欲聞清話，泚筆頻遲作報章。憶昨追陪成造次，朝飲江頭暮佛寺。相別不覺動隔年，車馬雜遝非我志。平生快意幾能酬，況予與君同宦游。嶺雲溪水徒勞望，子規聲斷使人愁。

苦雨

巴蜀多山山雲屯，十日五日雨聲頻。竹籬塌壓連墻倒，鵝鴨喧閬惱比鄰。經旬不出閉門坐，簿牒沉綿愁無那。碧草青苔緣階生，鵁鶄鳧鷖交相賀。驚聞街頭米價高，民窮難免衆嗷嗷。稻畦淹没豆苗晚，耕種誰憐終歲勞。況復夔州尚苦戰，轉粟如鱗常恐玩。幾時兵罷雨亦晴，閭閻沽酒賣釵釧。

己丑除夕

其一

臘意中宵盡，驚心事事違。暗知筋力異，漸覺宦情非。燒燭留殘燼，開簾待曙暉。闐闐憎巷鼓，旅夢不能歸。

其二

行藏難自料，漸老歲華侵。孤枕他鄉夢，兩年今夜心。笙歌喧薊北，烽火接山陰。萬事蹉跎裏，無勞問陸沈。

寄懷南亭諸友

一從辭舊社，却悔廿年心。薄暮無知己，中宵思故林。亂離猿夢隔，烽火雁書沉。爲報枌榆子，名山好共尋。

歲暮感興

難從季主卜，羞自判行藏。廓久移風土，官閒愧稻粱。鄉心侵歲切，旅夢隔年長。徒倚空庭暮，昏鴉背日黃。

金山寺

峭壁開初地，中流瞰大江。濤驚逆石走，佛怒喝潮降。雲水圍僧榻，龍雷護法幢。青蒼望不極，終古自淙淙。

宿山寺

暝鐘投野寺，客意憚蒼涼。巖壁禪燈暗，花龕佛火荒。盤藤懸古月，老桂發幽香。幸就山僧榻，塵緣得暫忘。

野眺

凭高不可望，暝色斂寒空。湖闊吞天日，霜稠亞樹紅。平沙團宿雁，荒徑響秋蟲。故國音書杳，雲山無路通。

遥題陳鍊師紫芝山房

天宇晝沉沉，清齋見道心。鶴盤松樹古，泉聒翠微深。石氣對丹竈，秋風動玉琴。金芝尚可覓，不敢戀華簪。

送宫紫元南還

十年纔一會，戀别惜杯殘。落日江湖闊，孤帆何處看。冬風吹劍冷，凍雨觸衣寒。預想還家夜，閒堂夢乍安。

寄申凫盟

愁思風雨夕，忽漫十年過。曾否狂如舊，將無鬢已皤。君才豈濩落，吾意亦烟蘿。出處誰能識，悲哉兩地歌。

夜雨

官冷閒於寺，幽居不近名。挑燈尋舊緒，聽雨坐深更。暗牖低龍氣，空堂度雁聲。興來何所事，午夜有詩成。

次宋玉叔《雨中過訪見投》原韻

其一

齋居無一事，留客此茅堂。風雅名難副，烟霞道未忘。披帷來細雨，敲竹散空香。待到秋期近，移尊泛月凉。

其二

衝泥君肯出，走馬到階欄。坐覺千峰秀，談深六月寒。美名應自惜，好句與誰看。落落風塵裏，能無愧一官。

喜申鳧盟至都門

其一

意外勞相訪，秋風人正閒。喜深無一語，驚定始開顏。款款悲雙鬢，遲遲話故山。長安非昔日，莫畏鶴書還。

其二

不堪今夕會，重憶亂離初。人老干戈裏，交存生死餘。山川幾命駕，涕淚共裁書。十載還耕約，相看愧鬢疏。

其三

望極燕山暮，相逢感泣多。人間遺玉椀，故物指銅駝。恨血千年碧，甲申素園先生死國難。龍池永夜波。雄圖今已矣，尚有酒徒過。

秋懷

秋城餘返照，霜色淡遥峰。落葉空齋掩，蕭條聞暮鐘。客情隨宦減，生事逐年慵。兀坐遲今夕，懷人何處逢。

送申鳧盟并呈殷伯巖

幾月依燕寺，蕭條客念歸。送君懷往路，昨日雪花飛。薊北連沙戍，漳南老蕨薇。寄言殷伯子，招隱故心違。

山信

歲序冬逾駛，栖遲未得閒。邊風吹碣石，大雪滿燕關。濁酒堪扶老，黄金豈駐顔。年年山有信，招隱幾時還。

卒歲感懷

生涯今莫問，何事老長安。花鳥催春近，冰霜逼歲殘。漸看容鬢改，轉覺宦游難。寄謝寒梅發，窮愁賴爾寬。

早春

其一

流年何太劇，春事早相尋。車馬徵人路，鶯花故里心。暖烟回遠陌，晴日散遥林。翹首憂偏切，誰堪拄杖吟。

其二

生事還如此，閒門晝不開。夢隨池草發，春逼雁聲來。貧病從吾好，迂踈任世猜。芳時容易度，肯惜盡餘杯。

寒食

風雨長安路，淹留客計非。閉門傾濁酒，寒食换春衣。深巷煙初亂，鄰家花又飛。十年官舍冷，何處夢漁磯。

春日閒居雜詩

其一

人間天意静，幽興滿吾廬。藥銚春晴後，甌香午夢餘。尋山常愛畫，懷古賸翻書。祇此堪容懶，浮名漸欲疏。

其二

老眼拚花放，衰顔劇酒紅。人情隨地異，春色故鄉同。散秩容狂子，乘時有數公。生成造化力，何必泣途窮。

其三

淹蹇爲郎久，生涯竟若何。燕泥增舊壘，庭木發新柯。應接午眠減，揶揄春夢多。空慚招隱地，高士滿山阿。

寄懷李言本兵備

雲中連朔漠，棨戟欲臨關。落日邊笳静，春風戰騎閒。登陴懷古烈，舞劍壯頹顔。獨有書生誤，金門鬢欲班。

送家弟臨三鄉薦後歸里

還家初得意，此去有逢迎。磊落真吾弟，栖遲愧爾兄。青雲輕少壯，薄俗重科名。方羨驊騮異，終看萬里行。

摇落

泬寥天气静，風景起離憂。雁叫龍沙月，霜飛鹿塞秋。短衣垂老淚，遠夢結鄉樓。萬事同摇落，憑人呼馬牛。

冬日閒居

曙𥦗驚客寐，羣動各蒼茫。犬吠寒城柝，鴉啼早樹霜。婆娑身易老，覊束興難狂。夢斷梅花信，清宵淚滿牀。

關山月寄宋玉叔兵備隴右

爲憶關山月，徵人幾度看。不堪悲玉塞，何處夢長安。影亂黄榆冷，秋生畫角寒。男兒期報國，清嘯漫憑欄。

秋感

其一

上書悲樂毅，結客感燕丹。易水河流咽，高臺草木寒。那能憐駿骨，空復憶危冠。萬憤填胸臆，時時把劍看。

其二

惆悵前朝事，秋來思不勝。青山圍故國，白露下諸陵。禮樂存遺逸，興亡問老僧。異時誰載筆，涕淚傳甍□。

其三

秋聲何處至，一夜送寒潮。月暗蠮螉塞，雲沉螮蝀橋。深巖栖老衲，古木響山樵。此意無人識，空齋客夢遥。

其四

破悶惟耽酒，傷離不廢詩。暫須依薄禄，未可怨良時。雨雪孤臣淚，關河旅客思。那堪風景暮，淒斷使人悲。

出都宿天寧寺

襆被倉皇去，黄昏入梵林。鐘聲清客夢，鈴語唤禪心。雨雪都城暮，風霜驛路深。何時徵蓋息，復此得幽尋。

過金粟寺，寺爲故晉藩園

其一

暫喜辭塵務，今來禮梵宫。慈雲敷貝葉，法雨響松風。趺坐諸緣幻，觀身萬累空。名根終未了，遮莫泣途窮。

其二

地是王孫造，名因浩劫留。園花資佛力，畦藥足僧謀。落日千峰迴，汾河一綫流。登臨真不厭，髣髴識椒丘。

出太原

悵別并州路，還看似故鄉。一年愁與病，遠道雪兼霜。薄牒憎人面，山川潤客裝。無嗟游宦苦，不減舊疏狂。

雪霽山中曉行

憑輿資遠眺，曙色指朝暾。春雪雲邊寺，孤烟山下村。殘鐘驅客夢，冷雁喚徵魂。何似林居子，高齋尚閉門。

下太行望清化鎮

晉豫猶同壤，喧寒一嶺分。村籬圍竹樹，隴麥覆春雲。倦馬嘶隄柳，徵人看雁羣。平原堪縱目，不覺至斜曛。

送周茂山歸四明

不敢留君住，知君有老親。門前黄葉樹，江上白頭人。負米休慚禄，烹葵莫厭貧。甲兵天地滿，何處好爲鄰。

晚行田家

野闊通徵騎，村低帶落霞。雞栖農事静，牛飯夕陽斜。秋露滴禾黍，天風吹豆花。他鄉時序好，何用苦思家。

游百泉次韻

其一

不謂風塵客，相從到百泉。山空疑作雨，林密欲爲烟。亂石當樵路，平流散渚田。薄游堪取醉，好向水亭眠。

其二

登頓勞心目，如從畫裏行。松驕盤石險，雲静蕩波平。孤嶼採菱唱，深巖伐木聲。低回幽興愜，得句不書名。

題孟陟公高齋

其一

無復風塵到，蕭然處士家。翦藤閒潑墨，燒竹夜烹茶。世路何須問，浮生自有涯。兒童能解事，埽徑報飛花。

其二

朴略高軒爽，幽尋自往來。畏人雙户楗，愛客一尊開。聽雨留殘竹，行歌餞落梅。卜居何地好，爲汝獨遲回。

同翁藏若、馬茮史、何仲端、李箇臣、梁曰晉游超化砦

峭壁千尋上，人家已定居。春秋遵漢臘，雞犬是秦餘。堂豁堪娱老，山深好著書。一椽如肯借，不異在吾廬。

少林寺

古寺雲深處，山圍面面峰。鳥鳴金澗竹，風落翠微鐘。斷碣封蒼蘚，長廊倒怪松。往來看不厭，昏黑更扶筇。

登華山

絶頂翛然上，身輕漸欲飛。天風吹竹杖，嵐影濕仙衣。歲久黄精老，山深紫蕨肥。憑虚諸念減，猿鳥本忘機。

茂陵

寂寞高原上，踈風禾黍哀。豪華追往事，拓略想雄才。封禪終何益，神仙竟不來。可憐民力盡，遺恨在輪臺。龍山寺，明睿藩所建報恩院也。老比丘猶是分封時與攜者，自言行脚漢南，已四十年矣。龎眉白首，每話前朝事，輒爲潸然也。帝子今何處，兵戈苦未消。龍歸存浩劫，僧老話前朝。杖履風雲暗，江山涕淚遥。焚香慚報國，白首望青霄。

漢山感懷

漢南猶未定，兵亂見蒿萊。雨漲蕭何堰，風高韓信臺。江山銷霸業，日月老雄才。底事龍川水，東流竟不回。

觀音寺

古寺臨山澗，門前積翠重。一燈然密室，萬壑落疏鐘。劫盡佛恩見，雲深僧路逢。誰能空世務，來此訪幽蹤。

游錦屏山

山盡飛黃葉，登臨感客情。寒城朝日色，空谷大江聲。家遠驚烽火，林開見耦耕。興來頻竚立，拄杖一身輕。

悼馬

遠道誰相伴，長鳴爾獨親。艱難關塞闊，遲暮雪霜頻。病骨埋荒草，徵魂託主人。馬走死棧中，先一日見夢。風塵騏驥少，老淚欲沾巾。

轉戰

轉戰幾時定，驚看羽檄馳。千山鳴畫角，萬竈冷晨炊。川北徵輸急，滇南消息疑。不知諸大帥，何以慰瘡痍。

十五夜

門閉不成歡，蕭蕭坐夜闌。春星低院曙，明月近人寒。客市聞燈夜，鄰家聽曲殘。殊方餘此夕，重覺別離難。

春日項永伯招飲

選日歌筵敞，園花幔帳開。天涯朋輩合，春色故鄉來。薄醉雲燈影，輕寒護酒杯。盡拚今夕賞，莫問晚鐘催。

得周茂山書

與子相逢日，攜游笑醉歌。一年栖代北，三月渡黄河。别後同吟少，書來昔夢多。歸期如不負，未敢恨蹉跎。

得紀伯紫書却寄

悵望故人信，春風鴻雁初。經年巴峽客，隔歲秣陵書。杖履身應健，江湖願豈虚。昨來頻送警，高卧定何如。

閬城春望

客眼登臨豁，山山入望蒼。江沙連岸草，春水上城墻。雲暖玉臺碧，風輕閬苑凉。依回憑眺久，忽覺在他鄉。

柬程石公

與君俱有意，相對且吞聲。虎豹天門險，山川蜀道平。年衰資藥裹，才拙斷逢迎。欲共峨嵋隱，安禪老此生。

贈于念劬

處處窮途淚，休嗟蜀道難。身閒從策杖，俸薄笑加餐。故國雲山渺，巴江花鳥殘。風塵知己在，何必説彈冠。

題畫

萬峰行不盡，客倦欲黄昏。古路三叉口，斜陽老樹村。風鳴山犬吠，澗黑夕鴉翻。寂寞成孤坐，憑誰具酒尊。

瓜州守風

芙蓉露冷暗香銷，仗劍從游客路遥。落日人歸京口雨，孤帆風打廣陵潮。大江水闊魚龍會，澤國秋聲雁鶩驕。擊楫衹今誰士雅，白頭空自老漁樵。

寄懷殷伯巖

策杖同聽山寺鐘，幾年相憶采芙蓉。歸田真見陶元亮，入洛虚傳陸士龍。薄命一官仍短褐，狂游五嶽有孤筇。廣羊石室依然在，他日芒鞵許再逢。

漫題

寂寞雙扉晝不關，每臨書卷一開顔。才疏未便文章誤，性僻偏宜禮數閒。華髮初生慚北里，名心漸冷夢西山。長吟漫訝交游絶，抱膝猶堪自往還。

得周元亮書却寄

摇落江湖鴻雁踈，閩天消息近何如。殊方不隔秋原夢，萬里驚聞嶺外書。慷慨誰人同患難，兵戈滿地歎居諸。曾聞白下堪謀隱，忍死還來共結廬。

西安懷古

草色凄凄滿漢宫，山川憑眺杳難同。金莖朝渴仙盤露，錦韉春收畫鷁風。古道重來迷渭水，行人何處識新豐。驚心城闕蕭條暮，落日寒煙恨不窮。

春興

花飛二月偏林泉，客况清和萬里天。錦水晴沙明浴鷺，巴山春雨過啼鵑。移書自愛支茶竈，沽酒何慙解杖錢。莫使離愁侵病骨，他鄉物色倍堪憐。

晚春即事

花落閒庭春事闌，主人長日但加餐。竹間路好披雲入，窗裏山宜帶雨看。半篋殘書留過目，百年衰鬢罷彈冠。蕭條莫厭交游冷，逆旅悠悠蜀道難。

漫興

浮名萬里笑遲留，旅病經時漸不憂。載酒偶然逢客話，看山遲日上僧樓。白雲千嶂夕霞亂，紅樹一江清露流。瀟灑微官隨去住，閒身此外更何求。

晤魏石生年丈

相見何禁感慨頻，應憐拙宦久風塵。身名肯使慙知己，尊酒重來對故人。里巷烟霞還似舊，長安花柳幾回新。迢迢又逐徵軺發，敢擬高眠伴隱淪。

上谷道中

上谷蕭條古塞垣，居民戰後幾家存。門連青草朝烟冷，風走黄沙曉日昏。獵騎臂鷹穿巷市，健兒飲馬下河源。不堪少小追游地，老大重經欲斷魂。

題畫

幽徑蒼苔滿，秋山黄葉賒。騎驢吟正穩，不覺夕陽斜。

見山堂秋曉

曉起坐空堂，寒花垂白露。科頭懶讀書，閒寄籬邊樹。

國朝畿輔詩傳卷五

郜焕元

焕元，字凌玉，號雪嵐，長垣人。順治三年進士，歷官湖廣提學道按察司僉事。有《猗園存笥稿》。

《長垣縣志》：焕元，明吏部主事獻珂子，幼穎敏，十歲解屬文，十五補博士弟子員，十七舉於鄉。順治丙戌成進士，授太原知縣。洊任首葺城垣，無何，有姜逆之變，所在陷没，焕元集衆歃血誓守。賊合衆來攻，竭力防御，身不解甲者七晝夜。會大兵至，殲寇於晉祠。以功升刑部主事。未幾，擢湖廣提學道按察使僉事。至則正文體，絶請託，所拔率成名士。甲午鄉試，自元魁以下，凡得售者九十三人，一時傳爲盛事。請告歸，年纔三十餘。閒居奉親，栽花蒔竹，閒游秦、晉、齊、魯、大梁、吴越間，所爲詩古文辭極多。與鄧州彭而述、益都趙進美、萊陽宋琬、遵化周體觀、永年申涵光、陽武趙賓稱江北七才子。著有《猗園存笥稿》數十卷，藏於家。

送别宫紫元

其一

十年讀君書，今年見君面。坐此長松下，芳草鬱幽蒨。英論薄層巔，曠懷明飛練。憶余垂髫時，君已南宫薦。才藻誇淩雲，共倚匡時彦。中道竟陸沉，高蹤託述撰。芳華思令人，山川日悠緬。一尊得快游，擊筑同燕甸。孤桐發清音，佳人成婉孌。所嗟歲序馳，凄凄悲霜霰。秋雨被遥岑，游子懷江縣。駕言返初服，海水日激濺。丈夫感意氣，軒冕誠足賤。故人知我心，不隨風雨變。含情戀佳期，終思偕歡讌。

其二

歡讌不可期，别離忽遠道。北風蕙草微，江雁歸胡早。覊人感物候，凄惻傷懷抱。厭此車馬塵，眷彼林中好。秋雨浥平田，江鄉足粳稻。獨坐理清商，嘯對海門島。遐矚萬象中，奇書肆幽討。春雨草堂開，落杯星石倒。淮水送鯉魚，詩來慰枯槁。伊我胡滯淫，索米徒草草。夙昔同心人，倏忽隔凉燠。輕帆指潞河，岸岸芙蓉老。志士貴遠心，愚者多懊惱。黄鵠有羽翼，萬里游浩浩。慎此金石顔，容輝當自保。

送别曹持遠比部

同是長安客，出入供司寇。我歸八年前，君歸八年後。荒城凛歲嚴，一尊感故舊。本非逢世姿，落落何辭詬。夙昔窺家學，時代綿華胄。咳吐古人風，藝苑擢神秀。高才反見黜，長揖謝朝右。匹馬下長河，賦雪梁園就。春色變河橋，高柳明岩岫。新人若不知，故人若不救。擁志歸吴山，僕夫催何驟。臨别寄瑶華，珍重此懷袖。

魏雍伯招游鹿泉諸勝

跨馬出西郊，倦眼豁疏放。遠景帶日斜，清游恣元暢。秋氣下蒼崑，空翠殆難狀。同行得佳侣，泉石激微尚。行看巖岫舒，坐愛流漉漾。瞻眺韓侯祠，英風颯甲仗。剥蘚讀殘碑，寄興忽悲壯。迥望羽人居，丹栱絶壁上。虚洞有雲封，老樹爲之障。急雨溜層巔，攀煙遵複嶂。初尋驚奥奇，遥轉得平曠。中有龍象藏，丹碧鬱相望。微步愜幽尋，陰洞何年創。嵌空入杳窅，白日劃光亮。造化鍾靈異，神工非意匠。纍纍號連珠，透闢絶依傍。冰雪泠然入，披襟爲神王。空亭延翠藹，日暮欣跌宕。生平丘壑心，對此樹高睨。願得休糧居，乘風采瀣沆。

楊使君署中贈袁杜少

我坐使君屋，讀君修竹篇。怒螭盤空壁，氣勢相蜿蜒。逶迤數十句，變化如雲煙。列宿羅胸中，腹笥何便便。我欲揚風雅，對君感朱絃。肅心窺元化，微茫慎所宣。建安與黄初，徽音賴以還。靡靡齊梁體，唯殺不足傳。漆水挺奇傑，早歲恣騰騫。驊騮騁逸步，一日徧八埏。行矣振北軍，拔幟登其先。

走筆別程伯建

前年別城之隈，今年別江之滸。黄鵠高騫野鶩翔，蒼龍晝立瘦蛟舞。沙洲烟草路茫茫，椶笠泥鞵九日雨。歐長卿，李雲田，偕子同來送別船。別船日暮芙蓉老，滿酹清酤問秋旻。相逢意氣感鬚眉，二子不言子更悲。昨日上書不見收，低頭幕府終何爲。聞君杖策向長安，水落桑乾木葉寒。黄金誰薦中涓馬，易水空憐壯士冠。君不見郎官湖上李白游，至今魂魄尚堪留。又不見蓬荆深没楚王臺，陰雨啾啾鬼夜哀。登祝融，望吴越，我欲扶笻鼓枻，上八萬之天台，探千年之禹穴，安能俛仰隨世網，犧牛文身入廟遭羈紲。

雨中同崔琳墟醉飲

黑雲垂垂壓清晝，暑雨空林來何驟。崔郎騎馬衝泥來，共倚湘簾看簷溜。須臾返照出其裏，玳瑁千層落盃底。元蟬咽咽露初零，故鄉明月沉秋水。幾年阻隔湘衡面，動如參商不相見。此時解綬賦歸來，坐開桑落偕親串。回思廿載薊門道，我輩紅顔各年少。君家兄弟盛聲名，我亦當時附文藻。祇今零落感晨星，聚散人生胡能保。揚雄著作等覆瓿，屈原放逐由草藁。古人行樂貴及時，轉眼韶華驚醜老。君不見青燐夜泣黄金臺，昨日驟裹今蒿萊。又不見黄河新起瓠子宫，萬家城市走蛟龍。眼中世事已知此，更闌燭盡角聲起，君今不醉胡爲爾。

中秋無月柬王幼輿

去年我在燕山北，有月無酒常偪側。今年我向故鄉來，有酒無月罷登臺。霧雲送雨晚細微，颯颯天風吹我衣。張燈促席開南樓。樓外蛟龍攫月游。遥夕沉吟坐夜闌，關山笛裏憶長安。噫嗟嗟，怨離別，滿眼愴浮雲海煙。幾時滅，幾時滅，我心悲。人生去住各難料，來歲陰晴未可知。呼兒且進酒，覆我掌中巵。安得王郎拔劍斫地歌，開我萬古磊落抑鬱之襟期。

送韓石華北游

崑崙東折走中流，中嵩拔地亘崒嵂。千年再産韓荆州，文章八代繼前修。十載栽花東海陬，一日聲名動九丘。華胄遥遥盛箕裘，中有長公聲最優。身長七尺髯且修，五嶽方寸罕其儔。萬卷胸羅恣冥搜，元精耿耿開雙眸。一朝晤我河之洲，五月招提醉石榴。拔劍斫地勢更遒，興酣落紙如琳球。杵臼論文意氣稠，却憶當年淮水舟。君家大阮共登樓，羣盜如毛罹百憂。前有黄狐後鵂鶹，聞雞中夜誓同仇。白日西匿不可求，良朋一散二十秋。與君相對倍綢繆，高城落日酒無籌。平原遂作十日留，漫滮一刺向誰投。彈鋏歸來仗蒯緱，匣中風雨吼蒼虬。悲歌起舞響箜篌，聞君明日京洛游。黄金高築碣石幽，左攜騕裹右驊騮。珊瑚連錢飾絡頭，伯樂一顧中涓收。臨行送子勸吟甌，胡以贈之雙吴鈎。鶤鵜光寒星漢侔，薊門八月風颼飀。赤霄萬里縱彝猶，孔翠豈同燕雀謀。咄嗟世路又何尤，我今投老事耡耰。緑疇南陌聽呼鳩，他年遇子動鳴騶。好訪青門問故侯。

贈盧子

暑雨鏜鞳衝河甸，客子褦襶游將倦。我友招尋邵侍御，倉卒遂識盧生面。盧生蚤歲蜚英聲，樓户下帷破萬卷。我父東國舊掄才，摸索幾擬雄文薦。清宵剪燭竟何人，感士不遇空戀戀。一朝進士有七人，明珪美璧咸國珍。中有邵子更絶倫，自言與君情最親。高論時時迴天地，哀歌往往動鬼神。論文未擬等覆瓿，撫事衹應歎積薪。今年我向濟州來，把臂深惜國士才。纔言古道眉先動，即論往事心誠哀。千年重睹元都觀，百里猶傳單父臺。二十年中堪回首，悲歌幾醉任城酒。文章遇合君能致，富貴自分余何有。杜甫池邊柳已青，太白樓頭月如斗。浩歌仰視浮雲白，相對無辭杯在手。盧生盧生真堪友。

晚登晴川閣

傑閣初登眺，千帆入杳冥。水吞三面白，山截兩峰青。地坼連吴楚，潮迴辨日星。憑闌閒指點，一棹下烟汀。

將赴湖南晚渡漢江

一葦江煙破，迴游指郡西。汀花隨岸小，漁火帶星低。水氣雜霜露，客心悲鼓鼙。坐看王會遠，萬里下雕題。

荆門舟夜

天高明野電，夜静倚官舟。堠火荆門接，霜星楚岸稠。山河留霸氣，詞賦待名流。寥落千年事，蕭蕭蘆葉秋。

夏人叔從禹峰先生爲湖南之游

其一

之子湖南去，扁舟意若何。白雲衡嶽滿，青草洞庭多。幕府裁鐃曲，遷人依棹歌。祇愁揚子宅，蚤暮少經過。

其二

草檄真能事，從軍亦壯游。况逢漢陸賈，同注晉陽秋。雨幔臨湘浦，風帆近岳樓。賴君傳古蹟，賦壓楚江頭。

送姜鐵夫南歸

白首家無定，青山爾又歸。京華詞客賤，秋雨故人稀。鐘動催霜葉，潮平載夕暉。鑑湖南月好，爲我選漁磯。

申鳧盟見訪

自枉高人駕，悠然淡旅情。狂真疏禮法，老益厭詩名。萬樹霜前色，連砧苑外聲。鄉心劇歲晚，遲我碧山耕。

訪趙錦帆於報國寺，解官南歸，悵然有懷

白首官仍謫，黄河客竟還。春明無故舊，秋色冷鄉關。葉落松房定，風吹海月閒。蘇門歸倘遂，同釣碧溪灣。

故城舟夜

野泊風帆定，空舟夜氣遥。暮煙沉古寺，孤月湧新潮。鶺鴒鳴何急，鼋鼍夢不驕。荒墩吹畫角，東國正蕭條。

送長益南還

江湖君又去，京洛少知音。故里三年約，扁舟五月心。危途淹老驥，暮雨滯孤琴。歸到金焦日，秋來夢已深。

晤張海旭

尚記南奔日，艱危借一舟。孤帆淮浦月，百戰島門秋。身世還青眼，山河竟白頭。草堂尊酒在，萬里慰離憂。

寄遯山子

別後俱多難，歸來獨可憐。興吟吴苑草，淚盡郢門烟。萬事還鄉井，孤身歷歲年。白頭新賦草，零落竟誰傳。

江上逢黄坤五太史

白髮承明舊侍臣，天涯淪落晚堪親。篋中歲月存詩史，世外江湖有釣緡。往事傷心辭洛日，他鄉垂老避秦人。開元朝士君仍在，聽到宫詞淚滿巾。

贈大司馬河使朱公梅麓

詞臣八座下明宫，水土兼傳仗鉞功。遂使黄龍歸故道，不教白馬怨秋風。艨艟歲月春流外，羽獵山川輦路中。啓沃願參還省閣，車書萬里正朝東。

赴東壑遥望五龍雪色

徑行初日千峰上，俯瞰蒼烟一郡西。朔塞天連三晉險，晴空雪壓五龍低。山腰拾級樵争入，樹杪盤雲鳥亂啼。萬壑鄉園吾獨往，嶺猿溪月待幽栖。

贈彭禹峰先生

揚舲五月下蠻方，醉踏江樓草色長。公子椒蘭新七澤，將軍裘帶舊三湘。君從絳幄論前輩，我向青雲認父行。萬里長纓須蚤繫，漢家將相本南陽。

貴池舟中遇顔乃來太守赴荆州兵使

高城雲木隱汀洲，太守船回卜夜游。畫舫移尊天上坐，青山歸夢雨中愁。嚴關晝壓孫權壘，古堞晴生蕭統樓。望裏八州防御遠，早傳清嘯滿江頭。

贈李將軍戍楚

鐵衣十載臨戎日，尚憶圍城轉戰功。射虎未聞封李廣，雕蟲猶復困揚雄。千羣代馬悲笳裏，獨戍江湖險塞中。氛祲扶桑憂不細，捷書蚤寄楚天鴻。

王幼輿以近詩見貽，即有禹州之游，作此奉送兼致懷兵使沈繹堂

閒門盡日補煙蘿，竹裏逢君有嘯歌。一卷詩纔傳白雪，三春客又渡黄河。風歸禹甸山川麗，路入梁園詞賦多。好問故人東郡長，樓中八詠定如何。

晤李梅臣，時以病持戒

卜鄰猶喜近鄉關，十載浮雲故國顔。放後幾人無白髮，歸來此地有青山。高城夜雨薜蘿隱，獨樹閒門鳥雀還。見説長齋能事佛，維摩丈室許誰攀。

送張爾成赴召

出使十年今赴召，班行應睹漢儀新。名高館閣推前輩，國有安危屬大臣。飛輓山河迴驛騎，嚴裝衣履上星辰。鳳凰臺側麒麟閣，還讓螭頭第二人。

己亥九日

摇落空亭菊自花，東籬斗酒尚堪賒。百年雙鬢秋方暮，四海重陽客在家。漠漠山城催落葉，陰陰江雨送鳴笳。干戈南北無消息，悵望高天獨雁斜。

盧溝

盧溝橋下水，盧溝橋上月。水月無斷流，行人去不歇。

楊白花

二月楊花青，三月楊花白。不見遠行人，飛入遠行陌。

示棐臣

春雨茅堂長緑苔，閉門閒看碧桃開。雲亭寂寞無人問，祇有侯芭日日來。

漢陽中秋

秋山雨過露華寒，讀罷莊周夢欲闌。可惜故園今夜月，年來都向異鄉看。

送劉毅公游襄陽

其一

漫將詩句動江關，春草王孫尚未還。便欲躬耕何地是，憑君好問鹿門山。

其二

春山獨客使人愁，楊柳青青送客舟。我已無家難作賦，君行莫上仲宣樓。

其三

楚客曾聞續大招，郢城南去水蕭蕭。祇今宋玉墳邊月，猶照行人渡板橋。

送王大愚南還

斷壘寒烟古孟津，羨君此去有垂綸。桃花野水三千尺，流到宣房問故人。

寄伯建

江船無日不鳴笳，辜負揚州幾樹花。匹馬黄河歸路遠，北風吹夢到長沙。

過順德有懷滄溟先生

其一

中原二子盛當時，歷下文章晚更奇。識得峨嵋天半意，黄榆高處自題詩。

其二

領袖宗徐氣尚驕，秋生郡閣雁蕭蕭。文章未老山河在，詞客英靈正可招。

石申

申字仲生，灤州人。順治三年進士，歷官户部左侍郎，贈吏部尚書，祀鄉賢。有《賨笏堂遺集》。

李霨《序》：仲生氣盛才銛，不可一世。操筆爲文，幽折瑰麗，都非尋常蹊徑。詩劌鉥鎪剔，矯岸不羣，洵能自成一家言。猶記初爲庶常時，閣試之典未廢一日。内院集試，擬待漏院記，諸人争摹宋調，獨仲生起語云：『天子無日不視朝，宰相無日不入對。此待漏院之所由設也。』余服其老成，已而果第一。

《池北偶談》：世祖皇帝恪妃石氏，灤州人，户部侍郎申之女也。申父維嶽，明萬曆庚戌進士，官某省副使。會王府中官某鴆其王，反誣其妃某弑逆，撫按以下皆納其賄，將具獄矣，維嶽獨持不可，力雪妃冤。至是申生恪妃，竟入宫掖，人以爲救妃之報云。

八月二十六日西山暫歸

去去欲無還，幽憂可駐顔。此生貪白業，不死看青山。善友能相共，浮雲且自閒。風塵燕市在，留與鬢毛斑。

送人

豈有七旬外，猶然事遠徵。江湖兒女意，鄉國友朋情。衡雁題新字，江鷗識舊盟。臨岐贈老淚，發棹水盈盈。

秋日同芝麓諸公集黑窑廠分賦

車馬紛城闕，尋秋此地偏。路深鐘響出，臺古燒痕圓。老樹侵沙苑，饑鷹獵歲田。與君期盡醉，休問戰争年。

宋翔

翔字子飛，宛平人。順治三年進士，歷官按察司僉事。

魏憲《百家詩鈔》：子飛先生督鹺江淮，稱廉吏。公餘留心風雅，不屑屑於近人之習，縱筆所如，意創詞新。

桂林冬至

一綫牽兒女，愁多與夢長。不知將臘至，豈是爲君忙。萬里吾家遠，人情客路涼。梅花方破白，天送歲寒香。

茅店

匹馬清秋路，西山日已微。數聲樵牧唱，一色水雲飛。影落孤村道，寒侵旅客衣。隔鄰彈鋏者，夢與月空歸。

江行雪

雨雪衡山路，天涯萬里心。孤舟虚冷棹，殘夢壓寒衾。天闊雲遥落，江空水映深。歸來歌笑處，驢背快長吟。

閨思

其一

假寐卧香閨，朦朧何曾睡。思量玉尺寒，裁衣託誰寄。

其二

新月不可贈，深深羅帷裏。纖手弄雙鈎，湘簟涼如水。

胡兆龍

兆龍字予衮，號宛委，一號具茨，宛平人。順治三年進士，歷官吏部侍郎，卒贈尚書。有《息游堂詩集》。

十一月望，上巡畿北，至天壽山觀明帝諸陵，遣官致祭，仍特命司空修葺殿宇，恭紀四十韻。

神京北百里，崇山峙千重。駊騀亘無垠，巀嵲凌蒼穹。皇都實屏幛，縹緲排雲峰。天壽更崷崒，鬱鬱勢何雄。有明十五帝，於兹建幽宫。層巒互回合，皎若青芙蓉。南面豁平野，洪流環西東。中列萬古宅，翼翼闢鴻濛。朱門啓長道，豐碣陳春容。華表高刺天，雲雷纏蛟龍。斲石備法衛，一一争鬼工。前岡森玉殿，後原閟神封。周垣肅丹堊，金碧輝曈曨。宫監及陵户，灑掃時虔恭。維帝初踐阼，展謁禮必躬。春秋肅霜露，凄然思劍弓。詞臣將明命，孝享攄哀恫。二百八十紀，盛典何雍雍。王氣一朝歇，神器竊元兇。大命集昭代，嗚呼天禄終。陵殿晝寂寞，傾圮翳秋蓬。石馬沉蔓草，古瓦啼寒蟲。神路藝禾黍，劚伐空喬松。園果復誰薦，採摘隨兒童。但見棠梨花，歲歲原上紅。玉衣竟惆悵，蕭颯來悲風。我皇巡畿輔，法駕臨龍嵸。顧瞻諸陵墓，惻惻動宸衷。潔祀飭宗伯，葺治庀司空。仍益守陵役，以絶樵蘇蹤。庶令千載後，永識明諸宗。宏度超萬古，隆軌激羣公。野老亦感泣，漣洏知何從。緬惟明盛時，四海皆來同。宏圖今安在，山色徒青葱。興衰若倚伏，嘅焉悲填胸。豈知易時代，丘陵還見崇。自非聖王世，誰能德義豐。臣職在珥筆，感此盛事逢。作歌揚芳烈，用以昭無窮。

題成青壇少傅浮丘山房圖

秋風柳色青門路，相國辭朝車馬去。緑郊祖帳傾都來，輦下公卿餞疏傅。何人畫手似當年，余曾圖出灞橋煙。兒童走看父老歎，道傍嘖嘖稱公賢。相國掉頭意不欲，但與鋪張失知足。吾家自有輞川圖，浮丘之山邑城曲。浮丘秀削青芙蓉，城爲匹練割南峰。并城迤西稍向北，雙屏罨靄依長松。入門坡陀即山趾，灌木修篁翠微裏。逕轉時時彩石逢，花繁恰恰啼鶯起。客到花間徑欲迷，忽有磴道凌丹梯。山堂樹杪俯萬井，棟牖每有煙霞栖。堂後陰岑窺洞壑，乳竇嵌空産仙藥。深入藤蘿互蔽虧，旁穿日月相迴薄。因登絶頂翼飛軒，蟠空已是浮丘巔。去天尺五帝座逼，下視一氣何蒼然。大伾東拱青壇矗，黎陽黑山皆隱伏。西南長河來萬里，銀漢奔流吞大陸。百泉衞水清漣漪，帆影出没飛虹霓。春花秋月堪高卧，雨潤晴嵐亦總宜。別有蜃樓連石室，神仙好之中晏息。架頭寶笈但藏書，花下玉缸時釀秫。更循山背臺館多，碧溪宛宛紅橋過。清照亭前千个竹，歸雲閣外半池荷。緑葵黄菊兼松韭，奇木珍禽無不有。自言出山十八春，但喜圖成常在手。泰階已平玉燭調，必世正是成康朝。即非黄髮歸亦得，或恐赤松來相要。我披此圖神欲往，卧病况復疏塵鞅。閒居苦在洛陽陌，從公便作濠梁想。衹愁蠟屐向東山，旋爲蒼生捉鼻還。暫至翻增猿鶴怨，讓余偃蹇附朝班。

春盡不得雨

倚徙春還盡，炎風又匝旬。旱雲橫白日，落照慘黃塵。關隴灾仍急，東南斂轉頻。安危非一事，能不愧垂紳。

從獵聞寇警

滇池師未息，暘谷海仍波。節鉞人安在，樓船將已多。五雲開玉帳，萬里洗銀河。薄伐勞神武，登壇意若何。

午門宣捷音志喜

數載勤宵旰，戈船未寢兵。人頻占太白，天亦厭欃槍。百戰熊羆氣，千家鴻雁聲。遥知大酺飲，先醵石頭城。

過内閣登遼后妝樓觀新建白塔

春水初融太液池，芙蓉紫苑漾新澌。林煙翠幌疑眉黛，花露金溝學口脂。異代青霄多寶涌，歸魂白月散香遲。恩深待放三千女，不唱同心别院詞。

梁清寬

清寬字敷五，正定人。順治三年進士，歷官吏部左侍郎。

《百家詩鈔》：田孝廉髴淵《高言集》極稱敷五爲燕趙鉅擘。先生詩以厚爲主，氣厚則静，意厚則實，詞厚則典。浮與纖者不得託焉。

題夢園

鼓子城隅錦沙陌，小築薜蘿有幽客。白雲峰下碧溪頭，寂寞楊公高談宅。半山半市儘避喧，一詩一酒一卷石。松風拂簷石牀静，竹籬短垣追陶令。緑蔭繞屋藕苗衣，清吟長嘯世無競。逸蹤願作鹿裘人，支頤冷眼向簪紳。閒把道書尋丹訣，絶勝長安溷緇塵。山中鎮日數棋局，那知仕路已翻新。惟此清風樛木閱，今古醉倒殘花卧。湘浦有時蕉葉代，箋題湖光鳥語紛。捐組歸來不用買山錢，披襟烟月常作主。吾將爲先生頌冥鴻之孤高，且願書左徒之離騷。朝搴木蘭夕宿莽，英雄咄嗜笑蓬蒿。倦來枕上日高睡，悲歌慷慨震雲濤。君不見功成已從赤松翔，五湖早有大夫航。世上浮名真粃糠，蒹葭伊人天一方。

贈于丈

金山孤插鬱籠葱，瘦嘯高峰獨有公。不須陶潛賦歸去，一丘一壑伴烟樹。富貴軒冕安足論，志切湖海踏崑崙。雲物蒼茫堪深隱，著書時闔陸羽門。羨君丹素常滿案，舍咀應劉霞色爛。兼之學道陋世筌，穆穆孝友相蟬聯。元將洵可號鳳毛，一經競道韋公高。草堂知己惟林山，怡然自覺心事閒。絳縣安識幾甲子，今來但有冰霜顔。俛仰人世易彫朽，北固江濤在窗牖。隱侯自是足千秋，傲吏可把洪崖手。慕君之德爲君歌，雨䰒風湍付緑蓑。何用勞勞萬金産，桓典稽古澤正遠。

春日過伯棠别墅

偶過西郊日，海棠紅欲然。里門仍故榜，茅屋枕寒泉。小飲花堪醉，慵游草借眠。山中饒樂事，歸路眺晴烟。

野望

芳草垂楊岸，茅茨十數家。小橋環緑水，遠岫映紅霞。入坐花迎笑，開樽酒任賒。夕陽烟景碧，漁艇出蒹葭。

睡起

睡起渾無賴，窮愁百事闌。雲窺虚牖静，風入小牕寒。拙宦餘三徑，浮名悔一官。早知農圃好，長嘯向烟巒。

雨中嘯雲樓即事

小雨淙淙入曉凉，樓前老柏正青蒼。結籬儘足安羊仲，閉户何須問鄭莊。書卷梧桐霑細潤，窗紗茉莉送餘香。平生最愛尋幽處，瓦鉢松醪興欲狂。

入棧

雲連古棧曉寒侵，嵐氣高浮盡日陰。山麓結茅聊下榻，野秔釀酒暫開襟。千層峭壁迷樵徑，百道飛泉冷客心。莫笑王陽迂闊甚，鄉思永夜不成吟。

保寧書懷

驅馬王程歲漸移，迢遥猶未卜歸期。黄牛峽口尋遺老，青草池邊覓舊碑。雁杳無情應有恨，客愁抱病轉多思。鄉關欲到渾難寐，步月瞻雲夜漏遲。

成都故宫感懷

離離細草偏荒臺，寂寞西風動客哀。鴛瓦朱宫迷舊址，玉鈿翠靨委蒼苔。巡簷凍雨聽如咽，極目愁雲掃不開。把酒倚闌清漏永，挑燈無意盡餘杯。

咸陽懷古和賈司馬韻

荒城嵐氣接高秋，淡月疏雲動客愁。異代興衰同逐鹿，千年勳業等浮鷗。圖王猶自傳姜尚，策國誰能繼馬周。渭水秦關多勝蹟，驅車幾度問前丘。

李二公自京師見訪，扇頭有玉立弟詩，以《春明門内即村居》爲題，依韻和贈

春明門内即村居，揚子雲亭好著書。雨後藝花泉釀熟，林中覓句世情疏。青蓮久屬同心友，緑野今來長者車。敢謂陳蕃能下榻，孤蹤攜手話樵漁。

月夜感懷

雨後蟾光上碧梧，深沉院落一輪孤。隔年歲月疑今古，往日親知半有無。興至愛尋高士傳，愁來頻檢白雲圖。中宵萬感尋常集，把酒還思碎唾壺。

太行山

衰草凄凄百戰場，英雄棋局等弓亡。秋原漫上高峰望，極目寒煙數雁行。

西郊水亭

清溪曲港小橋平，繞岸荷花帶晚秔。雉堞遥分秋照冷，淡煙和月急砧聲。

城河

芙蓉照水影鬖鬖，十里横橋帶晚嵐。秋净漁舟紅蓼岸，鮮鱗紫芡小江南。

李及秀

及秀字公愚，玉田人。順治三年進士，歷官河南巡按監察御史。《玉田縣志》：及秀聰穎能文，工詩善書。事母以孝聞。家貧，用常不給，躬率家人食蔬，而日必以臠奉母。登進士，主政計曹、荆、魯之間，多治績。代巡梁豫，上百餘疏，人避驄馬御史焉。

同張明府游楸子峪

政有餘閒整屐裙，高山憑弔夕陽曛。爲因秋盡枝枝悴，何處春來葉葉殷。十載宦游傷舊識，百年交道惜離羣。紗籠自昔稱佳事，慚向南軒覓故文。

李鴻勳

鴻勳字勤王，號長六，磁州人。順治三年進士，官山西陽城縣知縣。楊方晃《磁人詩》：明府性豪邁，入泮最晚。明制年二十不列於庠，服飾即同市井，例戴瓦隴巾子，公恥。鍵户下帷，寒暑無間。余先舊第與君鄰，每夜聞公讀書，樓上始而讀。繼而哭時，或擲巾以足蹴之，其刻苦如此。年三十餘，始青其衿。歸里後，陶情詩酒，多蓄古玩字畫，喜蒔花竹，常藝名菊數百本，花時邀賓流連雅集。書法遒勁，跌宕不羈。

過先賢閔子騫故里

數十間茅屋，人傳閔子家。秋風吹不斷，滿地有蘆花。

梁清遠

清遠字葵石，正定人，維樞子。順治三年進士，歷官吏部侍郎。有《祓園集》九卷。

《四庫全書提要》：《祓園集》九卷，梁清遠撰。是集清遠所自編。凡詩四卷，文四卷，詞一卷。其詩直抒性情，頗能蟬蜕於習俗之外，而人所應無盡，無人所應有，尚未能盡有也。

夏日閒居

拙宦自寥落，閉門車馬稀。石窗迎旭日，淡淡發清輝。髡髮不思櫛，爐香漸滿衣。背人讀道書，心清無塵機。人生亦旦暮，胡爲苦奔波。曹務雖多端，暫輟聊自嬉。瓶荷度鮮颸，思我山居時。山居有幽致，安得願無違。

同蒼巖公白游城南

清流貫雲木，水際有人家。頽徑侵芳草，疏籬罥落花。天晴霞散影，野静雁依沙。景物看如此，行吟日已斜。

秋懷

渾渾斜日照金臺，何處啼烏帶影來。太液亂流衣帶繞，西山晚翠畫屏開。中原豺虎增郊壘，四野歸鴻戀草萊。極目關河無限思，漫歌五噫有餘哀。

送宋玉叔備兵秦州

鳳城風暖雪初晴，遥望軺車使者行。絳帳諸生遲問字，戟門小隊待談兵。擁旄曉度祁山影，吹角宵連渭水聲。萬里金湯龍劍在，豈徒詞賦擅西京。

金肖孫

肖孫字瑞枝，完縣人。順治三年舉人，官四川富順縣知縣。

《畿輔通志》：肖孫，御史毓峒從子。甲申毓峒殉難，賊將張洪執肖孫，詰毓峒子所在，箠楚炮烙，身無完膚，終不言，毓峒諸子得免。

《完縣志》：肖孫，康熙戊申除富順令，廉平精練。富順當凋殘之後，百物荒廢。肖孫至官，招流民，修縣志，捐俸以充常平，開井以興鹽利，建義學以育人才，築城垣，創縣署，多所興復。遠人願請受廛，邑大治。遘疾，卒於官。櫬歸時，民爲舁送數百里，作木主祀之。

紀游

撲面飛沙磧，流觀眼欲迷。堤長惟牧犢，夜盡未鳴雞。僻店人家少，隆冬曙色低。逡巡驢背上，緩轡過橋西。

國朝畿輔詩傳卷六

梁清標

清標，字玉立，號蕉林，一號蒼巖，正定人。明進士。國朝歷官保和殿大學士，祀鄉賢。有《蕉林詩集》十八卷。

《四庫全書提要》：《蕉林詩集》，梁清標撰。清標所著詩藁各以古近體爲分，不列卷次。其詩作於明季者多感慨諷刺之言。及入本朝以後，則渢渢乎春容之音矣。

《畿輔通志》：清標遷禮部侍郎，賑保陽諸州縣。殫心察覈，人沾實惠，有武林斥生誣首逆案，清標訊得其情，保全無辜甚衆。奉命移尚可喜家屬，兵衆洶湧，民多驚悸，思竄匿。清標鎮静以安人心，得無變。

魏裔介《序》：玉立詩枕藉六經，沉酣諸史，應制記事，陳大雅德音之辭，詠物懷人，備風人香草之義。蓋燕許大手，而非元輕白俗、郊寒島瘦之所得而企及者。

申涵光《序》：《蕉林集》鏗鏘頓挫，不故爲愁苦老病之習，體物遂情，一唱三歎。讀之者如披春風，如覲宫闕，如覩威鳳在霄，不得以一家名而皆擬其所長，棄其所短。讀是集亦可以得其槩矣。

汪懋麟《序》：先生之詩，本於學問，出以和平雍容，渾浩博通於諸大家，而不得執一以名。詩有之，穆如清風，其風肆好，先生之謂與？

方象瑛《序》：先生體國，經野外，時時賦詩以見志。今讀其詩，掌邦禮，以前莊以肅者，其頌之遺乎？歸田諸什，氣静而思深，殆得於雅乎？兵農禮樂之大，讌勞登眺之章，淵厚廣博者，十五國風之正聲乎？即以追美風人之志，夫奚媿焉？

《紅豆樹館詩話》：蒼巖相國，雍容閒雅，宏奬風流，一時如張敦復、汪蛟門、繆歌起、方渭仁諸公皆游其門。先生自公退食，日抱芸編，黄閣青燈，互相酬唱。前輩高風，可想像於辰告訏謨之外。詩麗而有則，莊而不佻，可稱臺閣中鉅手。倚聲尤工，所作《棠村詞》，當與《梅村》《香巖》並傳也。

發雄州

晨出賓暘門，水氣滿巷陌。故吏擁道周，頭鬢看盡白。孤亭立豐碑，上勒先子蹟。城郭飽戰烽，僅留一片石。垂及五十年，表章益烜赫。停車數徘徊，泫然感今昔。父老攜杖觀，相顧聲嘖嘖。樽酒煩故人，持觴勞歸客。簷霤雨廉纖，春泥深徑尺。昔游詎忍忘，鄉心苦已迫。漠漠嶺上雲，矯矯空中翮。河梁草色青，振袂風煙隔。珍重謝耆舊，久要願無斁。前路笳鼓鳴，回首黯魂魄。

初春北上留別兄弟

春風何澹蕩，寒日照郡樓。舍人治我裝，游子去舊丘。東門設祖帳，親戚羅道周。顧余麋鹿性，林壑夙所求。用世本無具，竊禄良足羞。胡爲煩徵書，勸駕多朋儔。一朝辭墳墓，啼猿聲啾啾。宦途方險巇，置身安可謀。津亭傾離樽，清淚沾敝裘。帝闕鬱岧嶤，王程敢遲留。執手珍重別，前路云阻修。回首語昆季，爲我治田疇。兹行報聖主，歸卧西山頭。三徑勿荒蕪，煙月長彝猶。

秋日

暑退天日晶，秋光净若洗。小堂晝垂簾，竹樹陰階戺。怪石立縱横，藥欄發芳芷。杜門無雜賓，晴暉明窗几。散書恣冥搜，悠然契深旨。外物何足欣，寵辱皆妄耳。蕭森儼空山，婆娑忘城市。急雨須臾來，簷花落如綺。守官多愆尤，鵜梁昔所恥。安能作蝸牛，升高不如止。

挽船曲

寧爲官道塵，勿爲官道人。塵土踐踏有時歇，人民力盡還戕身。長安昨日兵符下，舳艫千里如雲屯。官司催夫牽纜去，扶老攜兒啼滿路。村村逃避雞犬空，長河日黑濤聲怒。縴夫追捉動數千，行旅裹足無人煙。窮搜急比勢如火，那知人夫不用用金錢。健兒露刃過虓虎，鞭箠叱咤驚風雨。得錢放去復重催，縣官金盡誰爲主。窮民袒臂身無糧，挽船數日猶空腸。霜飆烈日任吹炙，皮穿骨折委道傍。前船夫多死，後船夫又續。眼見骨肉離，安能辭楚毒。呼天不敢祈生還，但願將身葬魚腹。可憐河畔風凄凄，中夜燐飛新鬼哭。

上灘行

曉起酸風來石竇，驚灘急峽江波溜。白日陰霾山鬼吟，飛流噴沫魚龍鬬。崩厓摩雲勢欲吞，蒼煙骨壁苔痕繡。荒城昨夜催灘夫，沿村比屋尋吏呼。鶉衣百結亦人子，倉皇追捉如逃逋。冥濛天黑帆盡溼，縣令雨立衝泥塗。令言城空居人少，屯官降卒衆相夥。歲收租稅令不行，田家半菽何曾飽。供繁役重支拄艱，簿書期會皆草草。西江貧瘠昔所嗟，況復豺虎恣攫拏。空巖哀狖啼夜月，窮鄉密箐盤虺蛇。舟行轉側類毛羽，崚嶒湧地根槎牙。我來鼓枻三歎息，長年争叫風颿色。民勞驛殫恤未能，浮家泛宅境轉偪。白首江湖徒爾爲，坐老孤村計亦得。

漁陽老將行

漁陽重鎮臨邊隅，將軍燕頷赤虬鬚。少小結髪事行陣，彎弓自請當單于。軍中行酒青油幕，馬上穿楊金僕姑。養士家財能立散，摧鋒徧體無完膚。將軍膽略古無兩，逐北直取封侯賞。大小身經數百戰，九邊形勢如指掌。報主瀕死沙場中，論功欲繪淩煙上。豈知歲月空蹉跎，將軍已老雙鬢皤。內外一家方罷戰，毳帳滿地驅明駝。邊備不修閒士馬，歸來小獵南山阿。猨臂無力射猛虎，雄心卧看浮雲過。寶刀既賣賓客散，柴門反閉張雀羅。幽州健兒夜吹角，夢魂猶繞白狼河。

王鐵槍

王鐵槍，真男兒。人留名，豹留皮，河上血戰志不移。梁運既去疇能支。問破敵，曰三日。讒毀計已行，大功安可必鬬雞。小兒事業成，國恩未報遑偷生。朝梁暮晉者誰子？紛紛段凝之輩真如蟻。嗟乎！義士一死重泰山，碭山朱三羣盜耳。良禽栖木貴能擇，將軍之死亦可惜。

霸陵尉

北平守，材絶倫。生不利，逢漢文。射石没羽如有神，田間夜還醉尉嗔。今者不得行，遑知故將軍。結髮七十戰，封侯賞不至。迷道豈非天，恥對刀筆吏。偃蹇徒失貴人意，知與不知盡流涕。惜哉大將軍，奚論霸陵尉。

登觀音巖

先人曾登觀音巖，予今曉過停徵帆。懸厓俯縮臨洞壑，淩空結構何巉喦。千尺石幢垂碧乳，萬條蘿薜纏青杉。神力何年立鰲極，削壁界破蒼天色。盤磴斜通蓮炬紅，法雲倒湧琳宫黑。屭奰陰森鬼斧開，丹樓窈窕星辰逼。慈悲妙相翠微中，芙蓉作龕追琢窮。龍抱珠光翻海月，潮隨梵響來天風。層巒對峙列几案，鳥啼猿嘯煙冥濛。振衣仄徑攀援上，江山歷歷客愁放。晨鐘暮鼓變寒暄，石轉灘迴迷背向。我來萬里幽幾探，豈謂兹巖吐奇創。昔聞過庭語夢寐，四十年山靈尚無恙。陟險疑有緣，嶺南俶詭此地偏。輕身挾羽如飛仙，黄塵萬斛銷欲盡，花雨晴嵐滿畫船。

許生洲思硯齋歌

我聞中丞古遺愛，守越聲名齊海岱。抽毫獨喜倣眉山，已知冥契千秋在。精神感召夢寐通，郡齋夢見東坡公。一硯手授豈荒忽，遲明硯出山巖中。硯背有像夢無二，中丞拂拭嗟神異。玉德金聲詎偶然，龍尾鳳咮争名字。東坡好硯各有銘，况復肖像留儀型。歸裝唯有鬱林石，兩袖攜得山川靈。中原劫火生荆棘，六丁收去無消息。中丞騎箕箧衍空，孝子慈孫淚沾臆。齋名思硯歲月徂，章侯陳生摹爲圖。詞人題贊徧海内，詎與瓦石同榮枯。古來神物有得失，離合他年安可必。君不見豐城之劍分雌雄，延津波沸雙龍出。

永寧程總戎母康太夫人殉寇難，爲賦投崖行

龍蛇起陸天地荒，中原擾擾皆戰場。洛陽烽火徧州邑，白日晦蝕無三光。嵩縣劇賊一何酷，程母被執義不辱。慷慨罵賊身投崖，經旬不改顔如玉。有兒瑰偉稱人英，求母不得寧徒生。興安舊帥壯君貌，授兵討賊前驅行。賊渠授首無堅壘，灑血祭墓雪讐恥。舊帥雅負善相人，君貴他年當鎮此。猗與孝烈鍾一門，家風伊雒今猶存。持節遂爲大都護，始知相術非夸言。噫嘻世亂弛綱紐，仗節死義嗟希有。歐公作史千秋垂，斷臂惟傳王氏婦。於今再見康夫人，凛凛豈等筓黛倫。甲申之際四維絶，男兒甘爲全軀臣。

梅心驛

寂寥巖下宿，宵柝起嚴更。驛火明還滅，繩牀卧復驚。坳寒山鬼泣，燭暗虎風生。排馬淩晨發，煙江是皖城。

登小孤山，謁天妃祠，用壁間李中丞韻

杳靄江天闊，孤峰障洑流。煙鬟神女祀，鐵柱海門秋。飛閣鳴鼉鼓，仙飈送客舟。山川吴楚會，登陟散羈愁。

游湖口鐘山次壁間韻

其一

怪石臨無地，淩空疊亂峰。江聲晴到閣，巖響夜聞鐘。禪定看馴鴿，雲根起蟄龍。遥青五老出，憑檻蕩塵胸。

其二

列炬探幽處，晨爲洞壑留。捫蘿尋斷碣，倚仗瞰飛流。漫滅眉山字，蒼茫碧漢游。莫言彭蠡闊，絶壁小滄州。

峽江雨中

亂堞臨厓出，濤痕半未消。檣燈摇霧影，㗋火散山椒。峽東江如綫，篷驚雨似潮。酒澆人欲倦，天入可憐宵。

晚晴至吉水

湍急村墟暝，城孤睥睨昏。雨帆朝過峽，霽嶺翠當門。霧斂江山小，天空虎豹尊。古來文獻邑，凋謝復誰論。

過湞陽

其一

湞陽山水邑，晻藹海雲横。鳴礮嚴江戍，飛花繞客旌。雙巖皋石峽，萬壘尉佗城。安得窮幽處，翩翩躡屩輕。

其二

對擁千峰斷，中流一水長。僧居團竹柵，虎氣暗桄榔。虚閣崩雲立，飛泉挂幔凉。古今沉戰伐，何地問蕭梁。

將抵南海

紆折程難計，聞鉦識水郵。繚垣螺蚌甲，代絮木棉裘。潮逐崩厓落，帆隨曉月流。忽驚開嶺桂，疑是故鄉秋。

雨中束裝

天入輕帆夢，心生故國春。蠻花縈客舫，海雨送歸人。影較徵鴻早，愁增燧火新。瘴鄉身一葉，頭白飽風塵。

雨中過嶺

飛來曾挂角，天半有僧栖。蒼鼠穿厓過，春禽送客啼。嶺蟠諸粤盡，雲壓萬峰低。冒雨忘危磴，心懸貢水西。

九日

歲歲登高處，憑闌此復同。客情秋色裏，世事亂雲中。壇影連殘照，汀沙起斷鴻。天南頻極目，燧火至今紅。

送陳子將門人請急歸同安

萬里衝炎霧，扁舟慰老親。海天無静土，烽火見歸人。轉徙田廬廢，承歡鬢髮新。長鯨猶未息，子舍莫逡巡。

送李天生檢討歸養

揮毫初奏賦，愛日早辭榮。一疏茅容願，千秋李密情。商風高鄠杜，戰火息咸京。謁者繻曾棄，關門吏卒驚。

送方渭仁門人請急歸里

其一

索米金閨客，平生好著書。治裝唯藥裹，歸興寄樵漁。詩以窮愁富，交因拙宦疏。子行須自愛，風雨有荒廬。

其二

抗手方千別，蹉跎滯一官。鄉心經雨重，秋影入牕寒。病苦參苓纍，身謀去住難。嚴陵灘尚在，高卧少風湍。

送梁園出守寶慶

幾載含香吏，新看五馬雄。民生征戰後，郡治草萊中。斑竹臨湘水，蘭臺拂楚風。他時裁錦字，可有北來鴻。

新樂驛亭，次壁間韻

萬里驅車道路偏，伏羲臺畔破秋煙。漢廷論蜀煩司馬，池草生春憶惠連。古驛鄉心叢菊外，并州客夢嶺梅邊。風塵又逐徵鴻去，紅樹依依似昔年。

金陵道中

東南形勝自江淮，百戰河山稗草埋。結綺歌殘銷玉樹，景陽鐘歇葬金釵。天留蒼莽騷人句，地入欷歔弔古懷。士女如雲聞唳鶴，春郊閒却踏青鞵。

與昭性家兄話别

刻燭聯牀話路岐，吾兄新廢蓼莪詩。難將金錯還官庫，漫負紅顔忤畫師。子舍淚懸雲黯處，山樓目送雁歸時。殘春去住俱多感，别恨無端若柳絲。

輓門人沈康臣

珥筆才名高秘省，祥刑雨露徧圜扉。争傳沈衆工詞賦，何意休文減帶圍。月冷空牀遺稿在，櫬歸水驛塞鴻飛。一官未達今黄土，白首風前淚溼衣。

渡黄河

滚滚河流古岸長，水神祠廟枕斜陽。來從天上分疆域，曲向中原接混茫。風閃驛燈寒過雁，路沿堤柳夜多霜。吹臺欲問繁華地，鷁首飛帆入大梁。

拜張許六王祠

名城喋血共安危，道左飛塵牓古祠。六矢當年知號令，千秋爲厲見旌旗。江淮力障孤軍日，睥睨風生苦戰時。每讀昌黎書傳後，傷心南八是男兒。

舟過潯陽

潯陽瑟瑟石苔斑，今古柴桑歲月閒。蓮社籃輿陶令酒，煙扉屐齒謝公山。舟停湓浦衫應溼，虎嘯溪橋客獨還。此地江聲分九派，何堪矯首憶鄉關。

采石磯

千年牛渚草蕭蕭，供奉風流自不遥。被酒尚留明月影，然犀誰照暮春潮。菰蘆煙火連三楚，金粉江山過六朝。細雨鳴榔嗟往事，謫仙樓在客難招。

旌陽萬壽宫

静明宫殿鬱岹嶢，鐵柱難從一炬銷。波立蛟龍孤劍盡，月臨鐘鼓百靈朝。雲霄絳節餘兵火，今古青山鎖寂寥。冲舉當年仙侣去，不堪重問舊江潮。

過東湖

東湖煙水晝冥冥，湖上孤標孺子亭。百戰僅存高蹈地，千秋獨著少微星。灌園翁去空書幣，下榻風流識典型。寂寞經過人不見，章門雨雪一燈青。

廬陵小泊

章貢天開白鷺洲，山城水市半沉浮。孤懸塔影摇沙舸，晴捲江聲入郡樓。舊德門荒祠草暗，戰場人老講堂秋。憑闌白首餘雙淚，螺子蒼煙綰客愁。

儲潭讌集

潭上荒臺堠火紅，牙旗獵獵捲簾櫳。香分橘柚清樽裏，雨漲笙歌晚嶼中。廢壁沉雲開戰壘，横江層鐵鎖蛟宫。霜青油幕稱雄鎮，刁斗聲傳萬壑風。

度大庾嶺

巑岏萬仞劃天開，曲似離腸日九迴。雲没危峰盤磴出，翠舍春色瘴江來。嶺門對擁衙山寺，鳥徑斜穿吐驛梅。刊鑿辛勤煩相國，千年猶説五丁才。

歸舟漫興

牙檣北逐雁鴻羣，人去紅亭倚夕曛。五岳芒鞵生壯色，四山花氣漲春雲。蠻方瘴癘和愁散，客路風煙度嶺分。十載江湖銷戰伐，戈船此日又移軍。

過商丘

鬱鬱新槐原上村，野農趨市趁朝暾。採桑紅女蠶眠箔，催賦青苗吏在門。巡遠尚聞遺戰壘，鄒枚誰復弔吟魂。兔園依舊蘼蕪緑，寂寞梁王好客樽。

大梁懷古

前驅鼓角戍樓晴，萬井煙花古汴城。執轡市中游俠地，銜杯臺畔濁河聲。玉津園廢蛙鳴晚，艮嶽雲埋草色平。零落憲王新樂府，夜深誰炙紫鸞笙。

送冀公冶大司空歸廣平

洛水尚書振袂行，重開三徑向秋清。漫將薄譴論榮辱，祇惜仙班去老成。廿載緇塵歧路話，一樽凉雨故人情。每憐拙宦稱同調，愁聽陽關第二聲。

贈張眉仲令安定

儒吏分符動玉珂，隴西戰後事如何。邊烽乍寢人牽犢，塞雪初消客度河。瓱瀉蒲桃春釀熟，獵回沙磧暮雲多。政平訟少垂簾日，羌笛頻聞折柳歌。

送陳子厚歸海寧，曾齋尊公岱清同門遺集數十卷相示

每嗟亡友廿年餘，鳳羽來過抱父書。明月暗投逢白眼，陽春高唱逼黄初。談深更下人琴淚，歲晚言歸風雨廬。今日臨邛誰好客，吾衰負媿薦相如。

送陳子文由大梁歸海寧

京洛懷歸有敝貂，臨岐飛雪暗河橋。鄉愁夢入吴天近，客路春將汴酒消。薄禄逡巡原驥足，故人期許自雲霄。君家伯仲非長賤，句就池塘慰寂寥。

送姜定庵少京兆之官奉天

萬里褰帷捧檄行，葱葱王氣是陪京。雲飛越水親闈在，雪霽盧龍春草生。眉宇紫芝渾似舊，鄉關銅馬喜初平。莫因遠宦添霜鬢，十載封章繫聖情。

送龔憲副還秦中

客從北地擁襜褕，把袂欣逢舊酒壚。指畫河山人慷慨，身當戰伐事艱虞。籌邊誰上金城略，聚米能成玉塞圖。珍重春宵燕市話，中原銷鑰在西隅。

贈王純嘏比部擢江右方伯

畫省才名重漢廷，持籌更喜試新硎。大藩坐擁章門節，邊計今歸執法星。見説飛鴻仍道路，能無折柳話丁寧。瘡痍佇待君爲起，數載西江戰血腥。

春日雪中宣捷口占

三冬歷盡霏春雪，六載初聞取岳州。自昔兵戎關稼穡，也應天意厭戈矛。沅湘險隘逡巡失，湖海烽煙次第收。父老不須憂粟貴，早聽布穀事西疇。

寄高念東少司寇兼爲勸駕

八載垂竿野水隈，天邊一紙辟書來。秋曹堂饌仍堪飽，舊觀桃花恰再開。向子未完婚嫁累，鄴侯終是列仙才。燕山春色屠蘇酒，遲爾聯牀夜覆杯。

送丁雁水職方分臯虔南

貢章雄鎮倚江臯，吹角樟陰漢使勞。百戰尚餘清獻蹟，千秋重贈吕虔刀。鬱孤草長連平楚，灘路帆懸起怒濤。知爾才名高粉署，登樓嘯詠醉春醪。

雨中漫興

雨灑都亭樹色齊，泥塗車騎尚栖栖。飛鳶道殣連三輔，插羽徵兵下五谿。午夢風行桃簟薄，草堂雲護畫簾低。可憐閭左疲輸輓，猶説南天戰馬嘶。

秋日

秋高碣石野雲黄，虎旅重聞辦蜀裝。萬里懸車危棧月，五更吹角麗譙霜。塵飛河隴鳴哀雁，日落巴渝冷戰場。決策西南多廟算，早令王翦起頻陽。

送高念東少司寇歸淄川

其一

司寇心常在五湖，乞身今荷主恩殊。好從丹竈尋真訣，甘以時名讓壯夫。白鷺洲邊機事少，青蘿洞口水雲孤。歸裝知爾無多累，剩得文家舊雪圖。

其二

寒沙漠漠度關河，惆悵離樽可奈何。歧路交情今夕醉，雪中春色故山多。浮雲偶出憑舒卷，塞雁孤飛避網羅。聚散如萍君自愛，夜行須耐霸陵訶。

送張又南大廷尉省覲歸秦中

爲賦將離促去騶，寧親西向古凉州。平刑舊説張廷尉，家世還推漢列侯。幕下論文秦月小，軍中握槊玉關秋。風清甲帳喧鐃吹，絶塞萊衣亦壯游。

送方渭仁門人典試蜀中

銜命詞臣下鳳樓，西風古驛暑纔收。重將文教銷兵氣，倘獲驪珠是壯游。叱馭褒中雲棧曉，籌燈劍外錦城秋。莫令揚馬傷淪落，自昔才人出益州。

送魏環溪大司寇予告歸蔚州

老臣累疏去從容，藥裹書籤次第封。十載丹誠留殿陛，一天風雪度居庸。晴牕散帙田間課，笻杖看雲塞上峰。我欲移家依故里，薜蘿深處訪高蹤。

過蘆溝

回首清秋入帝城，湯湯已作斷腸聲。西風又動桑乾水，吹老徵人髮幾莖。

春郊即事

畫樓高處故侯家，誰種青門五色瓜。春滿園林人不見，東風吹老海棠花。

長安早秋

薊門煙樹影層層，客病鄉愁望裏增。忽覺西山來爽氣，秋風先到漢諸陵。

秋日閒居

竹塢無塵短榻幽，蕭蕭凉雨下城頭。閉門休沐朝來嬾，花落蟬鳴一院秋。

雨中同家兄昭性猶子承篤夜話

樹樹香飄葉葉風，聯牀共話思無窮。家鄉秋老芙蓉墮，人在燕山夜雨中。

秋夜

秋雨秋風滿上林，小堂秉燭影沉沉。長安萬户寒衣早，多少人家在暮砧。

寒食

禁火人家水上村，金羈珠彈走王孫。曉鶯苦喚思歸夢，開盡山桃未出門。

若水弟招飲南郊觀荷

逶迤秋草引坡陀，流水聲中子夜歌。折得碧筒人半醉，菰菱深處暮凉多。

重游南雄郡署

水廊已廢緑蕉稀，積雨苔青上客衣。前度劉郎能識否，一般燕子入簾飛。

贛江歸舟

一船簫鼓帶潮回，昨日京華有雁來。不道客心方歷亂，媚人江路野棠開。

雨村

數聲鳩婦雨濛濛，竹塢山桃寂寞紅。何事飛花偏惱客，春光半減亂流中。

望灊山

皖山天柱鬱岹嶤，江左風流大小喬。霸氣銷沉人不見，碧煙如黛鎖春潮。

江浦道中

柳塘春水弄新晴，花草金陵促去程。雙袖染來青嶂色，六朝送盡暮江聲。

三月三十日宿州旅中

鶯花三月太忽忽，客裏相看驛燭紅。一夕東風留不得，萬條飛絮暮煙中。

中山道中

緑滿中山雨氣新，曉涼暫浣客衣塵。往來最愛垂楊路，又聽黄鸝唤遠人。

輿中口占

城下驅車傍柳行，日高沙路亂啼鶯。不知朝市春多少，宣武門邊新水生。

村居午夢

野霽千官車馬屯，三間茅屋柳當門。紙牕夢醒紅偏好，人在桃花水上村。

送羅宏載赴湖南幕

湘江苦竹畫凄凄，有客擔簦落日低。王粲襧衡今寂寞，黄陵廟口鷓鴣啼。

爲高澹人學士題畫

薜蘿古塢倚雲根，結侶漁樵道自尊。一夕秋風蘋末起，疏煙細雨滿江村。

題汪蛟門所藏冒姬鴛鴦圖

飛花片片趁香泥，水漲銀塘綺翼齊。何事蘭房圖匹鳥，鹿門自昔愛雙栖。

石門驛雨中

千巖漠漠野雲低，二月山村布穀啼。氈帳春寒人睡醒，一天風雨孝陵西。

孤村

幾椽茅屋槿籬遮，宛轉危橋仄徑斜。村僻不知途近遠，一溪春水放桃花。

送陳子厚南歸即次留别原韻

孤吟越客去還留，知子才如萬斛舟。長鋏攜來人漸老，不堪重上仲宣樓。

蕉林書屋

其一

半船坐雨冷蕭蕭，仿佛江天弄晚潮。人在西牕清似水，最堪聽處是芭蕉。

其二

澹煙晴日滿簾櫳，春色依依上小紅。客爲看花頻載酒，海棠開否問東風。

成克鞏

克鞏，字子固，號青壇，大名人。明進士。國朝歷官秘書院大學士加少傅，兼太子太傅，祀鄉賢。有《清慎堂集》四十四卷。

《四庫全書提要》：《倫史》五十卷，成克鞏撰。是編以五倫分五門，各有子目。君臣爲數四十五，父子爲數二十二，夫婦爲數十一，兄弟爲數十六，朋友爲數三十三。考克鞏休致在康熙三年，此書成於康熙十六年，蓋晚歲田居，借編摩以送老，採摭蕪雜，固非所計也。

《畿輔通志》：克鞏清端恪慎，贊襄密勿，動中機宜，世祖有太平宰相之褒。聖祖登極，一切典禮文章多出其手。以疾乞歸，優游林下三十餘年，卒年八十四。

《大名縣志》：克鞏，大學士基命第三子。崇禎十六年進士。本朝定鼎，授國史院檢討。十年遷吏部右侍郎，轉左侍郎，晉尚書，旋拜秘書院大學士。時天下初定，世祖章皇帝鋭於有爲，以克鞏名臣子，少參機務，練達政體，當任學士時，數召對稱旨，柄用不次，度越資俸在前者凡十餘人。未幾，領户、兵二部，兼理刑部，事會計舉典。都御史員缺，特命克鞏以内宏文院大學士攝理。克鞏感激，知無不言，首上修省一疏，繼參舊憲臣，徇比匪人，請撤回滿漢巡按之不稱職者。又請增設御史，定曹銓置簿之條，以核功過；嚴督撫考察之例，以勵法廉；立劇邑久任之規，以課成效；嚴誣告反坐之例，以杜刁風。皆切中時要，悉見施行。十五年改保和殿大學士，又明年晉少傅。求退，温旨慰留。居常或中夜出片紙作國書，密詢時事。克鞏亦入片紙占對，雖家人子弟不聞所言，其縝密如此。十八年，仁皇帝御極。三月主會試，克鞏屢持文衡，前後所得士如湯斌、張永祺、沈荃、李來泰、馬世俊、唐德亮、張玉書、米漢雯、許三禮、嚴我斯，皆一時名士，多所建豎，爲世名臣。而郭士望、梁化鳳亦以忠節、武功著。十月，以母疾請假，弗許。用原銜兼國史院大學士，康熙元年仍改秘書院大學士。積勞致病，連疏乞休，遂不復出。

《紅豆樹館詩話》：太傅承文穆公之後，綸扉偉望。朝野所推舊第，有素園，在城東南隅，爲文穆公別業。太傅歸老後，重加葺治。其中雲石堂、八風亭、攬秀巢、雲樓、柳塘、静舫諸勝，皆極水木清華之致。嘗繪素園圖，同時題詠甚多。歷數世，園漸荒圮，故址幾不可識，圖亦無存，而故老流傳，不啻與緑野平泉並留遺韻，則太傅之清德遠矣。

浮山小洞詩

浮山小洞俯高樹，巖端常有流雲駐。初葉繁花送夏春，紫萸黄菊催寒曙。昔日清平汗漫游，飛觥坐月客淹留。引滿那辭銀鑿落，當歌肯愛錦纏頭。十五年前衞上別，黎陽河畔垂楊月。旅夢幽尋洞口雲，滹沱迢迢不可越。

北園

別業歸來卜，藹然松菊存。百年誰氏墅，前日謝公墩。背郭堂成草，依流竹繞門。登樓還四望，幾處舊時村。

修素園

第後園林依水灣，城隈雉堞帶煙鬟。幽谿鶴步苔痕静，深樹雲留鳥語閒。晝錦重霑新雨露，天章分映舊湖山。花晨月夕優游處，手澤書香俯仰間。

杜立德

立德字純一，寶坻人。明進士。國朝歷官保和殿大學士，謚文端，祀鄉賢。有《太傅詩選》一卷。

《畿輔通志》：立德選給事中，疏請舉經筵、定朝期、嚴加派、肅禁地，彈劾不避權貴。纍遷刑部尚書。每讞重辟，反覆爲求生路，得則退有喜色，不得則日中不出署，暮歸或竟忘食。一日入奏退，世祖顧左右曰：『爾等識此人乎？此新授刑部尚書杜立德也。不要一錢，亦不忘殺一人。』聖祖嘗言：『閣臣如杜立德，真不愧古大臣。』後以疾陳請，御製五律詩一章及『怡情洛社』圖章，以榮其歸。

《寶坻縣志》：立德入相，殫心獻納，具有體要，立朝十餘年，恩禮優渥。嘗賜宴，特命列坐殿内，漢大學士入殿坐，自立德始也。初寶坻以隸通州故，分派剥船百有二十，甚爲民累，以立德力陳得減。乞修歸里，欿然若未有權位者，遇故舊有加禮，人益賢之。

王熙《杜文端公墓志》：公慈和謙慎，恂恂寡言。及當事决大疑，則毅然不可奪。居諫垣，因事陳奏，裨益尤多，歷掌三部，練習朝章。遇事援据掌故，兼集衆長，允當其任。

劉正宗《序》：杜子詩時而誼重嚶鳴，則《停雲》諸什不足喻其篤摯也；時而憂深民事，則絲穀諸語不足寫其懇惻也；時而登臨嘯詠，攬物興思，發抒懷抱，則楊柳梧桐之句不足肖其光霽、摹其冲夷也。華而不靡，廉而不劌，跌宕而不佻激，玉潤珠明，規圓矩折，杜子之詩，其杜子之人乎？

《紅豆樹館詩話》：韓文懿公菼，癸丑會卷，已遭本房勒帛，總裁杜文端謂無元文，搜遺卷獲之，拍案激賞，顧已批抹，咸爲惋惜。文端執筆，就直處改『千里來龍』四字，遂定首選。寶坻李樸園太守光庭詩云：『吾邑少耆宿，大老推文端。史傳未曾見，軼事聞里言。公爲前進士，家乘無諱讕。仰荷世祖知，珥筆翔詞垣。開科主浙試，龍飛之三年。己未鴻博科，玉貢兼珠掄。甲辰迄癸丑，兩次典春官。丑歲尤鼎盛，首選長洲韓。韓卷初未薦，幾抱荆璞歎。公嫌少傑作，鐵網搜紅珊。果得文懿文，擊節争傳觀。無奈當頭棒，一痕難洗湔。公曰此易耳，執筆髯微掀。改千里來龍，四字如綫穿。遂以冠多士，會狀開其先。終爲大作家，於師無愧顔』云云。蓋紀實也。

送客游天池寺

天池在何許，千峰入雲霧。岷峨見積雪，海日中夜曙。罡風下碧落，鐵瓦失堅固。羽人昔託蹟，璇圖告朝著。象鼓頒紫宸，丹樓耀石路。君去陟崇標，懷古振詞賦。長嘯揖匡君，星河近指顧。安得淩虚翼，相攜策高步。

送高念祖還檇李

暑際同君酌，彌深兩世情。澤留花縣雨，尊甫寓公使君向令予邑，有惠政。名藻謝家英。客夢江帆近，游懷燕樹清。神駒千里壯，試看錦雲程。

有所思

故人經歲别，悵望久無音。塢隱江村小，煙迷樹色深。疏風吹綺幕，新月上瑶琴。静裏相思極，何時愜素襟。

秋日答友人

閒中序幾更，風過曉凉生。霞捲秋山定，天高雁語清。吴歈逢酥友，玉麈押詩兵。俗冗今初洗，從容理舊盟。

都門秋興步工部韻録二首

其一

紅雲疊岫擁蒼林，巍闕神京旺氣森。山勢横包燕趙迴，邊隅遥控海天陰。北辰魁輔三垣象，王會梯航萬國心。衣馬翩翩盈紫陌，笙歌明月雜秋砧。

其二

高秋俯瞰衆河山，遠勝金湯百二間。壓地岡陵歸要領，擎天鎖鑰仗雄關。壯猷人競封侯骨，鐵馬豪開壯士顔。自古勳名都會早，聲華翹首望朝班。

高爾儼

爾儼字岱輿，静海人。明進士。國朝歷官宏文院大學士，謚文端。有《古處堂集》四卷。

《四庫全書提要》：《古處堂集》四卷，高爾儼撰。是集大抵應酬之作，亦尚沿明季之餘習。

王崇簡《序》：公沉涵經史，波瀾諸子百家，而性情流衍其中，觸境而形，皆其不得不言者，世有識者，或以予爲知言。

雨後游浣園觀奕，晚棹而歸

驟雨過秋林，河漢爲傾倒。雨歇碧天空，微雲澹縹緲。興高不畏濕，緩步沙洲道。遥望緑成陰，物象皆可了。深林一徑微，輕風亂啼鳥。轉曲不見人，但聞新蟬繞。稍前樹作屏，堂上二三老。棋聲落清寂，蕭散人語杳。開樽後院宜，薄潤晴偏好。鬱葱帶雨痕，殘陽明樹杪。交枝覆堂陰，暑氣静如掃。攜酒上琴臺，脱幘觀林表。俯眺碧流暗，孤帆宿歸早。酒酣出林岡，樵歌來幽窈。晚煙歸棹急，明月落川皎。

國朝畿輔詩傳卷七

王崇簡

崇簡，字敬哉，宛平人。明進士。國朝歷官禮部尚書，謚文貞。有《青箱堂集》六十六卷。《四庫全書提要》：《青箱堂文集》三十三卷，《詩集》三十三卷，王崇簡撰。崇簡有《冬夜箋記》，已著録。崇簡練習掌故，爲禮官，嘗議祀北嶽於渾源州，今其疏具在集中，然其文類平近流易。徐乾學序謂其巵詞讕語，無非仁義道德，殆不免於微詞。《詩集》以編年爲次，始天啓丙寅，迄國朝康熙戊午，蓋萊陽朱琬所删定也。

《畿輔通志》：會詔察明季殉難諸臣，崇簡疏列范景文二十八人，請予旌典，薦起國史院學士。時子熙亦官宏文院學士。世祖曰：『父子同官，臣鄰希睹，然肩隨齒列，恐有未安。』因擢崇簡爲禮部尚書。

錢澄之《序》：公詩文純任性情，世皆仰其道隆，予獨窺其情至合，讀全集，益知公之所以爲情，即其所以爲道也。

周之道《序》：公早遇寇變，時懷幽憂之感，其詩多流連沉鬱，具才學識之長。《茶餘客話》：王文貞嘗建言帝王廟祀，宜及守成令主，因列商中宗以下七人，又言宋臣潘美、張俊宜罷祀，詔從之。公爲禮部尚書，年六十三，以老乞休。年七十，依古人以每歲讀盡五經爲夏課。嘗作《青箱堂記》云：『階前闢露臺，方丈餘，夏秋日暮，父子兄弟六七人率坐臺上，或述祖德，旁及故舊家世之興衰，以爲勸戒。』公出身寒素，父子同時官九卿，享上壽，乞休於主恩方渥之時，視其子爲宰相，徜徉林下者十有五年。一生端謹，無可指摘，可謂極人爵之榮者也。

藍瑛《圖繪寶鑒續纂》：敬哉！大宗伯晚年游情翰墨，畫山水，追蹤米南宮，命筆立意不落窠臼，真右丞逸致衣鉢。

《紅豆樹館詩話》：宋荔裳《安雅堂集》有《寄王詹尹》五律二首，云：『不見王詹事，相思隔禁林。傳經家學逸，求劍主恩深。萬里驅車地，三年避弋心。瑶華如可寄，一和隴頭吟。』『自作秦亭客，邊鴻幾度飛。有書常隱姓，無夢不沾衣。憶在碧雲寺，飽看紅葉歸。此游何日再，翹首向王畿。』案文貞與荔裳先生交最篤，緣九青司空公之舊好。乙酉避亂丹陽，又住荔裳諸兄名璠者家，後旋都門，皆宋君璠所資給故耳。

贈陸藭隱翼王

其一

陸子端雅人，妙心何静朗。邁蹟淩風塵，託物寄幽賞。吴嘐初識面，萍水慰傾仰。艱難一别後，此事已成往。歲月方悠悠，出處各漭沆。

其二

在昔嘐上游，飄泊若浮梗。錢黄與王子，顧我心耿耿。黄曰攜家來，相與息形影。非徒喜避地，得友可警省。君曰此吾師，意氣如日炳。既聞黄陶庵，千古在俄頃。與君話疇昔，淚灑西風冷。

其三

吾既慚用拙，多君素嶙峋。倏然來京華，慘澹向時人。相逢如夢寐，酌酒相苦辛。爛漫經術業，沉静語默真。獨歌繼騷雅，無累清心神。時抱籬下興，惟菊爲相親。

癸丑四月八日，兒熙治具約朱眉山、俞彙嘉、許元方、周光福、趙澹園、表弟張涵初、壻張左人、孫喬瞻、孫壻章元伯、四弟毅庵，兒櫄、然、照、燕、默，姪燾，孫克善、姪孫克忠，飲芍藥圃放歌

豐臺芍藥競芳晨，一雨鎮日愁殺人。朝來恰喜當初霽，妍光艷影别樣新。移樽隔夜相招呼，弟兄子孫偕至親。更有朋輩多逸興，揚鞭偏不顧泥濘。眉山老人坦懷多，彙嘉俞子復超賸。樸真率周與許，澹園公子何凝定。好花旨酒值良友，左勸右酬杯在手。試看前日圃間花，今日好者是前否。

眼中百事率如此，誰是千秋真不朽。遂初堂翫芳亭，廉公萬柳昔青青。數百年來蹟湮滅，空餘白日照煙汀。獨有黃鸝聲似舊，共君好向醉中聽。

送沈仲連南游

憶昔聯鑣日，今餘四十年。老來何又別，欲去説從前。酒散燕山月，鴻迷江渚煙。惟期歸棹早，笑讀遠游篇。

送俞彙嘉揚州别駕

多君能尚志，卓犖負英姿。老友期同學，愚兒解説詩。晴窗花影下，雪夜漏聲遲。分袂難堪處，相看淚各垂。

元宵

元夕風光好，開樽玩歲華。檐楹懸璧月，几席落銀花。鼓打喧童稚，燈來出内家。宵深難得寐，梅影半窗斜。

秋夕

滅燭憐虚白，開簾侍月明。疏籬三徑晚，幽砌一蛩鳴。往事隨年積，秋懷入夜生。最宜岑寂裏，枯坐學忘情。

月宿來青軒

來青軒上宿，此夕獨淒清。落葉分泉響，空山媚月明。深林疏磬歇，平楚遠煙横。倚檻不成寐，荒寒入四更。

香山深秋

青碧蒼茫裏，高巖落磬音。門開黄葉亂，逕轉白雲深。古殿留殘照，幽花媚僻岑。泠泠泉咽石，秋色滿疏林。

歲暮雜興

歲序忽驚晚，開樽豈厭頻。漫思身外事，且對眼前人。錦瑟宜銀甲，梅花倩繡茵。歲華休浪擲，欲睡復逡巡。

夜坐聞筝

静夜傳幽響，纖微去往音。因風來曲牖，隨月越疏林。塞北淒涼調，閨中婉轉心。平生無限意，入耳恨何深。

喜錢飲光至

栖栖寒鳥下庭枝，老境偏興良友思。常憶兵戈驚散去，每逢故舊問歸期。一朝來我荒齋坐，爲簡懷君昔日詩。濁酒淹留聊盡醉，陶然且莫説當時。

陳緯雲、俞彙嘉青箱堂讌集

莫笑年衰逸興稀，嘉賓折柬集荆扉。草堂談讌無拘忌，麟閣勳名有是非。把酒幾回懷往事，翦燈相與坐春暉。杏花時節西山好，應爲諸公掃石磯。

山游道經灰廠，甲申初夏避寇過此

盧溝西去漸無塵，曲折坡陀下上頻。古岫尚然懸碧落，荒村依舊倚嶙峋。難言今日重經路，不是當年痛哭人。垂老未衰登頓興，此生合與白雲親。

戒壇憶天啓乙丑秋金卿非、于司直偕游

昔會偕友到禪關，五十年來彈指間。却幸重游存白髮，相看不老是青山。巖松未改虬螭舞，秋葉仍如錦繡斑。誰葺荒壇增氣象，朝霞夕月倍幽閒。

送顧見山水部分巡姚岷

岷山西望莽蒼蒼，持節仙郎義氣揚。獵鼓風前馳白羽，羌歌燈下出紅妝。氍毹月冷啼烏曉，刁斗霜寒斷雁行。壯志自淩荒服外，摩空嶺上勒新章。

贈劉魯一少司馬

帝里論交盡宦途，如君自與世情殊。籌時獨檢天人策，娱客常披海嶽圖。半榻疏陰依亂竹，一簾清影蔭高梧。素懷却遠風塵外，閒釀松花滿玉壺。

豐臺花圃

莫歎春歸倍可憐，風臯雨陌倍悠然。閒庭鳥語人過少，灌木雲來地自偏。曲折引泉穿草屋，殷勤插圃護花田。當年萬柳園何處，日落平蕪盡暮煙。

暮秋過摩訶庵園林

幽尋最好是僧盧，却喜偷閒半日餘。喬木疏籬皆舊識，滿園煙雨冷秋蔬。

初冬夜夢中作

疏林殘葉怯寒風，僻院迴廊曲徑通。人静閒階鶴夢穩，小窗深處一燈紅。

夜飲憶五弟

酌酒依然歡笑多，篆煙霜月奈情何。箏人不解傷懷處，猶唱當年變調歌。

秋夕

疏荷香繞緑窗低，簾捲秋光日又西。向曉幽林微雨歇，亂蛩四壁盡情啼。

對月

清宵坐對月華明，河漢初斜斗欲横。半掩畫屏銀燭冷，疏林葉葉起秋聲。

戴明説

明説，字道默，號巖犖，晚號定圃，滄州人。明進士。國朝歷官户部尚書。有《定圃詩集》。

《天津府志》：明説初官太僕寺卿，丁艱歸。盡屏聲色，閉户治心，力究大易閑邪存誠之旨，與黄岡曹本榮檢討時相印證。又延容城孫徵君於家，授傳習録，身體實踐，務爲有體、有用之學。其共切劘者，有明經陳奉勒、諸生趙時泰，一時如王廷璉、李玉鼎、王滋、孫宴曇等從講焉，遠近稱曰『定圃先生』。

吴偉業《序》：公工文章，善書畫，爲詩深渾奇峭，超邁絶倫。公餘品藻人士，長編短幅，淋漓墨瀋，殘膏賸馥，沾丐海内。風流文采，掩映一時。

《百家詩鈔》：巖犖詩，淵乎其神，蔚乎其采。公餘殫心風雅，與王覺斯、吴駿公、范箕生齊名。兼善書畫，特受世廟知，賜銀圖章。勒米芾畫禪，煙巒如覿，明説克傳圖章用錫。著有《廣歷代詩選》

《唐詩類苑選》《篆書正》《禮記提綱廣注》等書。晚年有《定圃近集》《鄒鹿合編》《偶見録》。《紅豆樹館詩話》：尚書畫竹最工，筆筆如金錯刀。今之王舍人、夏太常也，吴蓮洋雯嘗題云：『湖州太守貧方善，協律郎官老更工。惟有尚書最尊寵，閒中寫出葛陂龍。』其推服蓋甚至云。

謫豫州別高中孚太宰

風雪驅孤客，單車出上林。於君誰苦口，如我亦甘心。河洛徵求急，江湖戰氣深。憂思懸寤寐，星迸夜沉沉。

題王西樵年丈小像

鹿砦今將老，能封草徑無。嶽摇驚句健，月定愛禪枯。爾我千秋外，曹劉一代孤。平山遺落照，莫誤洗桐圖。

送張虎別中翰

半樵鐵樹香山裹，一釣晴雲滄水西。短劍荒村哀鼠盜，孤舟涼雨病荆妻。鬢緣心拙三江老，天許文窮五嶽栖。爲擬歸來秋滿帳，元經緑綺正堪攜。

題顧夫人蘭卷

孤根耿耿護陽春，許伴三閭問夙因。仿佛鷗波亭子上，湘煙清照管夫人。

倪光薦

光薦，字相如，天津人。明進士。國朝官太僕寺卿。

高恒懋《序》：余總角時，聞先文端稱先生詩、古文、詞皆自出機軸，與古人相上下。余寄居津門，先生以先文端故，推好於余，因得讀先生詩文，文沉雄博大，爲唐宋而不爲六朝。詩高華典貴，爲北地而不爲竟陵，以觀皆自出機軸，上下古人之言。先文端其真知先生者哉！

西山卧佛寺聽古松聲歌

濃雨夜過朝煙涼，花氣引人來禪廊。人身忽聞波濤在，仰見虬龍參空翔。高支盤作春雲黄，低枝拂地清陰長。横斜都有千尺强，鱗皮脱落腹飽霜。半死未死骨不殭，千百餘年閲滄桑。不知身歷幾興亡，青枝黛色猶蒼蒼。亭午不落朱曦光，中有天風吹海洋。上有仙人騎鳳凰，月明皎皎停霓裳。遥爲細細吟笙簧，又疑玉珮鳴琮璜。寺僧夜半行郎當，鼕鼕鐘鼓開佛場。神游上古溯鴻荒，何人種此形昂藏。留作濟人大慈航，慎勿遭厄值吴剛。

王公弼

公弼，字直卿，號梅和，滄州人。明進士。國朝歷官户部侍郎，祀鄉賢。有《景慶堂詩選》。

《畿輔通志》：公弼官户部出納，公慎自矢。性至孝，痛母苦節，一言一動必稟命而後行，鄉黨稱之。

朗吟樓呂仙祠

丹梯插碧枕河流，可是仙人居好樓。雲住乍疑蓬島近，月明還憶楚江秋。洞庭西放雙鳧去，滄海今隨一劍游。夜盡波澄聽唳鶴，醉驚珠斗豁吟眸。

劉餘祐

餘祐，字五孺，宛平人。明進士。國朝官户部尚書。有《燕香齋集》八卷。

《四庫全書提要》：《燕香齋文集》四卷，《詩集》四卷，劉餘祐撰。其自稱濱宛者，先世濱州人也。是集爲其子方詰所編，每篇之末皆有評語，如坊刻之式。後附餘祐行略，猶前人所有之例，至附以其妻之行略，其父母之墓志，則非古法矣。

辛卯清明過先壠有感

時事如蒼狗，長空過白雲。誰能免淺土，人尚競深文。隔歲春風面，新煙曠野墳。祇應裁百感，都付一杯醺。

孫昌齡

昌齡，字二如，一字念劬，號元嶽，寧晉人。明進士。國朝官都察院副都御史，卒贈都御史，謚恭憲。有《亦園集》四十卷。

廬墓行

任英給事涇陽，父死於兵。英謝涇陽，匍匐歸廬墓側。

有父生離兒遠行，乾坤轉眼滿甲兵。我父飲刃我不見，生我者死我乃生。飲刃父應仍我顧，我歸省父祇見墓。父兮父兮土一抔，蒿蔚蕭蕭風滿樹。倚廬墓側心傷悲，父死廬墓亦奚爲。泣語世間遠游子，有父勿爲廬墓兒。

王正志

正志，字逢源，静海人。明進士。國朝官延綏巡撫。

《畿輔通志》：正志，順治初以都御史巡撫延綏，軍政修明，邊境乂安。姜瓖叛，正志檄諸將固守，參將王永疆開門延賊，正志死，贈左都御史，蔭一子。

燕山雜詠

病起愁容減，長貧不問錢。看花紅滿袖，芟草緑生煙。拭劍杯前壯，翻書倦後眠。自憐成懶癖，未許受人憐。

李起龍

起龍，字霖蒼，號景純，南宫人。明進士。國朝官陝西按察使。

《南宫縣志》：起龍授行人，壬午典試雲南，所取多知名士。甲申值闖寇之變，傳大行兇問，欲走哭臨，爲賊所執，誘之降，不屈。國朝定鼎，詔在京，臣民哭臨大行，起龍易衰經痛哭，因中風攣，抱病旋里。吏垣巡按交薦，仍補行人，歷禮部郎中、陝西大同道右參議兼僉事，升洮岷道副使。值回變後，人心惶懼，起龍撫綏軍民，駕馭番族，還定安集，悉有次第。洮岷不知學，觀風考課，獎勵激勸，文風漸起。創立岷山驛遞、岷州營房，留心訟獄，力持公道，遠近頌爲神明。甲午升陝西督糧道，嚴禁包納，慎簡倉官，逐厫盤查，繕造清册。任事一載，弊絶風清。乙未升陝西按察使，一年中問結百餘案，致仕歸。

宿彌陀寺

黄昏古寺噪啼鴉，一夜無眠憶故家。骨肉半隨青冢恨，詩書空逐碧雲賒。宦情雞肋徒羈客，世路羊腸易覆車。此味到頭看得破，不如勇退卧煙霞。

趙端

端，高邑人。明進士。國朝歷官浙江巡按。

歲在巳篇

嗟嗟歲在巳，鬻妻復賣子。誰者爲斯謡，今年驗若此。昨秋種來牟，所望糗糧峙。徂冬及三春，雨雪不濡軌。青郊埋黄塵，入夏更如燬。收刈不償種，八口何所恃。是時余抱痾，憂來更難巳。中夜不能眠，彷徨三四起。但見雲漢明，杳無河渡豕。祈禱術亦窮，仳離從此始。六月二之日，黑雲遮日晷。俄頃羣峰生，太虚行瀰瀰。震雷走旱魃，驕陽化成水。皇天怒有恩，蒼生懼而喜。典衣糴穀種，傾囊力耘耔。可以作酒醴，亦既有黑秠。可以濟孔饑，亦既有白芑。回視二麥時，吾苗良薿薿。七月初旬間，大雨水不止。南北兩河漲，白浪將入市。夜聞鐘鼓喧，滿城俱登壘。掘土塞四門，封穴如螻蟻。平旦水勢退，千家垣屋圮。我農哭動野，百畝成泥滓。始願觀穎栗，今並無糠秕。上天巧困人，誰能測伏倚。幸有仁撫軍，視民如視己。州縣請民命，一一爲疏理。蠲賦有重輕，朝上暮得旨。邑君方治病，不遑造民祉。豈無鄭俠圖，終忘置高匭。況復民愚樸，忍死閉口齒。閶闔匪難叫，又疑蹈謗毁。所以鳩鵠人，邀恩異嚮里。汝邑既無災，徵輸則宜爾。哀哀皮骨盡，孑遺長已矣。誰無惻隱心，宛轉視其死。手乏援溺具，徒深納溝恥。吾欲重呼天，藐藐高其耳。按《高邑縣志》：康熙四年乙巳，春夏不雨，秋大水。

董國祥

國祥，字福口，隆平人。明進士。國朝官吏部侍郎。有《了餘園吟草》。

擬古

其一

青鳥夕栖林，孤雲有還期。蕩子客燕薊，三年猶未歸。邊馬嘶月黄，秋風摧鬢顔。閨中砧杵急，塞北衣裳難。踟蹰思寄衣，遠道知何處。裁成心自傷，脉脉不得語。生爲蕩子婦，不及一王雎。悵望北山雲，憔悴徒自知。

其二

李廣故飛將，百戰不得侯。可知運數奇，不如守舊丘。翩翩五陵兒，意氣大長秋。白玉煮羹湯，黄金飾馬頭。乘時各有人，勿用悲沉浮。君看灞橋月，不照漢時舟。黄河一千年，日夕東海流。春來桃花水，爲覓避秦儔。彭聃今亦無，何事空百憂。

江南曲

蓮塘十里花如霧，楊柳春風迷曉暮。邊沙吹鐵日光寒，笳聲嗚咽交河路。旃罽爲衣酪爲漿，琵琶哀怨動人腸。恰看燕子銜春至，舊壘新巢復自忙。歌江南，夢江北，思不見，長太息，蕩漿蓮塘難再得。

元日喬文衣過訪，用文衣韻

應有憐狂癖，翛然到遠扉。虚堂長日静，生事逐年微。酌酒看雲落，開簾見鳥飛。西山一片月，儜上薜蘿衣。

喜得趙問源抵里消息

知君雅意弔蒼梧，攬轡忽忽未定居。握手西瞻函谷月，羈心南憶武昌魚。詩題黄鶴羞前輩，瓜種青門羡後車。身世浮雲俱不著，洞中小有舊藏書。

趙漁

漁，字問源，唐山人。明進士。國朝官陝西布政使。

偶閲秋圃督家僕捉理蔬蟲

家貧值水荒，冬春資秋菜。空場耕爲圃，蔬生雨自溉。土薄苗已稀，霪雨滋蕪薉。晨起閒過處，垂地秋雲䨴。鞠身驚破葉，葉葉諸蟲在。青者曲如蛇，黑者點如黛。掃除莖欲損，撲打根恐礙。蒼頭施法老，密羅盡一槩。一笑抒余恨，又嗟傷吾愛。萬物皆並育，口腹不相貸。蟲當慎爾貪，我亦學吾耐。

金鎮

鎮，字又鑣，號長真，宛平人。明舉人。國朝歷官江南按察使。有《清美堂詩集》。

毛奇齡《金君墓志》：君少有夙悟，崇禎壬午領解。順治改元，授山東兗州府曹縣知縣。旋艱歸，補河南陝州閿鄉縣知縣。改鑾儀衛經歷，隨升刑部河南司員外郎。康熙十三年，進本部郎中，會上方慎獄，復矜恤之典分部，使循行郡縣，以君使河南恤刑，自本年十月至十四年四月，凡七閱月，計所全活約一百一十人。矜疑半之，援赦又半之。次年轉河南汝寧府知府，時淮蔡多盜，兼無年，民田荆榛，道殣千餘里。前代真陽、西平諸遺孽，根株未清，往來萑、苻間，而新蔡李樊與泌陽郭三海據平頭寨，相結以起，民爭逃，村落皆墟。君一意撫字，除苛細，下墾土之令，生聚教訓，示民以自新，取爲政去太甚一語，書之訟堂，而親統鋭丁，勦李樊，除其根株，一切勿引蔓會，清理藩產，躬驗丈尺，而海上投誠，兵適安插真光之間，凡開屯升税，極意調劑，令民兵相安，至於興利除弊及一切津梁祠宇，宜毀宜復者，皆受整理。君治汝十六年，改補揚州知府。值撤藩兵變，長江上下，風鶴相驚，而維揚適當其衝，城中震恐，一日三徙，有爭門而奔者。君力爲慰，諭且以威怵之，始安然。而兵馬驛騷，君處以鎮靜。嘗招名士游讌，修復平山堂，作文誦之。乃事治，民得不擾。升江寧驛傳鹽法道副使兼署鹽運司事，升江南按察使。大計入覲召對，令敷陳時事，時所對有二：其一請定盜案嚴減之例，謂江左連年甾沴賊多，有三載之中題報八十餘，而其中饑寒逼迫可減者衆。如一時窮困被誘，竝不傷事主，或得財未俵分，或于事主家雜取棍械護身，原未嘗攜帶器仗，皆宜敕部，分别量減，永定爲例。至捕役誉兵，豢縱勒財，以致先取贓物，然後報官，甚有指稱打點代行錢，令行劫償還，是盜有時盡，而捕盜之盜反無窮也。如此得實，宜從窩盜律，一體重擬，則犯盜者少，而民得安矣。其一請定旂下買人及獲盜審訊之例，謂江寧、京口二旂買人多有無籍者，自立賣契，旂主但送上元、江寧、丹徒三縣用印，而竝未行文原籍，察其真僞，多有展轉，掠買而不之知者，嗣後請三縣用印官將所買之人申報巡撫，巡撫按季報部，隨即行文原籍，出示招驗其有可疑者，令旂主還契，追價其用印官不報，照新例治罪。至於旂下逃人奉有承審官夾訊之例，獨旂人爲盜被獲，難以刑訊其狡賴展脱將何底極，嗣後旂人爲盜，倘夥證甚明，贓仗已確，許承審官徑行刑訊，則奸宄畏法，而盜風息矣。疏聞稱旨。又明年，康熙乙丑卒。

北上别汝南州縣

明發遄言邁，班馬何駪駪。年深愧匏繫，回首念艱辛。荒殘十四城，撫循賴同人。流移亦已歸，桑麻易荆榛。絃歌徧衢巷，致此良有因。集裘匪一腋，同舟匪一身。藉手逭厥戾，離筵情倍親。行行去帝鄉，温言慰吾民。各有慈母存，羣公皆至仁。尚勉甘棠化，汝墳蹟未湮。鴻鵠志千里，奮翮淩青冥。斜日重流連，西郊起行塵。惆悵黄鳥啼，薰風吹徵輪。

發汝南留别諸生

僕夫早嚴駕，捧檄游京畿。既共父老别，行與諸生辭。麗日照南湖，清芬散江蘺。多謝彼都子，褰裳擁路歧。興賢余夙心，惠風殊未施。天中讀書臺，回首雲樹迷。何以志永懷，眷言贈將離。人生三不朽，峥嶸須及時。汝南多先賢，世遠道足師。夕陽下西山，班馬何依依。且盡盈尊酒，千古以爲期。

過信陵君奪晉鄙軍處

人臣無專擅，所以明至尊。胡爲魏公子，竊符應平原。讀史起疑猜，常欲吐一言。秦圍趙乞師，趙存六國存。公子有早見，設計解軍屯。事蹟則已僭，内心猶可捫。戰國主合縱，信陵爲發源。曾上魏王書，勸與六國援。指斥虎狼秦，嗚咽輒聲吞。古人逝水駛，戰壘春草蕃。智勇冠當代，三軍安足論。昨從大梁來，惆悵城東門。

湯陰使院中松石絶佳，率爾題壁

每遇山水佳，流連不能已。松間數拳石，嵌空幻奇詭。上有百尺陰，虬幹互攀倚。我來值炎序，解帶涼颼裹。苔壁剔題句，前賢信清美。緬想寇氛急，滄桑幾城市。獨此巋然存，神物敢褻視。俯仰生遠懷，揮杯竟餘晷。故山有松泉，直欲褰裳起。

冬夜夢先大人

慈竹能護根，飛鳥知報本。游宦在四方，歲月忽荏苒。年力日以遒，風木悲已晚。清明望丘墓，千里淚徒泫。虛捧毛義檄，忍踐王陽阪。中宵見吾父，庭訓儼勗勉。亹亹無別詞，祇是强爲善。廉吏自可爲，有終弗宜鮮。愛子兩三人，參差各天遠。似慼道路長，惆悵意不展。涕泣起牽衣，音容猶在眼。誰知邈難即，一去不復返。陰雲竟黯淡，暗月尚隱顯。爲語承歡者，事親苦日短。

悼亡妹

妹，字李氏，十九出閣，二十一而寡，三十有六卒於汝寧官舍，時庚子六月二十二日也，詩以哭之。

離離女貞樹，皎皎明月珠。十三工織綺，十五嫺詩書。十九詠桃夭，彌歲所天徂。引義矢明信，心若沉灰枯。夜火守機杼，朝餐共蓼荼。煢煢踰十載，抱影坐空廬。子女無一出，守貞詎踟躕。還家失怙恃，晚與兄嫂居。少弟願迎姊，遠宦天一隅。汝南猶近畿，官舍相依扶。伯兄時繼至，晨昏集友于。雖無多厚養，聊足慰羈孤。本圖相與存，詎意不克俱。孟夏汝負疴，半月顏色痡。兩月汝畢命，力盡空欷歔。伯兄方入燕，胡不待斯須。遥知嶺海外，崩慟溼衣襦。余生信薄祜，風木悲有餘。兄妹四五人，行復半凋疏。沉哀結心脾，回首憶京都。小妹嫁胡郎，昨歲亦已無。連枝萎佳木，並蒂摧芙蕖。吁嗟我父母，靈爽今何如？妹喪難遽歸，湖寺停靈輿。哀鴻叫虛館，陰風振寒蕪。没有千種悲，生無一日娱。兄弟限各方，念惻同根株。

題京口魯子猶畫

弱冠躭翰墨，清鑒愧名理。畫苑自林立，往往蹈俗軌。魯君妙揮運，含毫有深旨。貽我尺素箋，咄哉佳山水。煙深樹轉明，嶺斷雲欲起。氣韻既超逸，風骨邈難擬。臨池君擅場，縱横任驅使。再詠瑶華什，三絶信爾爾。巖阿正晞髮，江渚方洗耳。丹青祇一斑，詎足盡君子。欲濟川無梁，搴芳徒徙倚。

重立天中書院

漢世重守吏，養民無所先。氓俗苟未知，所急非簡編。顧念淳風邈，教養理必兼。嗟予夙寡陋，期月慚化宣。荒疇漸已闢，禮義猶闕焉。繼軌振斯文，舊館無尺椽。汝南多君子，表表六孝廉。衡門栖黄憲，大雪卧袁安。忝荷王龔職，深慕漆雕賢。如何兵燹後，詩書殊蕩然。庠序雖猶存，絃誦恐不專。暇豫揖諸生，廢廨可授廛。商歌寧苦饑，饘粥有薄田。德業於此進，庶無耳目遷。佳木生崇岡，明珠出深淵。朝華與夕秀，文采將可觀。仰企棫樸風，聊用塞素餐。

渡黄河再至汴梁與舍弟治公别

十載塤篪久闊别，今年晤對殊親切。何意驅車燕市還，重話離愁更嗚咽。憶昨黄河風浪高，蛟龍噴起千層雪。隱隱艮嶽見樓臺，依依汴水明旌節。愛是官樓姜被温，還虞歧路驪歌徹。果然東門衰草天，一巵酒盡肝腸絶。從此分符向廣陵，回首繁臺樹明滅。人生骨肉最歡娱，一官南北寄羈紲。何似連牀對雨眠，鴒原情事殷勤説。

正陽關即事

幾派中原水，奔流下潁河。連年比户集，隔岸估船多。日落争先渡，風微欲放歌。驚心壁壘在，往代此横戈。

壽春道中

詞賦淮南盡，勛猷淝水虚。空留名勝蹟，曾是戰争餘。秣馬當官道，關弓過廢墟。青山如笑我，偏不狎樵漁。

過清流關

歷盡岡巒峻，巖關吐白雲。一行穿暮色，萬里見斜曛。地擁金陵壯，山疑鐵馬聞。重門今不閉，知已靖邊氛。

懷胡又申妹夫

荀郎三載别，契闊此情真。輦下頻相憶，天涯幾至親。鳥啼鴛夢斷，花落鏡臺春。且獻《長楊賦》，非徒慰遠人。

鄗城奉謁魏相國，留飲葆石堂，賦謝

玉燭調成一疏歸，東山絲竹遂初衣。青門容我投元禮，黄閣惟公薦陸機。便許觀碁開别墅，還同把酒對漁磯。此行躑躅千秋陌，吐握於今魏相稀。

次定州寄何石公内兄

時石公爲完縣尉，欲爲故友閻立凡謀歸櫬。

鼎湖舊好惟君在，一尉蹉跎鬢漸斑。千百里程空寄札，十三年別未開顔。已慚長者存心厚，欲護貧交旅櫬還。此日郵亭聊駐馬，可能來話緑楊間。

渡江至京口作

伐鼓臨江放櫂行，江雲黯黯欲相迎。樓臺樹壓山平出，蘆荻風迴潮漸生。落日西津同作客，新年北府又增兵。匡時無計聊舒嘯，鷗鷺全能減宦情。

登虎丘

金閶亭下買輕舟，小泊山塘問虎丘。一自闔閭埋霸氣，到今短簿擅風流。日斜泉響沉歌板，雨罷松聲散酒籌。獨向生公求妙偈，石亭鐘磬冷如秋。

從仙裳得田雪龕書問

中原攬臏採芳蓀，室邇人遐結夢魂。交重江南貧刺史，名高梁苑老夷門。新詩喜挹瓊枝秀，客路晴開海霧昏。蘿薜久荒徐孺宅，幾時迴馬到沙村。

邢州道中經圓津庵

小憩茅龕啜紫茶，雨收十里度平沙。香臺初日門扉静，一院紅舒夜合花。

都門題友人停帆館

紙閣蘆簾碧樹邊，清江何用伴鷗眠。百年應悟虚舟諦，不似張融岸上船。

紅橋

柳岸長橋覆酒家，采蓮歌起日初斜。轉思十載天中路，風雨南湖發藕花。

坐韓聞西小齋看搆藥欄

移石芟荆督掃除，幽人興致自蕭疏。春來雨過花新綻，傍欄鉤簾好讀書。

趙永吉

永吉，曲周人。明舉人。國朝官浙江石門縣知縣。

重九夜坐

雨霽疏星淡，風微畫角長。筆牀清印月，茶竈冷含霜。送酒時何暮，羣芳晚自香。笙蕭休漫倚，鳴雁過寒塘。

王霨

霨，字昌之，號文徵，邢臺人。明舉人。國朝官知縣。有《韋庵集》。

旅長沙

白日聽鳴笳，江流雉堞斜。有天皆帶水，無夢不歸家。人散空城雀，魂開古戍花。當年猶痛哭，翻恨賈長沙。

楊啓辰

啓辰，字元藎，磁州人。明武舉。國朝以平海寇功封懷遠將軍，加副將銜。

清泉寺

古寺銜山腹，清泉繞鑑塘。殿虚雲氣入，巖静草花香。野叟觀仙奕，村僧説漢王。憑欄山下望，一綫是清漳。

胡鳳閣

鳳閣，字君榮，永年人。明貢生。國朝歷官安徽廬州府知府。有《伏櫪齋集》。

《永年縣志》：君榮，崇禎中爲濟寧州知州，順治中任濮州知州，升鄖陽同知。丁艱歸，再補開封同知，撫荒殘，除盜賊，戢叛兵，升廬州府知府，治尚寬簡，廬人愛之。以自奉薄稱『長齋太守』。

荷花館

暫逐仙槎入水雲，尊開涼閣占幽芬。煙凝曲檻風香合，月下孤城夜色分。爲愛波清催洗盞，還憐調合許論文。芳洲是處堪移席，燈火防驚鷗鷺羣。

梁維樞

維樞，字慎可，正定人。明舉人。國朝歷官湖北武德兵備道，祀鄉賢。

《四庫全書提要》：《玉劍尊聞》十卷，維樞撰，是集作於國朝順治甲午，取有明一代軼事，依劉慶義《世説新語》門目，分三十四類，而自爲之注，文格亦全仿之。然隨意鈔撮，頗乏持擇，如李贄嘗云『宇宙内有五大部文章，漢有司馬子長《史記》，唐有《杜子美集》，宋有《蘇子瞻集》，元有施耐庵《水滸傳》，明有《李獻吉集》』之類，皆狂謬之詞，學晉人放誕而失之者。其注尤多膚淺，如曹操、李白之類，人人習見，何必多纍簡牘乎？至所以名書之義，吴偉業諸人之序及維樞自作小引，均未之言，今亦莫得而詳焉。

《畿輔通志》：維樞，正定人，明兵部尚書夢龍之孫。萬歷舉人。受業趙忠毅南星之門，忠毅常曰風雅不墜，復見之粱生矣。復從楊忠烈漣游，會逆奄起，詔獄，趙首被禍，維樞傾身翼之，楊鋃鐺道出正定，維樞往迓之，大言檻車之旁，曰：『公此行足以垂名竹帛，公之本志豈足畏哉？』於時邏卒獰立，人謂不爲門户計，維樞灑然不顧也。尋授中書舍人，入本朝爲工部郎，擢武德兵備，武德多嗚髀暴客，難以勦治，維樞練營卒，飭法令，境内肅然，絶苞苴，恤徭役，惠政流聞。乞養歸。著有《玉劍尊聞》《姓譜日牋》《内閣小識》《見君子日牋》等集數百卷行世。

送魏環極給諫歸養

錫類逢英辟，恩俞省侍行。養親須令子，名世尚清卿。忠孝傳家譜，文章狎主盟。追鋒何日駕，輿望有餘情。

范士楫

士楫，字箕生，定興人。明進士。國朝官户部郎中。有《橘洲詩集》六卷。

《四庫全書提要》：《橘洲詩集》六卷，范士楫撰。是集皆其順治乙酉以後之作，其詩尚染明季僞體，卷首自序一篇，故爲奥澀，亦當時習氣也。

《紅豆樹館詩話》：箕生，崇禎丁丑成進士，官陽曲洪洞兩縣令，入國朝爲選司郎中，申明銓法，以不阿忤權要告歸，其父文源，明繕司郎，曾輯《范陽志略》一書未竟。箕生致仕後，踵而成之，雖文筆詰屈，而網羅散佚，亦足備一邑文獻也。

即事述懷三十韻

車馬蕭然一草庵，故人傳語借丁男。別來歲月儂常數，近此風光君豈諳。客臘雪驕工販絮，今秋雨飽劇收藍。不時細柳編雙鯉，尚有殘桑熟八蠶。老子婆娑催釀菊，諸孫刺促競分甘。野人舊望山中屐，之子新拌冠上簪。百年雞黍倉皇具，萬里縱横率意談。顧我蓬科腸自轉，未應石闕口嘗含。明知客路猿愁險，争怕單行虎視眈。兩處種榆皆指北，半生取義載司南。身夷白恰曾無叱，影照清溪定不慙。多難年籌加社櫟，讓榮天性侣山楠。翩翩那憶王陽綬，落落偏傷石父驂。底事避人深竹徑，幾回卧病典書龕。藥收水族吹星鯽，味減吴姬背瓦蚶。纍在空知獄有五，僕凋漸欲馬成三。因聽燕語閒箏甲，却爲龍鳴惱劍鐔。蘋藻代金存季札，芙蓉留粉詎何戡。忌醒叵耐田荒秫，習淡剛宜水秀蕈。乍可爲農争上次，焉能與賈論廉貪。閒將警枕蛛從網，斲得窊樽蟻鬬酣。下里歌鐘騰短銍，遥天涕淚墮長鍉。孤笻有客悲游埭，五字何人議負擔。尚怪玉環摇宋鵲，不驚金屋到袁憨。嗚瓊泛驛隨時作，刻燭披緗到老躭。計少精芒役雷部，乃羞憔悴涴江潭。勁松先隴知難問，亂竹荒城耐可探。一夕朔風翔代馬，千秋白日在燕函。浮家旋卜餘衰鬢，情話由來帶曉嵐。蒼狞試教添牧笛，黄鸝誰更佐雙柑。

秋日雜興

薄宦京華鬢漸斑，不須看鏡問雙鬟。縱無容膝柴桑地，肯與淮南競小山。

李士焜

士焜，字又白，任丘人。明進士。國朝歷官工部左侍郎。有《麟篆齋集》。

《任丘縣志》：士焜，授河津令，闖寇逼垣，塹不足守，焜區畫濬築，旬日完固。巡撫吴公移軍駐境内，糧食芻茭供億無缺，吴奇而薦之，詔内擢。適父楨宁殉邑難，奔喪歸，灑血乞卹，奉旨建祠，服闋，擢工科給事中，督漕中州。歲大饑，人相食，焜奏狀，詔捐賑有差。壬午遷刑科給事中，以方介忤權要，出爲河東道副使。巡河干，見浮舟百艘，營將請擊，焜曰：『此難民，非亂民也。』促招附岸，共千六百有奇，咸感再生。甲申闖寇行僞牌於平陽，焜碎之，杖殺其使。聞京師陷，棄官歸。國朝起用爲兵科左給事中，纍晉工部左侍郎。著有《刑垣疏草》。

王崇簡《李公墓志》：公幼而端穎，資性純茂，官浙江布政使，禁旅駐寧波時，芻餉以資飽騰，而民若無事。行已涖官，屹然爲世矩範。

抵家

屈指離家四十年，遥瞻城郭轉淒然。菊松深訝歸來晚，鬢有秋霜鏡亦憐。

李芳莎

芳莎，字臺辰，永年人。明貢生。國朝歷官廣西柳州府同知。有《威如堂詩集》。

《畿輔通志》：臺辰，以拔貢知武鄉，有惠政，遷柳州同知，未赴，乞歸。性質實，好讀書，寢食於經史百家，爲文淵停無涯際，詩格沉雄，得少陵氣骨。

宋犖《筠廊偶筆》：順治三年七月二日，上出大内歷代珍藏書畫，賜廷臣，先文康公以大學士蒙賜臨洺，李臺辰侍先文康夜飲，先公以謝表相委。李揮毫座上如風雨，脱藁時纔二鼓耳，一時輦下侈爲美談。

泉亭寺雜詩

其一

趺坐翻成懶，持齋豈爲貧。荒村粗有屋，瘠土不留人。避餌知魚巧，穿窗喜燕馴。池清如鏡裏，愁與照風塵。

其二

新泉三尺淺，小市一彎通。荷動珠難定，魚來水漸紅。幽花香挹露，熟果落隨風。社鼓雲中響，兒童祝歲豐。

其三

雜卉初無譜，方言强命名。風林依鳥宿，山水逐門平。日烈瓜先實，亭深草易生。前途歸馬熟，自覺去來輕。

邊大綬

大綬，字素一，號長白，任丘人。明孝廉。國朝官至山西太原府知府。

《任丘縣志》：大綬，崇禎己卯孝廉，授陝西米脂縣知縣。米脂乃闖賊李自成故里，時闖逆猖獗，流毒海内，綬下車偵知其先墓，伐之。迨賊破神京，移明祚，綬全家被執，幾死者再。國朝起用，補河南修武縣知縣，勸農典學，著有勞績。升山東青州府海防同知，青州瀕海，賊出没無時，綬捕御有法，賊不敢犯，全蜀賴之以安。擢山西太原府知府，莅政三年，執法嚴明，民懷吏畏，以病告休。著有《虎口餘生録》行世。

程正揆《餘生録序》：甲午見太原守邊長白先生所刻《餘生録》，噫！先生之智奇、之功大矣。夫賊以亡命罪至通天，糜我疆土，逼我君后，竭四方之師，武臣力不能一矢相遺，海水羣飛，白日晝晦，先生獨能出奇計殲産逆之惡，制死賊之命。壬癸天下唯長白一人而已，向使長白重身家、計利害，或知而不爲，爲之未必有濟，將若之何？雖然，皆天也，非人也，闖不生，天下不亂，闖不死，天下不平。長白不令米脂闖脉不絶，鬼神不助，長白國仇不復，然則洩先明十四帝之憤，開我朝億萬年之運者，亦惟長白一人而已。

《紅豆樹館詩話》：《虎口餘生録》傳本不一，率多援據失實，附會神怪。乾隆中，公裔孫名思訥者，官山西夏縣知縣，始重加校刊，勒爲定本。案公伐闖賊祖墓事，附載《明史·汪喬年傳》中，稱静海人，而《小倉山房集》謂爲順天人，籍貫微有不同，其他著作亦不多見。《過方山》七絶一首，采自《縣志》，清絶無塵腐氣。

過方山

三十年來歲月虚，偶因烽火過禪廬。白雲不斷人行路，消受松風一夜餘。

國朝畿輔詩傳卷八

王熙

熙，字子雍，號胥庭，宛平人。崇簡子，順治四年進士，歷官保和殿大學士，加少傅，謚文靖，祀賢良。有《文靖公集》二十四卷。

《四庫全書提要》：《王文靖集》二十四卷《附録》一卷，王熙撰。是集爲其子克昌所編，凡奏疏二卷、頌賦一卷、詩六卷、文十五卷，以自作年譜及行狀志銘碑傳附録於末，前有其門人張玉書、吴震方二序，又有朱彝尊序，核其詞意，皆熙在時所作，而標題亦稱其謚，或刊版者追改也。

《畿輔通志》：是時三藩削平，海内康樂，熙入政府，務寛平，持大體，宣上德意，悉心密勿，夙夜祗勤。蓋居相位者二十餘年，恩眷始終如一，君臣際遇，尤爲漢唐以來所僅見云。

朱彝尊《王文靖公傳》：公以《精國書》受知世祖，入直南苑，未嘗歸沐，羽獵不俟請旨，隨豹尾行，進講景山臻禄閣，特賜侍坐。及以學士掌宏文院，時文貞公先任國史院。世祖諭曰：『父子同官古今所少，以爾誠恪，特加此恩。』比世祖疾大漸，召至榻前草遺詔，密有封奏，秘不聞也。

掌都察院事，振肅紀綱，多所建白，懲貪示儉，獎廉正官，方持大體，嚴狥庇察，侵蝕裁冗員，疏銓法課，官學折亂，萌言皆切實。康熙十二年冬，吴三桂叛，雲南黔蜀姦人楊起龍詐稱朱三太子變，幾生肘腋，伏誅。時三桂子應雄尚主，天子深仁，不即誅。公密書請誅之，以消内變。應雄既伏法，三桂始驚悸失措，發病死。公稟聖天子方略，調遣羽書，和調將吏，卒以成功。先是，漢官不與聞兵機，至是特命公專管密本，中外咸知，公以敬慎受心膂之寄，廟堂勝算，所以任之者，專而信之者至矣。公讀書，一過目記憶不忘，每奏對御前，應答如流，熟於掌故，遇事立剖決，胸無冰炭，亦無柴棘，以善氣迎人，雖新進必加奬誘，樂成其名，以是五十年膴仕無親疏，皆得其歡心。主眷益隆，固其宜矣。薨年七十有六。賜謚文靖，時人比之李沆云。

吴震方《序》：公少從文貞公避地江浙，杖履舟楫，與當時諸君子談讌，風流文采輝映一時。發爲文章，原本性道，煌煌經世之言，彬彬華國之作，海内奉爲規範。

招隱詩

其一

時移物屢變，淹忽越歲年。悠然念今昔，撫景多牽纏。高天鴻鵠飛，來往何翩翩。乃知空曠中，浩蕩静所偏。采芳行未遲，揮手脱塵筌。山川雖云遠，翹蹟矢夙緣。相將度層岑，晴雲開紫煙。翡翠接蘭苕，容華與相鮮。放情拂霄行，投簪豫林泉。

其二

予亦何爲者，馳驅朝夕間。荒途苦靡涯，時事良所艱。緬彼巢居子，高蹤杳難攀。幽蘭紉重襟，曲徑日掩關。飄飄松風來，清澗流潺湲。鳴琴巖壑中，静嘯心魂閒。安得褰裳游，駕言還北山。

詠史

毛生昔淪没，囊錐蔽光耀。寄食平原門，三年不被召。奮身在末行，微受公子誚。當時十九人，側目皆含笑。一定楚趙盟，碌碌誰同調。

讀申晁盟詩有贈

家在漳河外，秋來古北平。班荆揮玉麈，把酒憶秦箏。蠟屐躭山秀，扶筇對月明。何時遂幽訪，相對挹孤清。

送趙友沂下第歸揚州

别當秋雨後，歸及塞鴻前。那有不平意，翻生知己憐。人行沙岸小，樹近夕陽偏。望望徵帆遠，清霜欲暮天。

過故萬都尉伯石莊

駙馬園亭舊，滄桑歲月深。荒榛埋曲徑，羣鳥噪空林。陰洞朝光入，虚堂野色侵。寒風發幽籟，颯颯動愁心。

季夏友人招游海淀

芳草埋孤徑，虚亭受衆香。開樽依老樹，席地接横塘。菡萏紅兼白，菰蒲緑漸蒼。臨流吾欲醉，隨意擘蓮房。

香山

路入香山僻，崔巍石磴斜。到門流水繞，尋徑白雲遮。晴日輝芳樹，春風舞落花。佳游今始遂，盡日癖煙霞。

退谷

退谷鄰荒寺，巖迴徑欲迷。林巒分委曲，亭榭足攀躋。流水階前繞，桃花屋角低。幽尋興未已，芳草自萋萋。

春日扈從南海子觀大搜

上苑回春馭，傳呼夜漏催。六龍雲裏下，八陣日邊開。細草鳴鑾地，雄風買駿臺。應知宸算遠，不爲詰戎來。

送洎水出守鳳翔

煙雨放春晴，黃鸝夾岸鳴。飛花隨去路，徵雁亂離情。日落山光遠，風和野色平。思君回首處，華嶽暮雲横。

惠山

日夕峰峰静，探奇隔水尋。松陰覆小逕，塔影落幽林。避亂欣乘興，薄游慚未深。鳴榔人又去，夢裏憶登臨。

送别鐵山宗伯

言歸幾纜海邊槎，十月清霜聽曉笳。適意故宜彭澤柳，謀生且種邵平瓜。風寒煙霧孤帆迴，人遠關山落照斜。莫惜臨歧頻把袂，應憐客夢自天涯。

雲陽舟中送友東歸

朝來何事不勝悲，寂寂離情怨子規。惜别暫留寒雨夜，送行無奈曉風時。深溪霧捲飛花片，平野煙濛緑柳絲。東去江城相望隔，天涯何日更追隨。

送同年冀太守任襄陽

寒風萬木冷河橋，極目南天路轉遥。前引雙旌揮赤羽，新乘五馬勒金鑣。紅雲京闕增鄉思，白日湘江對落潮。此地猶歌大堤曲，習家池上醉花朝。

送四叔赴永州衛任

未別先愁送別時，瀕行故欲緩行期。無端又值梨花雨，春色離情殢酒卮。

上巳日聽歌偶成

銀箏錦瑟弄春暄，旖旎情懷窈窕魂。唱到 聲縹緲處，瀟瀟疏雨正黄昏。

郝惟訥

惟訥，字敏公，霸州人。順治四年進士，歷官吏部尚書，謚恭定，祀鄉賢。

《四庫全書提要》：《郝恭定集》五卷，郝惟訥撰。是集凡都察院奏疏八篇，刑部奏疏四篇，禮部奏疏一篇，户部奏疏九篇，吏部奏疏六篇。其禮部《請行釋奠疏》户部《税銀款目疏》皆注疏存部案字，蓋當時同官公議，而惟訥具草，故仍刻之私集也。

《畿輔通志》：惟訥，初登進士，與父傑同朝，士大夫争爲欣羡。而惟訥恂恂有儒素風，歷官三十餘年，家無餘資。

王熙《郝恭定公墓志》：公精於吏事，其所區畫，人不能及。官福建延邵道，鉅寇張自盛犯延邵，公設方略，挫其鋒，復用間散其黨羽，自盛就擒。撫按交薦，至錢法侍郎，上言清鑄本收匠作。

視銓政，持大體，言官論事失實，例不免，公疏請寬言路處分例，謂從來治亂，關於言路通塞，優容而嘉與，猶恐讜言不至，豈可因而加罪？在農部四載，爲冢宰九年，兩部法經公裁定者，至今守之不變。

寄題五老峰

廬嶽岧嶤隱列仙，五峰離立蔚藍天。玉膏瑶草襟期外，白鶴青牛謦欬邊。極目蓬萊惟一氣，共餐沆瀣自何年。終期振策三梁上，賓主逢迎意儼然。

谷應泰

應泰，字賡虞，號霖蒼，豐潤人。順治四年進士，歷官浙江按察司僉事。有《築益堂詩集》。

《四庫全書提要》：《明史紀事本末》八十卷，谷應泰撰，其書仿袁樞《通鑑紀事本末》之例，纂次明代典章事蹟，凡八十卷，每卷爲一目。當應泰成此書時，《明史》尚未刊定，無所折衷，故紀靖難時事，深信《從亡》《致身》諸録，以惠帝遜國爲實。於滇、黔游蹟，載之極詳，又不知懿安皇后死節而稱其青衣蒙頭，步入成國公第，俱不免沿野史傳聞之誤。然其排比、纂次詳略得中，首尾秩然，於一代事實，極爲淹貫，每篇後各附論斷，皆仿《晉書》之體，以駢偶行文，而遺詞抑揚，隸事親切，尤爲曲折詳盡。考邵廷采《思復堂集》，《明遺民傳》稱山陰張岱嘗輯明一代遺事，爲石匱藏書，應泰作紀事本末，以五百金購請，岱慨然予之，又稱明季稗史雖多，體裁未備，罕見全書，惟談遷《編年》、張岱《列傳》，兩家具有本末，應泰並採之，以成紀事。據此則應泰是編，取材頗備，集衆長以成完本，其用力亦可謂勤矣。

《豐潤縣志》：應泰，狀貌奇偉，博聞强記，順治丙戌舉於鄉，丁亥成進士，授户部主事，升員外，官兩浙提學，校士一秉至公，所拔皆一時知名士，創立書院於湖山之巔，浙人德之。

馬慧裕《序》：霖蒼先生詩意厚詞和，渢渢乎唐之遺音，而不入於纖穠流易。

游道場山

丹岑連絶漢，金刹倚晴空。花散珠林雨，松迴古殿風。寒煙生樹杪，孤磬落雲中。尚有荒亭在，憑軒憶遠公。

台州寇平志喜，兼呈中丞陳公

傳聞横海捷書旋，夜奏明光玉几前。已見鯨鯢消島嶼，何煩鵝鸛下戈船。鐃歌入塞千山月，鐵甲歸屯萬井煙。不是王師無戰伐，孰令滄海盡堪田。

南明山

洞壑何年代，亭臺一望遐。空梁危渡馬，古寺暗藏鴉。徑曲盤雲上，溪長帶郭斜。澗流芳杜氣，風落刺桐花。村樂驚山鳥，游驂亂晚霞。虎蹲谿逼仄，猿挂樹交加。蠟屐情偏遠，摩崖興轉賒。巖傾懸石乳，僧老飯胡麻。瑶草侵階短，瓊窗宿霧遮。何時容白袷，有地覓丹砂。坐歎徵塵迫，春江理釣槎。

張坦公先生放鶴亭招飲

春風楊柳盡垂絲，湖海飄零對酒巵。忽憶彭城今夜雨，滿庭芳草鶴歸遲。

李昌垣

昌垣，字長文，宛平人。順治四年進士，官侍讀學士。

瓜洲

新柳近危城，晴波燕子輕。潮聲環郭遠，春色渡江明。細草煙中密，高林兩後平。疏籬臨曲岸，小泊聽啼鶯。

富春

芳草無高下，疏煙處處通。亭臺一水外，丘壑百花中。石古莓苔氣，江寒舴艋風。羊裘吾可老，疏雨釣磯空。

客晉陵除夕

今夕高堂宴，無端客裏過。焚香聊對酒，彈鋏不成歌。景物他鄉異，風光帝里多。梅開春信至，莫惜醉顔酡。

馬鳴蕭

鳴蕭，字和鑾，號子乾，又號乾若，青縣人。順治四年進士，官工部營繕司員外。有《愓齋詩草》一卷。

《天津府志》：鳴蕭，授湖州府推官，辛卯分房校士，得人爲盛。奉敕蕪湖，抽分溢額二萬一千餘兩。轉營繕司員外郎，致政歸，優游林泉，性嗜吟詠。

詠懷

其一

空谷得高士，栖遲守敝幃。鳴禽饒夕氣，流水静朝暉。評史存疑信，尊經識指歸。客來深柳下，相對製荷衣。

其二

小卧不成睡，掩關尋舊題。調饑田百畝，扶病藥千畦。虚牖雲初住，閒階鳥亂啼。黄花姿正好，愛客且相攜。

錢綎

綎，字瞻海，元城人。順治四年進士，歷官都察院副都御使。

壬子冬月早朝值各國貢使

顛倒衣裳問啓明，上林喬木鳥嚶嚶。廷臣有骨風霜老，天子無私雨露清。香勃御爐金殿暖，珂鳴皇路玉階平。四方底定封章少，百譯來同拜冕紘。

佘一元

一元，字占一，號潛滄，臨榆人。順治四年進士，官禮部儀制司郎中，祀鄉賢。有《潛滄集》八卷。

《四庫全書提要》：《潛滄集》七卷，佘一元撰。是集卷一爲《四書解》，卷二至卷六爲雜文，卷七爲詩。其次韻答張築夫詩有『良知自是姚江旨，躬秉幾亭夫子傳』句，附載張贈詩有『姚江絶學重開闢，直續良知兩字傳』句，蓋其學出於陳龍正，集中所謂幾亭師者，龍正別號也，故其四書解中以小學爲格物，而深譏朱子《補傳》爲非，猶宗王守仁之説而小變之者也。是集其所自編卷端有凡例六條，述所以編次之意甚詳，然詩文皆不入格。觀其自編，而自發凡例，或自譽，或自恕，儼如删纂他人之集者，是於古來著述、體裁皆未及考，則所作可略見矣。

《臨榆縣志》：一元登進士，初授刑部主事，遷禮部，歷儀制司郎中。端方謹飭，時以清正稱。引疾還里，閉户著書，未嘗以事干當事。若事關學校及地方興革大務，必力爲救正。遠近倚爲師表。

《紅豆樹館詩話》：宋玉叔《安雅堂集》有《留别佘占一儀部》七律云：『鳴珂猶憶醉新豐，一别青門歎轉蓬。持節偶過君子里，拂衣真見古人風。書來但話山中桂，客去應憐塞上鴻。朋輩霜鬈君獨早，於今衰鬢已相同。』當時玉叔已以古人相推，則儀部之風槩可想。

重九登首山

佳節宜登高，杖履首山隅。冠蓋集僚友，紳儒接歡娱。大海亘蒼茫，層巒積崎嶇。一水紆曲流，怪石蟠覆盂。樵採互來往，煙雲乍有無。古廟羅盤餐，亭趾飛濃醽。樵豎向我言，猛虎初負隅。醉後膽愈壯，叱咤憑高呼。薄暮聊鑣散，山空秋月孤。

李世洽

世洽，字君渥，東鹿人。順治四年進士，官按察司僉事。

憂旱

其一

憶昔恬家食，生長依京國。黍稷紛盤盂，孰知豐與嗇。詎來典荒城，酷旱今孔棘。人力既已疲，天道渺難測。蟠龍蟄重淵，勁猋秋弗息。石爍川爲陸，泉源斷溝洫。農夫釋耒悲，耗斁盡土殖。邑小遺人稀，豈堪偏菜色。骨肉念散亡，相持淚填臆。兒女戒投河，夫妻争引墨。甘心死一處，不忍生惻惻。觸目此倉皇，捫心實傷盡。鬼魃亦何形，欲殺安可得。

其二

社稷係民生，軍國急賦税。輸將惟稼穡，空困奚攸濟。司農仰屋嗟，徵符踵相繼。淤潦去年浸，蘊隆苦今歲。啾啾中野鴻，溝渠旦夕勢。饑殍責正供，恐非廟堂計。緬焉懷古人，因時廑調劑。九載畚山沓，七祀桑林誓。殷憂啓聖心，修弭握真契。河南制可專，青州澤無際。所願在秉鈞，力撤下土蔽。高高如未聞，小吏徒跋疐。胡由獻此篇，長歌爲流涕。

張繼鑣

繼鑣，字季超，大興人。順治五年舉人。

落葉

忽爾驚秋至，飄然破曉空。自難禁夜露，偏易惹天風。雁叫長林捲，蛩悲滿砌紅。山容愁太淡，幾點綴寒叢。

徐兆慶

兆慶，字易齋，天津人。順治五年舉人，官山西潞安府推官。

初秋雜感

一葉驚時到井梧，蕭然天籟賦笙竽。芙蓉欲傍湘江冷，砧杵頻敲月夜孤。旅鬢久拚同古雪，行蹤漫自説樵蘇。平分秋色奚囊裏，何事風流乞鑑湖。

多宏安

宏安，字君修，號畏庵，阜城人。順治五年拔貢生，歷官江西布政使司。

《阜城縣志》：宏安，授廣東靈山令，縣當兵燹後，地荒賦逋，力請將積欠題免，民慶更生。戊申，遷奉天承德令，察挾旗抗法者，送部繩以法，滿漢讋服。壬子升陝西延安府靖邊同知，丁巳補江南淮安府山盱河務同知，時山陽西南高堰長隄潰決，淮水盡奔高寶，下流不復北出，清口抵黄，黄遂直射裏河，運道淤淺，隨尾淮入堰無山會清口下雲梯關而趨海，故海口一帶盡墊，公與總河籌策，先築高堰以束淮敵黄，并治爛泥淺諸故道，導清入裏河，運道乃通，且修築兩岸及河口清江大閘，暨雁翅諸工與淮工相表裏，然清河達雲梯關，數百里葭葦榛蕪，壅塞故道，則以水攻沙之法，塞周橋高，澗閘座使清淮旁無所洩，而蓄全力以攻積沙，會戊午大雨，淮水盛漲，與黄并驅入海，於是治淮、治黄、治運并收成效。庚申升臨安府，壬戌特簡淮陽道，乙丑升安徽按察使，是年冬例應入覲，值河臣開濬下河，治高堰，皇上特敕大臣會勘，宏安具疏條陳，謂高堰之工無論下河開濬與否，亟宜加治，至堰上加工之法，砌石工則必先打地釘，湖底水深，費帑甚，繁若用板工、埽工，水勢蕩掣，尤易摧殘，若用密釘，排樁内灌碎石，以敵風浪，庶爲兩全，且可節省金錢，十餘年後黄河刷深，則河湖之水面俱卑，而高堰下河亦可漸次就理。疏入部議，如所請行。己巳轉江西布政使，歸里後值黄、運兩河潰溢，當事者欲疏請起用，會病卒。

石湖

暇日躡雙屐，探幽到水濱。風光梳岸草，鶯語醉游人。棹破一天水，花明萬樹春。湖山需佐理，丘壑見經綸。

九日

寒山瑟瑟樹蒼蒼，佳節偏從客裏忙。落帽向誰羞短鬢，佩萸憐我在他鄉。洞庭秋水連天碧，鄂浦西風起霧黃。彭澤已無陶令酒，菊花何事勸飛觴。

郝浴

浴，字冰滌，又字雪海，後更號復陽，定州人。順治六年進士，歷官廣西巡撫，祀鄉賢。有《中山詩集》四卷。

梁清標《傳》：公年十六，輒高自期許，有澄清斯世之志。崇禎間避難山中，猶讀《易》不輟，留心世務，慨慕古人，不屑爲俗儒章句之學。順治丙戌舉於鄉，己丑成進士，起家刑部廣東司主事，兼攝浙江司郎中，吏不能欺，尋改授湖廣道御史巡按四川，是時鉅寇劉文秀盤踞滇、黔，川中尚多伏莽，屠戮之後，一望空墟，有司率皆үйсу弁委署，職業不修，公至披荆棘，立約束，數微行，廉得其狀，力事清釐，兵將斂手。吴三桂方握重兵駐蜀，軍無紀律，每結隊逃亡肆劫，憚公嚴正，令各路不發塘報，公疏發其奸。三桂意陰忌公，迨兩路敗衄，東西川俱陷，三桂棄川北退，至綿州，欲回漢中。公亟檄司道，馳騎慰諭逃卒，揚言秦兵旦夕至，又遣健兒飛檄邀三桂等赴援，責以大義，謂不死於賊，必死於法。一晝夜凡七往，三桂不得已，始回保寧，然猶豫未決，公多方譬曉，面授方略，乃決策固守。俄賊至保寧，踞錦屏山，勢張甚，公憑堞指揮，矢石過耳，屹不爲動。賊夜渡嘉陵江，繞出城後，公徧歷行間，激發忠義，將士踴躍，背城迎戰，無不以一當百，竟奏大捷。是役也，公功居多，世祖知公才堪辦蜀，詔問收拾全川實著。公具疏，前後數十上，皆荷採納。三桂挾王爵驕貴，意持兩端，而公以少年書生獨挺身與抗，不爲小屈，且密陳其跋扈狀，三桂銜之切骨。朝廷頒賞酬功，公以得不償失，疏辭不受，益與三桂忤，思有以中之。先是司道董顯忠等類，以將弁改授，公奏劾仍改武用，至是三桂摘公疏中目不識丁之語，嗾顯忠訴於朝，公竟坐降調。閣臣成公克鞏、吕公宫、張公端合薦公才堪大用，三桂恐公柄用，乃摭拾前疏指爲昌功，欲置之死。世祖察其枉，流徙盛京。公至徙所，益潛心聖學，尤嗜《孟子》及《二程遺書》，築室三楹，顔曰：『致知格物之堂』，危坐其中垂二十年，三桂反，特旨取還，仍補御史，巡視兩淮鹽課，加太僕寺少卿。淮揚大祲，道殣相屬，公倡議設六廠賑饑，全活數十百萬人。在差即擢僉都御史，未閱月再晉左副都御使。明年，遂命巡撫廣西，以苦瘴癘卒，士民巷哭者三日，公孝友真篤，少時念祖喪未葬，輒自掐左臂以志痛，爪痕深入膚理，其至性有過人者。負才卓犖，有膽略，憂患之後，更邃於學，勇於爲義，赴人之急，不啻疾痛之在身，獎借人才，惟恐不及，雖歷艱難，而用世之志彌久不衰，至當大事，他人張皇失措，公不動聲色，處之裕如。爲文奇崛，單詞片語，妙絶天下。

彭紹升《思賢詠》：一劍拄危城，鋭氣何峭崒。觸邪儆無將，要使亂源窒。儵然遠海濱，不出尼山室。寥廓天壤間，魏公秉直筆。

弔明蜀撫軍葆一張公

崇明昔遘亂，明綱猶未委。豈無心膂臣，徵兵及蛇豕。駕馭豈盡乖，天地合瘡痏。蜂動翕百蠻，流血殷渝水。燦燦芙蓉城，旦夕將摧圮。公持霜斧出，椎牛誓介士。撻伐固有威，忠孝亦有理。遂令執殳衆，感激厲廉恥。復城二十七，恢地二千里。至今溪峒中，談公猶擊齒。再有邦彦亂，永寧盡賊壘。公膺節鉞來，將卒六千耳。殲滅十萬寇，迅若掃浮蟻。距今三十年，蜀運未休否。獻逆揚其波，羣盜縱横起。强壯膏郊原，老弱委泥滓。鱗鱗萬家邑，化作榛與藟。每每千傾禾，鞠爲稂與秕。浴也叱馭人，志在遵前軌。遺民一何寡，交以生爲纍。蜀吏一何弱，争以黜爲喜。吏民亦人情，致此良有以。師行動以萬，邑民百十止。豈暇事耕耘，不足供驅使。况復滇黔間，伏莽叢奸宄。永寧未遽人，渝城師暫已。賴有保寧捷，經略從兹始。公當明祚衰，建豎偉若彼。予當服官初，匡濟僅如此。明明忠藎叢，胡爲遜君子。豐碑吹作塵，蔓草迷祠址。聊採故老言，題詩付青史。哀哀巴渝人，公在爾不死。

贈吴薗次

其一

瓊花不復艷，奇麗睹斯文。一斗新豐酒，三生白練裙。高名懸粉署，盛事滿松雲。何楷讀書後，風流併在君。

其二

越國推名守，輕帆及汝逢。雪飛天目白，梅破道場紅。半榻遲徐穉，一樽思孔融。京華餘故舊，日望五雲中。

江夏別任月坡

十載重逢汝，離筵酒數巡。青山留客夢，白舫接徵人。漏下琴三疊，帆懸月一輪。相思何處覓，愁煞九江鱗。

同王無煩、李木齋游石氏祇園

側身雙樹入，花氣浣衣裳。不道千年雪，融成百合香。鮮紅嫣小築，舊翠溼迴廊。尚有來巢燕，呢喃問覺王。

懷搗生下第

一第寧君重，悲看世態分。無言識孟敏，誰解愧劉蕡。樹暗瀛津路，鶯啼賈島墳。人間有失志，不復顧離羣。

聞寇

莽上平蠻頌，輕傳論蜀文。羌江生怒浪，溪洞結愁雲。楚蜀兵難合，黔滇勢未分。近聞涪水寇，剽劫日成羣。

感懷

未盡當時意，空餘遲暮心。鄉關青嶂合，杖履白雲深。舊事息塵影，虛懷放古今。好留窗外月，清夢五更尋。

周體觀

體觀，字伯衡，遵化人。順治六年進士，官江西參議道。有《晴鶴堂集》十六卷。

施閏章《序》：伯衡爲人坦直倜儻，簡脱聲利，言天下事可否，人物文章高下，軒軒然必盡吐其胸中，無所俯仰。蓋立朝若忘其官，到官若忘其家。生平誦法杜陵，其所爲《令支道中雜詠》，似杜秦州諸詩，他若感時贈友，觸興成篇，真氣淋漓，殷璠之目浩然，所謂半臻雅調，全削凡體，其庶幾乎。

王士禛《香祖筆記》：周伯衡外補九南道，與施愚山同爲江西監司，又同年也。其風流好事略相似，有《過黄州詩》云『不見當年劉克猷，西風吹淚古黄州。舊時江路能來否，落日招魂古驛樓。』真不愧古人也。

從軍詩

其一

烏啼忽不樂，飆風何激蕩。黑雲如堵牆，戈船失回向。幕庭萬馬鳴，偏師已抳吭。血祭蚩尤旗，朱殷翻白浪。夜哭者國殤，隱隱昌兵仗。長箭不敢射，獵雪滿弓韔。平生書生氣，對之乃愈壯。請君爲楚歌，歌聲正悲放。

其二

皋濕長沙地，窮年尚合圍。由來投放逐，今復戍邊圻。行役既饑渴，居處動遷違。關山道阻長，六親隔音徽。四馬日南征，春雁復北飛。縱使附書至，亦難達軍麾。薄言無所控，何月予旋歸。自顧徒旅中，式微而式微。

舟行雜詠

其一

我生匪兕虎，日與榛莽叢。胡爲乎遯蹟，竄身荆蠻中。去家數千里，音書久未通。衰老更無狀，亦無親故同。經年事行役，風雨一孤篷。無異在營窟，出入鞠微躬。户牖既不達，偃卧難爲容。敦彼獨寐宿，開卷眼瞢瞢。思昨滱流急，幾從河伯宫。驚魄迷晝夜，憂心日忡忡。常恐死道路，惄然悲道窮。湘水亦北流，牟麥已芃芃。浮雲無終極，頫首羡飛鴻。

其二

春流溢渠岸，挂席向江沱。匪直争上游，抑籍遠驚波。初擬此谿僻，尚寐真無吪。轉入煙火繁，茅茨蔭喬柯。嫋嫋插漁竿，籬落何逶迤。坐踏水車翻，飽聞田鼓歌。春深農務亟，樹藝趁時和。牧童更如畫，驅犢戲陽坡。好鳥關關鳴，亦各安其窠。樂土兹雲適，行旅少經過。安知沙磧外，徵夫行負戈。寄語避秦人，豈必託山阿。

遣興柬陳默公

其一

離離江上橘，踰淮化爲枳。士不合時宜，異地亦如此。蹉跎良可惜，中夜四五起。久客失故交，白首多新恥。顧念同里翁，薰天富無比。垂老尚無兒，孳孳較母子。

其二

百舌雖云巧，夏至亦無聲。寒號苟得過，敢與鳳凰爭。逐客在窮途，相與食班荆。中山得二士，亦止繫羊羹。報施偶然事，故舊平生情。胡爲入流俗，炎涼若性成。

其三

客從遠方來，相見情倍歡。披雲慰饑渴，積思縈百端。欲語中腸結，羞稱范叔寒。南箕北有斗，鬱鬱良足歎。向者學宦游，對食常忘餐。希心近富貴，苟得亦難安。

壕黍村

壕黍何年村，離離盡茅屋。居人百餘家，生事在樵牧。山田間可耕，種植惟黍穀。村北車箱谷，亂石雜惡木。村西溪水曲，溯洄白蘋澳。村東結園圃，折柳緣山麓。村南椒栗林，陰陰氣森肅。行人出其下，翠滴衣衫緑。村中兩茅店，所飯豆與粥。行人苟不早，半投村中宿。村老多白頭，村童多赤足。獨饒太古風，伏臘相親睦。

團子岡

東過團子岡，山谷何窈窕。羣雉來飛飛，野鹿行侁侁。幽壑不可探，徑入青谿杳。中有茅屋人，散髮卧林春。種黍北山雲，採芹南澗濱。悠悠歲月晚，不識京雒塵。我欲卜其鄰，愧予非隱淪。感之重歎息，長歌懷苦辛。

嶺署栽竹

何者爲吾有，悠然任所如。仕游苟清暇，何必南山廬。拓畦古牆陰，豈忍負雨餘。移取水東竹，栽植自勤劬。迥幹天力厚，冥根地靈虚。開窗見新緑，汎酒延鴻儒。便覺幽光生，入座照琴書。即此得已多，遑計行與居。

塞上

老夫荷戈四十年，昔時戰地今爲田。垂老無力事農畝，數壠却在陰山邊。生長兒孫苦不早，開種山田筋力小。谿鳴獨裹餱糧出，月下歸就邊城道。沙場白骨誰家子，我來收汝歸蒿里。白骨白骨識予不，先汝從軍後汝死。

季天中遣上陽

其一

朝辭青瑣闥，暮宿白羊樊。去國三秋月，還家萬里魂。丘山臣子罪，滄海聖明恩。慈母如相念，縫衣寄塞垣。

其二

季子投荒去，秋聲驛路催。焚詩姜女墓，跨馬令公臺。邊月悄還近，山雲凍不開。北風須問雁，或好寄書來。

薊州道中

離家幾度春，風物倍懷人。淒斷橋邊柳，蹉跎夢裏身。遲遲鄉路近，藹藹故山親。遠愧仙舟客，歸來尚角巾。

望盤山

生事寄朝簪，年年憶翠岑。未逢黃石約，空負紫芝心。山寺僧多少，松谿水淺深。幽人閒結屋，何處照雲林。

贈陳伯璣移居

重開三畝宅，環堵正相宜。花落春城晚，人歸故國遲。鑑湖元自曲，鄰笛爲誰吹。獨踏庭前月，依稀授館時。

八月十一生日

其一

遠宦逢生日，承歡慰老親。不禁南國熱，誰道阮家貧。一夏缺鄉信，百壺留故人。西征雖有賦，懶去達平津。

其二

萬里還家遠，窮年住此都。客來多勸酒，醉起自投壺。好月中秋近，寒蛩小院孤。去留無定日，但覺媿潛夫。

南州逢董清遠清遠，予鄉同年也，令五臺，有惠政，棄官而歸耕於蔚州

逢君南粤去，執手話江邊。京洛一爲别，燕雲復幾年。還躭桑落酒，歸種蔚州田。共説爲郎日，家貧不受錢。

秦留仙客樓小集

迢迢荆楚路，匹馬欲孤徵。雲物關兵氣，悲歌變羽聲。漫裁吹笛賦，竊媿棄繻生。寒暑貪杯酒，聊申契闊情。

秦留仙赴岳州兩夢見之

薄暮輕爲别，扁舟去渺然。干戈南國外，雨雪大江邊。信宿行應遠，登樓望獨縣。春來能幾日，客夢益相牽。

漢口逢驛使寄京書後作

久客浮江漢，扁舟無定居。春來寒食近，老去故交疏。計日催行役，臨風檢素書。口中銜石闕，憑汝説窮魚。

再寄京書後作

去國三千里，封書欲寄誰。杞憂常有淚，瓜及尚無期。湖雁歸飛急，春江晚漲移。獨將萍實采，閒弔汨羅祠。

送郭方伯石庵回洛陽

寒雨秋江急，孤帆白浪新。何堪南浦路，重送洛陽人。宣室虚前席，旄丘老逐臣。可知相别後，獨旅益傷神。

別朱天中前輩

目疾知全愈，田乾可慮饑。一秋常有夢，此別會何時。心緒臨歧亂，封書下筆遲。衝寒勞令子，白首寄相思。

別程士哲

匆匆忽分手，尊酒暫相寬。前路杳無際，浮雲良足歎。素交零落甚，歸棹雪霜寒。幸見彭躬老，爲言惜別難。

次欒城

久客忘留滯，長歌發興賒。春風飛海燕，虚館放山花。馬渡垂楊緩，巾隨落日斜。孤城復何處，向暮一吹笳。

寄姜匯思

今日論交道，誰如侍御深。一行向歧路，萬里背知音。庾嶺下鄉淚，楚猿來夜吟。不堪從瘴海，煩促故人心。

柬陳伯璣

病客卧深巷，獨行誰與鄰。閉門秋雨静，多難道心親。古木夜吹火，新詩日送貧。君閒如見過，隨意著衣巾。

大報恩寺逢友蒼言别

正爾未能别，相逢暮景斜。久疏因在客，多病欲辭家。夜雨洗山骨，殘春落澗花。祖衣休早付，待我過栖霞。

人日次徐州

泗上逢人日，長亭許更過。春雲回白首，客夢度黄河。舊俗淮南異，前賢沛國多。至今小兒女，猶唱大風歌。

郢上即事

漠北傳呼萬馬來，一船兩槳敢輕開。即今暫泊劉郎浦，何處還登庾信臺。蔽日旌旗推衛霍，哀時詞賦動鄒枚。龍鍾似是投荒客，歲暮囊空短髮催。

晚次安陽

萬里歸途此再過，十年衰鬢付蹉跎。愁隨匹馬秋風緩，行近孤城暮角多。壠樹蒼茫連鹿苑，銅臺蕪没傍漳河。兒童不解遺墟恨，猶唱油油麥秀歌。

答唐豹巖檢討

老眼逢君倍覺明，相親如弟復如兄。西園已賦十年别，南浦何堪萬里情。羈宦久傷劉夢得，傳經獨羨鄭康成。從過彭蠡常回望，煙水重重隔舊京。

送郭仲因内補

念君將别長垂淚，况是明朝欲上船。共過南州今獨返，同游京洛復何年。秋帆白浪長江轉，舊雨黄花古驛偏。此去到家數千里，途中幾見月華圓。

憶昉兒

憐兒年少事浮名，萬里鄉關祇獨行。久客諒無開卷日，遠游應念倚門情。漁陽驛路經春雨，浦口江帆計水程。董賈有文能細讀，不須惆悵在諸生。

酬胡悦之見寄次韻

其一

老向南州廢檢稜，獨將風雨寄高朋。閒居漫作論文飲，退食渾如苦行僧。江上看雲驚旅雁，厨邊分火續書燈。十年留滯歸期晚，不謂蓴鱸媿季鷹。

其二

旅館桐花葉漸稠，故園書問隔邊州。堂前舊雨催巢燕，夜半長歌憶飯牛。客路萋萋芳草細，春江渺渺小山幽。思君病渴須葠術，竟答空函寄遠愁。

成亮

亮，字寅天，號伾嵐，大名人，克鞏子。順治六年進士，官户部廣西司主事。

《大名縣志》：亮，順治六年成進士，選庶吉士，八年授編修，改補户部廣西司主事。幼聰慧，慷慨有志節。甲申之變，羣盜蜂起，亮侍父克鞏避亂，猝遇盜，逼父甚急，亮以身翼蔽，大呼願身代父，懾以刃，不動，盜義之，捨去。居母喪，哀毁，卒年四十。

村居

秋入村居衛水新，蕭蕭蹤蹟託荆榛。桑田有政供吾課，盤味無兼愛客頻。風雨匡牀堪豹隱，雲霄枯木半龍鱗。朝朝晚起無多事，課子横經懶不嗔。

謝泰

泰，字彙征，號建侯，大興人。順治六年進士，官湖廣竹山縣知縣，祀忠義祠。有《蓼集編》《客中吟》。

盧見曾《山左詩鈔·流寓傳》：公登進士，知湖廣竹山縣。竹山，古之上庸，層巖疊嶂，猿鳥蹟絶，下臨絶澗，幽篁蒙茸，人皆鑿罅中行，前明餘寇，猶據爲巢窟。崇禎初，賊鄭七十，養甲千人，據邑之先峰寨，後爲義兒楊明啓所殺，仍有其地，依張獻忠爲聲援。又賊老當當五六萬衆，盤踞邑中，叛兵王二亂襄、鄖，趨房縣，蹂躪無遺。川寇劉二虎、郝摇旗，諸賊從永歷營來犯。前令四人，皆爲賊害。公初至，無城郭，栖於山頂鶯崖寨，居民止二十家。時川獠千餘人攻天城寨，次及鶯崖，公率鄉勇却之。而楊明啓虎視日久，公以守御未備，設計羈縻，事急乃發書請兵，遷民入寨，以三十餘人，銃二具，爲死守計。鄖將蔣崇武來援，公與合兵，深入賊巢，先破泥灣寨，擒賊婦馬氏，諸寨多降，遂攻明啓。公往來督餉，值霪雨月餘，溪澗漲下不前，公禱於伏魔廟，天果霽。明啓方恃險自若，公用降賊計，取山後小徑，乘夜入破其寨，明啓遁。復鉤連劉二虎、郝摇旗等帥萬五千人捲土而來，公知鶯崖不可守，移鐵壁蔣家寨，與鄉民八十三人固守。時蔣崇武已遷去，新帥張士元不任事，賊遂破虎伏寨，渡河繞鐵壁，攻羊角寨，公乘間爲書，擲摇旗營離間諸賊，諸賊果相疑。久之，知爲公所紿，復進兵入竹山，破蛟龍、樂豐諸寨，遂攻鐵壁。時癸巳八月也，賊築木城周山腹二十餘里爲長圍，公令鄉勇御其前，自堵其後，前攻者多中鉛子墮崖下，自平旦至日入，殺賊二百有奇，其攻後者，公自擊之，殺賊六百有奇，賊乃退。後十日，賊運竹箭填後啞，取平直上，公夜以火毬照之，發鳥銃斃賊數十人，賊不得填啞，乃以火炮來攻。時九月望，寨中無水，公祈禱得雨，兵士益厲，二虎計窮，乃與摇旗更代圍守，公潛使兩健卒，穿木城，一赴興安總兵趙某，一赴鄖陽總兵張某求救。張援不至，唯趙某呼使者問狀，歎息良久，乃命參將張德俊、副帥化守登率三千兵星夜赴援。時寨水復竭，公入廟卜得凶兆，欲自裁，忽有四歲啞兒語曰：『援兵至矣！』越一日，兵果至，圍解，公與二將，追賊至太平寨，賊多投鶯崖河死，餘逆遠遁。公前後守城與賊相持數十日，追捕殺獲者無算，一邑卒以獲全。經略洪公承疇上其功，遷軍前督餉同知。卒，祀忠義祠。

從軍行

月在人千里，君從月下行。不知君遠近，惟見月華明。斜漢垂秋澹，寒蛩泣露清。徵旗何所往，疑聽夜笳鳴。

陳上年

上年，字祺公，清苑人。順治六年進士，官廣西布政使參議。

《保定府志》：祺公奉繼母孝，事伯兄恭，無私蓄，無違言，鄉人稱之。官廣西布政司參議，逆寇破梧州，迫以官，毅不受，幽抑以死，事聞優卹。

朱彝尊《江湖載酒集》：《金縷曲·送陳參議祺公之官廣西》：『雁塞分襟驟。七年來、關河迢遞，合並難偶。草草殘春相逢乍，通潞亭邊攜手。恨不見、李生良久。待踐深秋雞黍約，奈匆匆、畫鷁津門口，萬里別，一杯酒。丹砂此去鄰勾漏。泝鑾江、人家兩岸，綠榕紅豆。才子從軍繇來事，況是黄金懸肘。擁千騎、弓刀前後。聽取連營長短笛，譜武溪、一曲南徵又。嶺外嶺，柳州柳。』

題馮秋水方伯四知園

其一

暗沼臨華檻，平臺俯麗譙。四圍青嶂落，千尺白雲朝。透壁翻無路，淩空忽有橋。往迴多許地，如歷石城遥。

其二

皁粉人争飾，林居此最工。右軍非汗漫，彭澤本英雄。濟世垂真誥，憂時託草蟲。更憐嘉會熟，隨意到牆東。

張宏儼

宏儼，字容侯，宛平人。順治八年舉人。有《竹香堂藁》。

懷崔仰山

羡汝安貧得静栖，門無車馬下簾低。孤燈夜寂墮梁鼠，深巷晝清聞午雞。衣袖香生含露草，腰鐮根劚帶雲泥。遲君暫過蕭齋話，一榻常懸古蕩西。

曉發洺河

峭寒烈烈襲徵裘，洺水沉冰結細流。晴色滿山青不盡，雪消東北古邢州。

山居

煮茗閒繙陸羽經，甎爐種就火星星。山居請課無他事，消受温甘水一瓶。

國朝畿輔詩傳卷九

孫奇逢

奇逢，字啓泰，號鍾元，一號夏峰，容城人。明舉人。國朝以國子監祭酒徵，辭不赴。道光七年奏準從祀孔廟。有《夏峰集》十四卷。

《四庫全書提要》：《讀易大旨》五卷，孫奇逢撰。是書乃其入國朝後流寓河南時所作，前有自序云：『至蘇門始學易，年老才盡，偶據見之所及，撮其體要，以示門人子弟，原非逐句逐字作解，故曰大旨。』其門人耿極爲之校訂，末附《兼山堂問答》及《與三無道人李尌論易之語》，別爲一卷。尌，雄縣人，奇逢所從學易者也。後奇逢曾孫用正復取其論易之語，散見他著述者五條，彙冠卷首，題曰：『義例。』《跋》稱原本序文、凡例皆闕，故以是補亡。案奇逢説易不顯，攻圖書亦無一字及圖書大意，發明義理，切近人事，以象傳通一卦之旨，由一卦通六十四卦之義，凡所訓釋，皆先列己説，後附舊訓。其平生之學主於實用，故所言皆關法戒，有足取焉。

方苞《傳》：奇逢年十七舉萬歷二十八年順天鄉試。先是高攀龍、顧憲成講學，東林海内士大夫立名義者多附焉。天啓初，逆閹魏忠賢得政，目東林諸君子爲黨，由是楊漣、左光斗、魏大中、周順昌次第死廠獄，禍及親黨，而奇逢獨與定興鹿正、新城張果中傾身爲之，諸公卒，賴以歸骨，世所傳『范陽三烈士』也。方是時，孫承宗以樞輔經略薊遼，奇逢之友歸安茅元儀及鹿正之子善繼皆在幕府，奇逢密上書樞輔，樞輔以軍事疏請入見，忠賢大懼，繞御牀而泣，以嚴旨遏於途，而世以此益高奇逢之義。臺垣及巡撫交薦，屢徵不起，樞輔欲疏請以職方起贊軍事，使元儀先之奇逢，亦不應也。其後畿内盜賊數駭，容城危困，乃擕家入易州五公山，門生親故從而相保者數百家。奇逢爲條教部署守御，而絃歌不輟。國朝定鼎以國子祭酒徵，有司敦趣，卒固辭。移居新安，既而渡河，止蘇門百泉，水部郎馬光裕奉以夏峰田廬，遂率子弟躬耕，四方來學，願留者亦授田使耕，所居遂成聚。奇逢始與鹿善繼講學，以象山陽明爲宗。晚年乃更，和同朱子之説，其治身務自刻砥。執親之喪，率兄弟廬墓側凡六年。人無賢愚，苟問學必開以性之所近，使自力於庸行。其與人無町畦，雖武夫、悍卒、工商、隸圉、野夫、牧豎必以誠意接之，用此名在天下而人無忌嫉者。居夏峰二十有五年，卒年九十有二。天下無知與不知皆稱曰『夏峰先生』。

魏裔介《傳》：徵君弱冠廬墓，固已有王偉元之風。及左、魏諸君子被黨禍，一時知交削蹟遠遯，惟恐波連。徵君爲求援於樞輔，醵金於襟民，雖未能出之死地，然當逆璫繞泣御前時，其勢焰亦稍減矣。烏知非怵於王庭之揚也，然害卒不及，可謂善全其用者矣。纍經徵辟，終不肯就。以孫樞輔之賢，至契好友而不能屈。其德純，故不求世知。其道隆，故不爲時用。《易》曰：『鴻漸於逵，其羽可用爲儀。』徵君之謂也。

湯斌《孫徵君墓志》：順治初，公絶意仕進，移家共城，闢兼山堂，讀《易》其中，涵養益邃。每晨起謁先祠畢，退居一室，誠心端坐，即疾病未嘗有惰容。聞節孝事，必爲表揚，先賢祠祀廢墜者，倡衆修葺，著有《理學宗傳》《四書近旨》《讀易大旨》《書經近旨》《聖學録》《兩大案録》《甲申大難録》《答問日譜》《畿輔人物考》《中州人物考》《孝友堂家乘》《四禮酌》《孫文正公年譜》《取節録》《蘇門紀事》共若干卷。

又《序》：先生於道，慎擇約守，發爲文章，皆躬行。心得之餘，未嘗有新奇可喜，由其説而持循之，人人可以寡過。爲當代理學大宗，其於文中紫陽何如，非所能知，其有關於世道，則一而已矣。《紅豆樹館詩話》：徵君講學蘇門，從者麕集，巖棲谷飲，雖不乏人，而如中州湯文正公諸人，皆從之游，出爲興朝良佐，勳業彪炳，載在史册。昔文中子講學河汾，而房、杜諸公皆其所造就，一代氣運所係，非偶然也。徵君詩多樸實説理，而品學卓越，如岱頂蒼松，豈屑與吟風弄月之輩較短長乎！

述祖德

其一

維我始祖，肇自興州。文皇召徙，各卜一疇。賈氏之莊，爲世首邱。代乏聞人，桑土綢繆。遷居北城，曾祖庇庥。邁蹟我祖，始衍箕裘。締造維艱，敢忘前修。

其二

於維我祖，人號佛兒。淳衷質行，面背無歧。年近知命，始薦棘闈。十年作吏，冰雪自持。宦雖不達，人信無欺。子孫曾元，繁衍維祺。祖德維馨，令譽永垂。

其三

於維我考，是謂克家。兄弟異乳，門内多譁。考心用傷，動忍彌加。前承後啓，矢志何涯。色養北堂，獨力孔嘉。豪士悲歌，野老桑麻。彥方君實，攜手同車。

其四

於維季父，訥訥古人。不達世務，不入俗塵。寧固寧儉，獨守其真。與物無競，返樸還淳。下董生幃，守原憲貧。我從問業，不墜迷津。司鐸鄴下，教澤猶新。

其五

惟我伯兄，賦性磊落。人所牽纏，片言領略。雖值家乏，意忘寂寞。杯酒浩歌，情有餘綽。保安鄉曲，輯强扶弱。居荆軻里，奉劉琨約。兄也實師，父命從學。

其六

惟我仲兄，賦性和易。履道坦坦，蕭條高寄。義激於中，璫禍不避。悍使之馴，貴不敢媚。得飲酒清，晰涉世義。長而有述，老學更邃。庶幾有聞，以醒爲醉。

其七

祖爲廉吏，弟能繼之。考有懿德，弟能宣之。爲人爲子，庶共無虧。朋友切切，兄弟怡怡。武學七載，不怕鬼窺。武城年餘，不慮人嗤。無百畝田，有萬首詩。

憶三君并序

三君者，謂無錫高景逸、關中馮少墟、吉水鄒南皋也。三先生於神廟時聚講京師，偶觸其遺事，悵然恨昔日之未獲一見也。因追憶之，以志企慕。

憶昔神廟間，海内推三老。都門設講堂，福清爲主道。時彦蔚如雲，日夕資探討。我時游京師，攝衣欲往造。友人偶有見，尋師當自考。未幾三老去，我亦竟潦倒。今逾三十年，海内鮮盟好。後輩律前輩，方悔見未蚤。初疑賢才生，天地實浩浩。曾閔與由賜，接踵入懷抱。誰知竟不然，真人非易保。卓哉三君子，立身如日杲。言爲世羽儀，披對塵心掃。古人異代交，猶思薦蘋藻。我雖覿面違，私淑豈草草。

秉燭吟

客裏逢人日，草堂一題詩。題詩識夙昔，非以躭文辭。五十謝公車，八旬坐書幃。白頭竟如斯，辜負垂髫時。因思衛武公，耄年何所窺。獨此嗜學心，想見有循持。人莫不飲食，其味鮮能知。人莫不由户，由道者其誰。合則一切合，離則一切離。非可昌昧承，昌認衹自欺。乾坤原易簡，陰陽自偶奇。時物任行生，俯仰夫何疑。古來賢達人，别是一鬚眉。秉燭光幾何，勉勉有前師。

人日

百樓逢人日，行年五十七。往事抵掌間，酸流骨孔出。田無負郭半，終鮮治生術。春官十一上，匹馬歸來疾。自分甘林壑，富貴非其質。此行雖勉赴，筋力已全失。幸有清修人，所學稱入室。朝夕共嚶鳴，何事不可畢。有兒已成行，長幼頗秩秩。大者知名行，小者亦和吉。兄老興尚酣，弟復工音律。天以娱我老，竊附民之逸。

贈慶堂老人

燕國有遺老，曾爲魏博士。八十赤子心，明目猶聰耳。囊中無一錢，盤餐且盈几。坐逢吴廣文，亦是古君子。談偶及文人，猥稱吾啓美。觸我憶弟懷，欲行仍復止。借憩帝君傍，寤寐思所履。疏者可使親，親者豈容委。亡室君女弟，君室我從姊。回首憶往昔，百感齊集此。

贈竹苞

憶昔識荆日，忽驚三十年。謀生笑我拙，聞道喜君先。署冷心無滓，官微教有權。此來聯舊好，前輩自名賢。

長至

日臨長至雪霜深，倚榻圍爐酒自斟。一代是非誰共語，百年感慨入孤吟。閒從竹石同幽夢，静向琴書寄遠心。此際陽生人不覺，貞元消息好相尋。

客榻

暮春猶自怯寒侵，一榻南州意獨深。莫遣塵情封面目，好從清夢見天心。傍依豈是安身訣，訓詁終非度世鍼。攜得白沙詩幾首，幾回卧起幾回吟。

抵東昌以詩謁蓬元先生

言念真人天際看，清風鼓我入煙巒。紫雲已卧東山謝，青海猶傳西夏韓。道在豈虞天地老，心閒殊覺夢魂安。卅年仰止登龍晚，願共滄溟理釣竿。

登禮賢臺

偶爾踰垣一癖士，繫人千載式廬心。雖云古誼今難再，事去臺荒蹟可尋。

劉仲涵園牡丹盛開

爛漫花香人羨奇，賞花偏向未開時。乾坤不盡開時色，爲屬東君好護持。

悼兄

竹馬肩隨近古稀，白頭心事更依依。荆花落盡難歸樹，目斷天空一雁飛。

李孔昭

孔昭，字光四，號潛翁，薊州人。明進士，入國朝不仕。有《秋壑吟》一卷。

《寶坻縣志》：孔昭天性孤峭，崇禎癸未成進士，見世事日非，不赴廷對，奉母隱於盤山。我朝定鼎，求遺賢，撫按交章薦，謝病不出，一日當道遣吏持書幣往，遇負薪者，呼問：『若識李進士耶？』負薪者張目曰：『問李進士奚若？』吏具道意，乃以手遥指，負薪去。吏至，其室虚矣。鄰叟曰：『若面失之，向所見負薪者是也。』後屢物色之，卒不得，當道太息而已。寶坻劉繼寧方擇師，慕其高義，固請，許焉。每一念母，雖深夜必歸。庚子卒，門人私謚曰『安節先生』。

梁清標《傳》：初，孔昭聞都城變，白衣冠哭田間者三歲。喪妻不再娶，奉老母入盤山，躬自樵採，形蹟數易，人無識者。鄉里感其義，有某孝廉當上公車，輒止不行，曰：『吾出郭門一步，何面目見李光四乎？』

《紅豆樹館詩話》：處士愛陶詩，晚自號潛翁，蹟其出處，亦與靖節同。與杜文端公立德少同學，長同年寄文端詩曰：『黄門青瑣君思我，流水高山我憶君。』時當道徵辟，文端勸駕而處士招隱，一時傳爲佳話。梁蒼巖相國登盤山，訪同年李光四，不遇，留詩云：『憶昔看花傍帝畿，十年避戈羡鴻飛。登山欲問湘江叟，風雨冥冥冷釣磯。』商丘宋中丞犖《桃花寺弔李光四處士》句云：『鹿裘邈何許，猿鶴尚思君。』山高水長，其風可想。又處士句『棋爲輸人歇，琴因好我隨。嶺同詩骨瘦，雲比道心濃。』皆別有寄託也。

九日飲香林寺

秋野曠無窮，登臨心欲空。白雲浮古寺，落葉冷西風。人醉高臺暮，樵歸遠樹紅。年華今又晚，懷想在陶公。

題董元宰山水

尺幅數千里，澄觀可曠神。山深微見寺，村小静無人。嶺樹疑含雨，溪橋定隱鱗。世間有此地，應住避秦民。

題畫山林

山色四時碧，懸泉今古流。遠崖何代寺，近竹幾家樓。水静紋成練，松高枝半虬。草亭人對弈，賸負未曾休。

盤山李靖庵秋日作

古刹高山秋早寒，幽居清景隔塵寰。天空野色連窗際，人盡風聲在樹間。片月獨涵潭水净，萬松長鎖白雲閒。静中禪客無聞見，嘹唳西風雁自還。

秋日蘭坨村留别春林

暑雨閒堂日對棋，秋風蛩砌動游悲。劉伶送客百壺酒，李願歸山兩袖詩。燕塞樹懸孤竹月，蘭坨人繫薊門思。懷君欲獻延年藥，採菊相迎霜降時。

杜樾

樾，字君異，號紫峰，定興人。明諸生。康熙十八年薦舉博學鴻詞，未試，特授内閣中書。有《紫峰集》十四卷。

《四庫全書提要》：《紫峰集》十四卷，杜樾撰。是集乃其門人楊湛等所編，凡詩四卷，詩餘附焉，雜文共十卷。越受業於定興鹿善繼，平生惟以砥礪行誼、講明道學爲事，故鄉里推爲耆宿，而文章則非所長。湛等所編，既多録應酬代筆之作，又不甚諳體例，其雜録中有《龍王廟募緣》一篇，乃七言古詩而編於文中，其所作祠聯、壁聯、書齋聯，一一備載，尤爲冗雜。《玉山雅集》載聯額，别自有義，非此之謂也。

《畿輔通志》：越與孫徵君奇逢友善，互相砥礪，學成以修，不求知達，一時名彦無遠近咸師事之。

王餘祐《杜先生墓志》：鹿忠節倡學江村，四方景從。公首執贄究極理奥，忠節特異之，因字曰『君異』。乙丙間，璫焰灼天下，偵卒如蝟，有異議者輒行羅織，范陽尤逼璫耳目，左浮丘督學畿輔，於公稱知遇。左罹璫禍，而魏忠節廓園、周忠介蓼洲兩先生亦被逮，公毅然曰：『恥不與黨，古誼豈遂絶乎？』乃同鹿封君、孫徵君倡同志醵金納贖，不少避。時廓園子學洢、蓼洲友人朱祖文俱納廣柳匿江村，公周旋復壁間，即甘株坐如飴也。公於書無所不觀，發爲詩文，刻峭深秀，自闢堂奥。性工書，愛藏真帖，而蒼秀飛動實過之，求者户限幾穿。戊午開博學宏詞科，公不就試，嘗語『名最誤人』，因題壁『混蹟依鷗近，藏名應馬真』，蓋心有所深省云。

王士禎《居易録》：定興杜君異先生，鹿忠節高弟，家貧，教授生徒以給饘粥麤糲，衣褐苟完而已。即束脩亦不受，孺人與同志紡織佐之，與人處油然和易，終身無疾言怒色，而剛介絶俗，有壁立萬仞之概。亂後，居新安，新安人化之，風俗一變。老穉婦孺親如父兄，年八十餘，飲啖不衰，縣人高尚，問以養生之術曰：『無之，但平生未嘗嗔怒，或以此得老壽耳。』所著《紫峰集》，趙少司馬玉峰士麟爲刊行，趙云：『至聖言過勿憚改，若先生則無過可改。』楊常少敬庵爾淑云：『先生年八十五，未嘗一日不樂，予謂邵子居洛四十載，安貧樂道，生平未嘗攢眉，先生殆庶幾矣。』

李富孫《鶴徵録》：先生志行高潔，不求聞達，家貧，布衣蔬食，授徒自給，一時名彦咸師事之。薦舉至都，以老病請於吏部，不與試，故部議不及。特旨以文行素著，與傅山俱授中書，是時年八十有四，自古未有之典也。

按：紫峰先生晚年舉鴻詞科，與傅山人青主，以病同不就試，故編其詩，不入鴻博卷中。

夏日書事

長夏恒掩關，蕭條寡良晤。連陰晝不開，時見雲奔赴。未即成滂沱，淅瀝驚高樹。纔聞檐霤息，又灑谿邊路。花落滿莓苔，階墀誰緩步。久病獨支離，陰霽莽迴互。蛙黽亦何多，叫噪垂楊渡。

楊志祖見詒忠愍手蹟

搨得平原帖，行間暈日星。丹楓留草疏，翠竹失蘭亭。筆想拳應握，書傳墨尚馨。文孫存氣骨，脱贈意惺惺。

王餘祐

餘祐，字申之，一字介祺，新城人。明諸生。有《五公山人集》十四卷。

《四庫全書提要》：《五公山人集》十四卷，王餘祐撰。餘祐本姓宓，先世爲王氏後，因不復改。明末避亂易州五公山，因號五公山人。後流寓獻縣，子孫遂爲獻縣人，餘祐在前明爲諸生，受知於桐城左光斗，喜談氣節，其學則出自容城孫奇逢、定興杜樾，以砥礪品行、講求經濟爲主，故立身孤介，刻苦有古獨行之風。然恒以談兵説劍爲事，又精於技擊，喜通任俠，不甚循儒者繩墨。其詩文亦皆不入格，考證尤疏，如謂西洋呼『月』爲『老瓦』，杜詩：『莫笑田家老瓦盆』，即月盆也，如月琴、月臺之類，取其形似。按歐邏巴人，至明萬歷間利瑪竇，始入中國，杜甫何自識其譯語？又謂古詩『爲樂當及時，焉能待來滋』，滋爲草名，又名緜縷，易於滋長，即藤也。按古詩本作『來茲』，字本《吕氏春秋》，『今茲』『來茲』，猶『今年』『明年』，高誘注甚明。餘祐殆見悮本，古詩『茲』字加水，因生曲說。又《題灘水亭印藪》稱本《説文正譌》《玉篇》諸書，周伯琦《六書正譌》，論雖偏僻，猶是篆體，顧野王、孫彊之《玉篇》則全是隸書，何與摹印之事？亦太不詳檢矣。

魏坤《傳》：明天啓間，閹人魏忠賢竊柄，賊害忠良，余從祖忠節公被逮詔獄，從父子敬公尾緹騎後，徒跣至京師。時邏卒如蝟，夜行晝伏，匿定興鹿太常家。大河以北，相與周旋，患難奮不顧身者，有容城孫蘇門徵君、范陽張果中、布衣杜紫峰處士、獻縣高斗南鴻臚、雄縣李華五秀才，以及徵君之門人，五公山人其一也。山人生而英敏，善讀書，年十六補博士弟子員。桐城左忠毅公視學畿輔，覽其文，奇之。隨繼父恢嬰公之任臨邑，歎食禄者不能實心任事，條列時弊，數千言上之，拂當事意。調魯山，實困之也。時流寇充斥，山人見時不可爲，勸恢嬰公解組歸。未幾，遭本生父維嬰公之變，痛不欲生，又念恢嬰公老，身死缺養，乃奉二親，廬於易州五公山之雙峰村，躬耕犖確，給甘旨，暇則述作，不入城市者垂三十年，故世稱五公山人云。當鹿忠節公倡道江村，山人年尚少，從之游，自魯山歸，師事孫徵君，益闡性命學，徵君深器重之。後過范陽，又受學於杜先生，其學以明體達用爲宗，閑邪存誠爲要，原本忠孝，敦尚氣節，凡古今成敗、治忽、事機得失，以至一名、一物、一藝、一術，無不留心究析。始則盱衡時事，慕陳同甫之爲人，垂老讀史，至謝臯羽、鄭所南諸君，又未嘗不掩卷流涕也。生平慷慨好施予，縮衣節食，無弗於友朋，是力及交游，餽遺介然不屑受，却金之節，世咸重之。晚年應獻陵書院之請，爲生徒講解穿穴經史，剖抉性理，皆別出新義，著有《居諸編》《乾坤大略》《諸葛陣圖》《通鑑獨斷》諸書。

李與祖《序》：先生博極羣書，自禮樂兵刑，下至耕桑、藝植、醫藥、卜筮，無不窮析端委，極縱横上下之識，數千百年事如燭照數計。及指陳得失，蒿目時艱，真有坐而言，可起而行者。乃巖棲谷飲，齎志以殁，不得見諸敷施，爲可惜也。先生嘗語及門曰：『詩本性情，必以忠孝爲根柢，子美入蜀，子瞻海外，忠君愛國之念，肫然於中，觸景流連，遂爲詠歌，嗟歎不已。學古文先正心術，心術正則理足氣昌，醇如董江都，愷切如陸敬輿，自無牛鬼蛇神之習。』余至今佩服不忘。

雪後寄田治埏

冬深白雪寒，山遠烏薪貴。伊人寂不聞，得無折膠畏。凍雀栖僵枝，寒兔蹲蒼卉。萬物當枯槁，嶺梅正香沸。所以天地心，剥盡復當曁。寄語拈花人，笑閲嚴凝氣。

二十吟

人誰無意氣，勢壓輒卷舌。化作繞指柔，未語喉已結。吾黨有直者，百摧氣不減。公義在人心，疾風知勁節。毒焰烈於火，傲骨勁如鐵。倘令居廟堂，朱雲檻可折。倘使臨戰陣，嚴顔頭可截。嗤彼從流人，空腔本無血。

野牧篇

貞白當年畫兩牛，一牛驅策金籠頭。一牛閒散恣水草，牧放田野何優游。水中墟邊野牧子，超世適情正如此。十畝爲園半畝宫，老守蓬蒿足經史。九載孤居似輞川，半世逃名如栗里。多年足蹟不入城，袖詩跨蹇市人驚。非因失税倉皇過，却遇論文子細評。水墨數枝羞富貴，麻衣幾部藐公卿。手持松花索題字，愧余此道無媢媚。悶揮不律草長歌，留與隱居作同志。

土室初成漫賦

當年志和躭枯槁，築室越州殊草草。片椽不解施斧斤，豹席樓履恣幽討。時有觀察陳少游，訪嫌門隘不堪掃。特爲買地拓其居，回軒至今人争道。我家僻巷臨清漳，自擬十洲浸三島。壘土爲室不設門，日月出入雨亦好。蓬蒿滿徑護幽栖，經史堆壁富良抱。有客蓬頭坐捫蝨，哆口縱談及莊老。高車駟馬總不過，牧豎樵夫時一造。明春思結稻香閣，卧督春耕看晴昊。鳩巢三柴足經營，鶴栖獨樹亦壽考。丈夫適志在隱淪，豈必居處工華藻。淡薄寧静有成模，畎畝之中藴至寶。四海風塵任喧寂，平地山林長熙皞。

彭孝女割股療叔

阿叔事嫂如事母，阿姪事叔如事父。共本庭幃愛未分，生意相關同甘苦。阿叔有恙女心悲，豈惜霜鈹剸雪股。德鋤誶箕伊何爲，祇緣一體各肺腑。若使華萼不殊榮，肯教枝葉偏遭腐。使君恩義定超倫，此女顧復不異親。膝前怙恃真情重，感激由來等二人。

三秋未到愛竹軒，冬初小集，即席賦

菊月稀來訪，相邀及小春。瓶花寒更艷，家醖醉尤醇。琴韻消塵累，吟情羡古人。坐深忘去住，潦倒任天真。

與朱貞明話舊

四十年前事，依稀昔夢中。相看悲髮白，共對羡花紅。不作漁樵計，還憑著述功。夜來明月下，細訂此心同。

静處

静處無餘物，隨緣事事齊。倩人常送束，隔舍每呼雞。種火因蒿綆，塗房就雨泥。更多乘興處，薙草過前溪。

深秋自灌藝居過漳橋

吟詩出小塢，瘦蹇閲田園。曲岸高低樹，平疇遠近村。紅黄秋葉色，濃淡野雲痕。前去横舟渡，滹沱水欲噴。

步答魏澹園

平生豪宕意，白髮作閒人。倚馬心猶壯，屠龍技已貧。酒杯妨病眼，詩卷累餘身。勗我真良藥，躊躇動遠神。

贈一心上人

鐵衣著盡後，撒手入禪林。法水湔腥血，流雲淡熱心。半龕眠石榻，一衲傍松岑。新遇藏山叟，忘機聽鳥音。

用寄陳藹公韻示文輔

後世人難問，先憂計總疏。已淪中下策，空負短長書。交自分今古，吾誰問毀譽。壯心看漸冷，且共老江漁。

閒居

不作繁華夢，閒居致儘幽。入門安犬竃，出寺上僧樓。桃食頻藏核，書鈔旋記籌。近來牀架滿，方藥雜詩籌。

贈寂如上人

閱盡滄桑變，江湖一葉身。逢人休説法，入世却離塵。鷗渚看常盡，松風聽自真。書窗連夜話，茗椀總經綸。

弔朱貞明

一生俠烈氣，熱血沸重泉。力屈空填海，魂歸欲叫天。淒風悲馬鬣，苦月冷漁船。蘆荻蕭蕭處，誰憑義士阡。

過立節弔袁紫煙將軍

一世英雄氣，蕭條何處歸。龍精理地血，馬革繡苔衣。空憶頻陽卧，難籌即墨圍。遥憑宿草墓，雨淚不勝揮。

步魏澹園韻

終日坐林端，閒聽鳥雀歡。避喧無樂土，得隱是王官。草樹經霜苦，江山入夜寒。所籌不易就，天外舉頭看。

重過廣福寺，舊日留題悉爲僧洗去，因示趙一六

重披苔徑過雙林，舊日留題竟陸沉。洗壁猶嫌名已贅，支笻我與世無心。地偏應有煙霞癖，緣静仍思鐘磬音。得子尚羊成狎晤，往來莫厭酒杯深。

寄覺明上人

振衣歸去隱幽嵐，半壁脩篁一勺潭。倚石有時題硯北，拜書偶爾效和南。谷深人語緣樵徑，林静經聲想佛龕。莫怪丘園清興劇，遠公曾約結高譚。

偶句足成有懷山中諸友

雲樹千層水一灣，幽人此際好閒閒。釣磯坐去擕殘卷，樵斧腰來耐遠山。甯子不離牛口下，石生何事馬蹄間。總無長統良田樂，丘壑生涯足閉關。

偶感

三徑荒蕪豈遂居，鳥巢魚窟更安如。逢人衹合長緘口，避客終當諱讀書。船入竹中聊斷問，蘭生道上亦妨鋤。從今玩世休希阮，一味狷狂計尚疏。

偶興寄示魏澹園

春來楊柳幾枝枝，盡日關門懶賦詩。客爲厨貧相過少，家因山遠去看遲。閒中避疫憐殘喘，卧内書符賺小兒。料得渡頭爲圃伴，杏花春雨足相思。

癸丑省墓，始讀參甫橋梓及光遠瑞齋界埏、治埏，爲先君亡兒鐫立墓碣，雅誼昭然，不賸感愴，惻然賦之

三年兩度拜墳塋，枯草寒煙感愴生。荒冢傷心游子恨，新碑墮淚故人情。九泉何處澆杯酒，八口終朝滯客程。寂寞青山千古意，不堪回首暮雲横。

讀史

六國分肌啖虎狼，馮亭歸趙慮應長。廉頗合使終堅壁，毛遂無嫌緩處囊。上客徒知憂肉盡，羣英誰解念唇亡。千秋高義惟東海，萬乘談空豈爲梁。

宮姬冢

故宮隨國破，遺蜕逐塵埋。冢畔游龍草，盤盤似鳳釵。

同介侯往巖下

欲共登臨興正新，瘦驢短策踏莎茵。莫愁前去無知己，一路青山盡主人。

賦懷

一杯到手萬緣空，十載論心此夜同。不惜乾坤留夢蝶，敢將毛羽付冥鴻。

輓徵君孫夫子

一世清霜徹骨清，兩朝輪幣九州名。少微星暗江河淚，慘淡人寰罷杵聲。

飲十錢社步允升韻

一觴一詠一閒身，桑海年來閱歷頻。贏得老夫薑桂意，隨場浪作醉中人。

寄嵩高

春雲流雨漲江沙，幾處漁舟傍落霞。樵擔輕挑思喚渡，晚風立盡夕陽斜。

贈蕭和陽

一徑蓬蒿半畝居，短垣雲度總蕭疏。逢君青眼開麈榻，細閱中郎枕内書。

偶感

春來萬木緑芳齊，多少游人聽鳥啼。可惜城南紅杏發，無人載酒上唐堤。

示壽伯

一曲春流抱竹叢，數間瓦屋石橋通。四圍盡是青山繞，西北高雲罩五公。

齋中

紫笳白莧蔡樽家，一室琴尊對五車。門外卂沉都不問，年來心事寄南華。

哭亡子咸

其一

膝下承顔十四年，囊詩猶貯隱山篇。童烏七歲參元理，未肯楊家一類傳。

其二

入門滿眼總成悲，遺佩殘纓尚陸離。事事爲兒收拾好，似兒猶有再來時。

魏一鰲

一鰲，字蓮陸，新安人。明舉人，官忻州知州，祀鄉賢。有《雪亭詩草》。

蒼巖山限韻

山怒拔天外，雲閒不受拏。檀林失白日，藥草薦新茶。磵陡梯登岸，樓空曇放花。黄昏鐘磬發，驚起欲栖鴉。

張拱垣南師山莊

一水下園蔬，千山環敝廬。曉雲填斷嶺，暮鳥喚歸鋤。樹蔭天疑雨，沙明蟲著書。無勞知魏晉，無夢正蘧蘧。

王體健

體健，字清有，曲周人。明諸生。有《讀騷齋詩集》。

《曲周縣志》：體健，介子，前明諸生，伉爽有奇氣。值兵荒苦盜，以什伍法部署里人，皆獲無恙。國初棄舉子業，從夏峰孫徵君講性命之學，深入窔奥，喜爲詩，入元白之室。

申涵光《序》：清有先生晚篤理學，而好詩不衰，負笈蘇門，觸緒成詠，所謂見周茂叔後吟風弄月，有吾與點也之意。

和陶飲酒詩

千載仰高風，常懷郭有道。託志苟無欺，窮困何辭老。自幼寡歡諧，因之就枯槁。不知與捷足，相視孰爲好。我聞古人言，人生各有寶。仲子匪能廉，猶當推物表。

擬明月皎夜光

四時遞成歲，鳴雁一何悲。月色照霜華，九月尚無衣。我有貧賤友，誓願不相違。一朝處異地，春榮對秋萎。南箕與北斗，徒有虚光輝。

韓烈婦

漁陽甲馬幽州兒，東向關門隨貳師。天子數下軍中詔，將軍醉卧氍毹笑。平時紀律幾曾聞，此日遺憂在廊廟。人傳鼙鼓塞垣入，士卒已指鈴閣叫。日章子婦韓鐸妻，一旦生縛馬上啼。飛光神慘沙塵暗，冰腹寒侵草樹低。初望能歸尚一可，歸既不能須殺我。常山今爾屬蛾眉，霜刃斜飛僵道左。腦血相看交迸流，孤魂應逐秦雲秋。丈夫空有綱常責，汗簡何人紀髑髏。

高鐈

鐈，字薦馨，清苑人。有《淵潁集》四卷。

《畿輔通志》：鐈嗜古，善書，得米襄陽筆法，著述甚富，詩有《陸舟》《蘆中》《依雪》《浮家》四集，雜著又有《義烈》《金蘭》等編。

《池北偶談》：淵潁嗜酒，好游名山水，自負鎚鑿，每得句，必題詩手鐫之。常游林慮，竟日忘返，聞峰下耕者喧呼，回視向所來處，乃知衝虎過也。其門人陳僖藹公編其集。

《紅豆樹館詩話》：薦馨從容城徵君游，嘗撰《義烈編紀》。甲申三月二十四日，流寇陷保定，死難諸人纖細無遺，所居在白洋淀側，地多葭葦，自號蘆中人，蓋亦振奇慕義之士也。詩多獨造語，

《春愁曲》一篇，尤神似李昌谷。

題楊生壁

豁山無俗情，雲夢深昏曉。歸訪素心人，路闇光已杳。看煙投一林，霜滿孤村小。燈火夜方静，清言佐佳醥。淡月影沉沉，衡宇幽花繞。

飲寒影齋

古壁滿青熒，香甕欲掀倒。所憐癯影寒，春緒發幽嘯。小枝晚破冰，疏斜呈澹妙。杳無夜笛吹，有力風難掃。依然太古時，月落成元縞。

招隱詩

其一

購彼西山田，開荒翦荆榛。丹葩恣流覽，白雲怡心神。雖無爵服榮，豁落全其真。幽人時往還，話此屈與伸。良苗濯小雨，離離無纖塵。可以慰長饑，策杖娱良辰。

其二

經始東海廬，徘徊觀古今。灝灝無津涯，樂是書與琴。明月如好友，皦皦流素林。載仰鴻翱翔，載俯魚浮沉。飛榮忽如無，患難安能侵。遐哉仲連武，徫光衆所欽。

柏山

杖拖帶秋雲，迢遥躡層嶺。長林半葉紅，朝旭倒其影。一徑入深荒，到寺塵心屏。竹樹何蕭蕭，水泉何冷冷。寄静愛山僧，引賸窮靈境。週圍嵐氣合，中矗蓮峰靚。老柿密參天，居人類箕潁。

東園

爲園七畝邀晴峰，選花購石開荒窮。粲眼葳蕤在霞外，高月遥遥照夕空。春光九十如走馬，人情争向傾杯斝。三時不收羲和鞭，冬秋欲候先迎夏。妍淒互易筆追寫，歡娱牢落那能假。欹阡細徑閒余步，歸來小閣翻書素。惻惻悽悽嘯愁鴟，幾見郊原獵寒兔。

春愁曲

溼煙柳岸隔蘭若，迴塘澹白春漠漠。寒姿晚態小窗閒，梅風吹動春衫薄。鷗翻流浪點青渠，緑房幽韻耐攤書。雲北雲南牽不斷，長眉愁結懸如綫。

國朝畿輔詩傳卷十

申涵光

涵光，字和孟，一字孚孟，號鳧盟，一號聰山，永年人。貢生，舉孝行，辭不就。有《聰山集》八卷。

《四庫全書提要》：《聰山集》十四卷，申涵光撰。涵光字孚孟，亦作符孟，又曰和孟，復自號曰鳧盟，取與『符盟』字音近也。明太僕寺丞佳允子。是編首列年譜、傳志一卷，次文三卷，詩八卷，附《荆園小語》一卷，《荆園進語》一卷，皆所作語録也。

《畿輔通志》：涵光博學能文，尤長於詩，弱冠名噪三輔，晚年名益重，與殷岳、張蓋稱『畿南三才子』。

魏裔介《傳》：鳧盟少穎異，博涉經史，下筆爲文章，高潔宕逸，超出尋常蹊徑外，顧善爲詩。端愍公游宦四方，在家鍵户，不干户外事。甲申避地廣羊山，與鉅鹿楊猶龍、鷄澤殷伯巖爲患難交。會京師陷，端愍公殉難，扶柩旋鄉，力耕，課二弟，誦先人遺書，足蹟絶於城市。鳧盟既屢躓場屋，又痛端愍公殉難，春露秋霜，環冢而號。時詔郡縣辟舉孝行，有司欲以曱盟名應，力辭之，上書曰：『孝道至大，昔賢所難，光雖不肖，豈敢以終南片席爲梯榮地哉？』有司乃止。同郡中表王襄璞爲山右方伯，邀至署，未幾歸。襄璞訝其速，答曰：『此中有高士傅青主，貧居不能蔽風雨，公以身下之，勝於光之留多矣。』襄璞爲之捐俸買宅，一時傳爲盛事。辛丑弟涵盼成進士，選庶常，曱盟亦貢入成均，辭病不赴。廷試曰：『吾才不堪仕宦耳』。丙午弟涵焜登鄉薦，戊申詔舉山林隱逸之士，余謂曱盟稱其選，欲言之當事，曱盟託弟隨叔婉辭，余欲成其高，亦遂已。曱盟詩一以少陵爲宗，而沐浴於高、岑、王、孟，性不喜釋老，解琴理，交友不濫，生平同聲氣者不過數人，拯危扶屯，挽殷伯巖於寇難，賙李志清於戍邊，赴義有如饑渴，取與間一毫不苟。晚而學益進，悔名之爲纍也，蓬蒿滿徑，長吏式廬者遂不出，官其地者愈重之，邑人執贄問字者亦不拒，卒年五十九。

鄧漢儀《序》：曱盟之詩，遡源樂府，取法少陵，而温柔敦厚，一秉《三百篇》之遺意，故其旨緒蒼涼，《小雅》之諷諫也；哀樂中情，《國風》之贈答也；稱引先世，《蓼莪》之微情也；顧瞻宮闕，《率土》之深感也。以至零篇雜著，莫不討核源流，而大翼乎性情風教。

《池北偶談》：申曱盟同學多爲大官，申獨隱居不出，有故人自京師寄書，申報以詩云：『日日秋陰命笥輿，故人天上落雙魚。荷花未老新醪熟，爲道無閒作報書。』其簡傲如此。

汪琬《説鈴》：申曱盟五、七言詩，氣體極高老。予尤喜其七言絶句，含蓄淒淡，使置唐人詩選中，未知可與誰比。

王晫《今世説》：申涵光父節愍公盡節後，以理學訓其兩弟，皆能立身揚名。《茶餘客話》：申鳧盟見蘇門先生後，大書於門曰：『真理學從五倫做起，大文章自六經得來。』《紅豆樹館詩話》：鳧盟隱不違親，貞不絶俗，同時鉅公皆以古獨行見推，而鳧盟遂得於泉石。餘聞研求聲律，畿南詩教自君大振。《聰山集》古體取材魏晉，近體專學唐賢，翛然塵壒之表，誠風騷之矩矱，雅頌之正宗，宜王企埥《七家詩選》中取爲壓卷也。

歲晏

其一

束髮未更事，姓名慚不張。遠游就賢達，斯道相扶將。但挹椒蘭馨，不虞荆棘傷。揚眉閲時輩，一息週八荒。登高望古人，顧影恒悲涼。毀譽互因依，崎嶇變否臧。中宵起長歎，欲晦迺無方。羨彼沉冥徒，空外恣翺翔。

其二

歲晏百物息，草木隨風沙。松柏慘不舒，况彼園中花。層陰晝蕭條，微霰時復加。林中常鳴狐，屋上常鳴鴉。豈不思遠游，負手還咨嗟。陽氣動飛灰，枯荄漸萌芽。嚴威蘊華滋，深藏古所嘉。

其三

東鄰富珠玉，華屋眉常顰。西鄰褐不完，絃歌無冬春。人生各有適，苦樂豈關身。詩書敦古懷，山川多嘉辰。斗酒良亦娱，况遇同心人。寄語結駟客，莫憐原憲貧。

其四

聞昔高隱流，賣漿與賣卜。既以韜其光，又以供口腹。闤闠競刀錐，疢毒生粱肉。仰愧栖風蟬，俯羨悦草鹿。四體惰不施，於何望麥菽。早税安鷄豚，鞠躬謝多福。春風坡草青，戴雨牧黄犢。

其五

少年矜意氣，抵掌瀝肺肝。尊中酒尚温，談笑生波瀾。但念今時非，不言昔時驩。寵歇難爲容，罪誤誠多端。昔當貧賤中，努力同艱難。

其六

拂纓著明信，結交盡豪能。戌衣謁皇甫，折柬招李膺。長嘯望天關，頗爲時所矜。良會倏雨散，車馬隨奔崩。靦顔翳寒谷，寸心無所憑。冥鴻負青雲，稻粱多繳矰。覆我白玉杯，解我朱絲繩。鐘期難再覯，山水誰復稱。

其七

荆吴隔大江，風濤不可涉。短衣淩荒岑，拄槳撥寒月。元雲閉河梁，故人書久絶。目招誰家兒，輕揚弄綺陌。投我蛺蝶羅，繫以雙玉玦。我畏不敢過，中途自改轍。弱草披澗陰，梧桐峙高闕。本非同根生，榮瘁應各别。

其八

我有太阿劍，寶氣常干宵。飾以藍田玉，淬以鷵鵜膏。出入常相隨，有如貧賤交。時平適不用，共棄荒山坳。田父顧之笑，欲刈蕭與蒿。

其九

盛名難久居，直木誠易傷。試觀繞指柔，豈盡常悦康。乘威自啖食，華膴擬未央。白日照中天，林葉難爲霜。歧路各踟躕，君子務謙光。

夜坐

積雨晦深巷，高梧滴清響。浩然天地間，秋風生餘想。夙昔寡疑慮，萬事如在掌。多難志氣衰，歲月空俯仰。含辛對落葉，朋游半宿莽。常愧古人言，識道年已長。出門望四方，道路多魍魎。白雁叫霜空，孤燈照書幌。

懷路氏妹避亂江南

大江渺無極，有妹隔絶久。豺狼滿道塗，衡門但株守。四年闕會面，憂來淚盈斗。憶昔避亂初，蒼茫舉家走。爾實難爲别，纔爲兩月婦。地拆良木摧，變生别離後。我父競臣節，嗟哉萬古壽。賊帥索金珠，衣冠困枷杻。脱身來江皋，痛哭吴山口。相見如夢中，驚魂暫聚首。輦金視權要，進用雜稂莠。吁嗟咸陽焚，胭脂井重垢。徒步返故山，荷鋤事南畝。雖因母在堂，偷生愧顔厚。汝浮炎海濱，家園空户牖。淮北長蒿蓬，兵戈亂江右。估客頃南行，寄書知達否。風波萬里外，天命復誰咎。不敢常酸辛，强笑慰慈母。

春游

風沙蔽游目，久旱春蒙籠。城中草青出，無乃園花紅。今晨雲日好，壺觴招所同。出門池水浄，纖鱗亂碧空。溪柳鳴布穀，滿路迎飛蟲。散行無定步，時入麥畦中。桃梨間緋素，因嗟造化工。先子昔南歸，角巾對鄰翁。手植數竿竹，繞舍成寒叢。揮酒澆竹根，再拜來清風。瘡痍日未已，城巷生蒿蓬。我園適無虞，嘉會復難逢。頻來無早暮，塵世俱匆匆。

送宋玉叔吏部兵備隴右

燕雪照西山，邊風吹去馬。袖手如懷冰，離觴豈堪把。我初入都時，君方罷藤署。傾心縱譚讌，恐我先歸去。君今官赴秦，畫戟雙朱輪。念我胡留滯，翻作送歸人。黴塵如飛霧，漸轉煙郊樹。望君久駐立，亂笳催薄暮。

將出都留别故人

蕭寺客已久，鄉心亂歧路。將歸翻不樂，踟蹰爲朋故。十載栖雲岑，舊游隔煙樹。豈不勞夢魂，田父戀場圃。重來如夢中，傷心歷歲暮。所幸文章伯，招尋忘旅寓。放歌無醜顔，有懷盡傾吐。脂車期屢移，馬鳴亦迴顧。吁嗟各努力，出處保貞素。

家誡示舍弟觀仲隨叔

其一

我申自晉疆，上世渺難紀。肇始掖縣公，徵車憩洺水。徘徊望都邑，山川鬱奇理。於焉遂卜宅，挂冠尋黃綺。維時草昧初，林墟雜戰壘。地多流冗人，食力而野鄙。令德倡詩書，揖讓成仁里。孫枝日以繁，忠厚有懿軌。

其二

徵君勵高節，譚經繼扶風。元纁兩及門，謝病老樵農。方當盛明時，仕宦多從容。好爵良足慕，性本躭雲松。脱身榮辱場，孤鶴隨奇蹤。

其三

猗歟汝南公，窮居饒規畫。聖祖駕北尋，遂上濟時策。敝衣抗高言，天顏喜動色。委絡登朝堂，望陟容臺席。天中喪亂後，生民多崩迫。一麾布德威，曠然異疇昔。璽書重嘉歎，增秩佐方伯。歿官一空幃，孤魂嗟久客。向非郡人力，胡以歸窀穸。至今月旦鄉，聲稱重典册。

其四

祖功自百世，十葉膺簪裾。樸儉寡所營，田宅恥贏餘。我聞正嘉中，冠蓋充長衢。尊者秉節鉞，霜威著邊隅。朝脱等朝烏，夕乘下澤車。再世而食貧，父老爲欷歔。

其五

脱落會王父，高吟事杯酒。田蘆蕩無遺，我祖承其後。力穡廢詩書，强懽慰慈母。負米闤闠間，澹然隨所受。至德格頑讒，薄俗推善誘。温恭七十年，詒謀良獨厚。

其六

祖歿家益衰，遺孤嗟六歲。内無功期親，外無立錐地。煢煢祖母軒，一身備憔悴。爨煙午未興，書聲間機杼。烈風吹茅簷，門外豺狼吠。我父足殷憂，德音恐顛墜。

其七

通籍及壯歲，雅志在澄清。循良播中土，藻鑒著銓衡。孑立恥攀援，屢爲朝貴傾。園居奉板輿，養志淡時榮。閶闔延高騖，聲華淩上京。憂當白日頹，中夜以屏營。

其八

載旆辭承明，皇華歷畿邑。竭聞秦寇猖，至尊憂已亟。驅馬還入都，烽煙道不熄。悵望天闕高，小臣其何力。肉食詎足謀，天地忽崩坼。再拜别慈幃，穉子寧復恤。殺賊臣未能，大義有終畢。何人秉國鈞，我父遘艱厄。止水失從游，終天恨何極。

其九

異代追英靈，秩宗備典禮。天章賁黄壚，明禋貺無已。殊恩振末俗，臣意豈及此。行人式松柏，家聲載汗史。吁嗟藐諸孤，至行難爲似。

其十

少歲承家學，高臺振羽翼。遭時歷險德，遂使壯志失。閉户弄柔翰，朋游聲漸溢。疏亢多愆尤，閲世羡簡默。鞠躬雁行内，念爲諸弟率。

其十一

汝煜志未堅，汝盼穎早露。懷古恣討論，所未歷世故。高門招衆指，多才失羣附。勿羡綺縠榮，而厭枲與布。先人當厄時，枲布亦未具。

其十二

聞昔有高士，三旬九遇食。我貧未及然，何爲終戚戚。金張多第宅，裘馬耀衢術。賦命别憂娱，人願安有極。讀書望古人，吾當尋所適。

其十三

貴賤有常業，雞鳴自黽勉。昏昏視朝夕，志墮筋力緩。安坐飽粱肉，白髮忽已滿。智慧老益衰，有志不獲展。奮迅赴前期，莫羡嵇康懶。

其十四

百行信有託，孝友當根株。本蝕木亦凋，花葉將安敷。綺帛羅廣庭，五鼎敕中廚。大義一乖離，終身慘不舒。妻子亦何人，乃令骨肉疏。

其十五

先王別氏族，支分既云久。青也介胄人，恥附粱公後。燕秦締宗牒，懽然接杯酒。豈復論行輩，官尊者居右。照耀驚閭里，自云左右手。榮華倏以逝，棄擲於何有。不如思本源，天屬古所厚。

其十六

共生天壤間，失身備驅使。貴賤不同懷，安得如臂指。服食謹所需，作息有常理。勿矜鞭撻威，此子亦人子。

其十七

任棠避徵召，蓬君謝州府。太守式里門，薤水置屏户。終已口不言，美名非所取。朱門曳長裾，譚讌雜纓組。罄折而周旋，無乃自勞苦。理亂非我責，茍得慙市賈。逍遥林木間，清風吹環堵。

其十八

崦嵫翳白日，本以息勞思。勞人無静心，夢寐遠奔馳。瀉水任方圓，花落隨風吹。天命有固然，巧拙理亦齊。君子守其常，勿爲達士嗤。

其十九

升沉各異志，鳥獸各異羣。君行乘華車，我行猶負薪。下車感高義，自顧非等倫。草野難與居，在遠猶可欽。相思無終斁，吾其東海濱。

與張逸人覆輿

仲冬天日短，北風吹凍澤。汝從山中來，示我山中作。窮居增道氣，白雲欣有託。兹晨奉母還，石稜破芒屩。登頓發奇懷，孤煙唳白鶴。新詩書滿紙，紙盡還再索。平生鬱幽憤，須臾心膽廓。忽如高堂上，蕭然見雲壑。又如百尺松，陰巖風落落。我行天下久，粗能辨美惡。大復與空同，交章備矩矱。其餘多瑣細，真詩久寂寞。鄙夫常黽勉，惜哉才力薄。汝有出世姿，至誠敦古學。勿以老自衰，古人事如作。

自采石避兵，暮泊瀂港

江岸鐘已發，江心昏未霽。篙師起挂帆，笑指北風利。琴書雜僮僕，舟小無餘地。北人習鞍馬，江行每憂悸。竊怪舟人子，往來如兒戲。南來有客船，倉皇説趨避。前途列戰旌，江邊亂鐵騎。舟人默不語，收帆色慘悴。數里瀂港隈，黄昏就幽邃。細雨溼帆檣，遥愛燈火處。古人逃軒冕，江湖饒暇豫。世亂無水陸，鷗鳥驚旂旆。江南山水好，我來與亂會。哀哉同苦辛，有酒酬君醉。

送趙秋水入都

秋城雨方歇，四馬淩輕陰。久陰道路清，無乃泥潦深。人生感意氣，殺身爲知音。曉渡滹沱月，醉卧盧溝磧。北行近霜露，况汝薄衣衾。沙吹白雁哀，游子難爲心。吾弟滯京師，異方成招尋。冠蓋多風波，相將返故林。

寓金陵簡諸知已

去家日已久，天寒益憔悴。山寺俯諸峰，竹陰得清寄。故人知我來，淩霜枉高轡。劇談見古人，心膽藏無地。今人喜粱肉，鬼神護權利。士貧實可醜，胡以當君意。折柬張夜筵，燈下盤飧備。子貧與我同，乃能致兼味。顏熱聽高歌，歌終帶涕泗。四海尚甲兵，菰蘆有君輩。時危耐曲折，我拙非其類。

憶山君

世態今如此，人生亦何慕。嚴風怨草木，春到南郊樹。步屧入平沙，鳧鷖眩屢顧。忽見西山來，微茫隔煙霧。宿昔避世心，浮雲展幽素。朝看漁樵行，暮隨猿鳥聚。道力苦未堅，人羣被羈住。遥指斷山口，知是草堂路。舉世喜多端，朱門無緩步。我性實疏頑，常恐世人怒。耕種難後時，清溪淺可渡。山鳥待歸人，百年亦朝露。

擬古

高樓臨廣陌，中有千金姝。採蘭朝結帶，裁荷晚作襦。葳蕤閉重闥，自樂笙與竽。使君驅五馬，樓前立踟躕。豈無媒妁言，未敢明區區。獨居競高節，今名冰雪俱。

匡廬吟，問李饒州志清

汝從江右返，正當秋雁分。幾時離却鄱陽水，衣裘尚帶匡山雲。我聞天下匡山絶，飛泉百丈吹瓊雪。香罏五老没層雲，影入波濤峰勢折。聞有陸羽井，又有遠公臺。李白讀書心所好，至今魂魄應常來。我曾東入吴，揚帆下西浙。楊子太湖水，滿眼吴山北固皆丘垤。十載匡廬幽夢結，西江血滿鄱湖熱。兵戈遥隔子猷船，汝若曾登可細説。

水漲歌

城南之水黄拍天，漳河滏河同一川。橋頹岸坼行人絶，元雲晝冥無炊煙。自從去年九月雪，草木焦枯井水竭。黄沙赤汗拜泥龍，甘霖目斷蒼生血。不虞平陸走洪濤，日月滂沱雨伯勞。吏人隔岸沉圭馬，婦子銜泥就野皋。我屋多年漏更急，門内要須擎篛笠。瓦盎銅盆滿復傾，連牀書畫交愁溼。吁嗟我生逢世艱，兵戈水旱摧心顔。薄俗况多招禍理，漳河近徙何時還。堤面水高翻地軸，年年霪雨愁顛覆。轉禍弭災屬郡人，不須斬盡淇園竹。

將訪猶龍於晉臯署，途中作歌

昔歲來尋燕市酒，醉向君堂十有九。雪暗泥深晝掩扉，僕子持書瓶在肘。今來君忽去彤庭，舊游落落如晨星。豈乏綺席金張讌，無情絲竹難爲聽。病卧禪房十餘日，騎驢直過行山脊。草屩晴穿洞壑雲，朝餔細嚼山田石。兩傍積鐵峰迴互，傳是淮陰拔趙處。過眼雌雄今有無，亂鴉落日啼巖樹。

甲申之春寇焰張，土門出入失羊腸。試看險扼今如此，一夫詎止千人當。人生落絮風前舞，賸敗茫茫自今古。野客傷心夜不眠，窺人月向柴門吐。

邯鄲行

西風吹落葉，颯颯邯鄲道。邯鄲兵火後，人家生白草。我聞邯鄲全盛時，朱樓銀燭光琉璃。趙女臨窗調寶瑟，樓前走馬黄金羈。即今富貴皆安在，惟有西山青不改。不見游俠子，白日報讐飲都市。亦不見壚邊倡，華袿鳳髻明月璫。舊城寥落荆榛裏，樓臺粉黛皆茫茫。城邊過客飛黄土，城上憑臨日正午。照眉池畔落寒鴉，不信此地曾歌舞。探轂沙丘去不迴，霸圖消歇更堪哀。邯鄲之人思舊德，至今猶上武靈臺。

學仙引

少年寡信好，萬事隨徵逐。常笑學仙人，服藥死窮谷。患難損精魂，心事悠潦倒。我年方及壯，自覺形容日衰老。側聞廣成子，能爲黄金丹。方瞳碧玉杖，逍遥生羽翰。我欲從入崑崙巔，掃花曬藥浮雲邊。縱使學仙不可得，也應高枕送殘年。

春雪歌

北風昨夜吹林莽，雪片朝飛大如掌。南園老梅凍不開，饑鳥啄落青苔上。破屋寒多午未餐，擁衾對雪空長歎。去歲雨頻禾爛死，冰消委巷生波瀾。吴楚井乾江底坼，北方翻作蛟龍宅。豪客椎牛晝殺人，彎弓笑入長安陌。長安畫閣壓氍毹，獵罷高縣金僕姑。歌聲入夜華燈暖，不信人間有餓夫。

林慮訪王山人

亂水桃源路，荒村仲蔚家。緣溪收柿葉，留客煮椒茶。丹栱巖前寺，黄雲谷口花。結鄰須共老，踏月度寒沙。

遣興

其一

曝背隨農父，狂歌近夕喧。看山頻倚杖，見月自呼樽。塔影橋邊寺，雞聲煙外村。栖遲烽火後，何處賦招魂。

其二

豈敢名高尚，山園已定居。數椽風雨外，萬事死生餘。避地尋丹訣，傳家有素書。天寒松酒熟，日日溷樵漁。

其三

星月寒流外，衡門對浦橋。近簾霜氣逼，待酒燭花消。避世嗟蟬葉，浮名悟鹿蕉。天南消息斷，有夢入江潮。

其四

近闢場西地，林端結草亭。早涼吹散帙，夕鳥下疏櫺。山翠遠猶見，漁歌夜可聽。寂寥雲水外，矯首問鴻冥。

己丑早春

看竹臨煙榭，行吟入草亭。雪消春水白，沙暖麥畦青。戰伐何時了，艱危已備經。行年三十一，雙鬢早星星。

縣壺腦謁張尚書湛虚先生

結茅飛鳥上，秋色滿縣壺。白髮增幽事，黄冠屈壯圖。琴樽山月好，風雨老臣孤。莫訝披雲至，浮名此地無。

近津門借宿野寺

抱被溪邊寺，徵衣入妙香。地形兼水陸，僧語雜興亡。久雨石門緑，先秋塞草黄。夜深鐘磬發，旅夢忽清涼。

將游大陸，東南和張于蔭、周子釪、李又吉

平生江海志，烽火阻行舟。百里滄波近，何難策杖游。就涼尋水檻，學道引沙鷗。莫待芙蓉落，蒼茫澤國秋。

七月

七月仍殘暑，秋蟲已漸聞。驚心如遠客，伏枕念離羣。草閣低臨水，炊煙細入雲。故人隨出處，不誦北山文。

與諸友游泉亭寺

樹裏泉亭寺，山田一徑斜。石開門對井，岸落雨衝沙。數子行秋色，孤樽就野花。暫來慚更去，康樂未離家。

寄劉菖石文烈公孫

先世同朝久，龍髯復共攀。莫忘忠孝裔，各保歲時艱。逐熱無高士，藏名有故山。遺交俱血淚，讀向白雲間。

廣羊絶頂同伯巖作

其一

絶巘秋煙合，蒼茫一氣中。此行猶築舍，萬事已驚弓。雨没遥山樹，霜催昨夜風。陶潛歸去早，杖履有人同。

其二

久別山園路，空慚避世心。亂離塵日短，高卧野堂深。酌酒依紅樹，看碁坐碧岑。桃源開復閉，此地可重尋。

山中回伯巖送至馬服山，宿竹林寺，明日别去

其一

不盡登臨意，黄昏到竹林。問人尋草徑，隔水聽秋碪。雲落安禪處，僧知出世心。夜深高閣冷，鐘鼓伴愁吟。

其二

曉日浮高塔，雞鳴野殿開。下看雲外路，昨夜此中來。砂石摇洺水，風塵隔相臺。共餐松屑罷，分手各遲回。

南園社集

小築門依寺，長堤樹隱城。壺觴分野色，鐘磬有閒聲。褊性應難改，山田尚可耕。且將林外酒，高枕聽春鶯。

贈人

水花亭影外，荻路引衡門。避事看魚鳥，傳經有弟昆。晚山晴隔雨，森木遠浮村。不到幽棲處，誰知養拙尊。

路氏妹江南使來

骨肉何由見，音書隔歲通。雨深楊子驛，霜白趙王宫。旅食憐空橐，鄉心逐斷蓬。十年慈母戀，淚盡北來鴻。

出郭

出郭驚黄葉，蹉跎欲白頭。一年秋又盡，萬事晚多愁。雪嶺迴徵雁，霜葭隱釣舟。避喧翻憶客，何處覓羊裘。

寶雞巷訪吴見末比部，即訂九日之游

卜宅依寒水，朝回衹閉關。見君當落葉，此地有空山。雨歇秋仍暖，官貧老更閒。登高何處好，杖履許追攀。

清源久客，候妹壻路吾徵將自南旋

兩年秋作客，此度更凄然。家近翻無信，人來尚各天。亂沙催岸柳，細雨暗江船。相見應嗚咽，臨風淚早縣。

固關

一路蒼煙曲，雙崖跨石門。隔林遥負水，穴土自成村。棗栗荒城少，陶唐舊俗存。晚看投宿處，雞犬聚雲根。

寄金陵紀伯紫

昔在金臺側，逢人問酒徒。黄花吟入寺，白眼卧當壚。狂任公卿怪，清尋霜月孤。園陵看蔓草，血淚幾同枯。

與殷伯巖、傅掌雷飲趵突泉上，有懷邊、李諸公

近郭傳靈瀨，飛花漫石灘。影翻孤閣動，聲助暮秋寒。見月頻呼酒，懷人忽倚闌。昔賢游覽地，指點問黄冠。

春旱

海上戈初罷，方隅亦漸寧。風多天早赤，春旱草遲青。車馬軍輸急，帆檣戰血腥。不眠思往事，離亂恐重經。

殷伯巖往寧夏依劉撫憲評

西極垂天外，攜家此壯游。豈無懷友淚，不作望鄉愁。冰雪侵雄劍，旌旄雜敝裘。莫言雙鯉闕，城下大河流。

晴

不復衝泥出，科頭萬事慵。草晴如帶露，雲亂自成峰。賒酒憑秋稼，占年問老農。怪來香細細，澤國滿芙蓉。

閉户

滄海尋無計，年華閉户中。挂衣翻竹露，移榻引槐風。交態貧初見，繁文薄益工。此生安伏枕，未敢怨途窮。

寄懷容城孫鍾元先生隱居蘇門

其一

結屋依泉樹，鬚眉見古人。衰年仍向學，薄俗自相親。萬死扶鉤黨，孤忠有逸民。近村成井邑，半是舊比鄰。

其二

金盌思龍馭，柴門謝鶴書。半年常作客，萬事此揮鋤。山鳥依茅棟，泉花照筍輿。尚嫌車馬聒，深谷欲逃虛。

其三

地自孫登後，高名屬許衡。君來前躅掩，更覺百泉清。饌薄供春蕨，冠存濯舊纓。向時親捧杖，谷口約同耕。

方爾止來

其一

江左推高隱，胡爲今在兹。可憐烽火後，正值雪霜時。舊好君休問，人情我漸知。回看春日暖，且與醉茅茨。

其二

醉卧金陵雪，俄驚十七年。餘生安塞土，無路向江天。到處驅徵馬，何人守釣船。因君念耆舊，把酒忽淒然。

與張覆輿約居林慮

擬結衡茅萬石間，青鞵白袷掩松關。心同鸛鶴常依水，名愧巢由却買山。草没金臺邊馬動，雲生竹榻野僧閒。肯從曳杖黄花谷，爲覓丹砂駐老顔。

晚過甯元著

地罏簾閉小堂春，燭下開筵坐錦茵。幸有壺觴消晚歲，不愁風雪阻此隣。歡娱再見青陽節，離亂難禁白髮身。冉冉百年吾自醉，莫言人世有風塵。

九日遲客不至

今年九日寒太早，菊花未放風凄凄。野檻無人草亦死，沙村多雨蟲亂啼。已命山妻開臘酒，頻看稺子摘霜梨。好客不來秋易過，况聞西南多鼓鼙。

行藏

行藏久已付黄冠，手種疏楊依碧湍。樵徑看雲隨蠟屐，山廚供客恃魚竿。鷗鳧白汎晴沙闊，薜荔青圍野榻寒。不是行歌躭寂樂，江湖水渺雁歸難。

懷太原傅青主

曾約溪村訪釣竿，數年設榻待君歡。亂離苦憶良朋少，衰病應愁遠道難。晉國山川容白髮，中原天地此黄冠。幸將卷帙傳高蹟，日向晴窗展畫看。

登城南水閣步張覆輿韻

秋光遥入望秋心，野菼平橋水半侵。病信方書初斷酒，悶登幽閣屢攜琴。沙蟲挹露鳴衰草，海雁銜寒掠遠林。風景不殊人欲老，誰憐雙淚落清碪。

答李長文、姜匯思二太史

早向空山戀薜蘿，蒼藤古樹伴行歌。邊霜夜冷驚鴻雁，宫草秋深牧駱駝。近日文章都下好，三年涕淚野人多。柴門水隔平橋斷，莫訝無言到玉珂。

寄宋吏部玉叔

風雨常懷宋玉悲，嶽雲海樹遠離離。春生太液魚龍嘯，月滿空陂雁鶩饑。先輩風流成李賀，同時歌詠附王維。定知脱略能傾倒，竹杖從爲汗漫期。

白侍御函三先生祝髮隱清涼山

野寺清齋衲子同，石橋紅葉飽天風。世情不到孤雲外，心事全消半偈中。海國傳來新白馬，山人誰識舊青驄。不嫌詩酒污禪地，聽法常來就遠公。

雪後訪胡遜谷不遇，聞赴張嵋村莊

歲殘羣向市城忙，君獨攜書赴草堂。野外人情真脱略，老來心事易悲涼。枯林半露遥山白，饑雀低鳴宿草黄。爲問平安窗下竹，春風何日待飛觴。

秋水避亂出郭，借寓小園

西來烽火照邊樓，汝亦閒身可自由。出郭許同妻子去，移家獨爲水雲留。林端避客從張蔚，竹下吟風待子猷。戎馬數年心欲折，見君飄泊益添愁。

無才

窗下平田細路分，樵歌幾處遠猶聞。濤聲夜落漳南樹，山色晴分冀北雲。曲岸人家依紫蓼，衡門客到煮青芹。無才合就窮途老，車馬休驚白鷺羣。

年來

年來萬事總沾巾，又見西風動白蘋。莫負秋光須縱酒，每逢新月倍懷人。嵇康避俗名猶累，杜甫傷時懶是真。南北烽煙今更甚，天涯何處著閒身。

春過

小園春過緑成圍，鳥雀聲閒客到稀。性好游遨貧懶出，身多閲歷晚知非。漫因白髮憎明鏡，敢恃輕寒换薄衣。聞道滏陽花欲盡，可憐寂寞度芳菲。

春郊

晴煙落日浄暉暉，坐愛村橋晚未歸。亂後鶯花春自好，城中車馬客來稀。浦沙向暖鴛鴦卧，徑草初青蛺蝶飛。待到南園花滿樹，相過百遍定無違。

初夏東社中諸子

溪邊昨夜長新荷，每向疏陰卧短簑。閉户十年詩興懶，論交近日酒人多。孤村水闊浮郊樹，小徑春閒帶女蘿。已報甕頭松色老，柴門日日待君過。

山中回寄吴下故人

西來雲木隱秋山，草屩孤筇信往還。半畝家留煙水外，十年身老亂離間。燈前濁酒酬黄菊，江上殘荷待白鷴。橘柚滿園烽火絶，幾時雙槳問吴關。

清源寺夜有懷舍弟觀仲、隨叔

西風牢落贊公房，百里滄波是異鄉。誰解綈袍遮短褐，幸留明月伴空牀。雁來古渡天如水，葉下秋城徑有霜。諸弟故園黄菊滿，即今何處擁壺觴。

靈巖寺

其一

天畔靈巖已昔聞，石橋花雨正紛紜。楓林亂掩浮圖出，黛色遥從泰嶽分。古殿横闌迷赤箭，秋泉帶葉下青雲。伊蒲會罷僧廚飯，倚杖看碑到日曛。

其二

雲外笙簧擁碧霞，游人争看鐵袈裟。虚巖白映山南日，老菊黄垂洞口花。溪水過橋喧鶴鸛，松根出石走龍蛇。飛梯萬仞栖真地，可許尋源問鹿車。

長安雜興

其一

黄榆霜老角聲哀，萬里風雲塞上來。到處狼裘圍蹴踘，四時龍管動蓬萊。憂天憶上劉蕡策，失路難登郭隗臺。蕭寺雪深鐘鼓後，可憐燈影撥寒灰。

其二

日落蘆溝沙亂飛，城頭風雨折旌旂。囊空尚欲沽鄰酒，秋盡何人問客衣。絶域草衰蒼隼健，故園溪淺白魚肥。朱門夜夜鳴簫鼓，未許羈愁夢暫歸。

出都前一日，韓聖秋、紀伯紫、徐德蜚、張青琱、鄧叔奇集龔孝升先生龍松館，分韻得真字

十載垂竿愧隱淪，暫來京國益酸辛。人情漸覺悲歌少，酒客依然意氣真。塞外霜高迴雁影，松間月小照龍鱗。明朝匹馬燕南路，冰雪將無念遠人。

張覆輿往依冀鹺使公冶，久無消息

太行春樹幾重煙，老別庭幃亦可憐。錦水有人留杜甫，素屏何處覓張顛。浮生半寄青山道，萬事難酬白髮年。正是中條花滿谷，故園遥待紀游篇。

晉陽喜晤明州周茂山

四月邊霜吹寳刀，官廚漉灑見綈袍。山圍樓閣春花暮，人望關門漢月高。亂後羨君栖絶域，狂來隨地著吾曹。黄昏細語天臺寺，杖底如聞萬壑濤。

夜溪

昨夜山雲黑，沙邊見新漲。夜静水空明，魚游星月上。

寄伯巖

不愛蘭陵酒，還山弄石瀨。全家住碧空，書聲落天外。

南園

孤亭高峙溢河干，落日松陰下碧湍。山鳥亂啼人醉卧，野花吹滿鹿皮冠。

宿野刹

醉到禪扉已二更，還從支遁説無生。幽簾不動空香滿，午夜蒲團落磬聲。

寄懷路妹壻吾徵

其一

風雨難招客子魂，浮家萬里卧江村。姑蘇臺上應回首，白日寒煙是薊門。

其二

中原消息問徵鴻，衰草遥連碣石宫。最是愁人秋色裏，江南江北盡丹楓。

其三

十年烽火老愁顔，海外孤雲去不還。我昔題詩應尚在，相思常到洞庭山。

題人野亭

溪上孤亭草樹幽，月明常醉木蘭舟。門前處處秋瓜滿，猶恐人疑是故侯。

黃花谷

竹杖尋源入上方，滿山槲葉晚蒼蒼。亂碑零落游人少，一道飛泉下夕陽。

溪上

微霜昨夜下庭槐，水畔閒登萬里臺。兩岸蘆花飛白雪，午橋煙裹一舟來。

茅堂

小院茅堂近郭門，科頭竟日擁山樽。夜來葉上瀟瀟雨，窗外新栽竹數根。

泛舟明湖

女牆倒影下寒空，樹杪飛橋渡遠虹。歷下人家十萬户，秋來俱在雁聲中。

清源望路妹壻不至

胥江六月理歸舟，客底霜華塞雁秋。望盡落帆人未到，滿天紅葉下寒流。

國朝畿輔詩傳卷十一

張蓋

蓋，字覆輿，永年人。明諸生。有《張子詩選》。

朱彝尊《張處士墓志》：永年有隱君子曰張蓋，能詩文，工草書。亂後謝去學官弟子，悲吟侘傺，遂成狂疾。嘗游齊、晉、楚、豫間歸，自閉土室中，飲酒獨酌，醉輒痛哭，雖妻子不得見，惟同里申涵光、雞澤殷岳至，則延入土室，談甚洽。其爲詩哀憤過情，恒自毁其稿。或作狂草，纍百過，至不可辨識乃已。久之，狂亦甚，竟死。涵光輯其遺稾，僅録得百篇刻之。其五言詩尤高簡，方諸古人。《居易録》：廣平張覆輿贈申凫盟一絶云：『草澤賢豪盡上書，奎章閣外即公車。我同漁夫因衰老，獨有涵光是隱居。』此與黄九煙詩『今朝喜得見尤侗』皆直呼其名，以古道自處，故以古道待其友，非知己之深者不能也。

寄贈李十三郎君

主人十三齡，天駒見龍脊。絶塵瀟灑姿，能解留人客。子時至平千，復著游山屐。足繭澀登途，盗賊況充斥。踟躕數里間，落日藏光赤。投宿上君堂，張燈照昏夕。蹇驢足芻茭，老病須燔炙。奴僕亦殷勤，自來掃牀席。酌酒須玉瓶，傾光泛琥珀。感情欲痛飲，所恨胸腸窄。恭聞爾先人，遺汝登朝舄。汝兄善草聖，海内稱名碩。汝才駕徐陵，凖擬文章伯。予有兩男兒，雞騖空毛翮。大兒倍汝年，孤矢未能射。小兒少汝年，衹備樵蘇役。何以汝聰明，日夜親圖籍。老夫若汝年，走馬垂楊陌。有時叢臺下，醉舞揮金戟。中歲好彈琴，素琴横白石。旁植一枝松，今已高千尺。忽忽鬢髮蒼，自顧無良策。何處可容身，避地來山澤。結交無老少，遭時有順逆。長嘯望停云，題詩謝疇昔。

廣羊山訪殷伯巖不遇

爾從南方來，衣裘帶江色。舍舟入故山，倦游聊憩息。我住君山南，君住吾山北。相隔十里雲，欲見何由得。今晨動幽興，獨訪漆泉側。危橋上古寺，徑轉長松直。山僧五六人，亭午會法食。清齋到鄙夫，益我筋生力。老翁氣忽壯，果腹取巖蒴。初瞻意嵂崒，絶頂無難陟。捫羅纔躋攀，寸步成匍匐。天畔石房古，仰望不可極。山叟何時還，再欲窺堂閾。三步一回頭，皓鶴煙中翼。

出村見山雪

袖攜古人書，步向招提路。拂卻石山雲，坐近巖前樹。山雪四邊照，淡然無塵慮。歸來煙靄中，獨與樵夫遇。

芭蕉

芭蕉在官舍，本與族同居。根株偪古垣，精色何能舒。葉黄復已破，憔悴羞栟櫚。旁生小稚子，低昂纔尺餘。苦遭秋日旱，顧爾長躊躇。欲待沉陰天，移植西庭除。前夕動幽興，乃使近吾廬。江水足灌溉，插竹倚扶疏。人情憐小幼，卉草心相如。晨起南窗邊，秀挺何與與。葉心卷青玉，細似篁中絫。坐看緑扇長，清風灑虛徐。窮途如有作，梧葉與同書。

戲爲風松屏帳歌惱申子

汝翁愛松入骨髓，丹青遺畫圍屏裏。三株鐵幹虬龍姿，萬壑秋聲濤浪起。松勢盤拏盡左向，畫師善寫長風狀。羣雲亂擁松頂樓，阿誰冥坐風樓上？偃蓋多時不在眼，令人來此空惆悵。正如王鐸草書素，不惜書絹與君滿。君宅不挂高堂近，眼前篋中朽爛終何益？

送春行

四月八日春始歸，餘春早夏争芳菲。桐樹浮萍葉已大，螻蟈嘶嘶聲尚微。主人送春招衆客，賦得行酒流光輝。紫帳不遮洲上熱，且登梵閣開禪扉。青松落陰連翠竹，梅檀繞院香馡馡。阿難合掌向人笑，摩登伽女來相依。列玉盤，酌金盌，宛轉肉音隨竹管。梨園象樂鬬新聲，燕歌激烈吴歈緩。

改席芳園開大軒，漁郎午食卧桃源。此地安知有晉魏，秦時衣服今仍存。衆客起舞蹈苔蘚，晚向洲中混游衍。不見麻姑散髮垂，渾疑海水流清淺。還命酌，復微歌。不勝醉，暮顔酡。水聲幽，歌聲好。酒徒酩酊歌洲島。前聽折柳后落梅，分明共惜春光好。起看白日忽西斜，停歌罷飲且歸家。人生快意不可極，明朝學種青門瓜。

昭明臺呈襄陽諸公

楚郡蟠江腹，危樓逼太清。窗通高鳥過，檻俯白雲生。帝子留文字，羣公列治平。我來戎馬際，登眺獨含情。

留郝元直

自得黄溝信，常懷見汝期。祇愁相會少，可道故鄉遲。陪酒鄰家夜，彈棋日落時。明朝各有事，分手即天涯。

秋興

兔嶺邯雲外，羊祠楚甸中。鄉心堪夜雨，旅病苦秋風。湖橘垂丹實，江蕉卷緑叢。幽姿不可見，倚樹獨書空。

客中送人歸鄉

雲没青山頂，風含白岸波。離情秋更苦，歸路雨偏多。小巷臨漳水，荒林帶女蘿。附書愁不達，汝到定相過。

殷伯巖招同白涵三、郝元直、苑西柳、霍亮雅、申梟盟、劉資深集飲

屢宿陶潛宅，今來得數公。竹斜燈影外，人醉雨聲中。老惜歡娛異，交緣出處同。病軀先就榻，應恕鹿皮翁。

渡沁水宿穆陵關

斜陽明晚渡，倦馬踏寒雲。岸動移舟影，沙喧落雁羣。山城秋似畫，水市暮多聞。老客歸心急，無眠到夜分。

客歸

水闊荆門路，君從此地歸。雲山開暮雨，舟檝帶斜暉。計日程將近，從人道已非。且尋嵇阮去，竹裏閉柴扉。

山居，張湛虚司馬枉駕山人，以予壺餐不備爲展待，因要遂臣先輩

其一

康樂游山信，先期報敝廬。宿春供野飯，晨掃凈荒廚。徑仄猿相引，雲深虎伴居。果來尋牧子，真氣拂林墟。

其二

山翁亦有意，招引過鄰家。擊馬驚林鳥，催廚饌野麐。一燈先好月，雜果間疏花。甕有蒲萄酒，村醪不用賒。

其三

月出樓陰静，天晴露氣微。蛩聲斷復響，螢火起還飛。隱吏遺朱紱，山光上白衣。清談忘夜永，相對兩無違。

憶舊

城晚砧聲急，庭深樹影寒。孤檠憐自照，明月憶同看。旅日憑詩過，鄉愁仗酒寬。秋天饒夢寐，夜夜渡江干。

山居秋夜同友人坐月

客宿楞伽宫，秋深白露中。雲歸千澗滿，月初萬山空。兵甲何時息，琴尊此夜同。張華有寶劍，

醉拔無雌雄。

谿村即事

羃歷樹中行，潺湲石瀨清。野花開間色，秋鳥落寒聲。家住愚公谷，書傳老伏生。鄰人自來往，日見不知名。

偶成似湛虛先生

久客成親故，居人識漸多。自知林下路，數向水邊過。夕露凋蒲柳，秋風老芰荷。病中曾見問，詩思近如何？

喜郭楚玉至有序

不見楚玉近五六載，其間辰巳災荒，未申兵變，不知何以能自存也。今病腳徒行七十里，艱難見訪，聊書四韻志感。

五載一相見，乾坤幾變更。亂離驚汝在，衰病惜人情。齒髪前朝貌，丹青後世名。談詩悲喜外，好雨向簷傾。

南征

垂老嗟行役，南征指漢陰。長途正雷雨，羸馬別荒林。白髪高堂意，黄雲日暮心。出門潸忍淚，涕泗已霑襟。

登海光樓

城遠隨山勢，樓高見海光。池霜冬夏白，岸樹古今蒼。讓國懷虞帝，徵苗憶禹王。浮雲看變態，倚檻獨傍徨。

夜泊樊城

竹樹楓林旅舍情，無邊星月照江城。雲帆夜照漁燈小，山閣風傳戍鼓鳴。鴻雁不來鄉信斷，兵戈欲動客心驚。明朝白髮含霜露，辛苦黃塵道上行。

聞張扶隆將歸

詞客南游未遣知，遥傳消息倍多思。江濤赴壑吹沙急，海日含山出霧遲。桂檝尚留桃葉渡，松醪已負菊花期。陶潛近有歸來興，待汝從容一問之。

寄題申處士鳧盟箕亭

負郭田疇水氣中，隱君亭榭白雲通。青連秔稻千村雨，香泛芙蓉萬里風。夏簟涼侵高士卧，新詩清絶老夫同。欲持百尺琅玕竹，向爾漁磯作釣翁。

答申鳧盟約游隆慮

西南林壑動高興，愛有山村間水村。山入太行盤鳥道，水分瀑布下雲根。得同鄭子耕巖谷，何異龐公隱鹿門。仗汝遠尋先卜築，願將白髮共朝昏。

七里峽

朝下縣壺頂，暮行寒峽中。壺形猶迤邐，峽勢已巃嵸。豈假隨刊力，當知造化功。水聲流太古，石色聳遥空。重碧涵砂礫，深紅綴蘚叢。暗崖迴北雪，高岫阻南風。山鬼宜幽僻，神魚老混濛。依稀聞唳鶴，仿佛見奔狨。聞道瞿塘好，常思灩澦雄。干戈妨歷覽，舟檝廢疲癃。此谷聊堪隱，前山幸可通。杖藜五指外，借騎廣陽東。附葛緣明月，披煙坐晚風。回瞻長嘯處，何異在崆峒。

漫作

玉盤漬墨可二斗，高麗繭紙冰蠶紋。醉來揮灑興不盡，欲上青天寫白雲。

孟亭

不見當年孟浩然，魚梁渡口問漁船。巖扉松徑空搔首，沙岸如霜月滿天。

殷岳

岳，字宗山，號伯巖，雞澤人。明舉人。國朝官江蘇睢寧縣知縣。有《留耕草堂詩》一卷。

朱彝尊《殷先生墓志》：先生父太白，舉人，仕至陝西按察副使。先生少踔弛然，篤於孝友，與其弟淵并負才名。崇禎三年舉鄉試，後數年，省其親入蜀，值副使公由遵義知府遷今官。時流賊寇漢中，闗南大震，分其黨伺副使江上。副使將之官，先生言曰：『今逆寇充斥，若順流下，必墮賊計。』乃請移檄興安，命吏卒迎於江。潛以數騎由萬山中出，夜抵興安，賊大驚，以爲神。會閣臣楊嗣昌以督師至，惡副使伉直，誣以違令，至賊突圍，當坐法。淵詣闕訟冤，不得白，而副使以病卒。先生再疏，爲父乞遺骸，歸自漢中。及家，京師已陷。先生遁居西山，與淵討賊，事泄，淵被執不屈，死。永年申涵光者，素與先生爲友。留城中，聞賊索先生，急募死士，夜馳與賊戰，脱先生於難。遂渡河，同游吴越，逾年乃還。吏部按籍除知睢寧縣事。布袍草帽，騎驢至官舍。時兵革甫定，先生爲政持大體，與民休息，治聲甚著。涵光遺書勸之歸，先生遂力請，上官投劾，仍騎驢布袍草帽還里。所居鄉曰『小砦』，草屋三楹，與涵光晨夕唱和相樂也。先生爲詩，自晉、魏下屏不觀，尤不喜律詩，謂徒費對儷，無益性情，故平生所作惟五言古風一體，莽莽然肖其爲人。遇佳山水輒流連不去。先生外和内介，遇田夫野老，陶陶雜處，至見俗士而斥之，未嘗假以色笑。讀書必窮義理，其拒異端邪説尤力。知睢寧日，有僧用鐵釘木室，坐其内，募金錢，男女往膜拜。先生怒，欲焚之，僧扣頭乞哀，卒與之杖。里居有祠，曰三教堂，塑釋迦佛像於中，而孔子未坐。先生過之，恚甚。鬻所有田，改塑孔子於中。既成，爲義學以教鄉之子弟。先生產雖破，欣然意自得也。后病死福州。

《紅豆樹館詩話》：伯巖弟淵，字澄之，一字仲泓，自號西山餓夫。明諸生。甲申國變，討賊不克，死。有《殷仲子詩草》，詩不減乃兄，而已死明事，限於體例，未便收入。《明詩綜》亦未載，恐遂淹没，附録數詩。《秋雨郝元直、申孚孟集小齋見志》云：『肝膽藏無地，鬚眉笑獨貧。長懷天下計，猶作布衣人。歷亂秋階草，漂浮積水蘋。二三知己客，把酒更垂綸。』《金陵送家兄宗山入蜀，余還里》云：『秋氣臨江渚，舟行宿野光。蘆花新下月，河水舊分粱。事變歸鄉懶，時窮做客長。宦情何日盡，雙羽在滄浪。』《雜詩》云：『雄心鎩翎羽，整羽生光輝。八月秋風起，凌空試一飛。雞鳴思祖逖，中夜立躊躇。明朝身不死，挾劍去讀書。我有青銅劍，拋擲向山坳。樵人驚未識，羞説斷神蛟。丈夫心如鐵，行事如明月。弦望各有時，何論圓與缺？』

讀史

其一

冒頓縱鳴鏑，何有乎婦翁？齊虜窮計畫，和親苟彌縫。白登帝膽落，事急聊相從。官家屈體貌，四國少顏容。貽謨累風俗，邊鄙詎偃弓。若淮陰而在，不當歌大風。

其二

人言父子親，安知不爲虎？猛獸惜其雛，步步生咻噢。漢武好神仙，方士正旁午。志慮既回惘，讒夫耦二五。齒牙之爲猾，荼毒於梏䅳。隸臣銜尊命，兩宫無靖土。以子盜父兵，苟圖脱罪罟。九服無逃命，望思亦何補？

其三

霜雪何將將，日月皎光明。鉤弋不可活，奉車托微誠。以是藐諸孤，一旦寄阿衡。朝舊擢純篤，攬轡見澄清。帝星驚流電，桐宫覆典刑。公孫病已立，草木亦知名。世運惟轗軻，幸濟以忠貞。妻孥怙煊赫，得失苦縱横。禍福有所常，操存舍則亡。

其四

聖人無常家，一龍而一蛇。仲舉獎王室，名賢蔚東華。相與張天綱，抗節觸奸邪。當時王路險，駘銜覆奔車。庶幾無道愚，踣頓貽咨嗟。

其五

亂門不可過，懼以傷吾行。亂世不可入，懼以戕吾生。袁閎憫先祚，覩變於未萌。蕭然對環堵，獨立遺世情。弟昆競驕僭，與時争權衡。甘爲所凡愚，囊括守其貞。漸冉十八載，行者無埋名。

其六

太阿不在掌，神氣積苦窳。周德既已衰，子孫失其敘。羣雄横義氣，鼎隧啓納侮。玉步猶未改，王章尚撑柱。胡然晉大夫，一旦薦茅土。葛藟庇本根，况乃縱尋斧。名器苟不存，其他安足數。

其七

禮者國之維，民者載舟水。暴秦虎狼威，流血被九軌。侈功蓋泰皇，一家天下始。猛氣隕沙丘，難從一夫起。七廟墮飛煙，旦暮殄宗祀。亡秦楚三户，孤矢安足恃？

其八

歘雲駕飛龍，真人屈羣力。扶義西入秦，始定三章約。衆争走金寶，何獨收圖籍。一軍驚大將，關東可傳檄。借箸請前籌，詎復有遺策。寬大帝王模，要在識人傑。一增不能用，叱咤徒虚喝。

其九

仲事家人産，阿濞老農兒。福與禍相倚，澤麇蒙虎皮。江湖錯襟帶，儼爾錫介圭。鹽鐵即山海，爲問自阿誰。不思庇本根，乃欲披其枝。孽匪降自天，六豎同蚩蚩。釁雖由博局，几杖失之慈。

其十

謀國如搏虎，啑血滿朝市。衣裳自顛倒，於錯安足恥。袁絲炙轂輠，魏其狃風旨。條侯真將軍，自兹多積毁。嗟哉天下事，認真亦徒爾。

其十一

唯則可定國，婦願亦何極。一子爲天王，一子分桐葉。寵宴隆私恩，誤信千秋約。牧犢不顧車，盍旦翻日月。福薄不知載，殞身竟何益？

其十二

革心舞干羽，革面血標杵。漢武勤遠略，八荒無寧處，郊祀歌天馬。祖禰咤宫吕，奪我燕支山，庸有利乎女？夜郎賈蒟醬，間使出深阻。靡敝憂鬼神，四廟無餘祐。輪臺下尺書，不者亡秦緒。終漢無外擾，尚論所節取。無德易以亡，聖言久淪胥。

其十二

周公負成王，弗陵踐天子。高卑既已陳，旦夕遵塗軌。小人追喪軀，截趾而適履。刺侯生釁隙，上書恣詆毀。將軍謝免冠，少帝燭奸詭。牆茨不可掃，婦人安足恃？

其十三

遠略不可動，衆狄不可速。老臣數軍實，遂上便宜策。留屯飭武備，居民并田作。罷騎省度支，致穀著威德。羌衆以崩離。我師過枕席，當時訟盈庭。便支多勾棘。如彼九牛尾，度越鳥從測。

其十四

伏波天下士，遨游而擇主。真人崛東方，濶達符高祖。既見一乃心，披帷籌二虜。聚米爲山谷，指畫同目睹。八區尋大定，奇坊勒銅柱。後世訟神人，譚言中繩矩。古道不可期。宵人譁市虎。

其十四

太姒殊風軌，徽音不可屬。伏波有小女，亹亹多儀則。正位長椒宫，揲然加謹肅。裳衣大練裙，無所於緣飾。建初爵諸舅，危言念傾覆。樂以貴人下，知於身取節。先臣遺家訓，天性光竹帛。維先之以善，後乃報其德。

其十五

道隱禮爲基，世亂聖人生。仲尼駕奔車，誰復睹未萌。延熹皇路仄，雕琢名士傾。購募同寇敵，使出車交并。號咷日月黑，搒掠血肉横。柏楊竹亦枯，歲寒失堅貞。當時箕穎濱，可尚光遺榮。

其十六

孤貴易失和，露才亦瀕危。當時賢智過，抗稜長風歸。載禍日相餉，幾令無孑遺。林宗步高衢，尚志不繁詞。敬遇貴賤士，壹之以坦夷。明哲保其身，可奉以爲師。

登岱

其一

石蹬躡高危，仰見日觀峰。赤九涌滄海，星河淡遥空。天雞發先唱，聲落野雞中。俯視羣山巔，風色初冥濛。

其二

十載上太華，春仲陟嵩高。希夷夢未覺，子晉笙嘐刁。平眺西南雲，駢車列旌旄。升兹玉女堂，勞之以香醪。

其三

徂徠列前楹，濟漯潫衣帶。衆山皆俯伏，儼如朝王會。明堂不可復，漢秦失驕汰。惜矣大夫松，徒增後人嘅。

客官渡除夕詠懷

世故縲牽長，御之無其道。我非好貧賤，禽鹿終悅草。擔簦縻歲華，幽谷窮探討。古人於隱淪，稱心以自保。

劉逢源

逢源，字資深，號津逮，曲周人。順治間貢生。有《積書巖詩》《學迂軒稿》。

《四庫全書提要》：《積書巖詩選》，劉逢源撰。逢源與同里申涵光相唱和，是編分初集、二集，後附前、後《漫興詩》各五十首。逢源生當明季，崎嶇轉徙於江漢、淮海之間，故幽憂之語多，而和平之韻鮮焉。

《曲周縣志》：逢源少好讀書，經史、星數、河洛之學悉能解會，喜談兵，好擊劍，嘗手鈔《二十一史》，讎對精確，又他書近千卷，一時名士皆從之游，著有《積書巖》及《漫興》等稿。

雨餘

雨餘一杖輕，林塘引秋步。溪漲石梁平，別尋花間路。徑轉岸稍頹，丘壑莽回互。奇石擁秋花，寒苔蝕古樹。孤亭不逢人，偶得閒中句。石蹬久徘徊，林外山光暮。

詠懷

交道未易言，其要在慎始。世情多責備，投桃冀報李。勢利有衰歇，緩急終難恃。所以耿介流，深山伴鹿豕。我有縞帶交，古道頗相砥。素心住南村，烏金在錦里。樵蘇每不爨，清談而已矣。投分等石交，相偕没餘齒。

二月雪

正月朔二日，夜半寒氣濃。晨起欲出户，柴關凍雲封。撲窗八簷隙，漫天舞玉龍。小溪如銀海，遠岫似瑶峰。躡屐呼童子，掃徑招山農。牀頭一壺酒，尚可壯衰容。不憚崎嶇至，蹊深没瘦筇。酒闌多感慨，所向意皆同。人無金石姿，仰愧領頭松。得酒且共歡，富貴良無庸。酒盡過溪橋，西原聞暮鐘。

九日登赤壁

九日至黄州，欣然獨西笑。赤壁落吾手，於焉恣游眺。一杖陵層崖，劃然發長嘯。把酒呼魚龍，踞石登虎豹。小亭遺像存，長髯側烏帽。卓哉東坡叟，煜煜神光照。羣兒戲弄兵，蟻鬭何足道？想公弔鶴影，還爲後人弔，鶴影落寒空，笛聲來還棹。杖策下荒岑，江煙起漁竈。

詠懷

少年不自量，義氣何峥嶸。思一吐奇懷，歷抵漢公卿。中歲事乖違，烽煙暗兩京。遂戢飛揚志，殊深林壑情。家貧迫衣食，不敢薄躬耕。頹然一野老，井臼困柴荆。每赴雞豚社，閒尋鷗鷺盟。陋巷甘偃蹇，聊以善自名。

歲暮有感和陶

畸人不偶世，僻性耽林泉。本無經濟術，坎壈何足言？石田薄有秋，食指漸已繁。耕稼豈不勞？庶幾免尤愆。故友半淪没，酒壚邈河山。委巷閉蒼苔，鄰里絶往還。禽尚有遠志，惜爲婚嫁牽。一日復一日，長往竟何年。白髮盈鏡中，形隨大化遷。餘生如過鳥，歲暮增慨然。

訪友

偶爾穿雲去，沿溪一徑斜。庭堪羅鳥雀，園衹種桑麻。緗帙開詩草，茶鐺沸浪花。倚松閒話久，林影亂昏鴉。

過竹瓦店

風霜連日苦，驢背喜新晴。草舍炊煙冷，松陰石路平。梅摇寒日色，苔咽野泉聲。去去從吾好，漳干有舊盟。

朝來

朝來天氣好，倚杖一長吟。竹色埋荒沼，山風渡遠砧，石奇存畫意，琴静寫秋心。清唳知何物？凄涼鶴在林。

溪光

溪光明落日，淡性與秋宜。叢菊薰幽徑，寒匏挂短籬。泉聲争赴壑，夜影半辭枝。鄰叟閒相慰，浮生莫浪悲。

秋村即事

夜來山雨過，寒氣入秋衾。野水多歸壑，林禽有静音。簞瓢無外慕，鷗鷺識閒心。久矣甘雲卧，浮生任陸沉。

朝來

朝來山雨過，石蘚繡青紅。躡屐尋溪友，扶筇數塞鴻。瘦香凝野菊，寒艷發霜楓。頗悟年來事，浮雲過眼空。

訪友

子雲塵外宅，花底出炊煙，旋摘簷前果，還烹雨後泉。雞豚侵虎落，鷗鷺上漁船。戰伐何曾見，桃源又一天。

村居秋懷即事

其一

空山寂寞野人家，巷古溪深静不譁。屋角老槐飛敗業，庭中寒蔓引秋瓜。霏微菊畔茶煙冷，宛轉橋頭竹徑斜。晚有鄰翁雞黍約，一尊溪上醉秋霞。

其二

無端華髮滿秋簪，四壁雲山響素琴。何處寒花矜晚節，幾年風雨老文心。香來始覺蘭當户，月到方知鶴在林。杖履荒原覓天地，一溪松影隔雲岑。

漫興

皓髮低垂照酒巵，琴尊隨分展雙眉。客嘲元白輕楊子，天問參差費楚辭。誰復覆蕉驚得鹿，詎甘曳尾憚爲犧。不知黄綺當年意，何事時清尚採芝？

和秋水韻

自甘抱拙守東岡，一卧雲林歲月長。野水到門晴放棹，博山欹枕夜焚香。松聲無賴驚幽夢，花影多情戀夕陽。牢落壯心消欲盡，愛聽童稚詠滄浪。

己亥冬懷

寒裂冰紋響石渠，滿天風雪困樵漁。藏名何必逃吳市？高卧尤能讀漢書。已向琴尊消歲月，無勞鐘鼓響爰居。茅齋土銼炊煙冷，委巷誰來長者車？

短髮

短髮蕭蕭不受簪，美思方外散幽襟。行藏何必關人世？歲月無多閱古今。秋漲有時侵舊路，白雲常自滿荒岑。浮名不願傳都市，肯向長安浪碎琴。

獨坐

笑語清尊誰與同？寒花繞砌一簾風。窮通莫向成都卜，得失應輸塞上翁。此日閒心依硯北，何年精舍築譙東？杖藜獨坐清溪畔，楓葉秋林萬樹紅。

薊門秋興

其一

微霜昨夜下邊城，小隊輕裝獵晚晴。箭似餓鴟雙翼墮，石疑伏虎一軍驚。桃花馬飾黃金勒，竹葉醪傾白玉觥。醉尉灞亭誰敢問？夜深毳帳打球聲。

其二

無復熊羆守翠微，行人駐馬立斜暉。人間已見傳金椀，篋裏徒驚舉玉衣。雁掠荒雲啼隧道，鼠緣古瓦下園扉。經途誰奏通天表，淚濕龍髯願已違。

秋日漫興

稍喜世緣貧日少，何妨丘壑寄餘生。漁樵堪作閒中計，雞黍聊尋世外盟。兩岸蓼花晴放棹，一龕蕉雨夜譚兵。牀頭龍劍時時吼，五嶽胸中似未平。

別墅留僧夜話

竹杖芒鞋笱籜冠，籬頭缺處望煙巒。半生可惜貧中老，萬事何當悟後看。瓶粟無多憂鶴瘦，春衣初試怯花寒。無心收拾閒風月，煨芋焚香對懶殘。

贈路安卿

君去洞庭今幾年？南天悵望隔風煙。變名吴市同梅福，飛矢聊城憶魯連。三徑歸來亦偶爾，一樽相對各淒然。知君不是煙霞客，别有深情託杜鵑。

雨後

溪外復長林，山深近太古。鳥語弄新晴，花光留宿雨。

秋溪

溪光透籬入，悠然萬古心。明月隨孤杖，秋聲入短琴。

郭泰

博帶雍容七尺身，遨游郡國擅人倫。如何下士驚相慕，衹倣先生折角巾。

阮籍

登山臨水興何窮？故壘摧頹落照中。醉發狂言呼豎子，英雄老淚濕秋風。

种放

賢母相將老一丘，石田茅屋豹林秋。昭文司諫新銜貴，争似雲溪老醉侯。

補鍋匠

高隱昔傳磨鏡客，奇蹤今見補鍋人。若將姓字留天地，雖作巢由亦外臣。

山行

寂歷空山鹿豕蹤，石梁苔滑杖孤筇。岸花零落隨流去，秋到溪南第幾峰？

趙湛

湛，字秋水，號石鷗，永年人。有《玉暉堂稿》。

王士禛《漁陽詩話》：申鳧盟涵光稱詩廣平，開河朔派，其友雞澤殷岳伯巖、永年張蓋覆輿、曲周劉逢源津逮、邯鄲趙湛秋水，皆逸民也。諸子既殁，惟秋水無恙。余丙子再使秦、蜀，於褒城驛見其《登太行》一篇，信是奇作，惜不記憶其全：『太行高萬仞，絶磴霾雲間。雪壓雁門塞，冰齊熊耳山。』

省心吟

其一

玉函藏寶鏡，光瑩若水晶。三時不拂拭，便見雲煙生。撫躬問方寸，百歲空營營。五色亂我目，六欲牽我情。苟不自琢磨，安得常清明。芳榘接前哲，黽勉崇令名。

其二

博陸傾漢册，偉績方伊周。不學慕厚勢，帷闥生愆尤。豈有厮養兒，束髮皆封侯。臺光一夕沉，樓觀成榛丘。今古理不遠，慎以道自謀。

其三

上蔡有鄙夫，困窮羡倉鼠。挾策干祖龍，感激去鄉里。抵掌取卿相，乃欲易天子。所謀一不臧，凋零自兹始。東門悔初念，機發不可止。

其四

温情理亦常，閔曾號佳嗣。百行此其源，立身首孝弟。兹義苟不充，浮名盡糠秕。試問平生心，胡爲皆昧昧。

其五

鄙吝不人道，貴以義爲衷。施予苟無節，何以旌崇庸？麥舟光前史，指囷傳江東。卓哉管與鮑，千載誰雷同？

曉登關山望六合，有懷黄遜庵明府

山口挂殘月，樹色曉青蒼。登危陟層坂，歷險凌崇岡。力衰五步歇，僕夫相扶將。下瞰同旅人，傴僂行趨蹌。顧余頭白翁，驅策游何方？故人有黄子，綰綬宰江鄉。疇昔枉尸書，走使過洺漳。温奔追語慰衰朽，冰雪灑肝腸。吾里值歲儉，盡室無宿糧。老妻裙不完，稚子充糟糠。苦被八口累，奔追道阻長。黃子敦古處，不與俗士行。車笠有前期，久要應不忘。

贈太平馬學博

其一

名山不在高，名泉不在深。所貴清泠色，玩之怡我心。之子山川秀，冲懷寄遥岑。六十困寒氈，白首無知音。丹室偶然遇，蘭雪生我襟。高話對微雨，如聽松間琴。契合各有數，傾蓋比黃金。

其二

我友殷宗山，疇昔宰灘水。式盧得澹臺，佩之等衡芷。分手三十秋，逝波去若駛。垂老感知遇，淚下不能止。流水與高山，古人復可起。

其三

貽我白雲篇，蒼茫發瑶採。傲若松與柏，雪霜色無改。捧讀不忍釋，浩淼望滄海。緘之玉函中，批閱對吉靄。旦暮秋江濱，芙蓉共君採。

武勝關

草店亂山口，巖深隔暮曛。皇圖三楚盡，列宿九河分。控遠容八寇，關貧減戍軍。秋風南羽便，寄謝洞庭雲。

秋杪劉雲麓使君招集春雨草堂

罷官仍愛客，高會趁名園。江上春猶薄，林中花正繁。朋儔俱舊好，談笑此芳樽。那復忘知己，侯嬴敢贈言。

道經鳳陽

飛樓飄渺海雲孤，山頂星壇定有無。不信青田占氣象，還教赤縣變荒蕪。瑶臺歸鶴悲遼水，玉寢啼鵑拜鼎湖。聞説梵宫遺寶衲，月明珠樹少栖烏。

訪張天池兼訊楊觀察筠湄

裴子巖邊新卜居，六年烽火斷音書。相逢應訝形容老，失路真慚義氣疏。戰伐何方尋樂土，饑荒吾里漸丘墟。峴山若遇楊開府，憶否漳南舊隱盧。

襄陽懷古

其一

帝子高樓歷劫灰，江春風色引登臺。九方戰氣煙中盡，三楚雄圖檻外來。不見龐公栖隱地，猶聞元凱濟時才。百年興廢空搔首，飄杳衡陽去雁哀。

其二

春江芳草憶王孫，夢裏陽臺枉斷魂。湘珮不來湖水濶，巫山遠望暮雲昏。漢宫草没笙歌地，詞客煙消翰墨園。揮手正堪招孟六，千秋酬唱一開樽。

周鐈

鐈，字茗柯，南和人。諸生。有《葭里集》六卷、《二集》六卷、《三集》五卷。

《四庫全書提要》：《葭里集》六卷，《二集》六卷，《三集》五卷，周鐈撰。鐈屢試不售，棄舉業，專力爲詩，與廣平申涵光游，故所作不失矩度，而才地頗弱，僅涉唐人之藩籬。魏裔介《序》是集，稱其詩温潤清脱，在唐人項斯、馬戴，可以伯仲，蓋舉其近似耳。

題清泉寺

踏破蒼苔去，斜陽晚寺中。臺高留晚日，樹遠起秋風。設想身何處，探幽意不窮。寒昏木葉下，天際有歸鴻。

過申鳧盟箕亭

一路皆煙水，真成静者廬。家貧心自遠，身老世能疏。名籍逸民傳，功留種樹書。燒燈酌午夜，明月近庭除。

國朝畿輔詩傳卷十二

張永祺

永祺，字爾成，大興人。順治九年一甲二名進士，歷官大理寺少卿。

《百家詩鈔》：癸丑春至，魏博得《金灘倡和詩》，張爾成先生作。先生督豫漕，釐弊剔蠹，嘖嘖有聲。公餘以風雅振作鄴中，多悲歌慷慨，盡收燕趙之才。

得仲連書喜而有作

其一

長安冠蓋交，煊赫金張第。遨游金谷園，朝華夕委砌。上客侈聊鑣，笙歌競狼戾。吾子廁其間，冰雪不相締。蕭然一篋書，擷芳採六藝。有時發枯吟，太空秋蟬蜕。霜畦逞韭花，白酒酣新霽。萬事伏枕過，六書一燈細。終日無所語，孤行海嶽勢。昨來薜荔裳，慰我梁園滯。展此瑶華音，晴峰俯天際。百川日夜流，一雁聲嘹唳。蘆溝攜手行，十年九分袂。坐待月華升，圓景散虧蔽。與子堅素心，芳草珍蘭蕙。

其二

白雲從東來，空庭一栖止。悠然萬古心，秋水差相似。寒鳥日夕翔，雨雪遺英旨。念我生平友，中夜披衣起。徘徊視孤檠，炯炯心猶是。華星錯遥空，廣除菊紛委。歲月車馬間，勞人昧所以。上國勝游觀，聯踏披圖史。一别阻清歡，素書憑雙鯉。達士秉曠觀，嗟余逐强士。歲宴梅花開，夢子空山裏。

送施愚山游嵩少

嵩嶽立中天，河流具今古。在昔祀典修，百靈尊后土。閲世槐與柏，歷歷猶可數。日月出其中，川原如在户，千年寥濶心，達者與爲伍。愚山秉奇尚，所歷不自詡。飄然來帝京，預想吟梁父。羣公富詩篇，偕爲茲游譜。恍惚陟其巔，奇妙一一睹。秋光清遠心，登頓未停午。捫蘿石徑懸，蒼翠衣裳取。三花拂面生，二室森然俯。萬壑變陰晴，九州人吞吐。平田吹粳香，石髓流鐘乳。迴瞻草履蹟，處處煙生縷。青到一色天，白眺下方雨。蒼龍潤底眠，異獸摩空舞。仙掌蓮花峰，甘露傳燈祖。殿角新琉璃，殘僧築環堵。梵音空裏聞，定香散天姥。花氣四時春，鶴言此山主。嗚呼湖海遥，名嶽崇於五。寄謝簪紱儔，小豁胸中腐。平生江南游，登岳曾行部。大觀窮宇宙，盧杖終焉補。

淇泉道上大風苦寒

晚來雲從日腳起，須臾暝色催行李。策馬衝寒到驛亭，一燈瑩瑩響窗紙。白酒數杯解饑劬，枯腸欲鳴聊徙倚。夜半忽聞風吼聲，倒海驚沙震遠邇。坐久空床不能寐，攬衾就枕涼如水。曉行酒力面難勝，泉流淙淙復聒耳。道旁侯吏我知爾，笑我風塵猶未已。茅簷婦子三五人，欲向使君有所陳。使君年年去都門，一年幾度走河濱？昔日紫髯豐頭頰，今來憔悴髮如銀。殷勤婉曬爲余説，昨歲苦寒地凍裂，早春無雨麥苗稀。四月黄霾桑枝折，使君六月住都門。此地三伏苦炎熱，秋來一望草全枯。井渴石乾泉亦竭，狂飆鎮日走黄沙。到今十月仍無雪，倉皇數語畏人嗔。其時低頭眼流血，我聞此語如履冰。立馬當風寒欲徹，嗚呼！吾寒尚有敝羊裘，嗟爾百結鶉衣不自由。嗷嗷懸罄勤輸納，吏呼夜怒聲啾啾。吾聞冬雪春雨太平日，奈何獨廑廟堂憂！

不寐

不寐漏三更，風聲雜雨聲。寒從欹枕得，夜向一燈明。閱歷成吾老，艱難見物情。片帆歸計早，負郭看春耕。

孫無懷同家爾執游黄華

見説黄門彦，林慮紀勝游。巖深常帶雨，樹老自生秋。絶壁無人到，仙蹤尚可求。三峰留筆處，日日濯苔幽。

送胡存人南歸

握手談今夕，離情已黯然。師恩深自責，交態畏人憐。别酒風前路，孤吟日暮天。停鞭聊極目，江水迴浮煙。

李吉津夫子貽書兩及，書此寄懷

其一

深杯消往事，桑柘帶平蕪。舊侶辭三殿，新知得五湖。攤書晴日好，習静片雲俱。欲問蒼生累，高吟且據梧。

其二

人誰嗟失馬，我亦類飄萍。聽雨頭新白，看山眼舊青。水環沙麓障，雲覆早春屏。寥落渾無事，流年紀驛亭。

西樵考功貽書見詢，寄此奉懷，兼呈貽上農部

長夏炎蒸三逕蒿，南來雙鯉念同袍。詩成江漢晴川遠，别後關河尺素勞。修褉他時偕逸少，含香此日憶山濤。支離病骨誰能飲？愁聽疏鐘首重搔。

送爾執北歸後悵然有感

鄉關攬轡客心驚，薄暮空林倦鳥鳴。婚嫁向平雙鬢改，酒棋謝傅一身輕。桑乾雪映千山曉，易水霜流萬壑清。話到微醺官舍後，膝前兒女倍含情。

寄懷杜子静太史

帝城煙柳藹春風，珥筆從容閣道東。豁達欲交天下士，殷勤愛與故人同。異時司馬文章盛，此日征南物望崇。退食銜杯何地醉？憑欄延佇有歸鴻。

贈程念伊太守

暮雨征途不暫閒，停車相向意茫然。秋來駐馬纔三月，冬去除書又一年。漢代股肱褒治郡，周南方嶽賦歸田。家園直北抽簪去，春日遲遲花正妍。

和繹堂送顧庵南歸原韻

其一

去矣詩人又漸稀，青尊遥夜暫相依。西園詞賦憑誰寄？南國文章羨爾歸。落日蒹葭紅影亂，秋江煙雨蟹螯肥。應憐留滯登樓客，寒夜論心願不違。

其二

僧房長夏反離騷，燕市狂歌飲濁醪。野水沙鷗迎畫舫，澄嵐翠黛識宫袍。思歸媿我荒三徑，頌酒知君藐二豪。到日攜笻清興適，白雲紅樹兩峰高。

金灘賦贈郜凌玉學憲

河畔春風解纜初，故人相向漫唏噓。握中十部名山業，篋裏三年秀水書。地近揚雄時問字，途臨阮籍一迴車。桃花水繞漳河去，尺素東來寄鯉魚。

郭棻

棻，字芝仙，號快圃，清苑人。順治九年進士，官内閣學士。有《學園堂集》十八卷。

《四庫全書提要》：《學園堂集》十八卷，郭棻撰。其文頗爲華贍，惟酬應之作太多，未免失於刪汰。棻曾修《畿輔志》及《保定府志》，今集内所載星野沿革等説，皆志中之文，蓋用《鄂州小集》載《新安志序》之例也。

《畿輔通志》：快圃，壬辰進士，庶吉士，降按察司僉事，纍遷侍讀博學。工文，詞華豐贍，常總修《畿輔通志》，著《皇畿大一統賦》，纍素萬言，士林傳誦。同時分修者，進士，則安肅師若瑋、容城李瑞徵；舉人，則新安魏一鰲、清苑郭棻、雄縣馬之驦；拔貢生，則安州房循薙；諸生，則清苑劉可書、王𤣱、高陽李瑄，亦俱有文名。

潘應賓《傳》：公聰慧過人，工詩善書。乙酉舉孝廉，壬辰成進士，選庶常，歷官贊。出參山西臬幕，殫心奉職，政事修舉。方伯王公襄璞、觀察楊公猶龍深倚毗之。居晉八年，吏民敬愛，入爲大理寺正。會有以公才奏聞者，詔復原官。公感激涕零，作詩紀恩，益加淬礪。請求經世之務，凡禮樂、刑賞、用人、理財諸大政，莫不探索原委。上下數千百年因革、損益之故，瞭然如指諸掌。尋掌詹事府事，晉内閣學士。政府重地，惟聽相國主裁，學士無所軒輊，公獨曰：『學士者，古之參知政事也，若唯諾相隨，不發一語，何參知之有？』自抒所見，侃侃論列，滿、漢相國咸虚心采納。罷職歸里，嘯詠終日。長吏式廬造請，輒婉詞謝之。

纂修《世祖章皇帝實録》告成，蒙恩晉秩，頒賜銀幣、鞍馬有差，仍賜宴禮部，恭紀奉和李高陽相國韻

皇祖道登三，凝績府修六。光華日月昭，清寧乾坤復。垂衣十八期，謨烈爍徽躅。帝絃珽垓恢，聖澤海陬沃。我皇纘鴻圖，耿光勤初服。典則念鈞石，股肱倚喬木。受歷紹堯心，闢門明舜目。玉署延時髦，金匱啓日録。繼述思覲揚，編摩嚴誡勖。肇修循古章，館宇宏以肅。誰實職厥要？監總敕枚卜。誰實職厥詳？羣才備林樕。發凡義例明，分曹十二局。維新庀簡箋，求舊召郎屬。記注合章疏，萬有三千牘。宣付翰墨林，精繹無促督。縹緗玉牒文，藻采柏梁曲。繁簡體度裁，洪纖寡疊複。自是久敘功，豈日三長足。瑶笈曜石渠，龍賓馥芸屋。文競五鳳修，字拚千毫禿。獸炭烘沍寒，梅漿解炎燠。閱時五支干，精勤首鈞軸。七十二芝函，分體亦分櫝。午月應當陽，晨鐘啓旦旭。舉以朱寶犨，導以羽葆纛。天子南面受，殿陛歌皇穆。瑶編一代書，靈貺萬年祝。仰識天顔喜，膏流臣共沐。宮傳與庶尹，加秩視班禄。鏐錦酬報章，房宿下天騄。南宮列上尊，儀典非繁縟。臣自辭香案，拓落風塵俗。一紀叨賜環，天亭而地毒。尚方分筆札，大官給公餗。受兹恩寵深，静思罔勞碌。況乃攀附奇，廁名帛與竹。所願勤紹庭，陟降益誠篤。祖法鑒萬秋，皇仁潤四瀆。奎壁來人間，呵護霞霱籙。

高梁河觀漁登高阜望西山雲氣

郊游暮春好，歷歷西山道。玉泉匯高梁，澄波日灝灝。步屧河之湄，盱衡愴懷抱。漁子不羨淵，網罟絶荇藻。獲鱗一尺强，樫條貫顛倒。不换酒家酤，持享趙魏老。舍之陟青岡，煙嵐西山皞。游絲織翠峰，空花散蒼昊。延佇意以馳，買山悔不早。

王雨若教諭柏鄉

行將博士座，且擊孝廉船。野水桃花漲，春風雁字天。攜家就五斗，人署落三鱣。見説詩如畫，風流比鄭虔。

瓜州阻風

聞道江風急，兵船坐潤州。兩城纔咫尺，三宿又淹留。酒薄吟詩醉，蛩殘聽雁愁。行蹤渾未定，來往歎浮鷗。

金君選守澤州

猶憶高都境，巑岏倚太行。沙田耕細鐵，茅屋戴繁霜。慷慨人鄰趙，勤劬地比唐。知君能作牧，不愧謝庭芳。

對月

園空月常滿，皎皎一天浮。人影涼如水，花香淡得秋。魄懸孤樹立，雲動野星流。絶爽登臨日，何須賦倚樓。

飲酒

世事祇堪醉，銜杯水竹間。風光連日好，天地幾人閒？户大容清聖，廚貧供小蠻。頹然客方至，明月滿柴關。

渡涿鹿

馬背十年老，輕舠喜一撑。秋横雲際鳥，煙抱水邊城。鶴觀松多秃，虹橋沙欲平。往來争渡客，名利各含情。

渡滹沱

秋沙十里白，沙際滚黄雲。野氣横蘆渚，荒風起雁羣。大河原一派，全趙此中分。自昔名危渡，濤聲不可聞。

題畫

其一

扶笻尋竹塢，曲磴不愁迷。山氣晴生樹，泉聲夜落溪。鳥隨雲上下，人逐月高低。約友彈新調，梧君遠獨攜。

其二

一艇放秋水，秋風滿釣竿。如妝山點翠，似醉樹懸丹。濯足知遺履，科頭想挂冠。自然非范蠡，無乃是張翰。

秋感

其一

自是安劉計，其如老濞驕。黔驢終畏虎，蜀棧竟焚囂。甲肯從天下，兵當指日銷。頻年勞叔子，豈忍賦逍遥。

其二

一旅蠶叢破，刀穿來歙衣。豈同卿子殺，誰入蔡州圍?賊壘雜羌種，王師頓武威。近聞蜀道易，來往任封豨。

其三

漫道伏波老，銅猶百粤標。如何勤下瀨，猶未破南潮。山雨金城白，樓煙鐵漢銷。不知雷海上，誰復響金鐎?

六月六日少司馬楊地一、銀臺張爾成、水部顧見山寄《快園雅集》，和見山韻

其一

折柬高軒集，林深地轉幽。一天梅子雨，六月蓼花秋。易水寒浮琖，西山翠點樓。知君有逸興，留壁畫滄州。

其二

知己無多輩，高談金伏中。相看塵鬢短，莫放酒杯空。竹鳥啼殘露，槐蟬静晚風。夜游安用燭?三徑正螢紅。

夏日寄《快園集》，同館小飲

其一

寄託林泉興，編茅水竹間。拂牆七尺棗，對几一卷山。掃徑留苔甲，停車倚藥闌。銜杯誰與勸？花裏鳥關關。

其二

勝友開軒集，人間地氣涼。座因碁局密，話對酒尊長。松老子垂徑，竹繁孫過牆。伊誰忙袯襫，吾輩且徜徉。

春暮張爾成捕卿招同李書雲、余銓廬、王北山三給諫摩訶庵看杏花

其一

破懶争春遠，招攜石竺間。興高即暇日，地闢況禪關。樹裏千聲鳥，尊前一帶山。登樓憑眺遠，不負此官閒。

其二

野曠春逾媚，林煙緑一園。遠公容設酒，曾點未成衣。坐樹鶯聲老，蒸田水氣肥。閒雲如有意，故故傍人飛。

病起野望

不是秋霜淡，寥寥病客情。水天青不了，雲樹白相生。去鳥孤煙杳，寒花小徑横。遺懷頻悵望，物候變禪聲。

丙寅中秋寄快園步月

露白園林夜，扶筇當野游。螢高星動樹，花淡月明樓。朋輩衰年少，壺殤晚興稠。此中無扞格，不忍賦悲秋。

中秋

十載中秋月，無如此夜清。碧雲高鳥去，白露暮煙平。老話驚孫子，閒情憶友生。酒酣憑杖起，霜鬢戴星明。

劉水木由代州貳擢守遼陽州

五馬原侯秩，三韓况帝鄉。風能清代郡，才可問南陽。海氣榆關紫，秋花鐵嶺黄。三年屈指是，粉署待含香。

顧筆堆太學招飲池亭，用杜少陵《游何將軍園林》韻

其一

爲赴虎頭約，頻過虹影橋。高風環僻徑，淺水漾秋霄。門狹籃輿入，賓遲折柬招。搴帷貪看竹，五里覺非遥。

其二

過庭尋曲檻，步屧漸幽清。老石疑蹲虎，新蟬學囀鶯。梅漿寒代茗，蒲筍嫩堪羹。列坐斜臨水，人從鏡裏行。

其三

宛轉石梁築，參差水柱支。去尋煙外柳，已到閣前池。日上荷全覆，風來魚不知。新秋暑未處，爽氣快同披。

其四

夕陽忽滿席，亭畔小樓開。不大三間屋，曾容幾樹梅。雨宜花氣入，晴喜月光來。俗客應稀至，君看石上苔。

其五

日涉方成趣，翳林多晚雲。不成金谷地，真愧玉堂文。蟲語摧花細，茶煙入樹分。此時歸正好，涼月白紛紛。

翠蛟潭

水煙蒸石黑，洌洌翠蛟宫。終日長疑雨，雙山不讓風。畫眉鳴槲翠，刺角迸霜紅。潭影青蒼變，斜陽返照中。

迎薰亭侍宴

太乙波明影碧霞，斗牛星畔泛仙槎。百壺湛露聖人酒，十里香風君子花。蛺蝶過船吹芰粉，芰鵲出水帶菱芽。銜杯四望歡無極，身在瀛洲第一艖。

翰林院啓館

蹌蹌仙署聽宣麻，北面人宗擁絳紗。豐沛有才皆玉筍，蓬萊無地不金華。日懸雙闕朝光滿，春到長安淑氣賒。中秘正饒蝌蚪蹟，藜煙今夜散朱霞。

張仲若學士總制宣雲

詔從綸閣簡儒卿，總制宣雲錫鉞行。萬里邊城新壁壘，十年星嶽舊聲名。絳旂懸火桑幹暖，繡斧飛霜榆塞清。會見華陽歸戰馬，曲江大業侍調羹。

除夕感懷

其一

老至垂垂蒲柳姿，凋零况是歲寒時。不才合作書中蠹，無用真同面上眉。冷落生涯山一片，蕭騷情與酒三巵。紛紛薦禰原多事，羞問人間大小兒。

其二

海闊天空一草堂，窮年默坐更何妨？安排書卷爲墻壁，督獲花枝度雪霜。此日人情徒咄咄，向來世法總蒼蒼。平生眼界凡三變，不屑區區問智囊。

太原雙塔寺

繫馬雙槐落照殷，愁人獨喜扣禪關。煙生佛洞孤燈閃，霜老秋林萬業斑。月近疑懸松頂上，雲來祇在塔中間。偶憑紺閣頻西望，十里銀濤藹碧山。

寄張華平同館，時假歸萊陽

喜從別後得雙魚，伏枕慚無作報書。博物如君真海錯，多愁似我自山樗。經春藥裹空花鳥，入夢朋情減飯蔬。遥計驊騮趨闕日，金飈歷歷桂華疏。

謫晉臬幕留别同館

五年冷署傍蘭芬，此日傾殤忍對君。何物小臣偏負國，從來遷客重離羣。身隨鴻雁驚秋早，夢到瀛洲喜夜分。千里太原知未遠，祇愁關塞隔煙雲。

抵里寄呈都門諸友

浣盡衣塵京洛緇，布帆無恙報君知。何緣去國人争問，此日還家我所思。殘菊猶堪供釀料，丹楓正可寫新詩。獨憐羸馬青衫客，又逐霜風訪晉祠。

將赴太原留别親友

繁霜不惜點鷫裘，媿説兹行亦宦游。雪壓關河人面冷，塵飛劍佩客裝浮。古今何待無三黜，貧病嗟余有四愁。萱老鶺鴒猶弱羽，太行雲影悵悠悠。

除夕

身經三十四除夕，不獨蹉跎感歎增。鸜鵒啁啾人自喜，桔槔俯仰我河能？河汾霜滿停孤轡，驛館風多護短燈。遥憶長安簪笏客，雞鳴都爲蚤朝興。

中秋雨

秋雲漠漠樹陰陰，細雨無聲淡客心。風定花猶垂冷露，塵空鳥自散清音。不禁見月生歸思，豈爲窮途學越吟。且拂石牀傾白墮，池塘落葉看浮沉。

送崔夏章少詹罷歸長垣即寄太翁成一同年

青宮少尹出春明，十丈紅塵此日清。不信文園真病渴，争如令伯省陳情。蘆溝送客桃花水，督亢催人柳浪鶯。抵里過庭應有問，爲言北郭二毛生。

柬陳藹公

偶來非爲賦閒居，擬結陶籬傍小廬。風雨叩門皆老友，晨昏擁膝半方書。慚無北海芳樽滿，遂與南州高士疏。百尺樓頭如可下，呼童好爲摘園蔬。

開塾示諸子

選日殷勤置絳帷，百年煙榻古香披。願爲韋氏傳經地，不作陶公責子詩。座上春風休計月，簷前寸晷好乘時。紫囊戒佩原吾意，白雪難歌即爾師。

高仙友光禄書屋落成

聞君新搆墨莊成，棐几藤牀事事清。光禄池臺看窈窕，仙人樓閣聽蕭笙。月來蕩漾花窗影，風過丁東竹鐸聲。諫草避人焚几篋，閒心應付橘中枰。

讀申梟盟登岱吟即柬寄

其一

獨有豪情老不收，芒鞋雲水泰安州。追攀名嶽當奇賞，會否閒心憶舊游。康樂詩才清木石，休文病骨愛林丘。郎山我亦登臨徧，那有浮雲蔽日愁。

其二

狂態因循未肯收，三年無夢到神州。君方梁甫吟風罷，我已陘關踏雪游。强酒自能開小户，逃禪長欲卧高丘。禪魔酒病都非累，却爲家園漠漠愁。

秋日邀丁野鶴、陳藹公飲快園

入座人稱第一流，蕭森木末雨催秋。南州高士青霞氣，東國才名白雲樓。杯底月明珠在手，席間楓落玉搔頭。秖今倘徐惜家胏，相對翻慚水上鷗。

井陘道中

寒濤捲雪勢回旋，戰壘猶傳拔趙年。澗柿倒看紅似燒，林鴉斜出散如煙。左車謀畫何難用，背水功名亦偶然。成敗英雄休更論，千秋陵谷幾回遷？

齊鐘銘明府招同郡諸公慈仁寺看海棠

十年不醉此花傍，花尚婆娑我鬢蒼。脱帽當筵仍故態，留賓投轄盡同鄉。彩霞繞樹連春色，紅雪飄燈妬酒香。誰道看花休卜夜？月明正好度霓裳。

贈程穆倩山人

廿載懷君老始逢，瓣香不枉爲南豐。縱談身世悲桑海，屈指知交歎雪鴻。酒國有人堪獨往，硯田無種與時窮。千旄早晚徵耆舊，莫掩邗江半畝宮。

湖上喜遇查王望都諫

拏舟江國獨游遨，湖上逢君慰寂寥。題句杏園餘我輩，論心蕭寺快今朝。飛光祇解催雙鬢，春水同看漲六橋。如此情懷那不醉，傳柑天氣足魂消。

嚴藕漁宮贊假歸無錫

瀟灑抽簪出鳳樓，春風人上木蘭舟。一編青史垂行橐，千載紅塵浣素裘。去日鶯花憐滿目，到時江雨漫回頭。長安老友無多在，走馬蘭臺尚滯留。

途次接張爾成大參從青州雨寄晉中書

其一

雙魚兩度出陘關，驛路開緘淚欲潸。失馬余猶淹幕府，同人誰復列鴛班？張堪身近瀛洲嶼，郭泰家原介子山。爾我行藏何日定，風塵都減舊時顔。

其二

開函辛苦話爲官，時序飛霜萬物寒。我輩自然多磈礧，人情今日更波瀾。但將佛子羼提誦，都作莊生蛺蝶觀。身到窮途方有悟，蜃樓莫怪海雲殘。

僦居太原僧舍

不獨枯心老似禪，行滕已傍法輪縣。常依佛地諸緣幻，偶到香臺百念捐。月轉松陰終是影，雲移山翠自成煙。寒花秋水蒼涼景，遷客萍蹤又一年。

晉祠

山根怒迸一泉噴，遶水環山遂結村。石殿沉沉關雨氣，鐵人莽莽繡苔痕。青帘緑柳橋頭屋，花鴨香茨堰下門。試到祠中高閣望，麓臺山畔野雲屯。

裴晉公緑野堂

平皋十里簇雲根，老樹清泉緑野門。人襲風流衣帶古，代更兵火姓名存。鴨眠春雨煙三尺，林吐清光月一村。獨有丘園天地隱，當年劍客滿乾坤。

鄭淡庵督學禁中晉人兵部

才名舄奕鄭當時，樞府含香選鵷鸃。自昔楚才當晉用，於今北學是南師。文峰赤壁增三賦，理屈黄陂拜二祠。欲爲詞壇生氣色，洲臨鸚鵡一傾巵。

别曹秋岳夫子十稔，偶於晉陽拜晤，感而有賦

左官次第買歸航，回首青門已十霜。元鳥尚留龍馬塞，逐臣敢負芰荷裳。且將世事浮桑落，况有文詞動柏梁，爲憶髫年環絳帳，幾何雙鬢已蒼蒼。

王蓼航宫允備兵南贛

其一

憶辭香案正翩翩，一卧蘇門二十年。秋水龍藏雷劍氣，夏峯鸞嘯太行煙。天中人望高珠斗，海内詩名讓輞川。偶爲蒼生重攬轡，潯江試放米家船。

其二

詞曹衹合老西園，賴有君行雪此言。攜雨自能澆鐵樹，折梅還欲寄金門。嶺南屏翰分甌越，江左歐曾見弟昆。去到滕王高閣望，水天一色舊時痕。

趙韞退大參分守河北

王屋蒼生迓百泉，使君持節去旬宣。賈生當日原年少，汲黯於今許召還。一道清風淇水曲，三分古蹟鄴臺邊。紅烽白羽民勞止，珍重褰帷問滏川。

司馬温公墓

涑川荒壠宋名臣，社稷文章擊一身。名動蠻夷周召虎，書成通鑑魯郊麟。僅存謚法碑三字，不盡衣冠祀幾人？數里林巒連緑野，二公隔代足相鄰。

李仲如以蔭補奉天治中仲如能畫

贊皇公裔衞公才，三輔黄圖一掌該。新領銀青周内史，遠臨鴨緑漢留臺。日烘海嶠雲成閣，霞結山陰樹似梅。屈指遷除應有詔，醫無閭人畫圖來。

魏雝伯視鹺兩淮

與君攜手話滹沱，二十年來我鬢皤。唐代魏徵陳十漸，漢家郭泰老三河。才名已厭西臺柏，直指今巡東海鹺。聞道揚州花滿樹，鹽梅須爾作羹和。

趙鐵源太史典試粤東

膠海才人趙倚樓，棘闈星使日南游。一帆萬里蠻煙静，八月雙江梅嶺秋。墨水江邊看鐵漢，桂花香裏點魚頭。賢書露布知齊上，幕府文章認馬周。

泊京口

百里揚舲過潤州，停帆恰對大江流。金山寺近聞鐘鼓，鐵甕城高應斗牛。地到海門雲自密，水來天塹浪全收。三更坐聽濤聲急，荻渚風吹一片秋。

中秋後五日邀沈繹堂祭酒、馮胎仙庶子、高爾豹進士雅集百可亭，次爾豹韻

冷雨秋亭夜照釭，愁心擬向翠濤降。冰輪有意來空谷，鐵板何人唱大江？五粒禿猶垂小徑，九華高欲入晴窗。座中咳唾珠璣落，國士驚看遂有雙。

秋日邀任青巖正字、高淡人、張朝弼兩録事集百可亭，次淡人韻

其一

白露當庭雁影南，客來不用月成三。雨餘有草皆含翠，樹密無山亦吐嵐。近日閒雲紅似錦，迎霜秋水碧於藍。蹉跎未覺年華暮，何事林楓葉已酣。

其二

園空夕照滿高槐，杯勸飛光興更佳。露著秋藤枝綰綬，月臨風竹影橫釵。讀騷飲酒真名士，小築幽栖稱老懷。眼底升沉安足論？雄心祇擬頌平淮。

重陽後一日集項眉山齋中，看西山霽色

夜聽冷雨濯西山，翠巘朝來爽氣還。偶對墨林書畫裏，遥分秋色蔚藍間。斜陽影動雲歸寺，寒露聲隨雁度關。莫爲卧游空拄笏，尊前饒有菊花斑。

王印洲臬僉督理河南河道印洲舊爲江西督學

東山養望十年餘，小試河渠太史書。曾聽洪都歌有斐，肯教汴野歎其魚。乘橇權與冬官比，繡豸銜分憲使居。指日錫圭應底績，負圖龍馬更何如？

紀孟起樞部榷關金陵

春風擘柳導霓竿，司馬當關江界安。鐵鎖截流龍虎郡，簪纓交舞鵕鸃冠。兵連楚澤檣帆集，貨達閩疆市舶寬。榷梲詰戎君并領，好將商力壯三單。

春日張永舒太學招同李湘北學士、王北山給諫、杜子静宫允、張南溟比部雅集遯園，次韻

其一

正欲降愁部酒兵，銜杯爲愛遯園名。舌存未許談時事，心老纔知淡物情。小鳥争來高閣噪，新花還向舊枝生。灤魚易釀皆鄉味，不羡張翰蓴菜羹。

其二

誰道蓬蒿仲蔚居，近來修築儼清虚。扶藤上格虬形轉，種竹臨窗个影疏。客語豪常驚碧落，詩才老欲過黄初。棋枰酒琖琴牀外，數卷縱横引睡書。

立秋二日書百可亭壁

鳥歌花舞未全幽，秋在人心易得秋。微雨欲來涼北牖，夕陽無定下東樓。蠮螉結塞情何怯？蝃蝀成橋影乍收。獨有卧游堪自遣，倩誰畫壁滿滄州。

送顧見山出任陝西臬僉分巡洮岷道

其一

雲間才子水曹郎，雪月徵軍去朔方。位與西臺分斧鉞，星從北斗見文章。五原石峽秋煙紫，萬里金城水氣黄。堪羡霓旌千騎擁，蕭關迢遞下淒涼。

其二

除豪氣盡鬢涂霜，正欲從君卧石倉。見説虎頭行紫塞，誰教龍首鎮青羌。邊鋒夜静連榆谷，風雪天高度渭陽。西隴無梅勞驛使，疊歌宛轉對離觴。

送白仲調進士歸金陵

驚看君去意昂然，白羽紅烽路幾千。家在三江龍虎地，人歸八月雁鴻天。休嗟知己無劉尹，須信同心有吕虔。舟到金山應坐嘯，一聲吹斷海門煙。

道目和尚折山中臘梅見貽賦答

知爾拈花笑幾時，冷香遥贈兩三枝。分將山色憑高士，賸有酸風護法師。正色莫嫌蜂蝶少，寒芳猶喜雪霜遲。瑶瓶絶勝巡簷笑，不作羅浮夢裏癡。

徐昌候茂才歸華亭

送君歸去意怦怦，迢遞江關畫角聲。豈是馬周無上策？祇緣王粲有鄉情。布衣可惜京塵黑，絲髮何妨塞雪明。若買山居深更好，東南戎馬正縱横。

乙卯四月金悚存太常招同楊地一少司馬、曹顧庵學士、沈繹堂大司成、張爾成銀臺、項眉山學士雅集，分韻得一先

闗山湖海正烽煙，老友傾尊感慨偏。日淡燕郊鶯卷舌，風驕榆塞樹飛錢。令傳司馬猶行酒，卦叶同人莫問年。不醉婆娑須底事，聞雞誰肯更争先。

歲暮雜感

感慨今年未有涯，那堪歲暮旅愁加。空階疊雪看危石，老樹吟風聽夕鴉。奏捷江湖書正急，傳聞關陝卒争譁。奇謀將相應多在，却使書生枉歎嗟。

劉山人游中州，憑寄張上若同館

軺車億下午橋莊，痛飲醍醐月正霜。白髮我猶歌偪仄，青山君已定行藏。滏河春雨麒麟浴，行塢秋煙薜荔香。滿眼干戈憑聞訊，金臺客老意蒼茫。

題畫

白瀑界青壁，緑巖跨紺閣。擊舟不見人，知去尋丹壑。

望家信

徙倚寒江鄉思多，蕭蕭木下洞庭波。殢人無數南征雁，都未經從易水過。

題湖心亭

百幅畫圖明鏡上，四時煙雨翠屏間。游人解道湖光好，船到湖心卻望山。

夏夜坐

樹擁書齋夜更幽，清燈深坐寂無愁。卻憐窗北琅玕竹，一縷風來響似秋。

國朝畿輔詩傳卷十三

張溍

溍，字上若，磁州人。順治九年進士，官翰林院庶吉士，祀鄉賢。有《讀書堂詩草》十卷。

《四庫全書提要》：《讀書堂杜詩注解》二十卷，張溍撰。是編乃其晚年家居所作，以《千家注》爲本，而稍節其冗複，凡稱原注者，皆《千家注》。每詩下評語及圈點，則溍所增入也。自稱起己丑迄癸丑，閲二十四寒暑，五易稿而成，其用功甚勤，然多依傍舊文，尚未能獨開生面。

《畿輔通志》：溍，明大司馬鏡心子，順治己丑進士，授内宏文院庶吉士，手輯司馬《雲隱堂集》三十卷，梓以行世。中年失偶，念妻封股療姑，一生盡孝，終身不再娶，人服其義。

《磁人詩》：公器質端偉，十二歲補博士弟子員，選庶常。以母病乞歸，日夜侍湯藥，偕妻劉，弟衍，争割股以進，母小愈，既而連丁内外艱。服闋入都，會世祖命入覲，監司條奏地方利病。大梁道沈荃詢於公，公言鄴下朝歌，地當孔道，歲苦供億不支，請以後凡大兵駐二郡，旁邑協濟，民力可甦。沈然之，章上得旨，著爲例。歸日，手六經、史、漢及韓、柳、陶、杜集，校讎評點。嘗受經於無錫堵孝廉灕生，生時周問不絶，殁，卹其孤。

寄殷宗山

烽煙不到地，歲月任逍遥。飲犢猶嫌水，臨風欲棄瓢。千峰供杖履，一代見漁樵。應共巢居子，雲根劚藥苗。

重編先司馬集成紀之以詩

遺文忍痛再編摩，手澤依然歲月過。五載高牙開嶺表，一朝微服渡渾河。韋經閉户丹鉛久，諫草篝燈涕淚多。細帙猶存心事在，千秋憑弔復如何。

贈秦吉生

架上牙籤擁百城，茶鐺藥臼午風清。知君已就凌雲賦，消渴還應似長卿。

譚宏憲

宏憲，字慎公，大興人。順治九年進士。

詠畢卓故里

畢公遠俗塵，落落意偏冷。飲中日韜光，餔糟趣自永。酒池了一生，寄託殊孤迥。醉卧比舍間，玩世豈獨醒。聊應太真辟，終與胡母並。蹙蹙安所適，達人發深省。游息有書屋，千載留光影。我來問鮦陽，高蹤動仰景。

李鳳翔

鳳翔，任縣人。順治十一年舉人。

泛大陸澤

一幅雲林著此身，桃源重過問津人。煙凝晚照花添幔，萍長春池鴨有茵。幾片漁帆懸碧落，數聲野鳥斷紅塵。湖光浩渺渾難醉，勃窣詩狂屢岸巾。

趙吉徵

吉徵，字君孚，大興人。順治十一年舉人，官湖北應山縣知縣。有《菜根堂詩選》。

王士禛《序》：先生爲人慷慨，負意氣，好交游，重然諾。其詩不取妍當世，而骯髒之氣，時露行墨間。

贈閻古古

岸然挾瑟應齊竿，我自貽君《五嶽圖》。別有襟懷扶大雅，豈無天地置狂夫。行藏秋雨經巖桂，心蹟寒冰貯玉壺。若問倦歸陶靖節，北窗松菊未全蕪。

李振藻

振藻，字天葩，蔚州人。順治十一年貢生，官主事。

送劉乾菴歸里

擾擾舟車世，安農亦所難。詩書真處得，天地静中寬。末俗輕風節，吾儕重肺肝。歸逢高司寇，寄語問平安。

劉元徵

元徵，字伯誠，號夢闈，大名人。順治十二年進士，官刑部郎中。有《培園詩集》六卷。

《百家詩鈔》：夢闈詩敦厚似陳拾遺，韶秀似王汜水，沉鬱頓挫，幾比肩浣花。

暮秋北旋，張企麓、汪聲耳、成我孚送至雲陽，北望湖亭作

榜人欲解纜，踟躕步城陰。戀戀居人意，悽悽行子心。相送不忍別，同舟及前林。宛轉依河壖，緬邈眺蒼岑。秋陽耀原陸，草木氣蕭森。褰衣陟纍樹，曠望消煩襟。淼淼澄湖色，暖暖夕景沉。遥指江路永，彌覺離思深。賞心從此隔，佳期杳難尋。前途誰其酌？濁酒慰獨吟。

春日同黄小重、孫雪崖飲小園

輝輝暄日長，冉冉春雲細。欣欣萬木榮，霏霏初雨霽。寢痾日屏蹟，荆扉經旬閉。散帙聞鳥啼，開樽喜客至。臨溪搴弱枝，穿林摘芳蕙。晷運無停軌，誰挽羲和轡？繁花争一時，嫣然各自媚。擾擾百年内，汩汩役愚智。良晨不易逢，何事懷百慮？取樂貴及時，逍遥隨所寄。願君愛景光，短章聊申意。

涇縣道中

宛陵南去路，合沓萬峰開。怪石當人立，亂流隨馬迴。人家依嶺側，鳥道上雲隈。絶澗蟄龍卧，風雷中夜來。

登京口玉山清音閣

策杖躡江巘，臨風倚梵樓。秋天出遠樹，夕照見歸舟。清磬雲中發，驚濤檻底流。坐來塵境隔，

疑是御風游。

太平劉松舟别駕席上口占

江雲惜别年華易，竾市論交意氣雄。萬里行蹤驚去住，百年身世感窮通。月明城郭潮聲滿，雨霽池臺暑氣空。好客中郎還倒屣，倦游司馬自飄蓬。

七夕集王文無報恩寺寓齋，是日立秋

留滯江鄉歎遠游，良辰樽酒足忘憂。一聲清磬諸天静，四面晴巒小閣幽。老去行藏羞乞巧，愁來詞賦祇悲秋。亦知信美非吾土，日暮停雲共倚樓。

紀元

元，字季愷，號子湘，文安人。順治十二年進士，歷官陝西鞏昌府知府。有《卧游山房稿》。

王士禛《傳》：子湘初任杭州司李，量移徐州河防同知，升漢陽府，再起知鞏昌府。所任皆繁劇地，而處之裕如。杭爲東南都會，訟獄繁多，公多所平反。杭巖道范印心爲諫垣，汪之洙參糾，落職逮問。公知其冤，力爲剖雪，事得白。其防河淮徐也，茶庵堤決，城不浸者三版，闔郡惶避，夫役迸散。公屹不爲動，曰：『吾任河工，避將焉往？此身與堤當委命陽侯耳。』遂辦土囊數萬塞之，堤完，城無恙。守漢陽時，蒲圻縣紅石等團跳梁負固，大將軍欲遣官招撫，皆畏難不敢行。公曰：『叛

在賊，不在民，朝廷赤子豈敢久抗耶？』慨然銜命往。開誠勸諭，果相率歸命。肇昌邊徼荒涼，民無完堵。公招來有法，漸次復業。修整學官，講明祀典，博求遺籍。公遇事敢言，無所迴護。批隙導窾，動中機宜，以故所至，上官皆加器重。然亦以才爲人所忌，又性疏直，不能趨時，故屢而起，起而復躓以卒。

夜至西湖對月獨坐

新秋才見月，湖水散清輝。林外花初落，池邊鳥自飛。兩峰回竹嶼，一艇到山扉。庭際當搖落，懷人應未歸。

劉芳躅

芳躅，字增美，號鍾山，宛平人，餘祐子。順治十二年進士，歷官工部侍郎，祀鄉賢。

《易州志》：增美父餘祐，官至少保。十齡時從少保宦中州，明上洛王一見，異其丰采，妻以女。本朝定鼎後，成進士，授庶吉士，補編修，轉侍講學士。康熙八年，仁皇帝念山左凋敝，命往撫。至即請免秋税，蠲丁徭，通行賑卹，皆報可。先是山左多勝國藩産，正供外，仍有租，民累甚。上疏免之。有黄培者，以謗誹繫獄數年，株連甚衆。芳躅讞實，坐培罪，餘悉奏釋之。晉工部侍郎，丁内艱歸，遂卜居易水上，不再起。

《紅豆樹館詩話》：侍郎撫山東時，在康熙丁未、戊申之間，朱竹垞先生客其幕時。泰安州嶽祠久不治，侍郎出廉俸，爲僚屬倡，剋期增建。工畢，竹垞先生爲撰碑記。又登繹山，他賓從皆懼險中輟，侍郎獨偕竹垞造其巔。撫署廳事，有泉涌出，名之曰『濼泉』。蓋取《爾雅》『水自濟出，爲濼』義也。竹垞記中稱公能潔己，於上賓客咸以公之心爲心，若泉之在甃，纖塵有所不納。雖極而至於大、小清河，而入於海，無非清者。則侍郎之爲政，亦皭然不滓者矣。詩不多見，《曲阜晚眺》一律自《曝書亭集》采入。

曲阜晚眺和朱竹垞韻

孔庭釋菜後，攜客步莓苔。犧象湯孫徹，金絲魯殿開。牲碑工拓就，蓍草馬馱回。媿少春秋癖，言旋罷講臺。

劉慶藻

慶藻，字虛中，號佑申，滄州人。順治十二年進士，官江南虹縣知縣。

九日謝郭道人送菊

窮秋九月荷葉黄，北風驅雁天雨霜。老翁悶坐空齋裏，無花無酒對重陽。南園道士解人意，移來數種堪佐觴。貰酒黄公博一醉，主人脱卻舊鷫鸘。滿堂坎坎擊鼍鼓，楊妃亂醉西施舞。爾皆絶代之佳人，齊捧瑶觴向我舉。寄語阿嬌莫嬌妬，風雨颯颯愁日暮。茂陵司馬正苦貧，好將黄金買詞賦。

田種玉

種玉，字公琢，宛平人。順治十二年進士，歷官禮部侍郎。

《易州志》：公琢爲諸生時，家貧甚，以香爇火照讀，指皴裂弗輟，順治甲午舉鄉試第一，乙未成進士，選庶常，歷官至禮部侍郎。性剛介寡合，左遷奉天府丞，遂乞歸，卜居易水，蒔圃自給。五十二年，加工部尚書，太子少傅。

海淀

清秋人意豁，引興到郊西。金谷昔輝映，濠梁今品題。插天石劍矗，拂地柳絲齊。静悟疑身隱，荷香滿袖攜。

馮源濟

源濟，字胎仙，涿州人。順治十二年進士，官國子監祭酒。

張庚《畫徵録》：胎仙，山水學董、黄，布置宏濶，筆墨深厚。

亦園雅集和李湘北學士

柳蔭疑處士，草色憶王孫。不謂元臣墅，還同仲蔚門。繞階分藥圃，新水漲堤痕。此日傳觴處，占星聚一村。

魏力仁

力仁，字山公，南樂人。順治十四年舉人，官安徽廬江縣知縣。

《南樂縣志》：力仁，品格雄偉，雙目炯炯，善談論，尤工小楷，雄於詩。知陝西中部縣，以憂歸。補令廬江，皆有惠政。

登狼山

勝地名山壓海門，山形迴合五狼蹲。南瞻吴會江光白，東望扶桑日氣昏。外府魚鹽增課税，不
庭鳥竄長兒孫。清時防御勞宸算，特遣嫖姚鎮大藩。

張橓

橓，南和人。順治十四年舉人，官國子監助教。

《南和縣志》：橓，明廣信府知府應誥孫，官東光縣教諭。升錦州府教授，遷國子監助教。性寬厚，喜讀書，歷任儒官，育才造士，各著成績。告歸，年届七旬，猶手不釋卷。幼工書，讎校經史，多親爲鈔録。

仙井

百尺寒泉平地生，高臺古木遠風清。自從至正投符後，雲霧空濛鎖玉京。

澧水

淼淼煙波入畫圖，黄魚白鳥泛青蒲。千家茅屋臨流水，十里香秔在鏡湖。

杜鎮

鎮，字子静，南宫人。順治十五年進士，官翰林院侍讀，祀鄉賢。有《寶田齋草》。

《南宫縣志》：鎮初知陽信，邑素瘠，積逋盈萬。鎮至，力爲清釐，逋欠一清。遷内閣中書，改刑部主事。預修《寶録》，授翰林院編修，纍進侍讀，乞歸。先是崇禎甲午之變，土寇烽起，鎮以孝廉家居。衆推爲盟主，隨機捍御，數敗鉅寇，四境宴然。及告歸，適白蓮妖賊倡亂，鎮與知縣胡景銓捍衛有方，賊旋授首。被俘婦女千餘，鎮以五百金贖之，令家人來認取，皆泣拜去。

懷宋開之選郎

秋色平分露氣清，關山千里月華明。故園有夢驚聞笛，京國何人共舉觥？啓事舊曾留藻鑑，殊恩新擬拜公卿。時危側席需良弼，早赴鋒車向闕行。

懷賈無染隱君

琴書丘壑自閒閒，三十年前早閉關。未擬陶潛居栗里，真如安石卧東山。秋風故園懸霜鬢，夜月金臺照旅顔。指日賦歸尋舊旅，相期潁水鹿門間。

戴王縉

王縉，字紳黄，號雲極，滄州人。明説子。順治十五年進士，官行人司行人。有《蕭雲齋集》。

雨夜懷鄧孝威

憔悴何時已？思君苦未休。亂山殘樹影，野水暮雲秋。雨逐江聲黑，虹明夕照收。何時重把袂？清夢自悠悠。

魏雙鳳

雙鳳，字雝伯，又字陽伯，獲鹿人。順治十五年進士，歷官太僕寺卿。有《南游草》。

陸隴其《傳》：雝伯，嗜讀書，穎悟非常。戊戌成進士，選江右新建令。先是以錢糧被累，羈候者五令，公下車即出結縱令還，曰：『吾以一身當則，公等可悉免。』新建當省會衝繁之區，國鼎初定，三藩跋扈，軍興旁午，公供郵驛，理縣事。民安盜戢，弊剔糧清。以卓異行取，擢御史第一。

康熙癸丑，試四川道監察御史。巡視北城，未及瓜，特差巡按兩淮鹽政，題蠲湖南江西等郡，逋課數十萬。尋爲督捕理事官，多所平反。壬戌爲大理寺少卿。奉命祭告炎帝、虞帝二陵。有《南征紀略》行世。尋遷宗正。卒於官。年六十有六。

補陀勝境

古寺倚山成，雲霞院外生。竹摇鷩鳥語，松響隱泉聲。日午行將倦，春殘雨復晴。敲門僧未覺，可是閉關情。

李枝長

枝長，静海人，順治十五年進士，官四川宜賓縣知縣。

官貧

本是宦情拙，休因苜蓿嫌。家貧難好客，官冷易爲廉。佐食無魚設，烹茶掃雪添。曾聞尼父訓，飲水自安恬。

翟廉

廉，字静生，號棘麓，趙州人。順治十六年進士，歷官布政使參議。有《宦游偶寄》一卷。

感懷

兵戈紛在眼，骨肉遠關心。半載音書滯，孤城草木深。黄昏燐火照，白日陣雲陰。何處猿啼急？淒涼游子吟。

高營夜坐感懷

紅衣新熟橘，白首老書生。解渴閒呼酒，忠家厭説兵。海天風鼓浪，平野月臨雲，遥憶黄河北，霜寒古趙城。

井在

在，字存士，文安人。順治十六年進士，官山西興縣知縣。有《鐵潭集》八卷、《篚蟫集》四卷。

黄叔琳《傳》：先生己亥成進士，授平陽司李，改補粤之永安令，再補晉之興縣。以伉直不事上官。年七十二以卒。其司李平陽也，精敏獨任，吏畏之，莫敢仰視，而決讞多所平反。疑案不可究詰者，務寬期以致正兇，不急於鍜錬入人罪。嘗曰：『事固有，急之則兇奸之彌縫益密，緩之則無意之洩露可期。』誠聽斷者之明鑑也。值節推裁缺，改補永安令，縣隷惠州，南嶺大山，最稱險利，撫曰：『李唐宗者，大猾也。盤踞其中，蓄髮陰謀不軌。』又使礦徒四五百人於赤溪開採，招集亡命，横於一方。先生修浚隍陴，團練鄉勇，爲未事之防。已而，三逆煽亂潮，鎮劉盡忠密授僞符，陰約唐宗爲犄角。先生具得其狀，選鄉勇之精壯者三百人，結以恩信，日椎牛饗士。先是副賊李海政，焚掠村寨。先生設伏擒之。已而，撫檄督府鄧進兵協勦。先生部分鄉勇扼據要塞，而自以親丁會督府兵抵山下。賊兵在海上者，不得合。而逆鎮劉盡忠亦以先期未發，救援路絶。唐宗遂薙髮出山詐降，冀以緩師而待援也。先生決計勦蕩，遂麾兵梯山，抵其巢，搜得僞隆武印敕各一，及與潮鎮往來書，遂斬宗於軍前，而殲其黨，雪其民之脅於賊者百餘家，南嶺平。太夫人訃至，北歸。服闋，再補興縣，罷還里，以詩文自娱。子弟少雋者，所陶冶蓋數十人。陳子儀其最著也，著有《天文纂要》八卷、《鐵潭詩集》六卷《文集》二卷、《合河署詩集》一卷、《講約六諭解》一卷、《篚潭集》四卷。

擬陶飲酒

其一

棲遲衡與泌，家無擔石儲。種秫理酒牀，相對數卷書。興至過白石，揮觴訊太虚。啓期何自寬，莊周終蘧蘧。吾樂自有真，八達何足譽？

其二

荒宅慚楊子，而有架上書。遺悲念手澤，世盛感皇初。我憂無以解，獨酌情亦舒。豈不思共適？醉醒殊乃疏。所以楚靈均，蕭然賦《卜居》。

灞上輕薄行

風急長安道，日暮長安行。紛紛灞滻塵，向人衣上生。促輪亂馬蹄，鞭影控縣旌。豈無素相識？有蓋莫我傾。相逢游俠兒，足捷身致榮。去夫不相顧，誰憐羈旅情？

陳聖俞

聖諭，字起哉，磁州人。順治十六年進士，官浙江永嘉縣知縣。有《寓甌雜詠》《歸田詩》。

《磁人詩》：永俗刁滑，動操長吏短長，中以危言。公至，申請免逋賦數千金，辨復諸生之罣誤者十餘人。代民還簪債，贖其留質妻女。以内艱歸，未幾，卒。永人思之，肖像祠祀。

歸况

簿書幾載鬢絲斑，策蹇歸來學閉關。負郭原無田二頃，近廛惟有屋三間。薜蘿初製幽人服，松菊長怡醉後顔。坐起閒窗無箇事，舊時吟草細加删。

李如滂

如滂，字仲淵，號澹庵，高陽人。順治十六年進士，官四川酆都縣知縣，祀鄉賢。有《行素堂詩集》。

《四庫全書提要》：《行素堂詩集》一卷，李如滂撰。其祖、父明末皆死於亂。如滂間關冒死，訪遺骸於兵火之中。其行誼鄉黨所稱。是集，如滂所自編。前有李爵序。爵，如滂諸父行也。

《保定府志》：澹庵任零陵令，以憂歸，起補酆都，會吴三桂反，不受僞職。賊收羈之三年，備極危苦，志不少變，乘間脱歸。抵荆州，叩軍門，述賊可滅狀。且畫策制府以聞，朝廷嘉之，復其官。

夜泊嘉魚縣

落日催輕舫，孤帆帶夜行。星寒微露濕，秋淡大江清。草色連天暗，漁燈映水明。嘉魚何處是？隱隱度鐘聲。

秋日過衡陽與王文振登大觀樓言别

依依不忍道，攜手上高樓。北極燕雲遠，西山落日愁。蟬鳴楓葉冷，猿嘯大江秋。楚地知音少，因君且擊舟。

秋日自遣

寥落江城暮，秋風處處同。一官三峽外，數口萬山中。貧賤差時輩，飄零任轉蓬。故園歸未得，目斷信陵東。

讀邑志忠烈傳公姓李，諱秉，雲中戊午鄉試。明末兵備禹州。逆闖入河南，公倡率民兵戰，守纍月。力竭，罵賊而死。時止傳禹州道死難，並不知姓名，亦無恤典，人皆惜之。

大常何事失題名，讀罷新書氣不平。大歷猶然疑許遠，明皇竟未識真卿。一腔熱血歸泉土，半世孤忠繞汴城。我欲問天何處問？杜鵑聲裏月空明。

閨怨

封侯亦何爲？眼見梅花老。但願郎早歸，相將貧亦好。

讀曲歌

説來又不來，悔儂錯認真。隔林呼樵夫，問是誰負薪？

曹鼎望

鼎望，字冠五，號澹齋，豐潤人。順治十六年進士，官陝西鳳翔府知府。有《楚游》《新安》二集。

吴慎《傳》：澹齋父繼祖，官别駕，舉七子，鼎望其一也。生而岐嶷，天性孝友。弱冠補博士弟子員。甲午舉於鄉，己亥成進士，授庶吉士。世祖章皇帝以時召對，恩遇優渥。既而改授秋曹。請停嚴冬遣犯，豁逃人連坐之寃。決疑獄甚多，曹中稱其能。丙午典試三楚，所拔多孤寒士。明年出守新安，協計剿婺源山賊，平之。辛亥大旱，賑粥，活饑民甚衆。捐資刻《朱子綱目》《新安文獻志》

等書。日召諸生講學於紫陽書院。嗣以不能事當路，奪職家居。旋起爲廣信守。整頓殘破，招復流亡，請兵籌餉，勦賊寇江機、楊一豹等。復乞蠲七年逋賦。以憂歸。復起爲鳳翔守，開墾蕪地，寬減科條，請停防漢，更番兵馬，修横渠，祠喜雨亭，以勵後學，郡中稱治。丙寅以老乞休。邑令羅景泐屬修邑乘，多所考核，爲一縣信使，卒年七十有六。

《紅豆樹館詩話》：冠五妙諳墨理，自製墨有玻璃光。掌『珠書畫舟』、『天保九如』諸款識。背有『曹冠五藏墨』字，下刻『澹齋印』。其刻『瘦庵印』者，公子鈖所作也。皆檮曹素功墨數萬杵，重和佳料製成，衹供自用，間以貽人。無市心，視方于魯、羅小華，不知何如？要其淘鍊精緻，煙細膠輕，良非近來黟、歙墨工所能及。

石照山

曉出玉鄣門，渡溪復越嶺。茂樹欲參天，盛夏翻清冷。幽壑隱禪關，隔斷塵千頃。側見古亭邊，石照傳奇景。翠峰危以特，壁光闇而炳。詎止鑑鬟眉，羅列山河影。惟空故生明，惟静乃能永。昏昏行役者，胡不發深省。

小塔寺

楚天黄葉暮，禪院白雲封。徑僻宜乘興，亭留爲勸農。亂篁迷小塔，斜石倚孤松。久坐從僧話，林端送晚鐘。

漢口別舍弟

汝從燕馬去，余向楚州來。歸夢隨江水，離愁入酒杯。暫分鴻雁序，先到鳳凰臺。有約遲冬杪，齋頭看臘梅。

斗山亭同人夜集

樽前一嘯晚煙空，王謝風流定屬公。人擬琴書六水上，亭圍山影半天中。紫簫吹處襟懷闊，青眼開時義氣同。潦倒不辭今夜醉，舉頭明月挂疏桐。

江月

雪盡羣峰出，江空一月浮。清光流不去，偏照異鄉愁。

黄州雨泊

濤涌千層雪，江飛萬縷煙。雨餘山欲暗，赤壁夜停船。

崔崋

崋，字蓮生，平山人。順治十六年進士，歷官陝西莊凉道，祀鄉賢。有《公餘詠》。

《畿輔通志》：崋，性孝友，七歲失怙，哀動路人，事伯兄如父。官俸所入，悉以分之昆弟，不私一錢。初授浙江開化令，遭耿逆之變。城守武弁潛蓄異志，與賊黨通。崋親率義勇，奮殺賊衆五十餘人，餘黨望風遁去，完保疆圉，以功加三級。又請全蠲康熙十三年至十六年寇亂以來逋欠錢糧，民困以蘇。擢揚州守，遷陝西莊涼道，卒。

山游紀勝

冲襟躡秋岑，日落千崖聳。孤嘯臨遠風，勢與江波動。輕策冠飛鳥，萬象接幽踵。寒姿結霜標，陰泉濇雲孔。横攬空濛表，不知煙靄重。拂石憩古苔，撫松託修竦。江色在衣帶，寒濤坐來涌。

師子巖

崇巖吐青冥，光響限林谷。栖神蹟未化，踐幽境轉肅。緣流亂水區，遵石入雲族。忽與煙霧并，稍知日月伏。目恬天嶺交，心霽風霄穆。江海有端倪，乾坤不盈掬。翛然叩虚抱，松風媚幽獨。

合掌峰

奇峰閟天經，合沓神化積。密石涓細流，陰霞蕩虚壁。息心響空音，萬象俱踐夕。流景媚林姿，歸禽度雲隙。平挹遥海蒼，俯睠雙湖白。空水倒羣峰，恍惚天地易。洪幽撰耳目，眺聽理匆隔。永觀元化初，於焉振霄翮。

詠史

其一

戰國能得士，獨有信陵君。侯嬴既已死，毛薛真其人。諫使返大梁，鑿鑿名教言。紛然縱横子，誰能與之倫？當其隱博徒，目乃無平原。識士良不易，彼誠何足云

其二

仲連天下士，區區負高名。直欲致魏救，帝秦匪所争。燕將守孤壘，爲書射聊城。勸使東游齊，頗亦傷縱横。傲然輕富貴，志乃高儀秦。强作非自然，安釐誠知人。

其三

燕丹志存燕，報讐匪所亟。匕首遣荆軻，不獨爲刺客。要使亂咸陽，乘間合六國。壯士去不還，易水空蕭瑟。嗟哉樊將軍，授首曾不惜。那知燕丹頭，更向函關人。

其四

陸賈善藏身，英雄有道術。客從高祖游，辨士聊託蹟。功臣食報終，賈乃肆微力。説粤來遠人，新語開文墨。女主既臨朝，諸吕勢傾側。度不可口争，病免就家食。斥賣橐中裝，分金買田宅。深心出妙用，交歡啓平勃。功成身不有，機智人莫測。名之曰辨士，毋乃非其實。嗟哉子房儔，千載誰能識？

越西行

越西之疆古姑蔑，南走滇黔右兩浙。萬山迴合抱孤城，一道金溪沸奔雪。狂氛一夜吹黑雲，閩關以北無堅屯。國家承平三十載，卒見烽火皆崩奔。彈丸小邑千巖底，踣之直用韡尖耳。城存與存亡與亡，不死猶圖報天子。奔走風塵萬嶺間，齧指血濺蟠桃山。浮圖一矢賀蘭志，誓不與賊生同天。仰天叩心天鑒此，收城豈雪生民恥。百里提封謝主恩，孤臣待罪甘心矣。十年長吏愧蒼黎，亂後還驚有孑遺。君不見，月波亭上清秋魄，依舊含情照越西。按：此詩蓮生令開化時御賊之作。

京口

京口千帆集，江天一望遥。人煙沙市没，樓閣海雲飄。瓜步連春雨，蕪城隔暮潮。何人夜吹笛，風月坐蕭蕭。

竹西亭

歌吹揚州路，西亭舊足誇。香風散羅綺，夜月寫琵琶。畫鷁停深柳，春城覆落花。追思全盛日，腸斷玉鉤斜。

毗陵道中

挂席當春杪，毗陵古岸舟。柳攀江雨細，亭没戍雲浮。歲㑴花空發，城荒麥未秋。東南財賦地，誰慰一人憂。

到郡

到郡煩津吏，官舟泊水亭。繁華非宿昔，鴻雁歎飄零。野岸棠陰緑，春城麥氣青。爲憐諸父老，露冕駐郊坰。

吴門道院彌羅閣

飛閣層霄迥獨攀，凌虚憑眺俯人寰。金鋪晝暝栖雲霧，碧落風輕禮佩環。檻外天低吴苑樹，窗中人倚洞庭山。花洲錦纜知何處？千里毗陵一夜還。

題畫

嵐翠落空江，猿聲啼不住。明月照漁舟，繫纜青楓樹。

維揚感懷

燈船歌管醉春嬌，不夜邗溝廿四橋。三載鴻嗷秋月冷，蕪城何處聽吹簫？

蔣宏道

宏道，字裕庵，大興人。順治十六年進士，歷官都察院左副都御史。有《來仲軒詩草》。

燈下菊影

白雁横秋霜外飛，疏簾半捲夜窗圍。衹今人坐寒香裏，似踏柴桑醉影歸。

甯爾講

爾講，字元著，永年人。順治十六年進士，官山西道監察御史。《永年縣志》：爾講爲監察御史，巡視西南二城，豪猾斂蹟。巡鹽兩淮，任滿，丁父憂。服闋，補御史。疏請清流、嚴昌濫、慎選舉、正服色、請召對、别襲廕、停奪情，凡七事，疏上荷温旨。後以言事獲譴，罷歸。康熙丁丑，起用湖廣道御史，卒於京師。

南園即景

沿流踏草露，遥見山雲起。片片隨風來，蒼然度滏水。迤邐到南園，雲水流門裏。窗後列匡牀，窗前羅圖史。新筍未成竿，芍藥方含蕊。不聞城市喧，名利心自已。留客乏兼味，引釣上鮮鯉。飲酒不及醉，和歌聊自喜。不嫌孤村僻，巾履更到此。

金陵别蔣波澄

颯颯秋聲動客哀，武林高士幾徘徊？文章已定連城價，風雅還傾陶令杯。六代繁華留碩果，三山煙雨落莓苔。挑燈夜話情無極，别後相思滏水隈。

高恒懋

恒懋，字勵昌，號乾甫，静海人，爾儼子。順治十六年進士，官奉天府教授。

《天津府志》：恒懋，總角即善屬文，侍少保京邸。世祖諭公卿子入侍，將備輔弼方面之選。少保以姪恒豫失怙，撫愛若己出。恒懋承父志，遂以恒豫應焉。辛卯，恒懋舉鄉薦。少保公卒，朝廷恩廕一子，恒懋復讓恒豫。己亥，舉進士。以祖老須養，遂改大寧教諭、奉天教授。

同友人過華藏庵

長夏蕭疏倦倚樓，相將蘭若慰沉浮。午鐘敲醒十年夢，溪水流殘半世愁。塔影斜侵青嶂冷，茶煙不斷白雲流。徘徊竟日風塵外，話到無生意未休。

李伸

伸，高邑人。順治十六年進士，官河南永寧縣知縣。

千秋臺

千秋事業祖孫同，小邑還堪歌大風。趙北山河終不改，洛陽城闕已成空。映臺芳草萋萋碧，隔樹明霞霅霅紅。無限游人增感慨，一杯爲酹夕陽中。

成克大

克大，字子來，大名人，克鞏弟。順治十七年舉人，歷官貴州鎮遠府知府。有《歷游詩》十卷。《大名縣志》：克大因母老不仕，終養後始授内閣中書，轉户部廣西司主事，再遷貴州司員外。兩省皆用兵地，度支持籌數倍他司。克大練達精密，事辦暇豫。時創設粤海關，克大受命監督。香山澳舊爲洋人所居，名爲鬼卒，俗尚火攻。其酋長率隊來迎，刀劍森列。克大宣上恩威，皆慴服。有商激怒鬼卒，奔訴求救。鬼卒蜂擁至門，洶洶不可測。克大神色自若，手檄通譯，集酋長，責以大義，事遂解。復本部江西司郎中，授貴州鎮遠府知府。府當兵燹後，民憊兵驕，苗人雜處。克大招集流亡，興學校，禁奸宄，抑兵化苗。政績詳載《屏山遺愛碑》。克大性激烈，齟齬不合於時。以兄克鞏卒，請歸。著有《歷游詩》《春秋精義》，兼善顔真卿書法。卒年六十有二。子説，康熙二十三年舉人，授内閣中書。説以父喪未得親含殮，終身不復仕。里居二十年，鄉人重之。文章淋漓，其胸次空闊，直如雲海蕩潏，吟誦之下，令人神往魂悦。

新春湞江晚泊

度歲淩江城，頗喜山繞郭。一雨連昏朝，春陰瘴如幕。放船墨水濱，倚檻歷巖壑。曠覽物候新，况復霽景廓。夕日照灘淺，歸雲擁岫薄。疊嶂聚螺青，孤峰峻如削。茅屋隔疏林，柴門倚山脚。初月印溪流，扁舟沙岸泊。晚眺陟崇岡，但覺襟懷豁。坐石聽潺湲，風煙光參錯。銀漢縱横迴，玉繩明且灼。揮毫書所見，愧乏登高作。三月客載途，弦望感今昨。男兒志四方，氣每淩海嶽。偶爲萬里行，勿嗟滯嶺麓。釃酒對清虛，意豈在觴酌。鬱鬱胡爲乎？謝彼羈與縛。勗哉立榮名，俯仰聊寄託。

望洋臺

峻嶺有高臺，突兀南溟岸。長風萬里來，天際帆影亂。極目荒徼外，一氣疑未判。蛟室邈難即，蜃樓聚復散。天吴時出没，驪龍珠光燦。四海無揚波，重譯來浩瀚。百貨走如騖，有無相易换。澳賈罔市利，此地立龍斷。攘奪釁竇開，掩襲肆狡悍。横山起軍壘，張威護里閈。外御異己者，會使諸彝憚。我來一登臨，狙獝信難捍。嗟彼番鬼謀，貿遷操勝算。但恐恣驕縱，與世成冰炭。濫觴不在多，積微固有漸。勿令登臺人，徒作望洋歎。

雜感

其一

伯牙敲清商，子期獨會心。流水猶在耳，高山杳以深。白日無顔色，義氣忽消沉。摒琴不再鼓，雅操難爲今。吁嗟失同調，幽思渺虚襟。既知所好乖，往者不可尋。鬱紆中自解，寄志聊狂吟。達士欣忘我，何必懷知音。

其二

黄鵠飛不下，徘徊失其羣。鷃雀躍蓬蒿，其意良自欣。物各有本性，所適畫然分。無端强之同，猜忌日紛紛。仰視浮雲徂，湛湛此高雯。好風自天來，爲我驅游氛。

仲冬赴澳

其一

嶺外朔風起，颯颯吹我裳。仰天見浮雲，將無來故鄉。故鄉隔萬里，北雁無南翔。鄉書阻逾時，竚立心彷徨。久客復行役，雲水渺相望。前路何須問，風波感慨長。

其二

炎方霜雪少，海氣夜寒生。飄摇舟一葉，游子衣裳輕。饑渴莫我問，骨肉萬里情。泠泠晚潮水，悽清欸乃聲。獨憐宵徵客，憔悴百愁并。顧影無儔匹，仰盼悲參横。

過南贛

雙江清見底，環繞古虔州。水勢奔灘險，風煙接瘴愁。菜花開野岸，梅片落汀洲。歲暮嗟行役，徵帆去不留。

雨中過峽口

兩山高夾岸，亂石咽奔流。緑樹陰如夏，黄花開似秋。風來能奪纜，路去僅容舟。巖壑方生翠，先春雨未收。

度嶺

紆鬱梅關路，層巒鑱削開。歲闌人北去，花候我南來。嵐翠蒼煙結，含香細雨迴。使臣方叱馭，駐馬又徘徊。

保昌道中

驅車方度嶺，髣髴到山陰。松老晴雲護，峰奇翠黛深。濤聲來曲澗，花氣透叢林。瘴海春何早？和風條客襟。

濠鏡澳即事

編竹張飛蓋，肩輿類短牀。兜羅衣尚錦，篤耨珮含香。茉莉蒸花露，檳榔當酒漿。倭絲襟底貯，但嗅不須嘗。

海幢寺送客登眺感懷

萬里浮槎至，憑高望越臺。潮平梅雨歇，天闊島雲來。霸氣餘殘壘，王宮盡劫灰。無邊惆悵意，送客酒盈杯。

酬張仲張屏風山野泊之作

夕陽慘淡欲黄昏，湖上孤舟山下村。廬岳峰高含雨氣，楚江潮落見沙痕。卧霜漁唱蘆花岸，得句人傾竹葉樽。萬里使車何日到？嶺雲灘樹望銷魂。

鄭茂

茂，字子勉，號紫沔。永年人。順治十七年舉人，官福建武平縣知縣。有《竹邊樓詩草》。申涵光《序》：子勉深沉善下，每事必精專乃退，然如不足者。詩渾雅似儲潤州，時有精刻之思，出人意表。予好誦其『曉日當窗暖，飛塵亂隙光』一篇。

都門霜降日作

風雨連朝動客愁，笳聲嗚咽滿邊樓。捲簾何事看新月，一夜霜寒木葉秋。

國朝畿輔詩傳卷十四

張衡

衡，字友石，又字義文，號晴峰，景州人。順治十八年進士，歷官陝西榆林道。有《聽雲閣集》二卷。

張澧《先大夫行狀》：先大夫，年十二通經史，能詩文，尤精鍾、王筆法。辛卯，以《春秋》領鄉薦。辛丑成進士，觀政大理寺。丁丑考授内閣中書舍人。壬子典試山西，稱得士。由户部浙江司主事歷升工部都水司郎中。時會議河工，料估城樓，朱尚書以才能薦舉監督窑廠。時差務浩繁，陵工、瀛臺、内殿、門觀、樓櫓、衙署興造不下百餘。先大夫裹糧視工，費少功倍，蒙旨褒獎。壬戌告竣，奉旨從優議敘，升浙江學政。先大夫多方鼓舞，振拔孤寒。浙士感之，爲之刻《浙江文教録》諸書，以紀其盛。戊辰，補陝西榆林道，撫綏兵民，士卒感恩，立碑頌之。又疏通茶引，建立塵舍，中外交易，闤市肅然。又懇邊外閒田，令兵民耕種，邊俗頓裕。壬申，賑陝西饑民。巡歷長安、咸陽等縣。凡三閱月，措置有方，全活者數十萬。丙子噶爾丹之役，聖駕北征，沿邊徵調。先大夫修防御，明戰法，兵民一體，烽火不驚。著《禊亭詩稿》千餘首。丁丑年七十，乞休歸。辛巳年七十四終。

周在建《序》：先生之詩過人者三。典由學問之博也，識由閱歷之久也，品由涵養之深也。故不必求合漢唐，莫不與漢唐肖。

《今世説》：晴峰官浙江學政，嘗曰：『節費以養親，省事以却謗，忍氣以養和。談聖賢書，近直諒友，以無忝所生。』聞者嘉歎。

戴璐《藤陰雜記》：晴峰官水曹時，貧不能舉火。一日貸錢過慈仁寺，見書即買，歸展讀忘饑。

《紅豆樹館詩話》：晴峰在都市得古琴，斷紋斑然，膠漆解散欲脱，屬吴門張亮輔修之，開腹見『大唐雷氏斵』及『宣和』字，驚爲雷琴，爱寶惜之，作歌。一時名流咸有和。章田山疆雯云：『孤統三尺歷千載，張子入市偶得之。衆星剥蝕渾莫辨，色如苔蘚多瘢胝。白日摩挲夜畫胜，劚自何人遺今兹。不妨故物遭楄剖，經營妙絶般與倕。是時坐客避十舍，横刀快斫生蛟螭。多年風雨伏其腹，春撞崩裂毛髪吹。背署宣和養正字，點竄倒蕹峋嶁碑。名曰大唐雷氏製，巴蜀巧匠西南陲。我聞雷威雅號古，雜花亭舍無人窺。斷琴成紋蛇蚹走，霧中翠帳連峨嵋。嗚呼！此琴有鬼守湯盤，孔鼎同攀追不然。唐宋興亡弔陳蹟，斜陽蟋蟀秋聲悲。金石劫灰况枯木，今之存者寧無疑。塗以福髹絃則七，傖父嗤點何其卑。太古遺音在指爪，什襲瓦缶徒爾爲？爨下棄材世莫惜，廣陵絶調羣豈知？蝙蝠宵飛月皎皎，踟蹰葉大風颸颸。看余一旁意騷屑，承顔拄肘聽穎師。』粱樂亭佩蘭云：『大唐名琴韜古色，燕市風塵少人識。張侯好古雅博物，此琴遂爲張侯得。攜歸凡案春和融，爪甲一赴生祥風。邊沙塞蹟見草木，深堂奥室聞魚龍。珊瑚屑雕紫鸞尾，鐘山玉綴九寡珥。吴門名工重拂拭，剖腹果有雷氏字。膠漆解散仍合回，千年古斷松鱗開。廼知神物在遭遇，世間何代無奇材。』陳其年維崧云：『白項老鴉啼上樹，街南北風幾時住？黄塵十丈瞇殺人，三日不得洗袍袴。張侯貽我玉版箋。要我禿筆吟么絃。龍香蛇蚹百不見，出語那得清而圓。黄金之臺作平地，十到長安九敗意。恒山道士説興亡，焦桐何知爾許事。來朝手撥壓博茶，擬倩雪甑烹葵花。請君暫鼓玉連鎖，使我耳畔聞爬沙。繡鞋女伎莫輕學，此曲不是箏琵琶。』李良年武曾云：『古琴同材不同製，未著朱絃先辨器。塵詫奇異。上刻宣和小篆文，下書作者蜀雷會。真元好手不可作，紛紛拙匠矜高藝。張公嗜古尤嗜琴，忽向風指前指後參微茫，漆走虵紋亂真僞。枯桐無言俗眼惑，解人逢之笑相視。攜歸几案生輝光，明日題詩傳好事。吁嗟是物已千霜，什百何由存一二。往時錢唐一片冰，寶惜不啻千瓊瑛。樊川自署晉陵子，尚憶大歷三年銘。門生遠致淯井布。歐家囊中亦有名。卷衣摩挲歎雙絶，婉若繡被遮傾城。此皆雷氏手親斲，兩工去後嗟飄零。公今得此良不易，物聚所好誰能爭。何時焚香坐松聲，猶能爲公作蟹行。毋令俗客坐操縵，三分闌入琵琶箏。』其他作者尚多，彙而傳之，可與朱碧山銀槎資鑒古家考訂也。

邊行即事

古塞傷心盡，愁雲撲地眠。山應羞魯嶽，天亦苦秦邊。馬秣沙堆月，人藏土窟煙。問誰能繪此？異俗紀青編。

靈佑宫

雲岑開寶界，羽客喜同游。一水孤雲晚，千峰落照收。簾窺半榻月，風動滿林秋。我欲歌招隱，焚香枕碧流。

倚嵐閣望雪和王中郎韻

同雲來大漠，霏屑攪銀轆。霽色明書幌，寒威逼酒爐。翻藤憐黠鼠，啄樹憫饑鳥。欲授梁園簡，詩成日未晡。

哭亡室楊恭人

其一

記得褰裳别，音容尚可攀。那知香閣夢，已赴玉京班。繐帳餘兒女，冰奩冷佩環。魂來殊恍惚，無語淚潸潸。

其二

忍能收淚眼，無計返香魂。寶鼎沉猊篆，菱華簇鼠痕。黄門空有賦，范賦竟無褌。留得徽音在，褒封慰九原。

其三

雙釵分九月，孤枕已三年。舉案停鸚鵡，尋花落杜鵑。泉臺盈別淚，冰署有哀絃。應念文園病，疏簾裊藥煙。

其四

採藥期偕老，胡爲忍棄予。燈前傷白髪，霧裏看紅蕖。飛雉彈難就，烹雌怨有餘。抽簪從此去，誰與共柴車？

西園即事

清心驅二豎，醒眼禁三户。風磴雲光落，秋軒日影遲。小悉能檢藥，老吏但鈔詩。勝有河東醖，澆愁醉一巵。

龍潭村

不識煙塵地，猶藏太古村。蒼松迷谷口，怪石繡雲根。巖複人居匿，坡回犢牧喧。柴門堪小憩，轉盼失桃源。

村居即事

十里東園上，歸田一老夫。纓簪辭短鬢，杖履散平蕪。采蕨同僧供，焚香味道腴。翛翛塵外意，夢與白雲俱。

過軒轅墓

軒皇高冢石堂東，寢殿嵯峨映碧空。中古衣冠留翟道，百王俎豆護齋宮。陰符有字垂金簡，丹鼎無緣抱玉弓。却訝蘄仙來漢武，蒼涼臺畔憶崆峒。

李婆溝

巉巖雕缋眩徵眸，劈斧粼粼夾岸收。不道山靈太多事，却來荒徼寫營丘。

馬嵬驛

金輿無計靖喧呼，忍取邊沙喪玉奴。日日紅塵飛驛使，不知還當荔枝無？

塞下曲

其一

書羽忽動塞垣開，十萬軍儲括地來。聞説屠耆歸命早，凱聲已過赫連臺。

其二

悠悠羌管動邊愁，二月冰寒水不流。回首家園春色斷，有人掩淚獨登樓。

送王中朗覲省還南

關門落月静圓沙，吹斷離魂是暮笳。我亦從今揮手去，巖灘雙槳看江花。

黄河

塞上關山迴玉纏，堆雲積翠畫屏移。微茫煙際白如縷，知是黄河天上垂。

聽濤

宿雨初收白霧屯，蒼茫一半出雲根。登樓忽憶錢塘月，萬里濤聲到海門。

聞笛

塞鴻初動塞雲收，阿濫堆中唤客愁。記得吴江歸棹晚，蘆花風外一聲秋。

申涵盼

涵盼，字隨叔，號定舫，永年人，涵光弟。順治十八年進士，官翰林院檢討。有《定舫詩草》。

《永年縣志》：涵盼早歲時涵光稱詩河朔，所與游者皆一時名士。涵盼力與追逐。殷劉諸子皆目爲畏友。官翰林，鍵户著述，勢要之門未嘗一往。謝病歸，益肆力於經史，有《忠裕堂文集》《史籟》等書。

宋琬《申隨叔樂府序》：李西涯少師創爲樂府新聲，詠前史，所列行事，流布當時，膾炙人口。惜其刻畫太盡，無復清廟朱絃三歎遺音。隨叔太史讀書尚友，往往别有所見。短章七十乃其破萬卷而爲之者，言遠而旨該，論嚴而語雋，風雨晦明，一乍讀之，覺古人在几席間，不獨音節之妙，琅琅作金石聲也。

史籟

雁足帛

雁足帛，驚鑾貉，典屬國何官？遂足酬其鬚髮白。

策金縢

金縢藏，宰衡忙，詎意周公生，代成王。

滹沱冰

滹沱冰，滎陽風，赤伏符當興，天佑耳孫與鼻祖同。

雲臺畫

雲臺畫，黜椒房，椒房庸何傷，君不見麒麟閣上將軍光。

玉門關

玉門關，都護還。都護甫人玉門關，馬到燕然山。

棄腐鼠

棄腐鼠，慎莫留。鼠不棄，化爲牛。

銅雀臺

銅雀臺，分香履，一代雄風長已矣。臺上月明，臺下流水。

焚雉裘

焚雉頭，不愛裘。豈不愛裘？恐將來者效尤。

睢陽血

睢陽血，心如鐵，三日救，十日賊滅，天曲成忠臣之節。

佛骨表

欲佞佛，及於骨，然頂焚指，意在獲福，謂可不死。邪佛如不死，那得骨？

朝中黨

去賊易，去黨難。賊病在肢，黨病在肺肝。

呼渡河

呼渡河，未渡河，河未渡，而身死，天乎奈何？

雜興

其一

青青嶺上柏，移植廊廟間。但能守清操，所至皆深山。疏水聊足樂，逢迎恥厚顏。閉門而卻掃，坐卧有餘閒。何爲長戚戚，徒使鬢毛斑。

其二

鴉鳴咸瞋目，鵲噪競開顏。微物何休咎？愛憎分其間。況於狹邪輩，最善爲躋攀。臨井而下石，始悟人情艱。君子别涇渭，交道非等閒。

其三

囂俗競奢豪，笙歌寄繾綣。何曾一飯間，費錢至十萬。稱貸供優伶，優伶轉驕怨。彼小人何知，我乃使滋蔓。聖人重儉德，脱粟詎非飯。

其四

朝貴尚玩好，鼎彝列成市。本是近今銅，故鑄秦漢字。一見許千金，聊以取快意。魚目若珠流，碱砆亦玉類。當世無茂先，贋者獲厚利。

其五

公卿稅文藻，名士貢航梯。遼東誇白豕，楚人來山雞。欲貴洛陽紙，先災大谷梨。獵者道交錯，謦唾比虹霓。誰作指南車？破此歧路迷。士人先德行，淘金黜沙泥。

其六

米採浦中珠，薪斫月中桂。珠桂尚可求，米薪日難繼。緬懷赤松子，辟穀良拙計。業已入深山，煙霞不須貰。何不行此術？用當對候際。

其七

駑駘策田間，驊騮走千里。人有能不能，安得强事此。羊裘隱得名，銅柱功成毁。富貴無終窮，所難在知止。古來曠達人，急流退者幾？

其八

貂珥羡泉石，韋布羡華簪。相羡無已時，何者稱其心。嶺雲高百丈，潭水深千尋。水雲相上下，映帶成古今。履位而行素，賢聖無升沉。

野田黄雀行

孔雀死於尾，鸚鵡死於舌。雀無羽毛奇，弋者宜不屑。陌頭挾彈兒，彈其雙翼折。食我田中苗，自遺口腹孽。黄雀黄雀計何拙？田中苗盡農夫血。力不能搏兔如鞲上鷹，貪彼稻粱非明哲。

結客少年場行

多結客，少聚金，金盡有來時，客散無知音。知音何悠悠，長安西陌頭。貂冠寶帶錦雲裘。玉勒金羈跨紫騮。意中不知誰爲仇，往來馳驟看吴鉤。撼泰山，搏猛虎，瞋目不言聲帶怒。家無擔石儲，恥與王侯伍。白晝殺人心不平，尸骼狼藉道縱横。腰間寶劍常帶血，官吏莫敢問姓名。君不見郭解徙咸陽，人人爲盡死。借問萬户侯，何如一俠士。

豳風圖

文武周之聖天子，開國承家農事始。帝工何必重黄金，黄金積多民餓死。寶藏充盈富貴絶，一絲一粒蒼生血。作法於涼猶懼奢，後車偏蹈前車輒。東南地沃西方鹵，聖人任德不任土。健康荆棘泣銅駝，岐陽俎豆猶鐘鼓。卜年八百無奇謨，不信但看豳風圖。丹青留得艱難在，紙上曾聞歌舞無。

蒹葭

野岸風霜渡，蒹葭奈汝何？蒼煙迎返照，紫蘿點輕波。客夢家山遠，懷人秋水多。釣磯江上冷，歸計竟蹉跎。

歸雁

幾日湘江去，重來碣石雲。冥飛常避弋，栖澤自爲羣。結陣踰高柳，銜蘆背夕曛。徵鴻無倦羽，歲歲客中聞。

夜宿劉將軍園亭

其一

建纛江東久，將軍喜論文。門庭無棨戟，池榭有煙雲。曲折堪修禊，風流已冠軍。我來方夏日，涼月夜繽紛。

其二

仗劍從戎去，堂留緑野虚。園丁晨掃徑，奴子夜烹魚。灞上誰開壘？西湖正跨驢。清時無戰伐，衞霍有閒居。

擣衣用少陵韻

關山牽遠夢，空夜落清砧。一片淒涼月，三更離别心。閒情因病減，歸思入秋深。珍重高樓笛，休吹塞上音。

送王幼輿年兄之任梓潼

迢遞徵帆背夕鴉，江流曲折入三巴。錦官城下初裁錦，花藻樓前偏種花。君卧林泉垂十載，邑遭兵燹失千家。於今循吏惟休息，日日吟詩早放衙。

黄金臺

昭王擁篲已塵埃，碣石宫前盡草萊。伏櫪有心防虎視，按圖何地索龍媒？空聞易水千金價，早見咸陽萬騎來。滿目霜笳悲馬角，黄雲落日照荒臺。

黄竹子歌

江邊黄竹子，風雨夜悲鳴。不堪截作笛，亦有斷腸聲。

從軍行

雄獅十萬發潼關，沙漠能凋壯士顔。鑄就寒衣渾鐵甲，滿天風雪賀蘭山。

塞下曲

龍旗鐵甲渡洮河，毳帳行糧載橐駝。木落霜高明月夜，偏聞秋塞雁聲多。

涼州詞

連營刁斗佩霜刀，五月寒風落戰袍。羌笛愁吹歸塞引，龍沙夜月醉蒲萄。

吴宫

秦臺春老月黄昏，芳草霏微静掩門。愁聽館娃催夜宴，此身恨不苧羅村。

魏宫

綺欄玉井按蟾蜍，水殿風涼月滿渠。不是翠華遲望幸，後宫宵旰六尚書。

唐宫

沉香亭畔月光斜，羯鼓初回照夜車。聞道海棠春睡足，上陽無復種梅花。

蘇嵋

嵋，字依巖，大興人。順治十八年進士。有《圯上吟》。

子房山

圯橋進履處，洪波没碑額。留得子房山，頽然立榛莽。可憐楚王峰，朝昏共俯仰。黄石與赤松，今人有餘想。當年秦皇鹿，得失入反掌。况乃韓彭輩，身命付羅網。今古此浮名，誰能塞天壤。悲風起林末，謖謖發枯響。空瞻博浪墟，輪蹄自來往。

戲馬臺

黄河南下如强弩，淮北諸山怯齊魯。衹有彭城氣不降，盤踞山河待西楚。重瞳真是奇男子，喑啞叱咤江東起。横行中原助沛公，祖龍變爲白蛇死。鴻門不肯魚肉人，轉眼刀俎已及身。假使當年成王業，豁達大度寧非仁。英雄無命終難濟，奇奴等閒亦稱帝。莫言豎子不足爲，天亡我非戰之罪。日暮停鞭感廢興，青燐白骨幾層層。誰將垓下虞姬淚，戲馬臺前哭范增。

野泊

欲放扁舟去，何如擊落暉。波聲停欲走，雁陣宿還飛。待月頻開户，挑燈倦整衣。忽聞漁唱晚，疑是採蓮歸。

清明有感

十載清明節，先塋未一過。路荒眠石馬，碑没覆藤蘿。但記松楸老，難辭風雨多。可憐游子意，落日滿關河。

九月初晴與諸友登羊山飲眺

兼旬風共雨，佳節幸晴明。著屐登山寺，攜尊望故城。酒餘元亮興，詩憶孟嘉情。徙倚饒空闊，高天雁一聲。

五日舟次桃源阻風

不謂逢佳節，孤舟泊浪中。蒲香依岸緑，酒色照顔紅。淮北連朝雨，江南五月風。苦吟當小縣，白髮映花叢。

得鶴川守崔斗瞻札

劍津離別後，廿年各天涯。山雨迷歸雁，淮雲急逝騅。干戈方過眼，髮鬢已成絲。萬里傷心事，音書到下邳。

圯橋懷古

炎劉一劍幾更遷，納履遺蹤尚宛然。不信老人能化石，須知孺子愛求仙。報韓志遂堪千古，滅楚功成祇五年。爲讀殘碑延佇久，荒城薄暮起寒煙。

放鶴亭

雲龍邱壑全非昔，亭子依然倚碧波。太守豐碑埋蔓草，山人茶竈冷巖阿。馬嘶客路登臨少，鶴人秋空歲月多。爲問西湖林處士，一般風景興如何？

董思白先生云：『此亭最似孤山林君復放鶴處，東坡熟於西湖，作記未經拈出，故及之。』

秋望

關山迢遞夕陽斜，衰草離離客路奢。野水連天惟渡鳥，孤城隱鶩半藏花。南來旅雁云邊笛，北去歸鞍塞上笳。獨怪湖濱垂老叟，經年寂寞滯天涯。

彭城道中

百里輕裝十月間，晴明客路自開顔。長堤策馬經行處，繞過黄河第幾灣？

次俞静庵雜詠

一庭新緑散芳陰，猶見殘紅點客襟。枝上流鶯啼不住，方知門外已春深。

魏裔訥

裔訥，字觀周，一字辯若，號蘧庵，柏鄉人，裔介弟。順治十八年進士，官江南桃源縣知縣。有《逸休居詩》。

《柏鄉縣志》：裔訥少負奇倜儻，桃源濱河，值夏，秋水漲，河決，民多流離。訥加意復循，安集甚衆，復謁撫軍求蠲。民間積欠盡爲疏豁，又令民開荒地，不數月，闢田數千頃。

申涵光《序》：畿輔詩，魏氏一門尤盛。崑林先生爲一代風雅之宗，昆季並起，照耀河朔。辯若以射策中高第，讀其詩，嶙峋突兀天外。『遥青不爲徑，草盆花耳目』，近玩蓋得太行之氣爲多。

靈石縣北

汾水穿冰渡，濤聲隔嶺聞。疲驢緣險徑，怪鳥啄寒雲。沙磧無林木，高丘有古墳。冷泉關下路，西望日將曛。

丙午春日同柴鉅公游龍門

褰裳躡石蹬，緩步入高雲。晉國千峰斷，秦川一嶺分。行人冰上渡，濁浪樹邊聞。杯酒攜良友，相看日欲曛。

石佛寺

梵宇開何代？鐘聲峭壁間。高楹基趁石，古佛像因山。萍水攀僧話，煙雲蕩客顔。殘碑經歲月，風雨欲成斑。

過金陵

雞鳴山外大江流，迢遞孤城煙靄浮。六代遺宫餘亂草，千年王氣委荒丘。青谿花落春將老，翠柳鶯啼麥欲秋。往事不須頻悵望，銅駝自古恨難收。

連佳樗

佳樗，字克昌，南宫人。順治十八年進士，官内閣中書。有《損齋詩草》。

《南宫縣志》：佳樗父三讓，殉戊寅事。母白氏，備極孝養。博極羣書，爲文古雅醇懋。學詩於鋸鹿楊猶龍，廣平申梟盟爲作序。

築墻謡

其一

高築墻，牆高不可越。登登杵聲，莫教絶官司。念汝汝自竭，不見東村，鞭撻流血。

其二

縣吏下馬揮鞭戟，手虎咆雷殷兒啼。婦走老翁指牆縩，若無口，土在身，木在首。

其三

牆下有壕，壕深及水。水潺潺，壕無址。風雨忽來，牆人壕底。風耶？雨耶？戕我生者汝耶？

飲丁若思榆枋館

其一

負郭人家少，結廬叢樹中。巖深能障月，洞小自留風。曲徑竹陰密，長廊花氣通。選茵聊共坐，是處有殘紅。

其二

君自多幽興，能留看竹人。簷花催進酒，池水待垂綸。稍話閒中事，真疑世外身。柴扉須静掩，此外即風塵。

其三

此徑不常掃，今來門始開。多君儲緑醑，許我破蒼苔。寄興花邊句，劉歡池上杯。還期待良夜，看月一登臺。

其四

石牀環坐穩，微雨况初過。盤摘新蔬早，衣沾落絮多。看棊移日影，把酒度鶯歌。欲結求羊侶，還來就薜蘿。

送同門周稷齋之任上猶

其一

射策原高第，分符竟遠方。問程初麥秀，到日及橙黄。南國山嵐重，扁舟江水長。曠懷君不減，珍重素琴張。

其二

聞説臨猶水，孤城萬壑寒。舊傳稀瘴癘，近喜静波瀾。僻地官民狎，殊方法令寛。但期花可種，切莫厭林巒。

其三

祖帳别今昔，雲煙南望深。片帆吹客夢，萬里繫鄉心。邑小堪爲政，官閒不廢吟。明春看侯雁，應有寄來音。

其四

疊嶂通甌粵，巖疆此地傳。聖恩憐下國，蠻俗偕高賢。稻熟無逋税，泉清多溉田。政成堪報最，會人五雲邊。

讀楊猶龍先生《蜀吟》，賦呈

莫漫悲歌蜀道難，壯游端合入雲巒。和來秋興筆無敵，題徧名山墨未乾。漢相祠邊吟夜雨，杜陵溪上嘯春寒。祇今白雪人間少，獨向峨嵋天際看。

杜子静擢中書，賦此贈行

看君簪筆向承明，千里秋風擁傳行。作令經年稱杜母，登仙此日羨班生。調原白雪高詞賦，臺有黄金識姓名。漢代循良今視草，肯將制作愧西京。

王維坤

維坤，字幼輿，號鵝知，長垣人。順治十八年進士，官四川梓潼縣知縣。有《漸細齋詩集》。

《長垣縣志》：維坤，明兵部侍郎家楨孫，生而穎慧，日記數千言。順治庚子、辛丑聯捷進士，令梓潼。越四年，滇、黔變起，維坤引退，未歸蜀，遽陷。乃率妻子竄伏山谷間。轉徙播州蠻砦中，與僰猓雜處，備極流離。蕩平后，始得歸里，隱邑西青岡，率豎子躬耕薄田以供俯仰。又自稱青岡農父，云：『生平酷嗜書，尤愛山水，故游之日，居什六，所歷山川風土皆紀以詩。』

申涵光《序》：幼輿詩，近體多雋語，曠致磊砢自得。歌行長篇縱橫頓挫，莽莽然如萬夫敵，又何壯與？

留別楊蒼水

身爲一官繫，依依無計留。人煙尋劍閣，驛路俯江流。送客滕王觀，吟詩杜甫愁。他時潼水上，心折雁行秋。

高峰禪院

已見高峰寺，縈迴路曲盤。驚心石萬笏，照眼竹千竿。夜雨增新翠，秋風動細寒。逡巡不忍去，黄葉滿吟鞍。

舍弟晚至昭署

破壁坐螢火，空堂鳴馬蹄。涼乘文水上，遠自劍門西。辛苦憐吾弟，饑寒愧老妻。何期今夜酒，同醉玉繩低。

清明書感

稠桑密蔓翠遥遥，獨坐空堂對泬寥。風雨愁連小寒食，鄉關淚濺閏花朝。萬山重複皆遮眼，五斗淒涼尚折腰。手種長卿山畔柳，爲誰攀盡最長條？

寄慰乾一落第

當年交臂許雲龍，太息名高未易逢。我輩都非食肉相，古人常作酒家傭。三巴二月鶯千囀，萬里雙魚淚一封。何處相思不相見，梓江迢遞劍門重。

登大伾同孫右漢

欲識山容十載餘，東風杖履任徐徐。下方鐘磬前朝寺，絶壁龍蛇何代書？馬鬣已平襄敏墓，鶯聲空弔次楩居。憑高看足春光好，誰向峰頭結草廬。

中秋闈中陪家貽上、鄭次公兩主考公讌貢院即舊蜀宫

其一

峨嵋天際月華涼，同上南樓望帝鄉。東壁雲霞新翰墨，西風禾黍舊宫墻。魚鳧乍闢憐三户，駿骨難求負九方。惟有百花潭尚在，共擕杯酒問滄浪。

其二

河漢遥連鳳闕邊，使星久已見雙縣。何期作賦來王粲，更向傳經識鄭口。駟馬風流餘蔓草，卧龍祠廟老啼鵑。天涯難聚西園侶，珍重嬋娟一夜圓。

喜晤同年劉銓部子濬，時典豫試

分手燕關二十霜，中間雁足總茫茫。蠻荒久阻頭全白，梁苑相逢菊正黄。八代起衰韓吏部，六經程式宋歐陽。窮途誰有綈袍贈？欲上樊樓秋氣凉。

贈大梁主考施愚山侍講

十年心醉八家詩，更熟宣城黄絹辭。求駿齊梁頻得士，追蹤陶謝是吾師。沙埋艮岳魚游處，棘撤宫墻菊放時。此際登龍經百戰，殘魂猶幸慰相思。

寄申三太史隨叔，時病假歸里

騎驢供奉午橋東，謝傅聲歌孰與同？爲恐黑頭難早相，且從白社侶生公。千門柳色沙村雨，十里荷香水閣風。豈似蠻荒愁苦吏，感春獨泣亂山中。

寄懷同門李公凱中允

其一

錦官同弔舊宫墻，一别蓬飄各渺茫。豈但關河疏雁鯉，更驚湖海變滄桑。生還未改梁鴻姓，供奉能容李白狂。常欲寄詩吟不就，離情無盡淚沾裳。

其二

丰標每到夢中來，未得論心共酒杯。視草應趨儀鳳闕，封書今在釣龍臺。炎荒秋老黄柑熟，遠客愁多白髮催。苦恨饑能驅我去，幾時懷抱相君開？

和答淩玉見送兼懷沈繹堂之作

高士春山長薜蘿，又披疏雨唱驪歌。龍文寶氣來茅屋，馬首風沙指大河。别緒桃花潭尚淺，懷人杕杜賦偏多。相逢爲説君詩好，不數中原舊李何。

過商丘慰陸節庵失偶

憐君愁病卧西風，獨掩雙扉繡閣空。曾道簫聲隨彩鳳，何須琴曲怨離鴻。秋城水闊蘋花白，遠陌霜多柿葉紅。從此鳴鞭看山去，可同買醉到江東。

除夕

眼底年光盡，家人真不來。西川兵火後，無復望鄉臺。

周根郃

根郃，字稷裔，號遜齋，南宫人。順治十八年進士，官兵科給事中。

《南宫縣志》：根郃，甲午選拔，丁酉登賢書，旋遘奇疾，覆試報罷。庚子再膺鄉薦，辛丑捷禮闈，授上猶令。兵燹之餘，民稀而賦逋，根郃撫以寬簡賦。亦立辦舊日里胥月供邑，令三十金名小條，鞭立革之。辛亥，丁曾祖母憂。乙卯，補山東青城令。值歲祲，請賑。單車徧歷封内，察宜賑者，給以符而賦之粟，胥吏不得營私。給牛種，勸開墾，故比年荒歉，人獲安土。立錦川社課，士己未列東省循良第一。擢給事中，考選軍政，杜絶請託，有《固西陲書》，一時雖格而未行，數年來甘、寧多故，莫不服公遠識。嗣因邑令與武甲有隙，陷之囹圄，根郃以代爲引題，遂罷官歸。

贈純臺李公崇祀鄉賢

孤貞駿烈兩朝中，遥信謳思奕葉同。洨水源源流撫字，昊山嶽嶽表高風。堂開緑野冥鴻漸，轡攬皇州避馬驄。莫惜三台光未耀，祠嘗久已列黌宫。

李孔嘉

孔嘉，字仲淑，號容庵，景州人。順治十八年進士，官禮部郎中。

《景州志》：容庵十三入邑庠，順治辛卯舉於鄉，辛丑成進士，授中書舍人，遷户部主事，督興平倉，著倉籌管見司庾者，咸取正焉。甲子典山東省試，得名士顔光斅、何世璂等。晉禮部郎中，引疾歸。

賈島村

夙慕賈閬仙，名與孟郊競。瘦句吟荒村，行人駐馬聽。僧敲月下門，隱隱聞清磬。

崔天寵

天寵，字錫之，南宫人。順治十八年進士，官浙江平陽縣知縣。

《南宫縣志》：天寵授縣令，兵火之餘，多方撫循，不三載，生聚如故。及歸，惟琴書一囊而已。

贈純臺李公崇祀鄉賢

嶽降英賢應宿辰，名高一代莫能倫。文成吐鳳魁仙苑，政效烹鮮荷紫綸。白簡逐邪需繡豸，清卿翊運起詳麟。生平德業書難罄，殁後端宜祀亶臣。

趙培基

培基，字二惟，號鹿賓，平鄉人。順治十八年進士，官廣東陵水縣知縣。

《平鄉縣志》：培基任陵水，革官貨陋規，定婦女衣制，清理刑具，風俗一變。

遣愁

其一

故國雲山外，音書何日來？煙深溟海暗，風雨夜猿哀。人向百蠻老，鴻應五嶺回。自憐愁淚眼，懶上望鄉臺。

其二

旅食隨人飽，方言久客通。山雲常蔭緑，海日早翻紅。嵐瘴村村雨，桄榔樹樹風。獨憐星月夜，遥與故鄉同。

秋懷

萬事愆黄髮，艱難吾道違。海深天更遠，林暗鳥還飛。避世甘貧病，稱兵有是非。初衣何日遂，閒殺北山薇。

海外春日憶故里

其一

南冠北客自傷神，渭樹江雲思殺人。蝴蝶夢迴天地遠，鷫鸘典去弟兄貧。紅牙曲裏鞦韆院，青草池邊楊柳春。記得鶯鳴亭午後，幾回醉倒月華新。

其二

草舍桃園亂夕暉，炊煙樵徑入雲微。衡陽雁斷書難寄，濱海天遥鳥不飛。往日兒童催我老，舊巢燕子傍誰歸？兵戈滿地江湖闊，五柳春風今是非。

劉滋

滋，任縣人。順治十八年進士，官安徽績溪縣知縣。

泛湖東

縹渺湖光漾碧漣，漫移小艇棹漁煙。高情愧我非陶峴，才思同人似謫仙。網落春濤魚正美，樹垂夕照柳初眠。壺傾笑指前村晚，花鎖柴門月滿船。

崔鳴鷟

鳴鷟，字文孺，内丘人。順治十八年進士。

且停山雨夕登眺

披襟尋細路，青嶂向人開。雨罷輕煙散，雲歸積翠來。山鳩鳴遠樹，野叟嘯高臺。不盡登臨意，疏鐘林外催。

牛樞

樞，字伯衡，號雙溪，元氏人。順治十八年進士，歷官浙江嘉興知府。有《滇游草》。

錢二白《序》：先生負濟世才，涖吾郡，屢承荒弊，民多菜色，催科弭盜，協濟諸務，交集羽檄，案牘雜陳，公以鎮静處之。手披口駮，如理亂絲，緣舊案罣誤去。公筮仕有年，了無勝物，惟《滇游》一草即之碑也可。

平溪道中漫興

不是函關界，胡爲紫氣翔？嵐氛迷曉色，林影障晴光。雨灑徵衣薄，風迴驛路長。分明煙火處，隔水正徬徨。

國朝畿輔詩傳卷十五

劉文炤

文炤，字雪舫，宛平人。有《攬蕙堂偶存》。

魏禧《贈北平劉雪舫序》：癸卯十月，余客秦郵，劉君雪舫歸自燕，訪余黄黄山家。余久知劉君家世及其爲人，三過秦郵不得見，既相揖，列東西向坐。余熟視劉君，肅然動容色，欲徑前就君，執其手痛哭，嘔血數升，然後罷。時坐客甚衆，自貶抑，心愀然不懌者久之。明日報謁，登其堂，則見故駙馬都尉鞏公所畫山水縣於壁，拱手瞻視，悲敬交作。而余自曲巷趨郎門，入方丈之室，見其牆户、案几、杯匜、書硯以至服用細器瑰然，不相關之物一觸於目，則皆若有所甚傷於其心，欲痛哭而後已者。余亦不自知其何以然也。有頃，君出其一門《殉難紀畧》及鞏都尉城破自剄事示余，受而讀之，拊膺泣下，幾不能終篇。方甲申三月之變，君年才十有五歲，又生長貴戚宜縱心聲色，自驕倨不學問，乃其所紀殉難本末，於天子孝思、劉氏先世所以興、母若兄捐軀殉國之大節、都城所以陷敗，雖倉黄急遽中一言一事莫不條理委悉，使讀者如目見耳聞而悲憤感激，勃然作其忠義之氣。嗚呼，若劉君者，豈常人哉！君去京師，避地秦郵者，二十年勞苦、患難、饑寒之狀，無弗身試。君好學工書，其入燕有《燕游草》，悲涼忼壯，不忍多讀。吾意君馬首既北，夕陽在野，望燕市城郭宫闕，必有徘徊愴怳，策馬而不能進者，詩曰：『夙興夜寐，無忝爾所生。』劉君日夜孜孜敬其身，不負其志。以視予相見哽涕，又其情之餘也已。

朱彝尊《静志居詩話》：劉文炤，字雪舫，任丘人，孝純皇太后姪，新樂忠恪侯文炳弟。

鄧漢儀《詩觀》：甲申之變，新樂全家殉難，雪舫以藐諸孤，流落江表，竟死高郵，后嗣斬絶。憶癸亥客秦淮時，曾以近稿見示余，爲選其詩，固不禁淚涔涔下也。

《茶餘客語》：劉雪舫文炤，新樂侯文炳弟，甲申侯闔門殉難，雪舫年十五，逃回海州故里，變姓名至淮居，珠湖吴嵩三珊物色之，贈詩云：『王孫徒寂寞，芳草自萋萋。故苑游麋鹿，滄江厭鼓鼙。人情隨世變，風氣逐年低。念子凝神久，微陽可共攜。』明孝純皇后，雪舫之姑，故吴梅村詩云云。

吴偉業《吴門遇劉雪舫詩》：『出門遇高會，雜坐皆良朋。排闥一少年，其氣爲幽並。羌裘雖裹膝，目乃無諸傖。忽然笑語合，與我談生平。亡姑備宫掖，吾父天家婚。先皇在信邸，降禮如諸甥。長兄進徹侯，次兄拜將軍。先皇早失恃，寤寐求音形。太廟奉睿容，流涕朝羣臣。新樂初受封，搢笏登王廷。至尊亦豐頤，一見驚公卿。兩宫方貴重，通籍長安門。周侯累纖微，鄙哉無令名。田氏起輕俠，賓客多縱横。不止先后家，天語頻諄諄。獨見新樂朝，上意偏殷勤。愛其子弟謹，憂彼倖給貧。每開三十庫，手賜千黃金。長戈指北闕，鼙鼓來西秦。寧武止一戰，各帥皆投兵。漁陽股肱郡，千里無堅城。嗚呼四海主，此際惟一身。髣髴萬歲山，先后輜軿迎。辛苦十七年，欲訴知何因。今纔識母面，同去朝諸陵。我兄聞再拜，慟哭高皇靈。烈烈鞏都尉，揮手先我行。寧同英國死，不作襄城生。我幼獨見遺，貧賤今依人。當時聽其語，翦燭忘深更。長安昔全盛，曾記朝元正。道逢五侯騎，頎晳爲卿兄。即君貌酷似，豐下而微黔。貴戚諸舊游，追憶應難真。依稀李與郭，流落今誰存。君曰欲我談，清酒須三升。舊時白石莊，萬柳餘空根。海淀李侯墅，秋雁飛沙汀。博平有別業，乃在西湖濱。惠安蓄名花，牡丹天下聞。富貴一朝盡，落日浮寒云。走馬南海子，射兔西山陰。路傍一寢園，御道居人侵。碑鐫孝純字，僵石莓苔青。下馬向之拜，見者疑王孫。詢是先后姪，感歎增傷心。落魄游江湖，蹤蹟嗟飄零。傾囊縱蒱博，劇飲甘沉淪。不圖風雨夜，話舊同諸君。已矣勿復言，涕下沾衣襟。』靳榮藩注，《明史·后妃傳》：『孝純劉皇后莊烈，帝生母也，海州人，后籍宛平。』此與《明詩綜》之任丘互異。

金陵懷古

其一

天涯旅況又逢冬，薄暮江風慘客容。南渡君臣終遜位，東流波浪自朝宗。干戈滿眼人將老，喪亂經心酒不濃。聞説樓船催伐木，何堪斧及六朝松。

其二

霜草芒鞵訪舊京，景陽回首淚縱橫。埋金未必成秦厭，鎖鐵安能御晉兵。自古山川難恃險，從來花鳥易傷情。南朝過眼繁華盡，倚杖長干看月明。

客懷

建業荒城王氣銷，逃名何地寄漁樵。干戈夢裏懷三徑，刀尺聲中過六朝。舊雨不來江路晚，歸鴻信斷楚山遥。孤燈此際堪愁絶，獨立寒空夜寂寥。

登雨花臺

黄葉蕭蕭眼倦開，北風吹客上高臺。千秋王氣朝雲散，萬里邊聲塞雁來。舊苑荒榛多牧馬，青山落日獨銜杯。不須更下新亭淚，晉代園陵已劫灰。

同魏爾阜、蔣前民登焦山

連朝阻雨瓜洲宿，雨霽同君共涉江。寒影一樓風色厲，驚濤兩岸客心降。懸崖樹老根全拔，廢苑鐘銷僧不撞。洞口至今留漢詔，高蹤千載歎無雙。

稽山客懷

江東風景近如何，十里錢塘倚棹過。白髮每從愁裏盡，青山偏是客中多。攢宫草没冬青死，禹廟碑傾古字磨。獨有若耶溪畔女，秋來猶唱舊吴歌。

泗州道上

極目離離土一丘，漢皇陵廟此山頭。宮雲有意終朝變，淮水無情逐夜流。湯沐昔年曾賜復，禾麻今日不完秋。疲驢踏徧殘陽外，煙樹蕭蕭動客愁。

清河夜泊

孤舟離緒又清明，一挂蒲帆千里程。去住向誰商出處，飄零到我負生平。雲連海氣天無色，風鼓河流夜有聲。襆被春寒眠不穩，悽然雙淚落三更。

大悲寺逢僧謝監

其一

我來古寺暗銷魂，瓦礫盈階一徑存。僅有爐煙凝白晝，絶無鐘鼓課黄昏。頹垣雨洗毘盧面，蔓草塵封方丈門。老監逢人蕭索盡，殷勤垂淚話開元。

其二

一自居庸賊騎來，禁城宮闕望烽開。侍中早棄司農印，監視原非戡亂才，傳詔亦曾趨暖殿。佩刀無計御平臺。如今頭白何人問，風雨柴門永夜哀。

梁以樟

以樟，字公狄，號鷦民，清苑人。明進士，官河南商丘縣知縣。有《印否集》。

《明史·列女傳》：梁以樟妻張氏，大興人。以樟知商丘縣，崇禎十五年，流賊圍商丘急，積薪樓下，集婢女其上，俱令就縊，謂子燮曰：『汝父城守，命不可知，宗祀惟汝是賴。』屬乳媪匿民家。自縊死，家人舉火，諸尸俱燼。』

《紅豆樹館詩話》：鄧孝威《詩觀初集》，僅刻以樟《同陳善百竹西舟泛》一首，云：『鷦民《印否集》秘不欲傳，此得之便面所書。』迨康熙戊午刻二集，列其詩至三十餘首之多。鷦民當易代之際，慘遭家難，其詩多感慨激昂之音。後棄職浪游，或邗上題襟，與孝威有倡酬之雅，故始則秘不相示，繼乃傾囊而出歟？按《題名碑録》以樟清苑籍，而《縣志》不爲立傳，又不列入《選舉志》，蓋姓氏之湮没久矣。

安東道中

其一

小邑連滄海，耕桑有萬家。鹿疃齊麥秀，龍尾護隄沙。要害分秦郡，神功控禹槎。覽圖思黑子，建革感星華。

其二

黄雲横百里，落日大河堤。謡俗分南北，江山割楚齊。人家蠶月近，海徼鹵煙低。膏雨勞田畯，佚佚服犢犁。

盱眙道中

都梁西下路，雲草望中繁。積石甃山郭，孤城抱水村。江峰屋半赭，野火樹同髡。湯沐餘殘邑，難從耆舊論。

贈劉西佩

開元遺老盡，落日舊江聲。國步資文獻，王風閱典型。烏衣猶世好，用里自先生。細數殘年蹟，空堂夜雨鳴。

清明日雨，北莫感懷

飄零華表處，令節忍思家。萬井龍蛇雨，三春杜宇花。禁煙猶冀北，宿草已邊沙。椒醑南天土，乾坤淚眼遮。

徐宸旌自陽夏遠訪賦贈

其一

十年陽夏路，落日古河源。去國舊羈旅，從陳老及門。弓刀虛井邑，華路徙江村。回首看孤劍，蒼茫未忍言。

其二

崎嶇戎馬日，曾記舊參軍。古磧戈鋋度，高天虎兕羣。豐碑沉夏屋，祭器溯河汾。欲話中原事，遺黎愴更聞。

送王于一移家秦郵

雨雪關河路，誰驅妻子行。百年猶念亂，吾道此孤鳴。草木荒中壘，江山老步兵。蒼茫甓湖水，莫辨鼓撾聲。

送祈永還山東

獨蹇黄河路，風埃賦北征。龍沙團日氣，雁陣度兵聲。海塢耕煙遠，山城哨火横。知君年正少，終有棄繻情。

西湖雜興

尺幅西陵地，偏增旅話長。暮笳鳴戍火，曉角動星芒。馬飲殘湖水，螢飛故苑牆。祇餘圖畫裏，孤笠弔斜陽。

登韜光庵

四山青欲下，衆樹密難名。時有竹光入，遠聞泉水聲。鼯抨石子落，猿挂翠微行。對境忘言説，元情去復生。

白鹿泉

陟險尋源入，危橋石齒連。老梅猶礙日，野鹿不知年。壁絶山精隱，泉甘藥草鮮。夕陽歸路滑，人影亂楓前。

與馬習仲話有贈

滅燭捫心語，風吹古大河。壯游薪膽盡，兵法鬢毛皤。匹蹇衝春雪，危樓坐綠蘿。同裳人幾在，愁聽漸離歌。

讀袁山先生遺稿

戎車開楚皖，落日照前麾。龍戰軍聲合，星沉王氣微。諸陵憑纍檻，二白泣徵衣。誰復詮忠義，文山顱骨歸。

渡淮至泗上

曾溯荆塗口，長淮動地來。萬山龍氣合，一水霸圖開。賈客争魚麥，周行鞠草萊。艱難思過沛，重上大風臺。

舟泛王山寺

草際孤帆出，横江隱半峰。殘霞高寺古，急雨晚山濃。荒棧支鼉窟，驚沙走雁淙。夜凉天梵下，謖謖響杉松。

别攝山瞿大師

蕭然孤衲影，高意滿松門。山曙羣青合，林空一鳥喧。世緣谿水淡，道味芋苗存。不負靈源意，重尋古德論。

歲暮望大兄不至

薄暮交游盡，殘山老弟昆。漂摇羽尾急，跋涉脛毛存。落葉辭荆樹，荒雲守蕨根。暫歸猶勝客，敢作故鄉論。

大兄周忌

寒雲淒未斷，風雨及秋初。逝者杳如昨，吾生痛有餘。蛟龍沉羽扇，蜻蛚跳殘書。哽咽荒鐘裏，魂驚歲月除。

于一避亂，盧家堡來晤，因得聞江上信

念亂憂方大，披荆爾忽來。乍詢家室在，初諗甲兵回。海嶠風秋勁，蕪城門書開。秣陵雲氣好，重上射陵臺。

晚宿越城

停軺問土俗，躑躅越王城。古月移前壘，荒風宿鬼兵。燎衣殘竈火，擊柝遠河聲。午夜看星氣，晨鷄或肯鳴。

秋日鑑湖留別萬履安諸子

賀鑑祠前酒一杯，霜楓千里夕陽迴。江山白髮歸人遠，杵臼西風過雁哀。許劍幾人同汐社，埋雲無路哭荒臺。時違重惜衣冠別，肯使秦庭片鐵灰。

集漢陽王懷人亦世邸中

楚水雲荒過雁聲，檐花細雨落蕪城。同賞昔日猶僑札，異國人間幾弟兄。夢斷衡陽天一握，話殘檮檮杌燭三更，無端翠袖扶殘醉，淚濕湘娥未忍傾。

萬年少攜尊過話

青眼高歌老鬢蒼，尊前忍説舊行藏。書生投幘多戎馬，公子從游半酒漿。巫峽斷猿千里別，蜀岡啼鴂幾聲長。古刀短袂雄心在，漫向人間弔楚狂。

夜集霜臯談兄仲木舊事

星移曉露重霜臯，拂拂清風動苧袍。此夕幽燕仍故侶，當年湖海幾兒曹。銜杯愁聽鳴蛙鼓，燒燭偷看斷兕刀。老淚蒼茫收不得，虬須誰復廣陵濤。

同魏和公西軒談往事感賦

眨眼興亡竟若斯，空將覆局理殘棋。貔貅氣盡中原毀，蟋蟀聲酣廟祏移，鐵滿六州仍鑄錯，鷄鳴五夜幾吹篪。傷心者老難重説，寂寞山河鬢已絲。

白田雜詩

吴歈楚舞雜羌歌，翠靨紅顔駕橐駝。一曲琵琶萬行淚，朔風吹夢入交河。

邗上逢舊歌者

内家檀板幾人存，凝碧池頭暮雨繁。莫唱開元供奉曲，臺城煙柳自黄昏。

史可程

可程，字赤豹，號蘧庵，大興人。明進士，官翰林院庶吉士。有《浮叟詩集》。

《明史·史可法傳》：弟可程，京師陷。南歸養母，遂居南京，後流寓宜興，閲四十年而卒。

廣陵先兄閣部墓下作

其一

一抔乾浄地，灑血酹孤樽。雁序淪黄土，蓀枝乾白門。蛇龍纏日月，箕尾正乾坤。浩氣今何許，空嗟五丈原。

其二

烈風梅嶺肅，高會自平山。方拾迷樓燼，誰尋遺鏃斑。雨垣頽似蕢，江月暈如環。披髮疑公下，蒼茫羽檄間。

大佛谷

萬疊千盤勢漸增，塗窮無復怯崚嶒。偶然穿峽聞人語，虎豹窠中一老僧。

韓畕

畕，字經正，號石耕，大興人。有《天樵子集》。

《池北偶談》：石耕亂後游江南，徧歷臺宕諸勝，客死平湖。善鼓琴，尤工五言詩，有句云：『春愁當二月，酒渴起三更。』

《静志居詩話》：石耕善琴，所操北音，恥作妮妮兒女子語，終身不再娶，游覽江湖以終。今之牧犢子也，五律清穩，頗足名家。

案：韓畕、張蓋俱收入《明詩綜》，而《畿輔通志》列張蓋入《國朝高逸傳》，韓畕見《國朝别裁集》第八卷，各有義例，不妨並存。

望天台

望裏天台近，羣峰秀幾重。迴看青嶂斷，忽有白云封。絶壁垂樵徑，春泥陷虎蹤。石橋今夜月，應爲照長松。

送友人之晉州

策馬不辭勞，看君氣自豪。秋風雷澤迴，寒色太行高。黄葉當關路，清霜脆布袍。遥知初到郡，應解醉葡萄。

雨中送春

緑草疏籬映水濱，清溪寂寂四無鄰。一簾細雨仍飛燕，幾日殘花又送春。多病翻愁今夜酒，傷心如别故鄉人。明年客蹟知何在，早向天涯慰苦辛。

九日登雞鳴山

門道東籬菊已黄，無因移向酒樽旁。西風忽起野煙暮，落葉亂飛山樹蒼。雁帶寒聲歸渚急，江涵秋水與天長。浮雲遮盡登高眼，不許愁人望故鄉。

山家即事

山家就宿看山月，松際清光半未升。凉色漸生花徑露，微風欲滅草堂燈。壁鄰荒寺疏鐘斷，簷壓春星夜氣澄。亦願幽栖來此地，柴門相望幾時能。

夏日登鰲桂山望海

龍杜崚嶒鎮越州，孤城千仞俯危樓。忽驚溟渤天垂盡，始信東南地半浮。島嶼遥連雲日險，波濤不盡古今愁。一竿且罷任公釣，更擬乘槎萬里游。

舟行

川長静無風，擊楫逐前侶。落日煙水昏，舟人暗相語。

早發

斜月下煙村，孤舟乘晚發。卧聽往來船，橈聲自嗚軋。

經古寺

石梯經雨徧苔痕，赭壁年深色尚存。欲向迴廊尋舊跡，藤蘿無數鎖山門。

李友太

友太，字仲白，號大拙，天津人。

王又樸《傳》：先生生於崇禎五年，鼎革時年十三，自號逸民，隱於黄冠。性迂甚，以禮自繩，不肯踰尺寸，然篤久要生死不易，匹夫匹婦有善行，爲表闡之。尤嗜古物，凡周秦彝器，及金石刻、宋元明人書畫，一見即別其真贋。無毫髮爽。餉司赫公以農部督榷津關務，雅重先生名，以束帛求致先生不可。乃躬造廬以請，先生則踰垣避，卒不見。一女知書，工繪事，白描人物，不下李龍眠。後以家貧，作大士像，鬻以自給。

賞花作

其一

化工生一花，結構殊苦辛。自趺到須瓣，纍積窮微塵。譬之人百骸，闕一非完人。一朝顔色萎，墮落吹繽紛。生之必一年，敗之無半旬。我故特愛惜，以答造化勤。換花試改插，又是一花身。

其二

讀書弔古人，我不能問字。著書贈後人，我不能執藝。彷徨兩處心，寂寞一生志。不如來飲酒，看花百日醉。一花纔爛漫，俗眼便驚異。那知後花榮，初花積憔悴。人人作佳傳，竹書不勝記。人人要易名，柳下不勝謚。花亦猶人耳，久開不如墜。

杜依中

依中，字遯公，號致虚，静海人。明諸生。入國朝，以疾不赴徵。有《雨花詩集》。

徐乘義《序》：徵君生而穎異，明末嘗叩闕陳書，所獻十七策，皆關天下大計，利害鑿鑿，懷廟嗟異，手署紙尾曰：『賈、陸重生。』鋭意欲大用之，爲當塗所阻，以此賢名震天下。甲申後棄功名，縱情丘壑，忠義剛正，篤於彜倫。目擊不平，以危言繩之，爲人敬憚。國初召用遺才，以疾力辭者三，竟不應。

祭竈

亂後值今夕，清香訴竈神。十年殘故壘，一劍老風塵。啼笑皆成過，妻孥亦厭貧。蒼蒼煩寄問，何以慰愁人。

游華藏庵

百年塵劫裏，過眼一風燈。解脱人皆佛，清閒我亦僧。升沉原有故，夢覺果何憑。借得蒲團力，消磨障幾層。

舟次河北自飲

好月隨舟轉，相看醉影斜。雄心非藉酒，清淚豈聞笳。城廢連年水，民荒何處家。同人各努力，莫待鬢毛華。

偶成

窮有千年恨，詩無一字工。心存生死外，身老亂離中。劍氣冲星動，琴聲帶月空。交游零落盡，賴得夢魂通。

夏日村居

今古紛紜未易評，松間石上暫移情。驅愁任我排棋陣，破恨同人共酒兵。新法已經殘海内，清談自是誤蒼生。近來司馬多征戰，曾否當年細柳營。

和黄石齋

一片荒凉萬里沙，詩書誰是鄴侯家。空知民困黄河急，愁看天文北斗斜。雲暗深山龍唤雨，香來古寺鹿銜花。當前過去渾如夢，半榻松風聽法華。

馬之騄

之騄，字辰次，一字元章，號墨隱，又號髯癯，東光人。諸生。有《墨隱詩草》三十卷。

張汝載《序》：髯癯詩不一致，或明如春，或淡如秋，或慷慨悲歌，或揖神説鬼，要之思路清異，筆舌矜肆，有不可一世之意。

盧世潅《序》：長次詩從昌谷、退之洗削而來，天骨横空，非暖暖姝姝隨兩家呼拜者。子孔懷，號韋庵，康熙癸丑進士，著《羼提子集》，失傳。有句云：『數畝薄田惟種秫，幾間破屋祇堆書。懷古臨風常痛哭，論文燒燭自翻鈔。』

題畫

我畫煙雲最深處，模糊不辨山與樹。潑天墨雨縱横飛，纔能留得白雲路。墨池老友最探□，古今書畫歷千年。笑而謂余好愛惜，絶似襄陽老米顛。

少年

少年猶未識人事，每思異域立奇功。英雄畢竟成何用，長嘯鶯花煙雨中。

劉六德

六德，字智侯，大名人。有《智侯遺集》。

竇遴奇《序》：智侯蟬蜕功名，於城西北隅搆匯園，偃仰之暇，肆力於詩，匠心獨出，無一語寄人廡下。

平干道中

驅車十月交，遠上寒山陂。倏爾川原異，悵焉訝路歧。大野邈無際，長風當面吹。遠天落沙鳥，寒林響枯枝。日入村墟淡，煙横丘隴悲。我行駕疲駑，寂寥寸寸移。寒湍遲夕渡，暮雲蔽餘曦。望望樹中村，依稀挂酒旗。旅人共指點，一醉因在兹。

客館

車馬自風塵，淹留倍愴神。僕爲同爨侶，僧是補衣人。沽酒遲來客，無燈早信鄰。破窗風雨劣，愁坐更霑巾。

王炘

炘，字濟似，號曉巖，一號茨庵，雄縣人。有《茨庵詩鈔》。

潘應賓《傳》：先生父喬棟，以進士仕至湖廣督糧參議，載《明史·忠義傳》。先生聰慧，善屬文，高陽孫文正公以孫女妻之。隨參議公歷官閩浙，政務多與參酌，悉合機宜，參議公以爲有經世才。既而流寇陷武昌，參議公殉城死，先生慟哭，嘔血絶而復蘇。卜居六合之西圩，老屋三間，訓課諸子，暇時教兩女爲詩。宛平王文靖、章武、劉端敏皆少年好友，官階貴盛，先生未嘗以片札走長安也。

八月十二日送紀仲霽北上

其一

英英鐘山雲，寂寂蓬門轍。悽惋病中心，畏與故人別。相顧登舟去，黽勉成契濶。揾淚復歎息，苦懷那可説。秋雨夜聲哀，淅瀝渠流洌。憔悴憶離人，應爾心如結。

其二

顔峻薄心腸，富貴忘其素。元季重結交，意氣猶如故。緩急非所關，始悟由來悮。名位既不同，理應有異數。仍作曩時狀，豈不與物忤。與君既流離，貧賤適相附。心期固已久，懷情無異慕。丈夫許激昂，莫謂終不遇。

偶感

其一

平原飛柳絮，高阜花滿枝。嚶嚶孤鳴鳥，願寄心中悲。旦夕多急遽，風雨無已時。草木易榮落，高深有變移。維彼心如結，來去恒如兹。

其二

所貴多隱逸，世亂締交情。抒其懷抱事，瀝我寸衷誠。傷心歎何允，所懷良不平。矯意留副詔，紿朏入都城。疇昔栖遁意，欷歔酒後盟。如何許倜儻，一旦撊然更。周走輕意氣，委蛇效經營。他人非有預，自敗所成名。

其三

在昔稱寒士，伉爽惟劉祥。貴倨多嫚駡，音吐尚激昂。堅志立操行，坦率鬚眉揚。維彼昏不知，相對恒徜徉。黽勉成嬉笑，忿恚生他腸。齊國有男子，爲書寄君房。極言用仁義，莫致要領傷。忠言雖逆耳，敦慤無他妨。聞君稱義俠，今乃效陳張。弗覩田澮短，安見岷江長。千秋盟既在，一旦幸莫忘。

讀史

其一

自古多充隱，往往狥虛名。顧盼煙霞色，流連爵禄情。皓首採元芝，回車待漢廷。紀逡與二唐，矢志薄簪纓。新莽傳詔旨，低頭就其徵。捷徑感仕路，移文誤山靈。貪婪以競進，究竟何所成。我觀高士傳，歎息陶淵明。貞操輕榮宦，峻節垂丹青。乃祖太尉公，功存石頭城。滄桑已遷改，烈士徒撫膺。寧守丘壑賤，無希他姓榮。

其二

憶昔賈長沙，建策安羣服。敬仁參微言，芳譽流宗族。惠連富文詞，輔嗣勤誦讀。以彼縱横才，先後相驅逐。名位既不揚，年壽尤多蹙。豈知高寢郎，一語丹其轂。仕宦歷四時，生平殊碌碌。榮悴本有别，世路何能穀。寄語蓬蒿人，無須歎幽獨。旦夕理殘編，真氣留茆屋。

其三

朱陣方結契，盟誓瀝肝腸。所争無幾何，横屍在疆場。榮枯雖異致，彼此誠兩傷。世態多反覆，須臾變其常。吾愛裴與魏，耐久垂休光。鉅卿重然諾，生死永不忘。交情貫金石，大義嚴秋霜。悠悠千載後，身與名俱滅。

其四

自古皆有死，芳名人所傳。生平勵名節，没亦留簡編。張蒼居漢相，高允稱魏賢。宋有文潞公，其壽皆百年。吁嗟王仲賓，壯齒歸下泉。孔明恢帝業，齎志竟徒然。修短各有命，功勳在人天。立志若不早，但隨物化遷。君子修其身，身與日月縣。令德自不朽，何用求神仙。

其五

幽明勢既殊，生死理亦别。音容縱難留，游魂終不滅。東平樹西靡，温序歸心切。蓋山泉可流，輔氏草能結。鬼同社中謀，曹祀乃斷絶。始知無鬼論，此理猶多缺。見道惟賈生，銅炭還堪説。

行路難

其一

徐步出東城，遥望南山側。高冢何崔嵬，松柏含秋色。石馬静無聲，豐碑載明德。當其未死時，英聲振家國。奄忽歸黄泉，長眠無終極。牛羊白往來，墓下生荆棘。昔日繁華不復留，道傍過者空悽惻。

其二

長安濟濟王侯里，朱樓畫閣參差起。庭前珠履相追隨，笙歌嘒嘒聲無已。生長繁華苦不知，惟貪行樂少年時。驕奢自許稱游俠，富貴多因藉世資。總角攤書勵名節，下帷攻苦希前哲。荏苒生涯四十年，蕭條短褐何堪説。君不見王通名譽馳九州，龍門上策無人收。歸來閉門多著述，河汾之水常悠悠。

其三

立談傾蓋投緣早，兩心相映還相好。我今與子同死生，讒言何得攖懷抱。萋菲誰知貝錦工，能使君心自顛倒。蒼蠅塞路公論衰，世間黑白何堪道。懷沙作賦心已催，屬鏤賜劍身難保。嵇康幽憤寄囹圄，李斯骸骨埋荒草。讒人交搆皆如此，誰理煩冤向蒼昊。

其四

深山千餘仞，下有百尺淵。茂林蔽天日，仰視空雲煙。孤猿尚趦趄，飛鳥猶盤旋。赤熊依怪石，文豹臨流泉。雷填填兮風雨起，殘花啼血哀杜鵑。懸崖絶壁山鬼嘯，馬厧車殆無由前。我行到此三歎息，俯仰惟歌行路難。揚鞭返轡歸故里，何爲馳驅遠道多悲酸。

其五

伯喈與慈明，高義足千秋。杜門絶世故，嘯傲輕王侯。權臣亂國是，纁帛招名流。崇朝列顯職，紳佩徒增羞。哀哉嬰世網，進退不自由。身敗名亦裂，旦夕懷百憂。譬彼金盆水，一覆難再收。君不見龔生名譽盈人耳，印綬加身終不起。又不見蜀客青盲避子陽，至今峻節標青史。人生一盡同百年，志士仁人非偶然。汝南月旦存公道，莫因時變多推遷。

其六

易數推京房，天文擅崔浩。纖悉無遺議，搜討窮其妙。人生禍福分錙銖，奈何一身尚難保。天道乘除有定期，栖遲巖壑吾將老。

金陵行

細雨梧桐滿阡陌，樹頭落葉紛狼藉。孤棹蘆花撲面飛，長江灘影連天白。燕子磯頭日影沉，謝公臺畔暮雲深。南朝事業皆蕪没，北客登臨念古今。我來八月游南國，二水三山染秋色。歷歷金城舊著名，滔滔天塹誰能測。關河創業盡英雄，形勝全收百戰中。朝寧訏謨同定命，君王宵旰始成功。天闕地軸争迴旋，荆棘銷除虎狼散。宰相風流有謝安，將軍慎密推陶侃。古來守令重循良，清白流芳姓字香。一畝未移吴隱志，五更難挽鄧侯裝。更聞此地多英妙，雕龍鋪錦遥相照。彩筆呈才位既高，池塘得句年方少。天台石徑水潺湲，羽客飄飄去不還。見説達摩遥泛海，却逢支遁遠尋山。况有名卿經喪亂，一門節義同璀璨。戰骨千年泣卞壺，忠魂百世留袁粲。未能廷尉望山頭，犯闕稱兵不自羞。督護抽刀先赴陣，丹陽揮涕乃登舟。自從萬里長城壞，書生白面多摧敗。代陂去後心已灰，桑落歸來勢何憊。充隱當年最可嗟，何人耽志在煙霞。彈琴羞作王門客，種菊同稱處士家。千古豪華重然諾，死生不負平生約。摴蒲百萬孰敢當，複壁三千信堪託。百願名篇已擅奇，三劉姊妹復相宜。張姬弱質蘭閨艷，謝女清談步障移。歷觀世主多驕侈，六代年華疾如駛。自謂金甌鞏四方，徒誇玉歷縣千祀。玉歷金甌未可憑，陂池宫闕自繁興。桂殿椒房常互映，黄扉朱邸自相仍。遥遥九陌紅塵起，萬户千門通戚里。紳佩周旋内苑前，衣冠蹌濟南宫裏。南宫文物自繽紛，畫閣雕欄複道分。甲第東鄰曾拂日，樓臺百里欲連雲。秦淮簫鼓中流急，銀燭清樽貴游集。樂部新聲雜綺筵，冰厨精膳傾丹粒。倡家日暮理紅妝，一曲霓裳錦瑟傍。雲鬟花鈿臨翠幌，香車寶馬映垂楊。繁華千載空馳逐，争利争名何碌碌。榮枯自昔有乘除，禍福由來多倚伏。一人繁華不自知，人生行樂幾何時。堂前象洞杯初引，座上雍門淚已澌。桑田滄海有時變，歎息銅駝草中見。浮生蹀躞久推移，人事蕭條獨流轉。最憐當日帝王身，常侍還來作兩親。琥珀釵成惟獻媚，金蓮花動轉含春。俄聞杜預修兵仗，王濬樓船雄虎韔。高韓諸將立勳名，北軍飛渡天威壯。那堪四面鼓鼙聲，玉樹歌猶滿後庭。鐵鎖徒沉楊子渡，降幡已出石頭城。世上榮華難少待，人間得失須臾改。新亭客淚祇空流，鐘山王氣今何在。草昧經營心力枯，祖宗辛苦創皇圖。四方羽檄煙塵動，一夕戈矛廟社輸。步兵憔悴窮途哭，子真寂寞依巖谷。莫向龍門策太平，好入商山結茅屋。燕市何年尚築臺，平津東閣未曾開。所嗟采蕨三江客，徒抱凌雲萬丈才。

客感

最是失鄉客，凋零不自知。愁中花落後，病裏月明時。雁去來孤憶，蟬鳴發衆悲。北樓如可上，徙倚散羈思。

安肅道中別王介公，時予返秣陵，伊留淇

君語中州事，凄然不欲聞。五年纔聚面，千里又離羣。杯酒難相共，羈愁亦永分。蕭條淇水上，曾覩秣陵雲。

白下送友還燕

秣陵秋欲盡，寂寞送君行。向曉千峰色，殘陽一雁聲。夜蛩興旅夢，霜葉感遥程。野泊腸堪斷，滄波月未生。

草堂

落花纔掩徑，薄暮草堂幽。到處餘春色，凄然生旅愁。閒塘萍自滿，深樹鳥多留。不是高栖遁，常思韓伯休。

山莊麥秋

偃卧向南林，鶯啼衆壑陰。聊將田舍意，寄此故鄉心。薄暮山花落，斜陽江樹深。元龍如見讓，不是願浮沉。

遣懷

亦有歎沉冥，紛紛我獨醒。晚春江水闊，落日楚山青。人事驚飛鳥，身名寄野萍。滄桑那可問，不必恨凋零。

仲霽復來廣陵，以詩爲别

歸意正殷殷，江皋見白雲。落花堆滿地，殘月照離羣。泉石空留我，風塵竟誤君。往來應自念，早晚便移文。

感舊示兒輩

衣冠凡幾世，自我委林泉。貧賤非行意，滄桑欲問天。生涯籬畔酒，心事枕中篇。爲問長淮水，青箱孰可傳。

冬杪東紀仲霽

此心傷欲盡，尺素那能書。多病愁家遠，長貧念歲除。夕陽催鬢髮，殘雪上衣裾。生死憐君問，三孫苦自如。

即韻答長女春雨懷歸

擬歸歸未得，響國豈無情。夢裏一身遠，愁來百感生。雨餘驚柳變，花落逐鶯鳴。子意憐芳草，移扉望晚晴。

寄蕭山來四

燈下裁書問故人，錢塘風雨爲誰春。到來東冶亭如舊，别後西陵月幾新。渺渺君常無一字，悠悠我已近三旬。於今莫道江南好，異地萍蹤獨愴神。

書感

雲水因循心自驚，此身不合老柴荆。他年未解陳留意，今日誰知彭澤情。草色陌頭看霧起，江流月下有煙生。商山皓首猶多預，隱逸由來雅好名。

歲暮述懷

客懷雜沓未能裁，慘淡寒梅向晚開。狼籍風塵留建業，迷離魂夢到燕臺。年光盡處看霜鬢，世事忙中問酒杯。垂老衡門思獻賦，江淹今日歎無才。

招井方九

晛晥聞黄鳥，柴扉愛早開。知君常畏熱，願及早凉來。

辛民

民，字霜翊，又字先民，一字嚴公，宛平人。明舉人。有《辛子詩集》。

昌化寺

白雲深處寺，亂石倚柴門。市小鹽争價，霜高菜煮根。山魈寒作嘯，谿水激成喧。夜半鐘聲罷，殘燈是佛恩。

沈嘉客

嘉客，字無謀，故城人。明貢生。

《故城縣志》：無謀，自號西溪生，天啓元年拔貢。少食貧，博通典籍。張西銘楊子常輩，咸樂與締盟。年三十受知左滄嶼。數奇不第，壬午以後，杜門著書，從游之士滿户外，卒年八十三。

《池北偶談》：無謀居鄭口，性孤迥，有潔癖，與盧德水、汪未央以詩相唱和。中年作閉關疏，送客不出籬落，一畝之宫，花竹清深，圖書充牣其中。

淮南

淮南做客逢春雨，破帽疲驢幾日程。六合城南呼舴艋，緑蔭相送到南京。

孫望雅

望雅，字七儼，容城人，奇逢子。有《得閒人集》。

拜鹿忠節先師墓

皋比忽散失山梁，世變滄桑墓草荒。再過江村腸欲斷，不堪指點舊門牆。

國朝畿輔詩傳卷十六

喬鉢

鉢，字文衣，内丘人。明貢生。國朝歷官四川劍州知州。有《文衣詩集》。

申涵光《序》：文衣詩横臆而出，肝膽外露，摧堅洞隙，一息千里。燕趙人多沉毅英爽，無夸毗之習，文衣其尤著哉。

王士禛《望劍州懷喬文衣詩》：次公狂自好，名字滿人間。才士無高位，吟魂寄百蠻。音書湖口縣，生死劍門關。太息青蠅弔，交州幾歲還。

魏象樞《柬喬文衣詩》：數年驚宦海，無日不高吟。冰雪幽人氣，琴書俠士心。世情添白髮，交誼冷黄金。留客坐山月，牀頭話古今。

静觀

嗒然斗室間，萬物胡爲者。擾擾隙中駒，我亦分野馬。鍊氣歸丹元，性命豈云假。六經聖賢勞，天地已傳舍。何如瓶中花，開落皆瀟灑。裊裊青天雲，秋風未可寫。

别丁野鶴

誰不甘淪擲，幽懷定幾人。一尊憐海嶽，孤劍惜風塵。蹤蹟如吾放，肝腸到爾真，莫因潦倒甚，容易百年身。

宿寒亭驛

古驛重門花寂寂，枯槐敗砌掩荒雲。當年夜哭人何處，細雨蕭蕭不可聞。

探梅

散吏風騷步探梅，一樽獨醉古牆隈。淋漓日落不歸去，祗等林梢月上來。

米壽都

壽都，字吉士，宛平人，明貢生。國朝官江蘇沭陽縣知縣。有《吉士詩集》。

王崇簡《序》：吉士韶齡英穎，傳其家學，揮毫落紙，所謂高山樠具，蒼佩華纓，有廊廟之容焉。既而海内多故，歌《板》《蕩》，傷《大東》，欷歔感慨之音作矣。迄於今，悲激凄閔，纏綿引抑，亦其發於情之不得已乎？

《紅豆樹館詩話》：吉士爲明太僕仲詔先生子，少與王敬哉宗伯、崔青蚓文學交好，以詩文書畫相往還。甲申後就邑令，未幾鬱鬱卒。而太僕所爲勺園者，在海淀之北，其翠葆樹林於溠，諸勝遂埋没於煙横草蔓中。當太僕在時，嘗繪園中景爲燈，都下號曰：『米家燈。』題詠成帙。自林亭荒廢，二二百年來，幾無人能指其遺址，曩昔游觀觴詠之盛，僅散見於《池北偶談》《日下舊聞》諸書，亦徵文獻者所當知也。

寄答喬百一

同懷貧賤意，敝褐頗衣寒。我賦無家别，君歌行路難。黄花高士飲，麤糲古人餐。寂寞衡門下，琴書與莫闌。

宋轅文詢西山之勝口占答之

但隨流水去，堤上盡長楊。寺古垂丹碧，山深倍鬱蒼。鳥馴窺客下，僧老灌花忙。信宿來青閣，悠然夢自香。

冀州河漲紀事

其一

積潦崩長堰，河流氾濫來。空傳賈讓策，莫覓李冰才。舟楫人争羨，桑田客浪猜。那堪風雨夕，更聽澤鴻哀。

其二

六月百川騰，秋禾未盡登。蛟龍真跋扈，風雨日憑陵。何計全荒政，懷憂問庶徵。誰將下民苦，一叫九閽應。

馬之驦

之驦，字旻徠，雄縣人。順治間貢生，官山東壽張縣主簿。有《旻徠詩集》。案「旻」字原缺，據清順治古調堂刻本《古調堂初集》卷首補，下皆同，不注。

申涵光《序》：馬子旻徠，以詩著，制行醇謹，所著《養正》諸書皆理學篤論。而詩格大雅，卓然成家。

《漁洋詩話》：近日下僚中，往往多文士，江都主簿馬之驦撰《詩防》，後補壽張簿，又撰《張秋志》，能詩。予禮之每詫人曰：『吾以屈宋作衙官矣，抱關擊柝中，莫謂無人，人自不知耳。』

《紅豆樹館詩話》：袁佑《雪軒集》有《贈壽張主簿馬旻徠》二律云：『春風雁過信陵臺，猶憶談經絳帳開。白雪常從詩裏和，清宵數向夢中來。官閒暫對桃花水，吏隱惟傾竹葉杯。見説上林新有賦，漢家原重馬卿才。』『中原處處有詩名，人到南樓一問聲。三仕君猶爲下吏，十年我已厭諸

生，詞壇橐鼓燕山冷，運道帆檣濟水清。咄咄書空應自怪，帝鄉千里暮雲横。』觀『三仕』句疑旻

徠爲學博時，曾罣吏議其後，以縣佐從事於河渠也。

奉和徵君孫鍾元先生自蘇門過元城見贈

久企孫登隱，初瞻郭泰過。嘯崖清韻遠，掃館素風多。易世憑垂訓，忘年許和歌。塵羈終欲脱，

奉席考槃阿。

過揚子江宿玉山寺示僧達已

其一

帶雨開江路，隨風啓石扉。佛慈容脱帽，僧小倩更衣。霧影歸還細，潮聲入漸稀。浮生閒半日，

清茗話依依。

其二

客枕五更盡，禪龕四壁空。夢歸天界外，身在佛聲中。山静自移月，江平不動風。遲明理舟楫，

前路指飛鴻。

丙申自元城諭量移廣平授

一檄風催不可留，五年雲散舊交游。半餘姓氏存詩卷，無復歡呼動酒籌。漫叟那能忘瀼里，閬

仙却欲望并州。露華未重蒹葭短，已覺相思到水頭。

盼柯園晤石耳山人

勞生誰復澹風塵，石耳山人道意真。栗里曾稱晉處士，疊山原是宋遺民。清餘積雪蕭蕭髮，危挺孤嵓落落身。莫訝武陵非隔世，桃花流水自通秦。

漫興

莊子危言屈子騷，笑啼聊用慰吾勞。星躔步驟方相阨，項領見童且自驕。短簿反加長簿上，河曹難效馬曹高。愁來看劍杯從引，不厭頻持八月螯。

新城弔古

其一

唐皇垂老釀兵争，烽燧先從此地生。見秦讜言還切直，九齡先識早分明。范陽節度兼三鎮，河北沉淪偏百城。獨有常山顔太守，祇今舌在氣峥嶸。

其二

紫廷上壽正依依，公主難留驟欲歸。晉地據形資已借，天平移鎮策原非。萬前駝背金南括，十六燕雲雁北飛。容易流光四百載，山河依舊冷斜暉。

廣平别友

兩易春衣共薜蘿，乍臨風柳聽驪歌。懸知别後清宵夢，衹向邯鄲道上過。

揚舲館詩

秦鹿成禽漢籙膺，當塗典午遞衰興。漁郎曾向春流見，依舊桃花笑武陵。

劉佑

佑，字雲麓，曲周人。順治間貢生，官山東高唐州知州。有《尋遠樓詩集》。《曲周縣志》：佑司空榮嗣孫穎悟工詩，以拔貢令蘄水，時大亂初平，有悍民范黍伯者，率衆不法。當事欲勦以爲功，力争之，罷勦議撫，全活無算。擢知泰州，民以舊逋繫獄者數百家，具揭撫軍盡釋之。嗣以公事免，再起高唐州，適三逆皆叛，高唐居上游，大軍絡繹，悉力支拄，不忍絲毫爲民累。

歸卧荒園，張子常趙秋水柱顧答贈

吴楚十年别，蹉跎秋復春。歸依城郭舊，客訝鬢霜新。淪落悲游子，饑寒迫老親。君來沽濁酒，蕭索負佳辰。

霍亮雅、路培生、唐士彦同集小齋

非敢耽高尚，家園喜暫歸。深談午夜静，憶别十年違。今昔疑殘夢，行藏淡落暉。柴門松月好，相伴老漁磯。

閻古古過高唐，依韻奉贈

潦倒魚丘長，開筵接故人。風霜應久歷，燈火暫相親。窗白能留月，談空不貯塵。雲龍山色好，何日許爲鄰。

魚丘雨中即事

朝來煙霧隱千峰，萬頃波光雨後濃。苔繡雲根閒著屐，水流花榭一扶笻。酒杯詩卷閒中趣，樵斧漁簑畫裏容。忽報兒童傳異事，路傍雷火劈枯松。

弔路皓月先生

夢魂久不到園林，豈意雙魚即訃音。一代孤忠隨碧草，千秋熱血灑青岑。星驚櫪馬當年事，龍卧荒原此日心，蹈海祇期完素志，松楸應已愧華簪。

九日同劉津逮夜集南園分韻

天空雁泠菊初黄，有約尋詩過草堂。丘壑喜能增韻事，琴尊應不負秋光。風吹短髮紛如雪，月下疏簾皎似霜。醉憶滏陽河畔柳，闌珊清夢鎖漁牀。

登叢臺

突兀荒岡徧草萊，行人猶爲武靈哀。金輿翠輦歸何處，山色河聲依舊來。龍戰幾年驚趙壁，馬嘶此日繞叢臺。休悲探鷇沙丘事，挾瑟憑高醉不回。

楊遺白

遺白，字清源，一字卿項，磁州人。順治間貢生，官河内黄縣知縣。有《舟瓠齋集》。

《内黄縣志》：公明達有吏才，政尚寬平。未幾謝去，士民思之，立碑。

楊方晃《傳》：公性倜儻，飲酒可一石。爲諸生時，家徒四壁，歌聲出金石。及還内黄令，左右胥隸皆緑林，公攝以威，感以德，畏若神明。告歸，作矗矗樓於南郭别墅，以詩酒抒興者垂二十年。

漁父詞

其一

挂網長林理舊蓑，鷺鷥飛下浴晴波。清風六月凉如水，未識人間暑氣多。

其二

搔首前溪倦曲肱，溪流不改舊時澄。桃花夾岸紅如染，春色依稀似武陵。

段國璘

國璘，字褐襲，内丘人。順治間貢生，官湖北襄陽府通判。

詠且停山石人

何年偕豹隱，獨立向高岑。平覽諸峰秀，遥臨衆壑深。朝霞明素佩，夕月散幽襟。矗矗丹霄外，空山自古今。

魏體仁

體仁，字仲一，號筠圃，南樂人。順治間貢生，官永清縣訓導。有《一枝堂詩集》《客吟續稿》。《南樂縣志》：體仁少聰穎，過目不忘。爲文超渾，工松雪書法，尤長於詩。雖相國孫，無紈綺，習性孝友和易。母谷氏病十三年，日侍湯藥，未嘗解衣。受叔父桓撫養，及長，家值萬金，任其出售，無怨言，姪弟或不率，從容訓飭，人自化之。

積陰書懷

孤琴獨抱楚淮湄，蓬轉離蹤閲歲時。寥落寒雲帆影亂，凄清凉雨雁行遲。管絃永夜偏驚耳，兒女芳辰最繫思。蕭瑟平生同庾信，江關詞賦鬢如絲。

抵嘉陽

策馬春風入漢嘉，山城曲抱水流斜。子雲亭古餘芳草，孫氏臺空弔落花。十里桑田藏竹户，幾行柳市帶漁家。車停昨夜飛新雨，洗出峨眉一帶霞。

馬鴻勳

鴻勳，字雁楚，號醉庵，靈壽人。順治間貢生。有《醉庵草初集》。

周卜輔《序》：雁楚日與麴生爲伍，胸中塊壘，勃勃難遏，則以酒澆之。至澆之不得，然後發爲詩歌。其辭饒倔强之氣，鮮刻削之態。

獨酌

落葉下平林，秋風院宇深。臺高先見月，夜静遠聞砧。軒冕十年志，蓴鱸萬里心。何如頻酌酒，莫負醉中吟。

早秋即事

無端驚午夢，簾外亂鳴蟬。况以窮愁日，當兹寂寞天。微風彫露葉，細雨溼苔錢。已有石林託，無勞俗事牽。

夏霽招友人

雨過柴扉掩，呼童檢帙書。愁中詩易廢，病後酒難疏。椀茗閒能煮，畦花懶未鋤。閒來勞屐齒，相與醉吾廬。

早發寧陵縣

長途勞客夢，旅館候鳴雞。鼓角臨關壯，星河傍曙低。漁燈依水見，堤柳入煙迷。不計程多少，惟聞倦馬嘶。

清明

依依楊柳近清明，禁火初煙雨乍晴。芳草侵堤時過馬，梨花滿樹不聞鶯。雲封翠壁平分岫，鳥帶斜陽半入城。把酒莫辜風日好，遠林愁聽杜鵑聲。

登獨山望石嘴舊居，山人送酒飲溪上

夢中常憶舊山居，此地重游廿載餘。華髮漸驚秋鬢改，青山應笑故人疏。巖花媚客浮村酒，鄰叟留人摘野蔬。别後與君應有約，相將溪畔結茅廬。

靈巖寺

山迴古寺遮，葉落迷霜徑。日暮老僧歸，隔林聞遠磬。

土門曹氏園亭

竹影半灣和露瘦，松陰幾曲帶雲肥。主人無酒堪留客，早向斜陽策馬歸。

黄莛若

莛若，字石笥，元城人。貢生。有《留笏草堂集》一卷。

郜焕元《序》：石笥先生爲先朝相子，汲古好學，博極羣籍，刻意爲詩，雄深雅健，不落大歷以後，吾鄉稱詩者，咸以爲首焉。今令子志伊兄弟並貴，而布衣芒屩，不異寒素，常手録先儒格言，躬自踐履。

《百家詩鈔》：留笏草堂爲少師中五公所遺，在元城之西。石笥讀書其中，以花鳥自娱，故其詩多悠然有會。

登東昌光岳樓

層樓丹栱倚雲端，勢壓青齊自大觀。海上雲山争入座，天涯詞客各憑欄。城銜晚照徵帆近，木落霜空去雁寒。白首登臨仍是病，仲宣愁思正漫漫。

送别曹顧庵歸里

輝輝藜焰照蓬門，一夕千秋得共論。藝苑方期常御李，春光無計可留髡。鶯花澤國迎歸棹，風雨漳南黯別魂。他日相思何處遣，新詩細讀向黄昏。

送趙秋水歸里

鴻雁紛紛欲雪天，那禁握手對離筵。衰殘柳色難爲折，凄惻河梁各自還。滿載溪山堪獨慰，療饑詞賦悵誰憐。明春素友應相就，好向漳千共一編。

探梅

歲暮風色苦，庭梅寒意結。我欲探其花，凍指撥冰雪。

王鍾岳

鍾岳，字岱輿，號恒石，又號冰潭，正定人。順治間諸生。有《香草亭詩》一卷。

王榮勳《傳》：先王父姿性過人，學問淵博。爲文不拘一體，貌魁梧，美鬚髯，賦詩不假思索，援筆立就，性和而嚴，接物以禮足蹟，徧山川梁大司農。蒼巖爲公甥，奉命赴粤東論尚藩，請公同往。時左右戒嚴，恐蹈不測，公與蒼巖飲酒唱和，意恬如也。在京師朝貴知名，久困場屋，竟以諸生終。

感懷

蹭蹬浮生夢，天涯計未安。身因貧作客，親欲養無官。湖海人情異，干戈世路難。好將松竹意，耐作歲寒看。

送幼平弟歸里

同來客異域，今日爾先歸。匹馬秦川遠，孤舟滻水微。三峰留朔氣，一月送清輝。愧比汀洲雁，無能結伴飛。

雪後同諸子夜話

賦成無處曳長裾，雪掩衡門冷敝廬。懷抱未投班氏管，兵戈誰射魯連書。時當暮歲心偏切，愁向寒燈計轉疏。口任交游頻白眼，側身天地竟何如。

廣州除夕

蹉跎四十嶺南游，簫鼓誰家夜未休。兩地懷人懸白雁，一樽旨酒入青州。春風暖動桄榔樹，潮海晴吞翡翠樓。徒倚雲天頻北望，歸途迢遞不勝愁。

雲中塞

北渡桑乾古定頭，停鞭今作塞門游。嶽峰雲起晴還雨，朔漠風來夏又秋。青冢草荒秦雉堞，白登臺静漢戈矛。何人清夜折楊柳，月印平沙淚欲流。

寄懷蕭靈曦山人

六朝文物接江都，十載神交識酒徒。詞賦名高梁苑雪，丹青技擅輞川圖。塵埃聚首看龍劍，丘壑論心倒玉壺。一自伊人秋水隔，空憐雲樹兩模糊。

哭子諒姪

家鄉遥隔恨悠悠，衰草黄雲萬里愁。如此才無服官口，更何年是反魂秋。人間零落青銅鏡，天上虚傳白玉樓。惆悵急灘癡叔在，不堪回首説閩州。

渾源道中

百道泉添澗水鳴，空林啄木鳥丁丁。依山茅屋人何在，殘日關門避虎行。

燕園

閉門日日似禪栖，愛坐濃陰聽鳥啼。井上轆轤聲不斷，兒童引水入花畦。

王俞巽

俞巽，字乃繹，廣平人。順治間貢生。

督僕種蔬示諸兒

憶昔全盛時，玆地盡樓閣。凋零自我躬，充腸惟藜藿。祖父昔拔葵，子孫今淡泊。疏畦植嘉蔬，庶以習耕鑿。汝曹目所睹，慎勿自菲薄。

渡黄河

天上源來遠，洪濤何處歸。舟航如馬健，草樹挾龍飛。岸闊孤村杳，雲低落日微。乘風仍鉅浪，擊楫壯心違。

張昕

昕，號遲之，南皮人。順治間諸生。有《緑肥軒詩稿》。

即席贈中孚兄弟

縱意談詩處，燭花微綻紅。世情憑俗合，古道與君同。獨恥文章賤，相逢意氣融。交游不敢問，猶幸識雙鴻。

過古迎溝河

莽莽寒原汗漫游，驅車偶過古迎溝。中流蕭鼓空餘恨，夾岸旌旗似未收。相傳元董摶宵駐兵於此。

衛水遥連帆影亂，釣臺高並暮雲浮。空林落日啼鴉急，一縷炊煙出隴頭。

陳士雅

士雅，字伯彦，慶雲人。順治間貢生。

《慶雲縣志》：士雅究心理學，不以夷險易操，詩宗唐人，草書得旭、素體。

再北上

輕舟蕩漾客驚心，俯仰情多酒慢斟。風送天邊羣雁過，月明水底一龍吟。重游梁苑知才淺，獨對滄波念歲深。潦倒十年何所就，臨流中夜理瑶琴。

趙嶕

嶕，字子美，高邑人。順治間貢生。

濰水秋寺

病骨逢秋瘦，凄其况客中。愁多翻厭月，衣薄不禁風。兀坐聞孤雁，虚眠聽晚蛩。摇摇行邁者，心事與誰同。

張伸

伸，字永舒，鉅鹿人。順治間貢生。

贈別王較若

偷閒方自愛，閲古動奇情。朝有賢人事，野存高士名。無緣休廢業，獲地可深耕。莫訝非年少，艱難愧采榮。

韓宕

宕，字康海，内丘人。貢生。

題魏石生粒園

其一

盈盈滿院野花香，膩有春風度畫堂。莫道園林同粒米，乾坤不外一奚囊。

其二

花木參差處處栽，夕陽返照上青苔。紫薇朝罷歸來晚，銀燭光中緗秩開。

董昌齡

昌齡，號竹坡，磁州人。諸生。有《野心齋小集》。

《磁人詩》：公肆力於學，所作古文不同凡響。楷法直逼鍾、王，求書者無虛日，不求仕進，自適於山水間，日與王西園、劉他山彈琴賦詩，又皆以行業相勵。非徒作嵇、阮清談也。

秋日鼂山晚眺

晚上寒山石，煙嵐徧嶺西。驚霜紅葉醉，歸岫白雲迷。寺遠鍾聲近，臺高人語低。新涼衣漸冷，拄杖過前溪。

王淀

淀，字若水，磁州人，諸生。

《磁人詩》：公頎形偉貌，性高尚，不樂仕進，能詩，工書畫，鄉里奉爲祭酒。與董竹坡、劉他山詩酒言歡，時稱三老。

飲城西駢氏園有贈

園林駢氏好，種竹緑遮天。鳥語虛亭外，花香曲檻前。新妝飛燕妒。艷曲小紅傳，醉寫迴鸞紙，相將人素絃。

路澤農

澤農，字吾徵，曲周人。

游西山

削壁縣空外，孤筇入斷雲。峰垂紅樹接，石亂碧流分。衰足行多歇，天風定亦聞。幾時攜素侶，終日坐秋雯。

立冬日洞庭山社集看菊

三吴秋盡不知寒，黄菊經霜尚未殘。鄉里衣裳少新製，草堂詩酒任交歡。十年旅夢悲王粲，隔代風流憶謝安。且向花前拚一醉，洞天福地此中寬。

張光昌

光昌，字裕，趙州人。

讀嶼舫詩

愍焉懷大雅，冥心契古人。古人不可作，吾道棄如塵。誰知典型者，乃在槐之湄。顆絳有明德，瓜瓞衍千春。司馬盟息壤，侍御批逆鱗。繼此膺花封，日賦考槃人。争先羣鳳鳴，一鳳邁其倫。珥貂丹陛間，讜論佐維新。退食亦懷忠，孤吟夙抱伸，煙雲筆下生，珠璣紙上陳。一洗鉛與華，獨存精與神。飽謝及曹劉，徜徉得其真。雙鯉千里來，寓我萬鎰珍。長跽再三讀，形隔神相親。安得長側席，導予出迷津。

孫桂

桂，字月恒，磁州人。

《磁人詩》：月恒性長厚，好行施濟。鄉里稱之。名山勝水多所游歷，留題不少。

示兒

余本堯都生，隨父籍磁土。素性頗争前，命不爲餘主。事事與心違，蹭蹬那堪覩。四十始生兒，六旬未爲祖。預想再來日，知無一可取。有兒多務外，好今不好古。今人尚浮華，古人尚椎魯。汝看浮華者，端人棄弗數。汝看椎魯者，君子悦爲伍。讀書樂無窮，如何力不努。但願成實學，足繩爾祖武。不見我衰翁，跬步中規矩。耕讀守家傳，兢兢心良苦。

章漢

漢，字素巖，任丘人。順治貢生，官武邑縣教諭。有《貯月軒詩》六卷。

季布

季布以勇聞，義聲在一諾。逃死忍爲奴，留生意有託。游説得主翁，脱禍還賜爵。賢哉魯朱家，斯人今不作。

直不疑

不疑不盜金，笑償同舍郎。遲久事乃白，厥名益以彰。高賢蒙厚誣，不辨固其常。獨行苟無虧，衆毁亦何傷。

寄昌黎張長人丈

海鶴歸來卧煙霧，稻粱困頓哀鴻度。倦鳥知還飛鳥饑，丹鳳赤霄焉得訴。種米峰前憶盍簪，有詩同賦酒同酣。長人與余共事無終，後以天雄教授擢靖江令。沙麓暮雲遮冀北，姑蘇春樹繞江南。南北參商二十載，心期如故鬚眉改。雷焕新從日下來，茂先博物猶豐采。客薄林宗不共船，偷欺子敬無留氈。滎陽老友蘇司葉，相見何時索酒錢。

日說

日說歸休未便休，三年濡滯一生羞。秋風虛動張翰棹，夜月空懸庚亮樓。七葉漢貂聲自藉，千金燕駿骨誰收。賢愚窮達從來事，呼我何妨任馬牛。

輓貞烈桑孺人

孺人，文學桑竑妻，蘇守曹統六先生女，儀部桑雨嵐先生子婦也。痛夫雋才早夭，以身殉。

其一

夜來讀史對殘釭，豪氣雄心總未降。門外忽傳奇節事，一天冰雪入寒窗。

其二

堪憐紅槿衹朝華，黄菊含霜擬尚差。借問冰心誰得似，一園香雪沁梅花。

其三

遥拜姑嫜斂淚容，兒今含笑往相從。關心身後無他事，三尺墳前多植松。

其四

洞庭有淚竹仍斑，貞女峰頭魂未還。幽夢已隨湘水去，不須更上望夫山。

劉可書

可書，字長馨，清宛人。諸生。

哭長姊孝廉高桂妻，甲申死難

父母去我早，孤子心易危。弟兄共性命，兩姊賴攜持。疾病無饑渴，春秋失歲時。自知遭不造，不敢比他兒。仲姊昔云殁，孤墳泣路歧。嚴霜摧苦草，哀愴傷心脾。姊于歸高氏，良人襟抱奇。曳履聲華舊，結褵家室宜。騣騣騁逸足，行將躡雲逵。豈期逢陽九，妖氛迷帝畿。紅塵馳萬馬，盤薄郡西陲。孤城經百戰，一夜合長圍。雞犬失鳴吠，屋垣震鼓鼙。短兵接雉堞，壯士裹瘡痍。姊歸與我別，聲淚雜歔欷。念母志貞烈，凜然冰雪姿。一言許父死，百勸志不移。大節光彤史，千秋稱女師。吾幸託遺體，庸忍玷芳儀。誓同城存没，庶幾全而歸。勗哉勤令德，與子今長辭。比我聞兹語，倉皇失所期。焉知此別苦，但覺此言悲。揮涕再拜謝，不能措一詞。姊去城遽陷，魂隨百練飛。潔身無愧作，於母有光輝。諸弟年齒穉，艱難復亂離。煢煢空四顧，形影黯相依。回憶十年事，椎心執手時。蓼莪久已廢，痛哭鶺鴒詩。

邊銘珣

銘珣，字潤玉，任丘人。諸生。有《東陵集》二卷。

憶故園

明月高懸半欲秋，碧天無際海雲收。角聲悲壯知寒近，爽氣横空見火流。千里鄉關頻入夢，百年身世幾生愁。柴門松菊荒三徑，取次歸來續舊游。

村居

平蕪春滿緑參差，客裏風光寄所思。一枕鄉愁千里夢，十年幽恨半生疑。看花莫惜高陽酒，抱膝長吟梁父詩。彈鋏朱門成底事，子規聲巧漫追隨。

劉獻廷

獻廷，字君賢，號繼莊，大興人。

全祖望《傳》：繼莊先世吴人。以官太醫，遂家順天。繼莊年十九，復寓吴中，其後居吴江者三十年，晚更游楚，尋復至吴，垂老始北歸，竟反吴卒焉。崑山徐尚書善下士，又多藏書，大江南北宿老争赴之，繼莊游其間。萬隱君季野，於書無所不讀，乃最心折於繼莊，引參《明史》館事。顧隱君景范，黄隱君子鴻，長於輿地，亦引繼莊參《一統志》事。繼莊謂諸公考古有餘而未切實用，及其歸也，萬先生尤惜之。繼莊書不甚傳，近始見其《廣陽雜記》，蓋薛季宣、王道甫一流。繼莊之學主於經世，自象緯、律歷以及邊塞、關要，財賦、軍器之屬，旁而岐黄者流，以及釋、道之言，無不留心，深惡雕蟲之技。其生平自謂於聲音之道别有所窺足，窮造化之奥，百世而不惑，嘗作《新韻譜》，其悟自華嚴字母入，而參之以天竺陀羅尼、泰西蠟頂話、小西天梵書，暨天方、蒙古、女貞等音，又證之以遼人林益長之説而益自信。其論向來方輿之書，大抵詳於人事，而天地之故槩未有聞。當於疆域之前，别添數則，先以諸方之北極出地爲主，定簡平儀之度，制爲正切綫表，而節氣之後先，日食之分杪，五星之陵犯，占驗皆可推矣。諸方七十二候各各不同，如嶺南之梅十月已開，桃李臘月已開，而吴下梅開於驚蟄，桃李開於清明，相去若此之殊，今世所傳七十二候本諸月令，乃七國時中原之氣候。今之中原已與七國之中原不合，則歷差爲之。今於南北諸方，細考其氣候，取其核者詳載之爲一則，傳之後世，則天地相應之變遷，可以求其微矣。燕京吴下水皆東南流故，必東南風而後雨，衡湘水北流，故必北風而後雨，諸方山水之向背分合皆當按籍而列之，而風土之剛柔暨陰陽燥濕之徵又可次第而求矣。諸方有上音，又有俚音，蓋五行氣運所宣之不同。各譜之爲一則，合之土産，則諸方人民性情、風俗之微皆可推而見矣。其論水利，謂西北乃二帝、三王之舊都，二千餘年未聞仰給於東南。何則溝洫通而水利修也。自劉石雲擾以訖金元，千有餘年，人皆草草偷生，不暇遠慮，相習成風，不知水利爲何事，故西北非無水也，有水而不能用也。不爲民利，乃爲民害，旱則赤地千里，潦則漂没民居，無地可瀦，無道可行，人固無如水何，水亦無如人何。虞學士始奮然言之，郭太史始毅然行之，未幾，竟廢三百年無過而問者。有聖人者出經理天下，必自西北水利始，水利興而後足食，教化可施也。西北水利莫詳於《水經酈注》，雖時移勢易，十猶可得其六七，酈氏略於東南，人以此少之，不知水道之當詳正在西北。欲取二十一史關於水利、農田、戰守者，各詳考其所以附以諸家之説，以爲之疏，以爲異日施行者之考證。又言朱子《綱日》非其親筆，故多迂而不切，而關係甚重者反遺之，當别作《紀年》一書。又言聖王之治天下自宗法始，無宗法天下不可得。治宜特爲一書以發明之，是則儒者之至言，而惜其書亦未就。近者吴江徵士沈彤獨爲繼莊立傳，蓋繼莊僑居吴江之壽聖院最久，諸沈皆從之游。及其子死無後，即以沈氏子爲後，然其所後子今亦亡矣。故彤所爲傳，亦不甚詳，乃據《廣陽雜記》出於高弟黄宗夏所輯者，略求得其讀書、著書之概。因爲撮拾而傳之。

《别裁集》：繼莊於天官、地理、農田、水利、刑名、錢穀以及兵陣、刀槊之類，無所不能。韻語其餘事也，然豪氣飈馳，逸情雲上。讀其詩，可以想見其人。

按：《别裁集》載繼莊作廣陽人，廣陽係古郡名。今據《鮚埼亭集》改正。

懷古

古之兵皆農，農富兵亦强。古之士皆農，農樸士亦良。兵農一以分，甲胄無餘糧。士農一以分，耒耜無文章。分之則兩傷，合之則一理。請語當途人，治亂實此始。

泛溪

白石何粼粼，清流自浘浘。信舟漾前溪，兩岸饒蒲葦。日落秋風生，停橈弔山鬼。

題暉草齋

誰將堂上春，得比春日暉。日入光更出，親老無重歸。誰將人子心，得比庭前草，春風日日吹，草色年年好。

水仙操

天行海運旋宫音，萬象回薄由人心。移情易性琴非琴，刺舟而去留深林，海水汩没鳥哀吟，余心悲兮無古今，援琴而歌淚淫淫。

留别張鴻伯，兼懷張非文和韻

舟檝吾將老，詩書世所輕。誰知天下士，漂泊亦無成。放眼空今古，虚懷向友生。北歸心已足，不復悔南征。

贈行西上人

鐵騎穿雲舊拓邊，大江歸去浪連天。五更夢醒荒祠下，百戰人酣繡佛前。風急雁行排遠岫，秋高鵰影落寒煙。與君共望中原路，衰草離離倍黯然。

卧病

風塵泉石兩蹉跎，歲月催人委逝波。萬事無成心力少，一生有幾别離多。夢回弟妹依然失，病久交游誰更過。賸把新詩消永日，空牀獨坐强吟哦。

幽居

王孫學賦小山招，意氣崚嶒耿未消。燕市酒酣聞擊筑，吴關人去憶吹簫。功名夢醒元駒國，卜築門臨白馬潮。回首故園千里外，江鄉隨地老漁樵。

贈向語可

天半峨嵋落照邊，漢川東與蜀江連。萬金散盡猶存骨，一劍長留豈學仙。秋水欣逢東海若，馬蹄難遇九方歅。窮途我自憐空手，灑淚相看大別前。

詠史

朝横而夕縱，志本在温飽。敝裘先自媿，何論妻與嫂。七首西人秦，生死在眉睫。秦政非齊桓，如何欲生劫。治國與治軍，卧龍豈兩事。陳壽亦何知，還問司馬懿。

昭君

其一

六奇已出陳平計，五餌曾聞賈誼言。敢惜妾身歸異國，漢家長策在和番。

其二

漢主曾聞殺畫師，畫師何足定妍媸。宮中多少如花女，不嫁單于君不知。

題閨秀雪儀畫嫦娥便面

素箋摺疊塗雲母，黛筆清新畫月娥。莫道繡奩無粉本，朝朝鏡裏看雙螺。

龐克慎

克慎，字徽五。任丘人。諸生。有《裕德堂稿》。

《任丘縣志》：克慎敦行嗜學，以子塏貴，封户部郎中。崇禎壬午之難，母曹氏殉節死，慎哀籲，當事予祀典。慎家世受《尚書》，著《尚書傳習録》及《藝苑歸約》諸書教生徒，皆有條法。子塏以部郎出守建寧，不名一錢，秉慎訓也。後以不善事上官解組歸，慎怡然曰：『吾不憂汝以墨敗行，常恐以直賈禍，今知免矣。』

井陘過韓信談兵處

嬴秦失鹿四方争，擾擾中原苦未平。起沛雖提三尺劍，登壇誰信一軍驚。凄風苦雨談兵地，老樹蒼煙背水營。却幸左車謀未用，行人千古説英名。

國朝畿輔詩傳卷十七

魏裔魯

裔魯，字竟甫，號曦庵，柏鄉人，裔介兄。順治間貢生，歷官山東監運使。

《柏鄉縣志》：裔魯任費縣時，鉅寇趙不伐等攻劫兖州、費城，高不及肩，斫棗木萬餘株，削令鋭倒埋其木以水灌之。會冬積凍，城堅如鐵環城守之，賊騎不得入。旋補江西建昌令，遇呂蘇大盜猖獗，我兵南下，預造浮梁三道。兵渡大江，如履平地，賊悉就擒。升淮安河防同知，分鎮徐州，地勢窪下，躬自督役修築長隄百里許，復開渠灌田升四川龍安郡守，郡遭張獻忠殺戮，白骨徧野，埋之東門外。以邊俸移山左，龍民相顧哭擁，道不能行。以老乞歸，卒年七十三。

謁禹王廟

曲馬出城東，悠悠涉滔水。問君何所之，言尋神禹里。石紐已千秋，存名留遺址。麻柳以爲牆，沙石以爲壘。其中祀夏王，儼然具冠履。河洛著明德，因憶巢居子。我來謁祠下，恍惚若宛委。山色水聲中，江流何徹耳。舉目眺琦嶔，丹霞映山市。日暮揚孤帆，舟漏防石齒。回首望廟門，歷歷猶堪指。近郭復徘徊，流行疾如駛。

入蜀

落落錦川去，江梅夜雨飛。山川多間阻，戎馬正重圍。隴月鳴羌笛，巴雲捲毳衣。憑鞍一灑淚，壯志未全違。

馬道

削嶂通煙霧，攀蘿曲徑捫。銀沙走石壁，雪浪漱雲根。老樹垂松子，寒溪長竹孫。停驂郵舍晚，愁絶聽啼猿。

高村

翠壁圍茅屋，蒼茫喧午雞。猿猱林木嘯，鳥雀薜蘿棲。日列黧人面，山高困馬蹄。攀緣憑力擁，俯視萬峰低。

白草橋

青山兩岸合，白草一溪斜。驛路橋邊樹，煙村嶂外加。石梯堆積雪，鐵鎖控流沙，役賦多愁苦，遥聞每歎嗟。

龍州

萬里氐羌地，西南是夜郎。莪漿俗原異，蕨麪味殊香。山吐石門月，江飛棧道霜。兩年無吏事，不厭在蠻鄉。

夔門

峽連數百里，日月隱重巒。彩鷁狎驚浪，輕帆下急灘。山迴神女廟，水繞武侯壇。形勝今猶在，傷心望永安。

和楊子元《見山堂閒居吟》

投荒在絶域，悵望欲何之。强酌葡萄酒，難吟白雪詩。桐風吹幔曉，桂雨落階遲。閬苑多豪客，相從曳杖藜。

野馬灞

野灞無煙户，高巖結竹房。數椽遮嶺雪，一榻傍山塘。林密聞雞唱，天空見雁行。披裘猶向火，午夜聽寒蛩。

和張晦先韻

崑崙春色早，臘盡已飛花。出郭開樽酒，停舟聽戍笳。巖松餘積雪，溪竹帶晴沙。宴賞殊方劇，狂歌興愈賒。

登華山

其一

咫尺天門賦壯游，遥瞻函谷拱神州。足懸雷電飛丹壑，手摘星辰控玉樓。千丈虬松雲外迴，三峰積雪峪中收。黄河明滅崑崙下，奔走龍沙到海流。

其二

西嶽毓靈傳往代，連峰巀嶭鎮金天。元猿夜泣千巖雨，白雁朝飛萬壑煙。坐看斗坪依嶺外，卧聽瀑布響檐前。蓮花頂上仙人洞，老樹凌風拂座絃。

述懷

官舍蕭條冷故宫，攜家今向萬山中。年來詩史情偏劇，老去江湖氣尚雄。五月披裘霜露冷，三春憂旱黍禾空。荒城妻子多饑餒，羌笛愁聽塞外風。

回憶西安

吹落寒雲萬樹屯，幾家煙火到關門。青山蓊鬱連霄漢，白水微茫繞澗村。樽愛陶潛琴韻冷，徑開蔣詡竹聲喧，褰衣直躡秦川嶺。欲向龍州學漆園。

述懷

五載彭城又蜀游，龍沙凋敝舊羊裘。風吹峽雪乾坤小，浪捲巴雲日月浮。人影一溪歸晚棹，天光萬壑落初秋。狂奴故態難宜俗，懶向金門待詔留。

山居

十丈丹梯百尺溪，綠楊村在衆峰西。松門日暖眠花鴨，蘚徑雲深護竹雞。捲幔遠山青未了，攜觴嫩草碧初齊。幽居最喜無塵事，時有春禽隔樹啼。

和徐子惺賑饑即事詩

其一

側耳哀鴻日夜呼，救荒奇策至今無。蠲租共拜君王賜，發粟何辭雨雪塗。中谷頻年傷野婦，崇墉何日慰農夫。民生憔悴今如此，豈敢忘情託五湖。

其二

偶因仗策幾登臺，處處桑麻變草萊。廢井夜深猶鎖月，荒村春老半封苔。驚鴻聲息飛難集，碩鼠歌成去不回。慙我籌時空有淚，蒼黎恩徧羨君才。

雨淋鈴

鑾輿出狩幔宫闈，棧閣鈴聲夜雨霏。寂寞昭陽誰奏曲，梨園觱篥有張徽。

傅維槱

維槱，字培公，號霄影。靈壽人。諸生。有《燕川漁唱詩》二卷。

《四庫全書提要》：《燕川漁唱詩》二卷、《植齋文集》二卷，傅維槱撰。維槱雖生於貴族，而恬退不求仕進。早歲即棄舉子業，以詩文自娱。蹟其品度，當屬勝流。然是集所録大抵應酬之作，罕逢高唱，豈併文章視爲麤蹟歟？

野老謡

出郭逢野老，羸弱相提攜。風塵滿行裝，雲從遠州歸。故居豈不甘，而樂他鄉爲。貧家苦賠糧，況乃遇歲饑。薄田百餘畝，舊在滹沱涯。一雨三十日，河流決故隄。阡隴起洪濤，耒耜安所施。八口艱一餐，蔽體無完衣。公家徵賦税，人吏踵相追。入室檢盎桁，蕭然無生資。出息貸錢穀，割愛鬻女兒。所得故無多，不盈吏胥谿。到官無以應，乃從鞭笞之。吾邑兩經亂，焚掠幾無遺。幸存家室者，命力亦困疲。匪人乘其會，行劫東城陲。白日淫鬼見，虣人於田湄。少壯率逃散，吾屬將焉支。攜家亡遠州，舉目無依栖。地主賤流氓，恒爲兇暴欺。近聞里中人，傳誦躅荒碑。朝廷降德惠，長吏篤仁慈。數年散轉者，歸里晤親知。嗟余聞此語，不禁中懷悲。和淚書其事，以爲司牧規。

感懷

禽飛非不高，魚潛非不沉。狗性安所適，弋網每相侵。人生在天地，萬事皆所任。屏蹟雖絶境，終遜魚與禽。静念身家累，動觸文法深。邢乖民無措，此理嗟古今。

銅雀臺

阿瞞才力雄如虎，到頭卻作癡兒語。賣履分香空爾爲，西陵豈復知歌舞。漳南尋問銅雀臺，舟人北指沙城堆。飛橋連棟今何在，拍岸寒潮朝暮來。

虎患息并序

靈壽之地多山，凡東西連亘者，别其名曰『前山』『後山』，蓋以慈水介其中也。樵林溉泉，民資其利，近有虎羣出没其間，爲山居鉅害。程邑侯親詣山祠爲文，虔禱之，忽覩異獸文身鋭角如古所稱酋耳者，出搏虎而啖之，自是虎暴頓息，因書其事，名其篇曰《虎患息》云。

王畿右下擁太行，千峰百峰駐恒陽。衡陽西鄙爲靈邑，嶮峭窈窅稱山鄉。朱山房山相對峙，祁林慈水羅修篁。鉅松森挺溪草茂，羣虎因得削穴其旁。山中人畜罹斯害，磨牙吮血心爲傷。山東程侯作邑牧，政本庭訓任循良。諗知虎暴乃鉅患，遠詣山祠爲祈禳。忽有異獸應時至，滿身鋪錦角卓槍。古稱酋耳能食虎，果見博虎如搏羊。恣噉血肉須臾盡，委骨林麓皚如霜。自玆虎患爲衰止，山氓仍得安農桑。前此春旱土出蝻，入夏生羽成飛蝗。竟有細蜂來蔽野，羣飛齧蝗蝗盡僵。出境之蝗渡河虎，大書異績史册光。中牟傳美或無二，矦與先後相頡頏。邑民感此互傳述，士傳其語作頌章。觀風使者采入告，用備樂什升明堂。

康熙丁丑，詔求山林隱逸之士，邑大夫欲以余應，堅辭之，呈詩

聖世崇文治，求才下詔書。四銓科未盡，三試網猶疏。遂枉賢矦駕，來臨隱士廬。百年逢曠舉，知遇感非虛。挾策應闈試，才微擯有司。壯行曾未遇，幼學竟奚爲。老值求賢日，寧無用世思。自慚庸且病，不敢贅清時。

夏日集飲郊園

避俗招狂客，荒亭對濁醪。且容寬禮法，不復整冠袍。野色田疇遠，園陰竹樹高。冒炎有行旅，指點羡吾曹。

夢有持畫卷者，屬余題詩，醒忘其一二語，因補成之

其一

青霞片片護巖扉，中有飛泉落翠微。幾折板橋深柳下，樵兒浣女一行歸。

其二

漁翁應解愛煙霞，截竹編茅野作家。雨後南溪春水漲，青帆一片出桃花。

胡介祉

介祉，字循齋，號茨村，宛平人，兆龍子，以父蔭。歷官河南按察使。有《谷園詩集》。

毛奇齡《西河詩話》：予兩觀趵突泉，一在乙巳，一在丙寅，皆辨明。驅騾急觀便行，不能有詩，後至舟中讀胡少參《谷園詩集》，有《過趵突泉詩》：『歷下名泉稱趵突，浪花奔湧雪花開。何知十六年前客，今日看泉恰又來。』爲之悵然。少參爲山陰少保，公哲嗣，其詩盛爲當時所稱。吳門汪編修即少保門下士，生平以宋詩爲宗，其序少參詩曰：『詩莫盛於唐，唐莫盛於開元、天寶之際，杜子美、李太白、王摩詰其尤學者所師承也。胡子詩其能宗太白、摩詰而得其正者歟？則少參可知矣。』

明湖泛舟

明湖澄素波，朱夏棹蘭漿。十里藕花發，幽香動欣賞。山光翠欲滴，面面開新爽。隔浦聞漁歌，悠哉起遐想。

會波晚照

高天起暮寒，殘陽下空谷。遠塢暝煙浮，邨邨返樵牧。流水繞荆扉，深林啼布穀。老農樂年豐，一犁春雨足。

喜雨

空齋生暮寒，微風下天宇。殷雷何闐闐，凄清夜方午。古槐蒼枝鳴，飄飄落疏雨。把酒中心歡，長嘯復起舞。休哉上帝功，用慰農心苦。

望是故鄉行，次原韻送毛子霞歸郢

毛生豈是鴟夷子。何事吴山復楚水。子長二十稱壯游，梁鴻五噫何年始。晴川閣上補新圖，赤壁磯前弔故壘。猶憶金臺躡屐過，白眼那顧公卿屣。此時意氣徒干宵，擊筑聲殘悲不止。賣文賣字知者誰，掉頭一旦辭燕市。負卻金箱五嶽行，高蹤到處疇能比。余也薄宦鄂玉城，竹裏花間期共倚。昨來折柬索新詩，遲君不來真缺事。忽聞衝暑歸并州，極目煙波渺何許。欲採瑶華未得將，盈盈相望人如咫。我亦移官向岱東，片帆擬挂秋風裏。别後相思知若何，江雲江樹愁無已。萬壘峰陰聽雪樓，晞髮高吟想在此。

宏恩寺

疏雨乍過高天潔，迢遥廣野塵沙絶。一望濃陰隱梵宫，苔蘚青蒼埋石碣。建造乃在神宗朝，是時大内重禪悦。黄金布地錦作衣，競逐浮華忘寂滅。卻笑宦寺貪且愚，求福年年無暫歇。凌霄殿宇百萬錢，豈知盡係蒼生血。可憐身死未幾何，傾斜石馬圍垣缺。風起空山叫鵑鳩，白楊蕭蕭春草茁。徒令過客長徘徊，落日空廊響鈴玦。

涿鹿

路出樓桑里，圖荒督亢亭。遺風何處問，匹馬此偏經。凍草春還白，遥岑暮更青。幾多懷古意，哀角不堪聽。

過武勝關

萬山連不斷，斷處一關通。馬踏殘煙裏，樵歸落照中。晚雲平古道，霜葉舞寒風。不盡天涯思，徵鴻點碧空。

夜泊天津風雨驟作

萬籟一時息，俄驚百丈嚻。海天腥夜氣，風雨走寒潮。聲捲帆檣亂，光沉市火摇。傷心是游子，歸夢隔迢迢。

立秋日聞蟬

不覺輕飈至，凉蟬老樹頭。驚回千里夢，凄斷一天秋。潔性羞炎熱，高蹤任去留。最憐砧杵外，思婦正凭樓。

九月三日招蔣玉淵、張石虹、曹崐宅、鄭文谿小飲，分賦

冷署蕭蕭倚碧巖，一尊折柬不須緘。烏驚杖履人初到，日落青紅嶺半銜。五夜明燈催郢曲，滿庭凉雨滴秋衫。相逢盡是東南彦，獨愧疏狂有阮咸。

喜李寅清至

一麾自駐楚江邊，坐對梅花易隔年。别後弟兄勞夢寐，望中消息悵風煙。空教邗水書頻寄，那識稽山客又還。多少離懷紅燭底，相逢曾不抵相憐。

界牌關口占

平橋淺水路紆迴，敗壁頹垣没草萊。極目荒原人影絶，桃花爛漫爲誰開。

聽歌

銀燈拂拂夜光幽，管急絃繁脆欲流。莫聽開元舊時調，曲殘愁殺玉箜篌。

李其凝

其凝，字孟績，高陽人，霨子，以父蔭。官户部員外。

緑水送春帆爲正子先生題

煙花上巳滿汀州，客子乘春賦壯游。夾岸柳絲縈畫鷁，隨流桃蘂點輕鷗。曠懷未歷三千島，忽思先生二十樓。返棹應圖歸計速，西園芳草爲君留。

成光

光，字近天，號仲謙，大名人，克鞏子，以父蔭。授工部員外，歷官湖南糧儲道。有《素園詩集》。《大名縣志》：光博物洽聞，與兄亮並知名。順治十四年順天鄉試，司衡者競拔貴介子弟。而克鞏居政府。光獨刊落，章皇帝召見海子，深加論勉，解所御貂裘賜之曰：『好讀書，不失作。』翰林時，光年十五，退而作《賜裘詩》以紀之。康熙十六年，以蔭授工部都水司員外，奉命巡視河內。十八年，晉刑部郎中，明年出爲武昌守道。杜姦宄厚風俗，善政不可殫述。嗣丁父憂。三十三年起湖南驛監糧儲道，湖廣光舊游地，洞知漕政積弊，立兑漕法，及期行，兑民無霉溼、風波之患，運丁亦免近期調集之苦。時户部尚書趙申喬撫湖南，深器重焉。光慈愛好施予，方正自持，不惑禍福之説，事多先見。守武昌時，妖人朱方旦傾動一時，所過督撫以下，咸謁拜如弟子，光獨不爲禮。其徒李晧子挾術横鄉里，官刑不能施。光破其術，立斃之。湖南郴州人王體旦聚衆山中不法，光密使人入亂山，計誘體旦至長沙，決杖死。陳丹書叛，光偵知之，返自茶陵，嚴備以待。紅苗之役，大臣視師楚、黔、粤三省，連師會勦，一切皆光督理。三署按察使一署，布政使均著勞績。四十六年致仕。性純孝，事親色養無間，居喪哀毀逾常。治家嚴肅，工書善射，間亦作畫，淡遠入逸品，精賞鑒，收藏最富。卒年七十五。

《百家詩鈔》：仲謙閉門掃軌，時與郜凌玉學憲、吴星若文學飲素園草木欣榮，樓臺高聳，日月沐浴之奇，煙雲變幻之態盡見之詩。不但無高華公子之習，並無跅弛名士之概，其古之有道者與？

眉生再入都門

維魚歡同源，維鳥歡同林。浮雲恣舒卷，猶自戀故岑。况是託婚媾，何爲不同心。昔年省重闈，驅車返衞濱。過君恕醉齋，飲我桑落醇。盤桓未幾時，北來侍二人。燕市掩柴扉，夢想越三春。君來即言歸，去住情倍辛。懷哉歷夏秋，物候蕭以森。朔風吹庭户，碪杵送寒禽。陽月忽枉駕，不憚軟紅塵。屈指浹歲間，行色各駪駪。他鄉與故園，乾坤客裹身。渾忘馳驅勞，翻言會晤頻。疏窗有白月，烏几有清樽。相對且開顔，擊筑放長吟。

丁酉冬蒙賜貂裘恭紀

翠華冉冉下乾清，城南霜滿玉鸞鳴。貴戚公卿紛扈從，忽傳飛鞚召書生。被召甘泉猶色戰，便許宫前來燕見。天顔晬穆咫尺間，天語温仁渾不勸。肄業憑將謨典陳，託婚猶荷咨諏徧。對罷微聞天樂遥，長楊羽獵起崇朝。一發射熊驚漢武，三驅卷旆儼周郊。重來伏謁畋游後，不待金門仙仗交。黄封寶帶擎宫監，異賞殊恩賜紫貂。我聞講武殿前密雪下，解裘曾賚西征者，數百年來此事稀。功高將相無容假，近來我父元狐冠，寵榮禮數傾朝野。何意推恩及小臣，倘示爲裘繼良冶。一門挾纊抑何頻。人間豪貴徒紛紛。紈絝綺襦不足數，鸘鷫鶴氅誰能倫，拜歸那敢被諸身。秖應長作笥中珍，長願垂衣億萬春。

暮春夢闇招飲圖中

與君幾日不相晤，東風吹徧庭前樹。白雪紅霞色照天，氤氳馥郁香凝霧。潦倒那知花信過，韶華幾被塵緣誤。良朋歡會未易得，脱帽結衣删禮數。湘簾高捲鳥几明，檀槽新滴素瓷輕。詼諧曼倩金門隱，詞賦枚生梁苑清。須臾落照映樓臺，相攜花底重徘徊。主人指點當階柏，云是尚書親手栽。我祖文穆知同志，城隅亦有幽栖地。雲石蒼涼舊草堂，鼯啼鴟叫空留記。君家兄弟何賢豪，文彩歷落青雲高。已見九賓亨白璧，還能一醉揮金貂。白璧金貂去復來，莫負尊前花正開。君不見沁水園林狐兔宅，平泉花木總塵埃。人生百年草頭露，低眉局促何爲哉？

廣平申鳧盟過訪，賦贈

其一

隔歲邯鄲道，無繇問紫山。閉關方病肺，倒屣忽開顔。令弟青雲色，難兄白髮閒。相期滏上水，卜築共潺湲。

其二

蚤斂垂天翼，高名屬隱淪。爲移忠作孝，不獨句驚人。倚劍業臺暮，悲歌燕市春。南冠憑解脱，莫惜染緇塵。

其三

樽酒趁宵凉，聊登伯氏堂。多君全出處，念我及存亡。子敬琴先碎，安仁鬢欲霜。更憐分手易，明日又河梁。

客秋別汗朱於都門至是造訪濮陽

名流垂畫舫，才致近歸君。夜擁青藜杖，朝揮白練裙。悲歌辭上谷，握手對南薰。吾輩何摇落，同淹麋鹿羣。

客鄴下許典三世德堂賦贈

鹿洞鵝湖恣討論，愛君名理到君門。解鞍便下南州榻，送酒還傾北海尊。畫壁晚煙山入座，湘簾夜月樹移痕。獨愁孝子方雞骨，酬倡何時共鄴園。

飲鄴郡李磊軒齋

一逢元禮羡登仙，把臂論交豈偶然。鄴下風流詞賦盛，客中心事酒杯傳。隔窗鳥語消殘暑，夾徑花枝起暮煙。舊德世傳兼嗜古，尊彝滿眼任留連。

滙園有懷園在城内西北隅，創自董見心先生

一徑誰開傍水湄，前賢曾此樂栖遲。當階樹老龍鱗合，入室人非燕子知。兒女自驚成老大，兵戈猶記滿瘡痍。徘徊二十年來事，日落清空雲影移。

傅變詷

變詷，字去異，號繩庵，靈壽人，維鱗子。以父蔭，官四川邛州知州。有《繩庵詩藁》。

《四庫全書提要》：《史異纂》十六卷，傅變詷撰。是書雜纂災祥怪異之事，自上古至元，悉據正史採入，凡外傳雜記皆不録。分天異、地異、祥異、人異、事異、術異、釋異、鬼異、物異、雜異十門。

牆壕謡

三春日舒遲，東疇播百穀。我農貴及時，過此勤難贖。壯丁把犁鋤，婦子餉饘粥。忽爾一胥來，手中持片牘。云奉上官行，所以安若屬。邇來有鼠賊，潛擾諸鄉曲。百姓苦竊劫，邢曹勞捕逐。吾法可永逸，爾民行當速。周村起高牆，浚壕令其屬。了此公家務，歇汝欄中犢。有司迎上心，晝夜相催促。刻期限時晷，遲則加鞭樸。曷敢稍羈延，日勤浚與築。那更青襟子，拋書不得讀。親身雜土工，面手爲之瘃。吏猶謂抗違，垂首受窘辱。厥工用多人，大費錢與粟。富者且力竭，何況此窮獨。

衣物已云典，子女慘將鬻。我牆未及肩，我壕未及腹。幾思逃他方，遺工累鄰族。鄰族恐見累，輒向吏先告。可憐古人冢，正當新牆麓。發骨亂如麻，抛之向原陸。怨鬼白晝啼，勞人深夜哭。有田不復耘，佇看豐草蓐。僥倖得工完，壕牆既深矗。乃聞孤竹東，賊馬仍肆毒。雖賞之不竊，聖訓當三復。

古意

吁嗟荷上珠，似妾眼中淚。歷亂不可收，纔圓復還碎。吁嗟荷上珠，又更似君心。宛轉全無定，穿之空費鍼。含情卻將荷莖折，荷莖雖開絲不絶。

籠鳥

籠中鳥，籠中鳥，爾莫自矜言語巧，爾語不巧不入籠。任爾兩翼翻長空，朝栖森森之古木。夜宿落落之孤松。覓侶翱翔向南陌，啼晴歷亂隨東風。東風南陌日初暖，百鳥鳴春嬌宛轉。爾無布穀苦催耕，亦同黃鳥聲調管。今日籠中復何樂，侵曉窗前驚夢覺。我欲縱爾須高飛，莫教鷹隼相欺虐。

春日偶成

東風吹柳絮，日日滿雕檐。草色平鋪地，花香細人簾。氣和春樹暗，雨潤燕泥添。獨坐空齋静，悠然適所忺。

秋旅

京華相識少，門外客來稀。兀坐閒看秩，烹茶静掩扉。高風殘葉落，斜日亂鴉飛。作客天涯久，思歸未得歸。

秋柳和馬雁楚姊丈韻

萬樹参差柳，凄凄郈塢邊。溪寒浮敗葉，霜冷散孤煙。斜日聞樵斧，西風繫客船。可憐秋色老，摇落又今年。

喜王天與來

其一

抗手忽忽歲月催，東南凝望動疑猜。風波世上知誰好，戎馬業中訝汝來。祖逖先鞭慙偶著，陳蕃一榻喜重開。故人相對天涯裏，無限情悰付酒杯。

其二

江南冀北愴離羣，惆悵臨風獨憶君。攬鏡每憐非故我，挑燈還喜得新聞。年來尺素疏秋雁，時有長歌發暮雲。握手相思差可慰，舊游重説意殷殷。

自石邑之蒲吾

高峰四合插天齊，石邑西來路轉迷。鳥道半隨山曲折，人家多在澗東西。依牆種樹遮茅屋，壘石爲橋接斷溪。幽境自能消溽暑，長吟緩步一攀躋。

秋日山中

仲秋風日爽，選勝北山阿。逕逐清溪轉，雲從別嶂過。草深麋鹿蹟，松隱鷺鷥窠。風急悲鴻雁，天寒未辟蘿。鐘聲敲遠寺，樵唱下平坡。僻路行人少，荒邨吠犬多。黄華舒野圃，紅葉脱高柯。境静心同寂，疏狂託短歌。

晚眺

西山望裏日初斜，萬縷同雲映作霞。影入清溪流不去，一泓春浪湧桃花。

山中絶句

其一

水澄山静畫圖新，雲樹微茫看不真。野老杖藜吾策蹇，相逢俱是畫中人。

其二

文山突兀接晴空，俯瞰羣山培塿同。昨日市城西望處，此峰正是夕陽中。

途中口占

一路雲深老樹齊，梵宫已隔數峰西。滿天風雨催秋老，葉落空山送馬蹄。

王澤洪

澤洪，字郇雨，曲周人，官江西饒州府知府。

《曲周縣志》：澤洪以官貢授泉州倅，歷饒州守。甲寅初，逆氛告急。廣信已應賊，饒大震。方儲糧清野爲城守計，而參將程鳳者陰與賊合勒兵反，被執脅以刃，不屈，乃擁之行。至弋陽橋，乘間躍水中，民船救之，獲不死。間關赴省，從幕府討賊，轉運糧儲，力勷軍務。未幾，復饒州，仍知府事，以積勞卒。

賊程鳳據城叛，余投水獲免，九死一生。從幕府贊畫克復饒郡，悲慨交集，感而有作

鼓角驚魂定，生歸亦偶然。妖雲消白晝，止水憶寒泉。兵氣荒城暮，歡聲藜杖傳。慇懃諸父老，瀕死幾人全。

陳襄

襄，字若水，號思庵，文安人，協兄。官福建知府。有《有容堂詩》。

故友

其一

上林雖有樹，不若故鄉蘭。新知雖云樂，不若故人歡。聞子足至門，當饋未及餐。握手語千古，寧問寒與喧。揮手若風雨，未竟復更端。語多或錯亂，亦自出肺肝。秉燭兩相顧，且笑且復歡。及汝同壯時，鬢髮忽已殘。丈夫逾中歲，始知世事難。汝猶蚤雄飛，吾仕久曠官。生平獨往意，耿耿未能安。王貢豈不偉，要非我所觀。人生許與分，豈在綬與冠。取筑爲子擊，取琴爲子彈。一歌先齊風，大海揚波瀾。

其二

別日常苦促，會日常苦遲。昔無旬日隔，今當幾歲時。豈日無他人，念子意不移。相須既車輔，相和亦塤篪。中誠無内外，骨肉豈參差。舍我道路傍，悠悠中心悲。願君惟古人，以慰長渴饑。

羈旅

羈旅頻驚節，黄花對面生。嚴霜吹短袂，凉月上孤檠。避俗長稱懶，逢人畏説名。漁舟時近遠，唱和有餘清。

夜泊

夜静羣紛息，舟虚繫岸斜。更殘嚴戍鼓，霜冷聽悲笳。看劍情偏切，開樽興有涯。漁燈明滅後，潑墨點栖鴉。

杜恭俊

恭俊，字承三，寶坻人，立德子。官江西廣信府知府。《寶坻縣志》：恭俊以蔭補工、刑兩部司曹。綜核詳審，具有條理，以憂歸。康熙庚辰迎駕三河，上詢知故相子，甚喜。並問立德葬處，御書『永言惟舊』四字賜之。補刑部督捕郎，勘逃緝諸案，多所保全。出知江西廣信府，未幾卒。恭後内行完備，推財讓産，尤能濟人緩急。有某姓逋官賦三百金，將鬻其女，恭俊捐金代償，爲女擇良家子配之。其盛德類如此。

訪王叔莘

王子讀書處，悠然塵外尋。入門惟見柳，到户即聞琴。翠竹分秋徑，繁花雜暮林。幽栖雲水蹟，開卷聖賢心。草閣揚雄賦，茅亭謝朓吟。曲肱登孔席，懷寶任原襟。雅趣追先哲，英才羅近琛。烏情隨俯仰，鷗志肆浮沉。論别將經歲，相思直至今。乾坤吾道契，風雨故人音。拂塵山光納，飛觴海氣侵。應知談笑意，不讓大河深。

張瀞

瀞，字汝漸，一字大勗，磁州人。候選州同知。有《純白齋詩》一卷。

苦雨

杜門三日雨連綿，平地驚翻萬斛泉。人苦道淤泥没脛，河因水汎浪齊肩。曾聞有術鞭陽石，更倩何人補漏天。安得憑高舒遠望，懷襄應不畢堯年。

燈下對盆梅偶興

漏鼓聲中月半輪，因花不寐自吟呻。寒燈照艷三更雪，紙帳留香一室春。玉骨珊珊同鶴瘦，冰魂濯濯並詩新。小奚顧我閒評笑，冷態酸風勝寫真。

李士邵

士邵，高邑人，歷官江蘇淮海兵備道。

徐神翁，唐德宗時人，得長生術，至宋高宗爲康王時，神翁與之游，贈詩曰：『牡蠣灘頭一艇横，夕陽西下待潮生。與君不負登臨約，同上金鰲背上行。』殊未悟其旨。後南渡航海日，方夕潮淺，舟閣於灘，問之曰：『牡蠣灘也。』因起步山上，問何山，曰：『金鰲山。』高宗恍然憶神翁詩語，及諦視石壁，有神翁題詩在焉，墨蹟尚濕。

聞有徐神翁，成仙已出世。蓬萊可逍遥，天地其睥睨。胡爲游帝王，猶作登臨謎。灘淺膠海舟，潮生待牡蠣。金鰲石壁間，始悟言非僞。莫挽避敵行，前知亦何濟。

魏裔京

裔京，柏鄉人，裔介弟。順治間貢生。有《致遠堂詩》。

古槐河

迢遞長河野色侵，平沙古渡夕陽陰。蘆汀驚雁排雲唳，花塢寒蟬倚樹吟。雨蹴漣漪成錦繡，風翻楊柳正蕭森。可憐梁晉兵争地，祇有槐波自古今。

魏勷

勷，字亮采，號蒼霞。柏鄉人。裔介子，以父蔭，補刑部員外，歷官陝西臨洮道。有《玉樹軒詩草》。《柏鄉縣志》：勷本平原太守裔慇子，裔介三十未育子，繼焉。出守建昌，一以寬和爲務。時有裁兵之議，督將奉行過急，一軍皆譁，勷單騎諭定之。補荆州，荆爲駐防要地，糧餉歲四十餘萬，主者多侵漁，或給不以時，兵常有噪者。勷請建倉厫百五十區，歲收運納，屏絶侵蝕，兵伍便之。

詹明章《序》：庚寅柏鄉魏公來漳郡，未數月，政洽民和。德化沾被，屢集多士，而誘掖勸勉之，以正學術，以勵風俗，意宏遠矣。

喜彭士報自豫至燕

跋涉何辭遠，中原匹馬來。黄金燕市客，白雪孝王臺。笛裏關山老，年光日月催。華堂秋色静，試其盡餘杯。

夏日閉户匯景園雨中即事

雨過軒窗潤，煩襟頓爾除。雲沉迷野鶴，池滿響游魚。嫩竹依山翠，高槐映壁疏。僻居門巷静，高卧讀殘書。

蘆溝道上

風煙萬里接神京，此地由來古北平。橋上霜華飛落木，河邊柳色擁行旌。人家夜雨盧龍塞，牧馬秋風涿鹿營。寄語二三同學者，五陵佳氣日縱横。

王涵煟

涵煟，字漢珠，曲周人。官陝西榆林府神木同知。有《撚鬚吟》。

《曲周縣志》：涵熉喜哦詩，工書爲諸生時，言經濟輒鑿鑿。以歲貢知西安縣，歲歉，具揭爲民請命，一抒積逋之累。歷金華、延安同知，皆有聲，初知西安時，有縣役殺其兄誣人者，廉得其狀，寘之法。之任金華，西安民争遮道留金。大姓有以析産訟者納賂，叱去之。

秋雨河溢

空誦河渠賈讓書，望洋潦倒意何居。竭來秋爽宜清夢，未必愁思付太虚。龍伯有懷饒自歎，馮夷多事更誰如。請君試覓南華解，蛙井中央慮亦疏。

傅燮詷

燮詷，字鷺來，號笠亭，靈壽人，維鱗子。貢生。有《笠亭詩集》。

陸隴其《序》：鷺來感懷詩百首，磊落纏綿，有古人風。當歌之清廟，勒之彝器。

春日感懷

其一

悔違世俗率天真，始信今非上古民。日計難將詩乞米，途窮何用酒澆春。禰生曠達空懷刺，孫子蕭條久負薪。客聚平原多肉眼，誰曾物色賣漿人。

其二

日坐桃源列畫圖，酒酣耳熱唱嗚嗚。名山書有三千卷，別業桑無八百株。説劍鄉人多指點，談詩夜鬼任胡盧。窮愁不著潛夫論，慚愧徒生七尺軀。

其三

誰謂貂蟬勝鷺蓑，生涯澹蕩計如何。寢丘地在躬耕好，秘閣書留手校多。白水歌殘長夜晦，青山句老醉顏酡。犧牛枉自披文錦，可似窮簷養太和。

高緝睿

緝睿，字堯臣，號鏡庭。恒懋子，静海人。蔭生，官福建布政使。有《崇古堂詩》《鏡山閣偶存》。

《天津府志》：堯臣詩古文詞不作常語。官輦下，知時多無賴，置其渠於法，都城肅然。貧民某欲鬻其妻，誣以奸鞫，得實，杖之，賜以錢布。

朱彝尊《高博士恒懋席上留贈公子緝睿詩》：『列席先投轄，升堂喜盍簪。飄零忘薊北，風物盡江南。滄酒瓷罌滿，張梨白露甘。留連如意舞，更與阿戎談。西陸清秋候，東山舊宅開。壺觴兼日夕，文詠許追陪。且爲看花起，還愁言馬回。春風倚歸櫂，賭墅定重來。』

憶故鄉

去歲渾如昨，居諸旅夢間。雁行愁落日，馬首戀家山。時易春將半，花開客未還。故園歸去好，明月滿秦關。

鏡江舟中

其一

上灘宜散步，倚岸數游魚。小圃花容折，僧房壁許書。青帘村市酒，修竹野人居。牧笛來何處，騎牛涉碧渠。

其二

千里俱蕭索，村雞喜乍鳴。桑麻粗種植，廬舍小經營。分水羣安磑，修渠各聚泓。戎州凋敝甚，孤堞枕江聲。

留别杜近公

不必傷遲暮，聲名亦絶塵。風流逸少匹，才調馬卿倫。龍劍光難閟，蛾眉妒始真。堅心戢毛羽，鵰鶚自嶙峋。

憶浣園梅花

疏牕殘雪夜悠悠，小苑梅花憶舊游。短笛幾人吹塞曲，停杯有客動鄉愁。寒煙淡鎖光凝户，斜月低垂香滿樓。近日關河無驛使，一枝誰寄慰淹留。

戎州感興

南溪舊俗尚豪雄，畫棟雕梁映碧空。一自點蒼傳堠火，獨留涪水耐春風。夔龍事業荒煙裏，螺黛峰巒冷雨中。惟有合江樓上月，清輝還與昔年同。

國朝畿輔詩傳卷十八

孫郁

郁，字右漢，號雪崖，元城人。康熙三年進士，官浙江桐鄉縣知縣。

《百家詩鈔》：詩論詞華不如核性情，觀聲調不如求骨力。余過五鹿談詩，首推孫進士雪崖，論性情，求骨力，雪崖其神矣。

獨坐

金風飄素節，細雨溼檐楹。纔見百舌結，又聽蟪蛄鳴。年華易消歇，獨坐感歎生。怪此擾擾者，今古無異情。懷金去故國，躍馬從遠征。思婦怨别離，烈士死令名。赫赫宦游子，夙夜忘其貞。胡將易盡軀，苦與百年争。牛山誠足鄙，服藥多無成。不如一壺酒，寢興寡所營。

上巳

樹蘭方垂穗，當春茂華滋。春水清且淺，及兹上巳時。采采不盈把，心與古人期。周公城洛邑，隨波泛羽巵。昭王霸諸侯，金人事可疑。荀勗曾草賦，陸機曾製詩。即彼蘭亭會，流觴事足師。祓灞與禊洛，俱在水之湄。前賢皆如此，胡不一繼之。春日既和柔，景物復熙熙。雨溼塵不起，風翻柳欲垂。望望平野闊，夾溪叫黃鸝。彈琴又鼓缶，連袂坐清漪。入脣有美酒，照眼有花枝。逍遥晴川上，不樂更何爲。

田家雜興

其一

桑柘環我村，雞犬依我户。空林響桔槔，披露灌蔬圃。畦平水脉通，流膏潤吾土。葵藿既以肥，盈疇見禾黍。倦來隨意眠，不覺日亭午。睡餘嬾趨走，門前抱兒女。遠岸卧牛羊，隔鄰聞機杼。崩雷西北來，千村飛快雨。翻悔井牀傍，今晨力作苦。

其二

秋林柿葉黃，雨過如新沐。流水貫柴門，歸雲低茅屋。耕耨有餘閒，垂釣清溪曲。碪杵遠近聞，村舂時相續。坐見紫鱗游，愛茲波紋緑。泛泛手中絲，得魚願已足。即令空竿回，亦不愧幽獨。安能落世網，營營多所欲。

其三

漳南當大陸，平平略無山。卑者宜種豆，高者宜黍田。千疇皆一色，剥棗八月天。伐木深林響，放歌牧豎閒。鷗鷺盈前渚，一望秋水寬。水淺蒹葭蔽，中有釣魚船。移橈邀我過，相對情依然。斜陽落樹杪，坐月弄潺湲。

登清源城北永壽寺塔

沙屯百雉平，浮圖迥相望。千盤危磴黑，絶頂驚濤壯。天風響層檐，頓覺諸緣妄。舉頭見皇州，九河皆北向。泰岱入懷中，秦關横翠嶂。帆檣吴楚來，萬里逐奔浪。俯瞰飛鳥没，一氣秋原曠。禾黍滿故宫，憑眺多惆悵。圖史委河間，神仙營海上。吾道不可窮，兹游庶雲放。長嘯倚青雲，騁志發高唱。會當淩八極，空彼一切相。

登東昌光嶽樓

春明芳草生，訪舊聊城下。躡屐陟崇閣，塵念爲之寡。象緯挂飛檐，鼪鼯伏斷瓦。烈風西北來，山川落平野。泰嶽踞其左，黄河如奔馬。一點齊州青，萬道驚湍瀉。偃仰動餘悲，放歌多瀟灑。却憶射書臺，高節真堪把。

滹沱河

滹沱真鉅險，白浪晝茫茫。穿石歸滄海，連雲下太行。沙深秋草盡，水闊板橋長。河伯安瀾久，梯航貢尚方。

新樂道中

村遠沙迷岸，橋平水抱城。長途愁馬病，短日喜雲晴。溪口層流淺，山腰積雪明。晚來新月白，濁酒且同傾。

移寓則誠和尚故居

避俗來山縣，逃虛過化城。空梁翻舊燕，深樹作雛鶯。暗惜青春去，驚看白髮生。知交與時序，搖落總關情。

天雄懷古

其一

畢萬遺封古大名，三州扼險土田平。山川盡入秦東郡，鎖鑰曾傳宋北京。白露橫空聞木葉，黄花滿地見秋耕。殘碑偃卧荒煙裏，禾黍西風無限情。

其二

唐藩割據舊稱雄，指點川原近鄴東。沙麓山崩城堞改，銀槍軍散陣雲空。鉦鼙尚咽枋頭水，璧馬徒沉瓠子宫。賸史何人搜佚事，高天有客賦秋風。

其三

霜後芙蓉病不勝，荒原日落聽呼鷹。秋山荻老連雞泊，澶水沙沉見馬陵。捫蝨偏憐王景略，狎鷗最憶佛圖澄。鹿臺龍井俱塵土，何用傷今感廢興。

其四

水落宣防土一堆，山形遠抱太行來。離宫作寺殘鐘斷，古道成河鉅壑哀。魏博牙兵元跋扈，淇源竹箭半蒿萊。寒煙亂挂漳南樹，夜雨秋風問雀臺。

宋荔裳按察由揚州泛長江之任成都，得近體卻寄

其一

沱江水闊晝冥冥，益部天空入使星。棧閣雲沉諸洞黑，岷峨雪壓亂峰青。兵戈今已消羣寇，凋瘵何由報内廷。坐待搴帷勞撫字，藩宣猶見古儀型。

其二

劍門秋老白監寒，叱馭休歌蜀道難。龍卧澄江驚急雨，猱懸古木挂飛湍。烽煙乍息殘黎少，稼穡深荒野水寬。鴻雁嗷嗷悲鎩羽，何人獨對月中看。

旌陽栖真山西竺寺同月峰上人訪竇子明仙人遺蹟

削壁開龍藏，層梯路可尋。飛巖懸瀑布，曉日上琪林。且倚紅藤杖，聊爲白石吟。桐疏低欲墜，竹密細成陰。客作新秋意，僧懷出世心。大參諸品外，卓錫最高岑。貝葉攤髹几，繩牀横素琴。山空無俗籟，谷静有鳴禽。太白詩仍在，仙人蹟未沉。石屏丹竈冷，梟嶺翠濤深。塵劫連滄海，浮名役古今。遥看雲起處，齊作鳳鸞音。

過趙藩故宮

紫簫吹斷鳳凰樓，鸚鵡能言不解愁。膩粉零膏沉古井，更無人抱玉箜篌。

秦璟

璟，曲周人。康熙三年進士。

九日登藏經閣

城隅高酌共萸杯，山色銜蒼入夜來。衰柳環堤穿雁陣，重垣夾水峙禪臺。樓頭霜淺鐘初定，籬畔秋深菊正開。百尺憑欄時一眺，上方疑近白雲隈。

申涵焜

涵焜，字觀仲，永年人，涵光弟。康熙五年舉人。有《江航草》一卷，《敏庵集》一卷。

《永年縣志》：涵焜從涵光學，好古文辭。弟涵盼早達，而涵焜久困場屋。涵焜兼工書，妍媚遒勁，或以爲過趙文敏。康熙五年始舉於鄉，遂絶意進取，兄弟相唱和以終。

魏裔介《序》：觀仲豐骨峭秀，自命甚奇。讀李青蓮全集，皆能上口。每思淩雲遺世，癸巳甲午之間，嘗與余登高阜，痛飲狂歌，有陳子昂『前不見古人，後不見來者』之感。未幾發憤以去，與其兄覓盟長嘯菰蘆中，世俗人求見其面，戛戛難之。今春隨叔捷南宮，攜其《江航草》以示，詩才之妙，高之爲劉沓虛，卑之亦不失爲隨州，固覓盟勁敵也。

王士禛《蠶尾續文》：覲仲學詩於聰山，名亞其兄，書法大令，時游戲寫蘭竹，似趙子固。

己亥元日

湖上逢元日，焚香亂石間。出門人事滿，此地鳥聲閒。客久通吴語，春來夢故山。漸看蓬鬢改，未惜解愁顔。

九日同鄭子勉陳玉笥登郡南樓飲玉笥齋

其一

又是重陽日，登樓望落霞。與君呼緑酒，猶未見黄花。霜氣分梧葉，砧聲聚水涯。一時知己在，何事惜年華。

其二

郊晴宜晚眺，令節喜招尋。人以登高老，秋從過雁深。渺然雁外水，况值醉時心。此際懷應遠，狂歌到竹陰。

翠峰

亂石盤幽徑，登高快遠晴。樹凋湖水闊，風静野煙平。每到移情處，常思坐月明。莫愁歸路寂，溪畔滿松聲。

夜聽周睿初山人彈琴

黄花香繞案，幽響入寒更。不謂朱絃上，能令萬慮清。樓高生雨氣，山近滿秋聲。此調君應絶，知非浪得名。

虎丘

古寺寒煙際，郊晴問短筇。船來先見塔，坐定始聞鐘。黄葉連高級，朱欄問老松。平生思勝蹟，延賞惜秋容。

發丹陽暮抵閶門

三日楓橋路，高帆一日回。偶因風力好，遂使客愁開。雙櫓摇江月，千峰度酒杯。夜來經虎阜，燈火照樓臺。

晚歸洞庭

一出胥江口，漁家已閉關。不知湖上險，偏覺醉中閒。片月翻層浪，孤舟入亂山。叩門童子問，何事夜深還。

重陽後三日泊滸墅，計明日即晤易公兄弟，凄然感賦

野渡懷人欲暮天，重陽已過倍凄然。舟隨紅蓼三千里，客寄青山十五年。悲喜預傾吴市酒，寒暄猶隔洞庭煙。别來烽火餘生在，明日相逢亦可憐。

喜晤易公安卿

幾年魂夢繞姑蘇，此夕相看是太湖。屢寄音書皆達否，邇來消息竟全無。人當久别情如結，話到傷心淚欲枯。不信故園風物好，天涯到處總窮途。

王元烜

元烜，字用恒，號似軒，長垣人。康熙五年舉人，官江蘇武進縣知縣。有《三惜齋詩集》。

《長垣縣志》：元烜明兵部侍郎，家楨子，幼聰慧，强記洽聞，中康熙丙午舉人，授江南武進令，邑爲常州附郭，差繁賦重，訟獄繁多，元烜精於聽斷，無滯事民，皆德之。陳椒峰玉璂贈《序》云：『凡利於民者，無不興；妨於民者，無不去。』武進趙尚書申喬、周侍郎清原、徐部曹永宣、邵青門長蘅等二百餘人賦詩，編爲贈言。

渡滹沱河

祇此東流水，銷沉萬古人。偶然思麥飯，想見好君臣。白葦晴吹雨，黄沙暗捲塵。小船争渡後，歇馬正逡巡。

輓徵君孫先生

其一

蒼天如可問，豈肯忌斯人。抱道尼山後，傳經衞水濱。兩朝虚相位，一死謝風塵。漢使求遺草，應酬未了因。

其二

儒林推一鑑，竟忍棄吾徒。天地交游盡，文章事業孤。徑荒餘落木，門冷亂啼烏。淚濕先臣傳，猶驚字字珠。曾爲先司馬作傳。

其三

知君應上壽，詎意隔重泉。徵召薄卿相，詩書接聖賢。兒孫推獨盛，道德果無前。不作招魂賦，清名也足傳。

其四

挂劍松梢上，凄風落暮雲。千秋離别恨，一日死生分。飯熟人間夢，樓成地下文。太行西望處，灑淚獨思君。

歸田漫興，和顧太守

拂拂條風解薄寒，河梁出餞夕陽殘。層城穹碣披煙立，夾路棠陰帶雨看。詣闕未能留景伯，銜恩敢自託任安。玉璜欲葉髟龍夢，特向磻溪理釣竿。

大梁過先司馬舊署誌感

西風落葉下孤城，一望高牙百感生。河北風喧新鼓角，門前霜冷舊霓旌。兩朝日月餘忠烈，萬户謳歌説姓名。彷佛襄陽尋故事，峴山碑下淚縱横。

何天寵

天寵，字昭侯，號素園，宛平人。康熙六年進士，官吏部員外。有《紫來閣集》。

贈表兄吴八金吾孟浩

神廟有元老，經略東西疆。出建大將旗，入綰司馬章。季女寵也母，諸孫皆雁行。次兄二千石，大兄衛明光。最少家帝里，白眉此最良。十五耀裘馬，歸羅邯鄲娼。坐客曳珠履，賜書擁石倉。二十侍前星，上書謁未央。當年俠游子，今爲陛戟郎。騎從一何都，桃李一何芳。功名可自致，誰能藉膏粱。報恩方竊許，天地忽低昂。悠悠二十載，七尺無完裳。阿弟千里至，燕市同佯狂。饑來各自慰，嘯詠連匡牀。青青罔上桐，高柯遲鳳凰。蒼蒼山頂松，虬枝歷雪霜。短衣兼皁帽，見人避路傍。覽鏡各已絲，何如還故鄉。

康郎山阻風

康山横鎖彭湖曲，古廟老槐蓋湖緑。三十六侯碧血寒，昔日拔金今報玉。此事於今三百載，風聲濤聲怒不改。謝公游屐戀東山，八公草木兵安在。劍佩森森滿煙霧，昨夢將軍倚大樹。告我莫悲游子暮，贈我長風爲我渡。

弋陽山曉發

落月起晨鴉，山城楚色遮。驅車歷斷石，涉水上崩沙。煙合松間路，雞鳴樹杪家。客程殊未已，相慰是梅花。

故園

故園殊可樂，何意任飛蓬。萬壑桃花雨，千村竹箭風。玉函神禹穴，翠嶂越王宫。登岱應回首，雞鳴滄海紅。

午發歷城別友人

祖席開晴照，離亭傍聖泉。雲沙歧路色，風雨寄懷年，馬首圍青嶂。雞聲上白煙。知君還佇望，未敢遽鳴鞭。

寒食登雲起樓分賦

春依煙柳問山泉，一路花香夾畫船。石磴每經芳樹歇，峰陰平眺太湖連。行厨送酒銷寒食，蠟屐登樓話昔年。坐看千村游興劇，翠翹紅袖暮雲邊。

淮安守凍

長淮東接射陽湖，千里鄉心寄舳艫。豈道朔風催夜凍，難將蒿酒問當壚。雲低沙岸魚龍寂，日暮江帆皛雁孤。强欲裁詩寒更徹，故人紅燭煖氍毹。

送人

君去桃花落別筵，春風一路馬蹄前。争如野店低垂柳，能繫徵人碧玉鞭。

秋閨

年年月下擣秋砧，深院羅衫露已侵。誰道相思春色裏，橙黄楓老正傷心。

明湖曲

南山風雨飽城秋，北漲明湖宮水流。欲聽采蓮何處是，旗亭曲度小梁州。

寒食

千騎黄塵七寶車，鬟簪新柳踏晴沙。何人紅淚飄新冢，多是頻年征戍家。

歸義驛

岳陽路徑繞煙鬟，擬見湘娥竹上斑。一曲羅江千疊嶂，雲深何處九疑山。

張鴻儀

鴻儀，字起陸，號企麓，元城人。康熙六年進士，官山西永和縣知縣。

《百家詩鈔》：癸丑入魏博，企麓出其詩，命相訂正，余得採。其詞源倒，其詩奥定。有爲企麓卜千秋者，請以此帙爲券。

冬日集天雄書院限韻

朔飈逼歲寒，角吹嚴城暮。卿月上選樓，客星明驛路。公閒折柬招，勝集清觴具。刻燭韻重拈，論心人盡素。江郎筆綻花，樂令談披霧。吟斷初中盛，體兼興比賦。歸途縱馬看，冰花白滿樹。

詠史

丈夫善擇主，策勳在鐘彝。托身一不慎，愧恨徒後時。我嗟亞父謀，幾使沛公危。豎子言不用，玉斗碎何爲。既見龍五采，天命何能移。彭城歸骸骨，差勝投鴟夷。何如赤松子，辟穀食紫芝。

即事

僻性躭幽寂，全無世外譁。抄經勤煮茗，按譜漫移花。竹枕詩連雨，松亭夢入霞。悠然無一事，返照落窗紗。

安陽道中次雪厓韻

野霧蒼茫裏，寒砧遠近聞。溪明秋見石，雲密樹連山。木葉經霜落，漁歌倚棹還。何時倦行役，小築自閒閒。

題遯山草堂

濠梁秋水卧莊周，手翦蒿萊結草樓。十柳當門開一徑，雙溪繞檻擁孤舟。山川苕霅傳新藁，裘馬邯鄲說舊游。菊老東籬雲葉紫，可容策杖共探幽。

同李褐公登岳陽東山小飲延壽觀

千峰一抹插雲青，立馬遥看似列屏。古殿奇文多鳥蹟，天風急雨半龍腥。池深魚隊浮沉見，沙漲泉聲斷續聽。勝地招尋容我輩，好將傾倒謝山靈。

春日郊園雅集，時同人有登岱之行

兩月風塵倦馬蹄，歸家又見草萋萋。西園社啓竹三徑，南畝春深雨一犁。日觀盤來千磴折，天門高處衆峰低。慚予數載羈婚嫁，海岱煙雲入望迷。

謝雄隱上人畫扇

寒汀煙渚墨痕濃，小景摹成逼惠崇。纔展齊紈風露捲，恍疑身入翠微峰。

黄之鼎

之鼎，字訥庵，元城人。康熙六年進士。

《百家詩鈔》：余性喜游，騖遠陵危，未嘗爲展齒息勞。近税駕魏郡，無山水可寓目，不得不搜名家詩以當之。初得劉夢闈，氣厚詞敷，以當泰岱、彭蠡。再得孫雪厓，意高文秀，以當匡廬、西子湖。再得張企麓，語圓格老，以當白嶽、王屋、平湖、語溪。得成仲謙，則天目、湘江也，得黄石笥、志伊、喬梓則京峴、蕩湖也，美中則羅浮、西洱也。最後得納庵先生，歎曰：『此天台雁宕，入海求神仙處也，豈僅作詩觀？』

趙秋水飲翕亭

余自漳千返，君從江左來。相逢重把袂，静裏一銜杯。亭樹籠煙出，池荷帶雨開。新詩看更好，應爲故人裁。

西園雅集

結客從蓮社，攜琴過竹扉。鶯花春欲老，京國夢初歸。檻曲遲明月，臺空落遠暉。一尊堪永日，莫自羡輕肥。

息園同臧介子年兄作

日日春園醉，琴尊復此同。柳含遠水緑，花映隔簾紅。興劇來佳客，亭虚受好風。漫言城市近，隨地有牆東。

贈居停僧慧引

結宇依神境，虚空遠市廛。盆花秋散馥，溪月晚生煙。濁酒能違俗，清齋可悟禪。客來容下榻，昏旦與周旋。

秋日登金佛寺閣，和張司馬次壁間韻

僧樓爽氣入秋含，萬木蕭疏郡堞南。遠野河流連寶筏，前朝御墨出琅函。拚將老圃黄花酒，静對松陰白石庵。歸路太行遥望迴，晚風馬首散晴嵐。

永豐門餞别諸進士，復至閒閒亭小飲

官柳青青去騎催，旗亭祖帳夾城開。尋芳争過陶潛宅，得意羣登郭隗臺。驛路濃花看攬轡，春郊細雨對銜杯。落英歷亂還堪賞，爛醉無愁騎馬回。

紀愈

愈，字孟起，文安人。康熙六年進士，歷官工科掌印給事中，祀鄉賢。

《畿輔通志》：愈夙具偉略，歲己酉士冠，攖城倡先守御邑，賴以安，隨大將軍撫勦江西逆賊，恢復撫州，勸止殺戮，或遺以所俘婦女，貯之别室，訪其夫還之。

茅齋春詠

西園春事早，偶築卜城隈。松逕幽篁細，藤溪野鳥來。停雲雙白板，步月一青苔。已悟逍遥理，閒居賦可裁。

漫興

岸幘北窗下，翛然夏簟清。亭虚琴自潤，池小雨初平。香汎茶千縷，敲殘棋一枰。羲皇吾已到，何必羡侯鯖。

徐溝道中

不盡窮途興，蕭然束客裝。河橋驚雁早，山鳥閱人忙。采采菊盈把，行行木已霜。登高應憶弟，何處試萸囊。

送别趙澹園

遥倚霜峰一雁過，雞壇載酒賦驪歌。交期投紵懷吴祐，文價連城惜卞和。别後清樽邀月少，狂來白眼閲人多。憑君拓落還相慰，秋色黄花滿澗阿。

師若琹

若琹，安肅人。康熙八年舉人。

保定五君詠

張光禄羅彦

光禄精悍姿，德輝出丹穴。早栖鄧林枝，言語能妙絶。懸絲清類山，關鍵嚴如郅。徒手遏賊衝，所期國猶活。蕭蕭易水風，惻惻睢陽節。

金侍御鉉

侍御金天晶，守義自鯁直。廬園二十載，文府富潘陸。起草上明光，危時仍慟哭。西瞻秦山碎，北顧燕雲黑。碧井墜銀章，寸心亦已足。

何太守復

何公昔剖符，豺虎由東下。致命想三仁，行春猶五馬。豈不輕一木，所願支大廈。舉火向賊營，迴飈墮戰瓦。迢迢大河北，誰似常山者。

張進士羅俊

觀政多道氣，名成在晚年。入室攸好德，如賓誠所難。聞見亦已滅，性命豈苟全。抵掌塞上圖，驃騎有其傳。報國皆血下，橫尸大路間。

邵郡丞宗元

郡丞一老宿，由來性情真。開口不愛死，臨危患有身。當其掌金印，髮衝目亦瞋。傷心呴燕雀，遺恨楦麒麟。寄言當途者，灑血竟何人。

孔琦

琦，字若韓，南宫人。康熙八年舉人，官開州學正。有《果齋集》四卷。

《南宫縣志》：琦善爲詩、古文，辭清思逸，韻膾炙人口。自澶淵歸，益放意爲詩，與同邑李慕庵、齊价人唱酬無虚日。及卒，价人爲輯其遺稿云。

鄭簡侯入臨邑名宦祠

遺愛人常説，於今論信公。琴書三歲冷，俎豆百年崇。淚墮蠟山雨，香飄泮水風。聖朝如問俗，竹帛紀豐功。

井鎡

鎡，字待庵，文安人。康熙八年舉人，官山海衛教授。有《半學山房詩鈔》。

勵廷儀《序》：待庵先生品誼絶粹，學術宏博，包羅今古。寄興吟詠，瀟灑淡宕，音節和平，風人之旨溢於絃管。

寒食舟中

春風江上柳如煙，夾岸桃花遠趁船。令節再逢寒食候，灘聲不斷石橋邊。布帆無恙隨流水，明月多情媚遠天。艤棹清宵臨野寺，不堪鐘鼓伴愁眠。

崔徵璧

徵璧，字祀功，一字文宿，號方厓。長垣人。康熙九年進士，歷官工部侍郎，祀鄉賢。有《西清初學編》《東海金臺》《懷州游梁》諸集。

《畿輔通志》：徵璧官懷慶，禁加派，杜苞苴，絶干請，以廉明稱。聖祖西巡，還渡孟津。命徵璧隨至沁河，賦詩講易，寵遇有加。轉工部侍郎，管寶源局。上言泉貨利弊，切中機宜。内立畫一之法，銅商與監督並程真僞，爲謀國碩畫云。

上元大梁觀燈

春風駘蕩緑波明，佳節偏宜月滿城。火樹光中千騎出，銀燈影裏萬人行。笙歌依舊梁園盛，花草於今艮嶽生。休向芳塵悲往事，銅駝金谷總無情。

李振世

振世，字章六，一字章鹿，號卧衡，長垣人。康熙九年進士，歷官湖廣按察司僉事，祀鄉賢。有《裕昆堂集》。

《長垣縣志》：振世初選河南獲嘉令，邑當衝，差繁地瘠，公一意拊循貧民無食者，給糧米牛具，任其開墾，闢荒地三百餘頃。時征吴逆，官兵過境供億無缺，民不知擾。令江西永豐，署中舊有妖祠，蟒蛇爲祟，驅而斬之，蟒長二丈餘，郡守驚其膽。後官湖廣按察司僉事時，有裁兵之變，單騎入賊壘，諭以大義，衆感服歸順，全楚悉平。署臬篆多所平反。遷陝西莊涼道布政司參政，以病乞歸。著有《退食藁》。

黄河晚渡

輕裝匹馬足遨游，柳裏於今是渡頭。不學祖生空擊楫，聊同范伯一乘舟。洪河日暮蛟龍舞，滄海雲生鸛鶴愁。前路沙寒村樹杳，停鞭何處酒家樓。

谷元調

元調，字士和，豐潤人。康熙九年進士，官河南寶豐縣知縣。《豐潤縣志》：元調七歲而孤，母許夫人紉績教之。未冠游庠試，輒冠其伍。兼通詩古文辭，尤精書法。順治丙戌舉於鄉。庚戌成進士。房考書其闈牘曰：『五策博洽淹貫，古奏議殆不是過。』授寶豐令，興利剔弊，課士勸農，民甚德之。無何疾作，遂不起。貧無以殮。縉紳父老出貲舉其柩，乃克歸。有《四書易經疏義》，藏於家。

過魏大年西莊

處士山莊古卧龍，西郊一帶水雲重。閒將墨汁千尋汲，好對爐煙四壁封。琴上絃高歌白雪，杯中酒熱淬青鋒。幾回欲過司空塢，君著芒鞵我杖筇。

黄任

任，字志伊，號遜庵，元城人。康熙九年進士，官江南六合縣知縣。欽取刑部主事。有《坦齋詩集》。

《百家詩鈔》：坦齋詩雅不傷柔，文不傷綺，彬彬焉澤於忠厚和平之教，非輕俗寒瘦者所可幾。

丁巳九月聘校南闈，奉次總裁二公原韻

其一

長夏辭春明，單車赴江縣。颷塵擁徵蓋，游子亦已倦。抵里值秋初，過從勞親串。盡室裹糧去，河淮浩漫漫。小邑數百家，積逋輒盈萬。我席未暇暖，扁舟復南泛。

其二

泛舟亦何爲，南闈佐推轂。自顧媿薄材，五色將迷目。月珠正雙懸，幽隱皆照燭。聆音識爨桐，望氣知璞玉。披閱有餘閒，微吟對松竹。分曹更無事，但拄看山笏。

聞多素心人，樂與數晨夕

褊性愛岑寂，亦欲親芝蘭。陶公賦卜定，罄此平生歡。形忘見古人，握手析肺肝。清風吹庭際，明月照簷端。有酒君同酌，有琴我共彈。嗟哉管鮑交，此道千古難。人情易衰歇，願言保歲寒。

成安冀文學墨竹障子歌

學畫當學畫墨竹，蕭疏不入俗人目。曾於長安人家見，二圖乃是内府流。出之玉軸一爲夏，仲昭枯枝斜亞梅。花屋一爲王孟端，九嶷茫茫帝子哭。近時此技誰擅場，惟有山左馮青方。青方寫竹如寫字，筆法瘦硬有餘地。興酣潑墨爲橫披，千畝蒼蒼煙雨至。家有兩幅各丈餘，東西壁映影扶疏。客來見之每絶倒，歎息此筆今世無。今冬偶游漳水干，邂逅冀子開心顏，屏間素練玉色寒。尊中倒映青琅玕，燭影微風動夜闌。坡陀柯葉聲珊珊，欲呼嵇阮與之游。放懷聊且避人間，似聞子規啼葉裏。蕭然四座疑深山，感其波瀾知有自。問之果爲馮公之高弟，世上浮雲不著意，乃與此君有神契。常恨北土竹不高，胸中幻出淩雲勢。我家草堂種松竹，松已盤拏竹半禿。請君爲我濡醉毫，聊伴歲寒慰幽獨。

過故宅梅花下作

庭前舊有兩梅樹，掩映房櫳披月霧。誰使券成陽羨宅，頓教夢失羅浮路。幾年家圃爲鄰園，一旦頽垣換丹堊。貧富雖云今昔異，冰心豈爲新忘故。可憐余作陌頭人，猶幸汝同山下遇。

索笑巡簷情更急，繁條對酒傷無數。枝横清影畫堂深，風攬凍香白日暮。世事那堪轉瞬更，人生能得幾回聚。寒空流霰濕冥濛，夜夜花魂泣不住。

單父

不見宓子賤，空登單父臺。玉琴已絶響，鴻雁有餘哀。杼軸南人困，河渠東國災。春風催解凍，處處尚蒿萊。

成近天招飲郊園賞菊

別業成幽賞，畦邊杖短笻。花圍如錯錦，城遠似連峰。秋色開閒幔，斜陽動暮鐘。勝游真不易，歸馬尚從容。

人日寄杜少汗朱

微風晴影散花甎，社鼓儺歌動野煙。春到柳邊纔七日，人懷河上已經年。伾山芳草堪憐後，瓠水桃花未發前。好著一鞭來草舍，莫教愁對絮漫天。

黃河

黃河南徙下淮徐，疆域今非禹貢初。轉粟全憑蒼水使，富民誰治白公渠。桃花漲落纔沉馬，酸棗堤開已葬魚。願罷冬官無益費，先王良法在耕餘。

翕亭賞荷

緑荷香泛曲池隈，一朵亭亭帶雨開。把酒欲遲明月上，攜琴正值故人來。雲移疏影浮新漲，露引清芬入舊醅。自笑鄰翁還潦倒，數逢高宴得追陪。

折柳詞

雨雪霏霏暮角催，梅花亭下送行杯。明朝此地看君去，一任東風長緑苔。

移枕

落紅飛絮滿繩牀，移枕清陰背草堂。向午夢回山鳥亂，隔牆風送菜花香。

王鄰

鄰，字欽四，曲周人，體健子。康熙九年進士，官山西隰州知州。有《問津園詩草》。

《曲周縣志》：鄰令太平，剛明清毅，百廢俱興。知郊州，旋知隰州，興學賑荒，關右饑，漕晉粟輸之。奉檄發禹門，石撞舟碎，忍死襄事，秦民皆獲濟。

夏日問津園即事

褦襶欣無逐熱來，披襟散髮日悠哉。匡時恨少文中策，失路徒傾阮籍杯。近約鷗羣爲静友，閒登雉堞作高臺。澄潭更有怡情處，倚杖沿溪日幾迴。

張恂

恂，字翼夫，一字完樸，號硯齋，景州人。康熙九年進士，官江南泰興縣知縣。有《二一山房稿》。

積雨僧舍作

蕭颯秋容黯，僧房境轉清。雨鈴雲際濕，水碓石塘平。蒼翠摇修竹，鮮新長决明。十千堪買醉，漫憶步兵營。

王鄖

鄖，字文益，曲周人，鄰弟。康熙九年進士，歷官廣東雷州府知府。有《墨妙堂集》。《曲周縣志》：鄖博學工文，出語邁流輩，授中書舍人。遷刑曹，明恕平反，案無冤牘。晉禮曹知雷州府，時海氛初帖，兵悍不可制，而濱海遠郡，派纍且不貲，下車後力振頹靡，營弁悉遵法。勒碑通衢，永革科斂，積習一改。

弔錢雪莊先生墓

棠梨花下拜孤塋，十載餘悲逐緒生。立雪門前迷履蹟，挑燈窗下憶書聲。白楊颯颯情何已，宿草茫茫恨未平。賸有侯芭空載酒，元亭人去淚縱橫。

國朝畿輔詩傳卷十九

宫夢仁

夢仁，字宗衮，號定莽，静海人。康熙九年進士，歷官禮部尚書。有《齊魯詩》。

甲辰出都酬贈行諸子

八月秋如水，清風迓素商。木葉辭庭柯，孤雁日南翔。渺渺徵途子，隔歲謁天閶。天閶高以遠，願言還故鄉。同好三五輩，念我空昂藏。人年難滿百，况值别離長。置酒城西隅，綺筵鳴珮瑲。手奉金屈巵，相勸累十觴。蘭釭何熒熒，歌聲更激揚。中情未及半，月出夜已央。驪駒列户外，僕夫當路傍。揖君前致謝，攬轡復停裝。陸生曾入洛，司馬尚游梁。胡不戀闕廷，而乃懷榆枋。譬彼蛾眉姿，少小矜明妝，得侍昭陽者，惟恐進君王。譬彼華文鳥，熠耀山之岡。矰繳布山阿，引項縱四方。窮達會有時，卷舒安其常。顧盼發慷慨，遲暮詎云傷。歸矣草堂隈，望望燕雲黄。應期保令名，努力愛景光。

紫芝白石山房爲陳屺漁賦

聽説山房勝，招尋未有期。三神何咫尺，五嶽足栖遲。不睹畫圖趣，安知鸞鶴姿。赤松如可遇，垂老定相師。

登千佛山

三面總無際，淩虚興渺然。幽燕來想像，華鵲儼攀緣。樹遠星辰下，雲歸虎豹眠。夕陽鐘磬裏，相對訝鈞天。

八達嶺

八達傳天險，徵塗迥未經。童山當晝白，絶澗入秋青。馬首穿雲蓋，人聲轉石屏。側身高處望，瀟灑意常醒。

宣府

層巒纔一綫，入望萬家封。雉堞連雲出，龍門射日重。雄藩空立戟，悍卒習傭春。悔盡東南力，當年未息烽。

清江送張友鴻之滇中司理，并寄訊藩臬諸公

簫鼓中流雜棹歌，仙郎擁傳下牂牁。百年詞賦題金馬，萬里風煙阻石螺。蠻俗似來多健訟，主恩天外待鳴珂。昆明戰伐今何似，寄語加餐老伏波。

張青莽寓閣贈令兄中嚴、令弟孝古

雁行歷歷共相依，星氣遥聯天上輝。二謝才名垂采石，三張家世本烏衣。公車漫道悲歌壯，太學方傳聽講歸。羨爾弟兄同入里，扁舟端不爲鱸肥。

槐龍篇

夙駕重關外，言瞻鉅鎮雄。山川資壁壘，鎖鑰奠鴻濛。勝蹟多標異，奇觀更不同。每因過柳幕，喜得仰槐公。肇駐先朝蹕，傳呼屬國嵩。老枝宜燧火，疏幹逼蒼穹。盤攫存龍性，翱翔擬鳳翀。雲霞千載護，雨露四時通。歲渺青無改，根蟠節愈隆。侵霜金錯落，碎月玉玲瓏。路夾清陰滿，羣游碧蔭中。越州倡好句，朔塞遡遺風。石甃淵堪挹，苔碑字未蒙。從來超物表，必自藉神工。蔽芾司刑署，飛揚振武宫。主人真俊傑，佳氣鬱青葱。選徑開新搆，規亭拓舊弓。撫軍祇德耀，揖客每春融。縱酒秋槽緣，分題夜蠟紅。飄蓬忻御李，大樹却歌馮。

送沈國望監楚軍

其一

上帥南行唱采薇，侍臣慷慨出端闈。腰間三尺青萍劍，昨夜寒芒斗際飛。

其二

軍中阮瑀似君稀，書記翩翩手自揮。解甲應成朱鷺曲，聲聲鐃吹入皇畿。

張鴻佑

鴻佑，字右君，號念麓，元城人。康熙十一年舉人。

《百家詩鈔》：余壬子客衞，交念麓，已選其詩，次歲又與念麓晨夕倡和，不啻登機雲之堂，攬其菁英而坐進風雅也。

雨中登北固

北固臨江峙，層巒接碧霄。樓吞京口月，鐘落海門潮。帶雨拾山果，披雲採藥苗。石磐逢老衲，指點說金焦。

寄朱汗朱

尚憶東園醉，衝寒送爾回。最憐三月別，今見一書來。幽鳥鳴春竹，輕風度草萊。遥思明月夜，清夢幾徘徊。

雨後過海潮庵

泊舟來野寺，香閣晝氤氲。雨過千林濕，門開一磬聞。登樓瞻海氣，掃石卧江雲。不識支公社，容隨野鹿羣。

過廢寺

路斷忽逢寺，空林淡夕陽。無僧堪問法，有客自登堂。鳥啄殘經亂，塵封斷碣荒。徘徊吟眺處，衰草暮雲黄。

黄美中歸自西湖

半年離思隔江天，河朔初歸訪戴船。孤杖曾探天柱月，輕裝應帶海門煙。堤邊楊柳懷坡老，井底丹砂憶稚川。聞道客途詩興好，高吟莫惜向人傳。

西園雅集，喜秋水自廣陵至

西園樽酒罄交歡，雨過高城竹氣寒。六月故人江上至，十年白髮客中看。池邊漲水通花徑，樹杪歸雲度石欄。倚杖深松懸暮色，蒼蒼落日下煙巒。

方峨

峨，字嵋雪，一字玉巖，大興人。康熙十一年舉人，官江西新建縣知縣。有《嵋雪集》。

元夜

童童城邊柳，湜湜江中水。亭亭嶺外雲，娥娥樓上美。簫鼓喧四鄰，夜深不能寐。豈知歡笑邊，有人長凍餒。索米惟空瓶，支牀有廢碓。老梅不厭貧，臨窗結蓓蕾。歸來重躊躇，催科良可畏，安能均苦甘。河東與河内，抱膝坐空庭，仰天發長喟。

贈倪永清

九峰山色高嵯峨，川原平遠堆青螺。劉夏村南泗水鎮，片帆我亦曾經過。此時我年方二十，乍見老成尚羞澀。客邸惟拈詩與書，日鍵芸窗足不出。少年情性好交游，一時懷刺千名流。盧文子張洮侯。朝朝約放龍潭舟，松江有白龍潭。艫艪尊羹羅滿座。玉簫金管吹清秋，此中有人數詩伯。開言便及虬髯客，清譽真應千古傳。彩筆爭誇萬人敵，近來作吏來西昌。寥寥風雅推平章，即或有人弄筆墨。譬如無腔牧笛横山莊。永清倪子來日昨，頓使洪都風雅作。絳帳旋開徐穉亭，赤幢久樹滕王閣。興酣搦管發大呼，十三大郡都驚愕。門外頻停問字車，雲中又見銜書鶴。驟然相見即相憐，須識神交已有年。把臂發狂話宿昔，恍若置身黄埔青溪邊。過我訟堂一交接，便覺胸中有冰雪。太白劉伶共醉醒，許由巢父同高潔。即席還當贈片言，文中雄長詩中傑。猗嗟乎，君才磊落非等倫，得君如得金千鈞。他時歸遇雲間客，道我爲官鬢似銀。

言懷

徑曲接清流，清齋事事幽。惜花嬌困雨，枕石冷逾秋。骨瘦同栖鶴，心閒逐汎鷗。比鄰聞選艾，酒債愧難酬。

雪過漁亭

村市溪頭雪裏經，人煙寒處認郵亭。沿流竹艇排銀漢，劈面雲峰插玉屏。秀絶山川渾一色，空憐魚罶見三星。尋梅放鶴饒幽賞，争似兵廚醉不醒。

秋日滕王閣晚眺

崔巍傑閣江干矗，一度登臨一感傷。勳業何曾留帝子，風流空自憶王郎。西山雲影隨朝露，南浦溪聲送夕陽。極目秋原思膴膴，石尤底事恨倉箱。經旬大風，禾稼多損。

姚昇

昇，字扶東，永年人。康熙十一年舉人，官浙江開化縣知縣。有《東岩草》。

《永年縣志》：昇幼孤家貧，讀書不事章句。文奇肆，從申涵光兄弟切劘，詩遂工，常游京師，抗手公卿間，議論風發，或試以詩，操筆立成，奇氣迸溢，名遂大起。康熙十一年舉京兆，南游江淮，泛湖湘，詩益多。選德清，歲大祲，未報，方徵賦。昇至，力請賑，全活無數。目睹民艱，有所作，皆哀苦語。德清士大夫比之元道州《舂陵行》。調開化，催科不擾。公退，焚香拂几，檢詩囊，長吟而已。罷歸，貧甚，怡然自得。

西山晚眺

不識桃源路，依稀訪舊林。攬衣穿仄徑，躡屐上高岑。樹影歸雲暗，泉聲落澗深。山川老我輩，愧此一登臨。

秋日同人過午橋小飲

煙柳環堤外，午橋依樹邊。人聲喧水急，月色過亭圓。菱荇牽魚網，蒹葭隱客船。同游三五輩，索酒未知還。

春初過洺濱訪王子壽

風曳柳初綻，日暄沙正明。鳥翻林翠落，魚過浪花生。未返尋源棹，還深訪戴情。臨流頻蕩槳，隔岸聽啼鶯。

毛冢

先生俠骨自嶙峋，古冢依稀辨未真。影落荆榛消白晝，聲留猿鶴照青燐。囊錐曾笑三千客，按劍寧同十九人。不有平原知己在，誰將風水又重新。

劉鼎

鼎，字禹鑄，平鄉人。康熙十一年拔貢生。有《南游草》《淇澳草》《匪魚草》。

雪曉

鵲噪回寒夢，捲簾天色新。白雲低貼地，黄日淡依人。竹徑未須掃，茶鐺聊自親。貪心吾本薄，却愛嶺如銀。

秋夜

静夜簾長落，月明初上鈎。天寒新雁影，人老舊羊裘。鬢未元冬雪，心先白露秋。遠游兼抱病，應重倚閭愁。

懷劉馨公

老去慵藜杖，登高祇爲君。乾坤生我輩，骨肉在斯文。秋水葭千頃，斜陽雁一羣。懷人情渺渺，灑淚寄飛雲。

邵伯湖夜泊憶封州故里

冉冉風帆向晚收，蓼花灘裏若爲留。秋高玉露横天墮，夜久銀河傍地流。飛去滏陽千里夢，載回江上一船愁。陰蛩淒切陪人歎，白髮明朝更滿頭。

懷家兄黄鑄及舍弟文振

最是春風大被寬，東山别后始知寒。池塘緑草長遥夢，桃李芳園不共看。路遠裁書逢使少，家貧負米事親難。天涯霧露須珍重，記得丁寧滏水干。

黄伸

伸，字美中，元城人。康熙十二年進士。

寄懷袁杜少

雪氣連朝暮，天晴風更洌。寒雁叫空林，饑烏啄凍澤。四時更代謝，日月一何迫。故人今不見，思逐梅花發。黄河横千里，寒冰堅如鐵。各在天一涯，興言念疇昔。六月艱行旅，逸興付舟楫。片帆挂清源，一笑盤餐列。相逢忽相失，流水空悲咽。射策黄金臺，買酒長安陌。高歌傍無人，醉擊唾壺缺。不才甘自棄，灑淚爲君惜。汗血自龍種，胡爲霜蹄蹶。西風吹易水，白日照碣石。徒步返故山，揮手肝腸熱。轉眼秋復冬，音書久隔絶。相知在寸心，欲寄無他説。君子守固窮，志士茹冰蘖。余也常黽勉，自顧羞蹇劣。昂藏君所負，詎肯事容悦。涸轍無凡鱗，鸞鳳有鎩翮。時俗尚蕭艾，歲晚見松柏。勿爲遇所移，努力追前哲。

送别趙秋水，兼寄申㫰盟、觀仲兄弟

七月西風吹井梧，池荷漸老庭葵疏。鳴蟲唧唧夜色徂，羈客徘徊臨前除。送君尚記與君别，黄金臺下無顔色。還家忽忽音書絶，君去并州我適越。洎我歸來卧舊丘，聞君又買廣陵舟。同在天涯不相值，江山悵望生離愁。兩年不見增白髮，相逢遺我詩盈篋。三伏炎蒸金石流，展卷灑灑飄冰雪。河朔快飲五陵豪，留君不住心煩勞。匣琴罷酌坐深宵，玉露無聲銀漢高。悠悠此意無終極，説向世人應不識。歸見荆園兩弟兄，爲道别后長相憶。

過丹陽晤九逵

大江何浩渺，數載問情親。别夢西泠月，愁心北固春。山川争待我，衣食尚隨人。不盡班荆意，相看各愴神。

初夏西園小集，同朱亶初分賦

把酒層臺上，高城夕照銜。因君來霅水，使我憶靈巖。聞道梅千樹，何時風一帆。劇談增晚興，明月上春衫。

游曹秋岳侍郎鐵舟園

亂竹橋邊種，孤亭鏡裏開。春風一拂動，波影上窗來。石皺山苔古，沙深野蕨肥。梅花開更落，何日主人歸。

金沙泛舟

竹纜斜牽入遠陂，村煙沙樹晚離離。無邊野色真堪畫，黄葉橋頭颭酒旗。

舟過維揚觀湖上園亭

竹扉半掩竹籬斜，隱隱樓臺隔碧紗。滿院子規啼不住，當窗開盡玉蘭花。

邵璸

璸，字柯亭，大興人。康熙十四年舉人，官山東昌邑縣知縣。

《四庫全書提要》：《情田詞》三卷，邵璸撰。璸，初名宏魁，官新河教諭，遷昌邑知縣，其填詞之學出於朱彝尊，此集乃乾隆癸酉，其子履嘉所刊也。

春日雜興

春風不媚俗，一例到閒門。新樹移鄰圃，青衫染酒痕。世情浮宦拙，吾道布衣尊。盡日讐書卷，藜牀坐覺温。

九月十五夜中庭閒步作

鐘傳人定月華明，漸覺新寒夜氣清。露重似宜添羽帔，樹疏何處著秋聲。一燈舊雨鄉園夢，殘夜西風獨客情。身世不從詹尹卜，流行坎止足吾生。

芙蓉

曾從楚客賦蘭茳，喜見風翻赤雨幢。欲采名花遺良友，還憑遠夢落秋江。盤承雨露珠無算，莖並鴛鴦蔕自雙。此日仙城誰作主，凝眸遥望凭紅窗。

題畫

青山一角夕陽銜，隔斷喧囂境不凡。有客空亭閒眺遠，桃花春水送輕帆。

王作肅

作肅，字敬一，吴橋人。康熙十四年舉人，官南宫縣教諭。有《復初齋詩草》。

秋夜

徙倚霜天晚，清吟到夜分。高樓先得月，寒水欲生雲。木葉當階落，砧聲隔院聞。秋空風正急，飛雁不成羣。

思家

不是苦爲客，平安得信難。北堂千里夢，南畝一家餐。風雪年將暮，琴尊興未寬。歸裝遲改歲，春色故園看。

苦雨

連日霪霖急，飄蕭牆半頹。衙荒雲戀樹，門静水平苔。異地悲衰鬢，微官愧不才。銜泥賒市酒，愁抱幾時開。

憶劉慕庵時尚寄滑縣

風雨頻年别友朋，南來魚雁總無憑。嵇康命駕思千里，劉向傳經老一燈。白首客居應矍鑠，青萍醉倚自崚嶒。妻孥遠隔虞丘郡，策蹇揚帆歸未曾。

張榕端

榕端，字子大，號樸園，又號蘭樵，磁州人，湑子。康熙十五年進士，歷官内閣學士兼禮部侍郎。有《寶啬堂詩》四卷、《蘭樵河上草》二卷。

《四庫全書提要》：張榕端有《海岱日紀》，已著録。《寶啬堂詩稿》四卷，爲榕端官内閣學士時所刊，皆其康熙己未至己卯之詩。前有任丘龐塏《序》稱其詩『和而不迫，秀而不纖，逸而不肆，宛轉纏綿，一寫其胸中之趣，而未嘗借以宣其喜怒不平之氣』，頗近其實。然婉約有餘，遂乏雄渾之氣，深湛之思。蓋其長在是，短亦在是也。又《河上草》二卷，榕端康熙庚辰以内閣學士預治河之役，至癸未，始召還。此編皆其四年之中在工次所作。前有宋犖《序》，稱其泥塗檋橇，棲石沉薪，卒以塞決。乃殊不見其歌詠勤苦之勞，而往往道其達天適性之樂。今觀其詩雖醖釀不深，而和平恬静，犖言蓋不誣云。又《蘭樵歸田集》皆康熙甲申以後歸里之作，其詩直抒胸臆，多入香山一派。蓋老境優游，穨然自放，不復以文字爲意矣。

楊方晃《傳》：公生而岐嶷，入館二年，以清書第一，授編修。旋丁外艱，辛酉服闋，壬戌分校禮闈，得彭君寧求等十一人，館選居其半，號爲極盛。辛未開左右春坊，晉侍講。壬申轉侍讀，充日講官。

《起居注》：癸酉主順天武闈，甲戌應制乾清宫，賦《膏雨潤春田》詩。稱旨，詢及命名之義。公對：「臣生於先臣鏡心端州署中，地多榕樹，因以爲名。」五月擢祭酒，明年授内閣學士兼禮部侍郎。丙子奉命致祭泰岳，沂鎮東海。是冬，督學江南。敕照巡撫行事，所拔皆名宿，如任蘭枝、方苞、黄越，皆入翰苑。旋告歸，就樸園遺址筑室爲游息地，景物清曠，閒亦巾車蠟屐，往來黄華百泉間。卒年七十六。

宋犖《序》：學士詩春容大雅，不爲鉤棘之態，而自詣雋永，所謂浸淫三唐，以温柔敦厚爲宗，而有當於六義之旨趣者。

龐塏《序》：古今中州以詩稱者，唐之岑參，明之何大復最著。先生詩，絶近岑、何，入而益深，擴而彌大，變化焉而不失其極。

閻若璩《序》：《河上草》思不必鑱刻，調不必綜錬，而物象意趣自盎然浮動於筆蹤墨瀋之外。

過德州同年李紫瀾餉羅酒賦贈

其一

户小雅愛飲，無酒神不暢。德水逢李子，遺我羅家釀。其味淡而旨，其色水在盎。適口不覺多，竟逾平時量。向艷羅酒名，好事每相餉。兹焉識其真，乃審前者妄。

其二

李子吾故人，高懷敦古處。斗酒不爲薄，情真忘爾汝。嗟嗟夸毗子，甘言如醇酹。利盡還相傾，對面成秦楚。元音與太羹，至味别有取。所以昔人交，往往在臼杵。

紅門

平生泉上癖，見山輒解愛。兹因東於役，選暇登泰岱。二月正清和，巒壑餘煙靄。入山景已殊，奇石非一態。大或如象獅，細或如鼎鼐。其陽則如赭，其陰乃如黛。坐愛石上泉，可飲兼可靧。崖谷徧山櫻，條青實猶未。遥知春深後，丹顆映岩翠。還轅適其時，曷當一取醉。佳緣想像中，快心何必再。

曝經石

活活谿澗流，回回巖谷轉。紆道亂流度，石亭峙山巘。側見曝經石，方畝何平衍。面勒西方言，躡屐不敢踐。改步憩山亭，石罅泉清湛。經始萬司馬，彈琴此游宴。山水入清音，泠然有餘善。作記鐫青巒，年久積苔蘚。隆慶歲壬申，按索猶可辨。人琴俱已亡，撫景留遺範。

快活三里

斗峽如堂皇，行人蟻附上。鉅石怒谽谺，轉側不相讓。健足汗如膏，登頓疲升降。呀然得坦途，盤路何修曠。造化祕神靈，鬬奇虞過當。緩步下肩輿，游情一舒暢。暫此息勞筋，快活名非妄。君子尚居易，行險有得喪。側足蟄黄石，硅步亦相妨。無用以爲用，蒙莊豈余誑。

御帳崖

峻嶺多摩空，黝色如積鐵。上有千年松，下有方丈石。石上清泉流，光可鑑鬚髮。相傳宋真宗，御帳此焉設。穴石植旌旗，蚩尤帶巖嵲。側見人夫松，獨樹餘枯枿。神仙事矯誣，祖龍焉足責。奈何賢嗣君，甘心蹈陋轍。水旱啓憂勤，燕安多容悦。卓哉李文靖，先幾獨秉哲。

十八盤

矗漢雙峰起，危路疊盤級。仰視一綫天，俯瞰千仞立。傍亘鐵索長，攀援時戰慄。肩輿如橋横，撇側便登陟。拾級捷如猱，終虞足一失。蜀道有蠶叢，應同此崒嵂。三復登危言，禁持空費力。屏息忍須臾，萬慮於焉畢。乃知止止功，須從恐懼入。

虎溪

山根洩靈瀨，一綫流涓涓。匯流趨峽口，三折響潺湲。石激水聲異，苔繡石華斑。巖松圓如蓋，倒蔭石上泉。天光與潭影，終古常悠然。我來坐石上，引汲煮龍團。清甘沁脾肺，頓覺塵慮捐。玩弄移白日，浩歌滄浪篇。

庚辰重午，閻百詩徵君招飲楚州城西湖，因有學士湖之目，且舉太白沔州詩爲起句，賦詩見贈，余愧不能承也，輒成二十韻奉答

郎官愛此水，因號郎官湖。吾愛客楚州，蹟與曩哲殊。三年歷傳舍，炎雪勞馳驅。瓜期偶息影，偷閒亦須臾。主人敬愛客，放棹攜百壺。繡幕漾雲水，牙檣狎鷗鳧。紛紛角黍筵，畫舫淩虚無。靈均日以遠，節物留歡娱。歡娱亦何有，清賞在吾徒。談笑愜素心，至樂非笙竽。主人今謫仙，胸有驪龍珠。乃援沔州例，標此名勝區。我名以湖傳，佳境恐厚誣。雖爲香案吏，本是山澤臞。家園滏水陽，三徑行就蕪。中宵劇歸夢，猿鶴勤招呼。身隨綵絲繫，病藉艾草蘇。笑此朱夏天，清霜點鬢鬚。虚名勞刻畫，麗句重操觚。君詩勿傳播，馮夷定揶揄。

題楊丹巖小照

消夏借名園，坐卧無不宜。池塘浄如拭，習習薰風吹。恨無玉菡萏，點此清漣漪。剥啄誰叩門，東絹手自披。亭亭素心人，意與鸞鶴期。灼灼君子花，了非塵土姿。中空復外直，相對無磷緇。濂溪觀物意，思我無所思。湛然心地朗，静氣迎鬚眉。我願留此圖，觸目儆坐馳。

寄賀李子臨妹丈捷南宫

少小結親串，茂悦兩相知。短檠覰文字，長筵羅酒巵。互逞爇人焰，各許脱穎錐。聞鷄共起舞，著鞭愧先馳。伊余涉塵鞅，出入嬰世羈。君志不少挫，吐氣衝虹霓。公車三千牘，屢上不知疲。旁

觀或竊笑，畫眉寧入時。豈知獨立心，耿耿無推移。武子囊螢讀，董生園不窺。裘集千狐腋，文成五色絲。玉經三日火，光采發華滋。琴因尾半焦，音響乃愈奇。今年闢南宫，天恩浩無涯。八紘布一網，網取珊瑚枝。遂令潛修士，獲此利見期。堂堂聞喜宴，春色盈皇畿。宫袍增絢爛，宫花藹參差。緬思攻苦志，一笑軒雙眉。向來多口人，咋舌愧無辭。怠者日以奮，借君轉相規。勤者日以慰，力學終不疑。持此稽古力，用爲服官資。公侯必復始，上贊昇平基。山河曠南北，相望勞相思。無望歲寒誼，願賡松柏詩。

題柯南陔小丹丘錬藥圖

結春淮海間，趺坐謝塵壒。與子談養生，適意妄腰帶。寸田苟潔除，何念不蟬蜕。是人可喬松，觸耳盡靈籟。豁然天宇空，朗月照虚瀨。金鼎與玉爐，了不在身外。笑指圖中人，忘機坐煙靄。還丹迴無質，點染餘狡獪。况子非臞仙，用世當未艾。空懷紫霞賞，行與青雲會。出處豈懸殊，物我要俱泰。山中鸞鶴姿，留與他年繪。

贈虞山楊子鶴

耕煙墨妙空今昔，萬壑千巖指端出。峥嶸藝苑五十載，寸縑尺紙人争惜。神工未許俗筆傳，弟子楊君早入室。憶昔識君自皇都，含毫正寫南巡圖。鷺溪百丈繪水陸，千官扈蹕六龍趨。裝成獻御重瞳喜，聲稱籍籍宣朝市。都人踏破鐵門限，公卿貴介争倒屣。掉頭歸去侶猿鶴，姓名至今留京洛。

高躅知難折簡招，獨肯扁舟慰寂寞。别來十載喜重逢，笑談頓使羈愁却。知予未遂青鞵興，爲寫溪山豁眼膜。解衣磅礴潑素縑，俄看翠壁聳几筵。重規疊矩運匠巧，桃花流水非人間。有時弄筆揮短幅，點綴佳句成奇觀。晴窗靄靄雲出岫，虚堂活活泉流灘。嗟我老病羈塵鞅，坐對煙波增夢想。憑君更出顧陸手，爲畫林泉披鶴氅。持竿會向溪頭坐，莫使圖中吾笑我。

哭彭瞻庭侍讀

鯨牙麟角不易得，滄州有客懷仙才。抱珠夢覺吐光焰，神物那可終塵埃。釣竿一戛珊瑚影，鰲峰直上淩崔嵬。自我得君二十載，海山曲奏神徘徊。會參元氣助真宰，不止駕鶴翔蓬萊。何爲噩夢駭中夜，北望慘淡銘旌來。見啼婦歎舟兀兀，文園有稾不忍開。詩成淚河復東注，松風萬壑纏悲哀。

韓陵片石

犖确漫衍荒岡前，韓陵碑記尚巍然。東魏西魏紛割據，争雄血戰干戈連。蠻觸格鬬蝸角端，兵無義戰相賊殘。倖邀一勝災碣石，張皇士馬誇糾桓。六朝綺麗争相慕，子昇媚獻雕龍句。羊質虎皮不見嗤，尚云片石堪與語。日炙雨淋文字剥，好事翻刻存其略。龜趺草没夕陽中，野火燒殘牛礪角。君不見周宣石鼓文，岐陽羽獵寄三軍。魴鯉榆柳詞古質，焜燿如瞻霄漢雯。輦載辟雍照萬古，摩挲點畫何殷勤。須知詞林有根柢，隻字猶堪儷典墳。

題三俊圖

兀坐蓬茅無與樂，閒將寫生慰寂寞。市郎手持三俊圖，來易三百青銅蚨。一鶻高枝儼如落，愁胡炯目疑有攫。一鶻伏前昂首覷，兩翅未張祇欲去。一鶻擻身全露腹，側腦傍睨雙爪縮。三鶻低昂勢不同，刮羽傳神阿堵中。減餐買得簷前挂，燕雀驚飛不敢下。滿座秋風颯颯生，睇觀不覺是圖畫。世間俊物那復有，乘時好試搏風手。不須更乞龍虎符，空山魑魅應藏走。

渡漳河望銅雀臺

銅臺凝遠眺，秋色滿衡漳。沙闊行人小，天空旅雁長。西風吹草木，落日下牛羊。歌舞何年事，空嗟霸業荒。

河間曉發

二月河間道，煙光一望迷。塵高初日淡，野曠遠天底。乍暖冰將泮，餘寒鶯未啼。驛亭聊遺興，掃壁自留題。

觀海樓

危樓臨海岸，極目杳冥冥。風激無邊浪，雲蒸不斷青。魚蝦腥島市，斥鹵坼沙町。觀止應長歎，無勞讀水經。

白鸚鵡次石虹韻

珍鳥來南粵，羈栖違故園。羽毛元愛潔，飲啄也沾恩。皓月分形影，交窗接語言。開籠終不去，畢弋在高原。

蓴菜，次石虹韻有序

聞蓴菜惟春間可用，至秋則不可復芼。其莖葉亦皆不用，止取葉間流脂入羹，肥滑異常。江南唯産於吴江之分湖，若浙中，則西湖之産最佳。

聞道蓴羹美，南來見亦稀。應同仙掌露，那比北山薇。入水應無質，流匙但覺肥。三年客吴越，心與季鷹違。

七夕，次石虹韻

三年不信淹留慣，又見金商報早秋。一雨青苔俄及榻，幾回銀浦望安流。可憐病骨支苓朮，無復閒情話女牛。最是難兄縈遠夢，楚天雲色入高樓。

二月二十五日雨雪，次石虹韻

嫩緣才匀柳未齊，忽驚飛絮望中迷。打窗簌簌聲初徹，拂檻漫漫影漸低。橋上跨驢思滏口，河邊沽酒憶隋隄。客中擬作雙柑會，不見黄鸝枝上啼。

登泰山絶頂

其一

泰岱嵯峨敞帝庭，探奇策杖破青冥。懸崖積溜蒼苔澀，盤磴脩絙鐵鎖腥。怪石渾如山鬼立，晨鐘疑有海龍聽。秦碑漢碣俱陳蹟，御筆雲峰自勒銘。

其二

尋源漫説到崑崙，此地方窮造化根。曉日銅鉦升海窟，長河衣帶挂天門。下方雷雨晴空見，上界星辰静夜捫。俯視諸峰環四面，真同羅列拱兒孫。

三月朔日游沂山

臨朐南望鬱巑岏，西岱齊名作壯觀。百里山光迎馬首，千層石徑倚蛇盤。懸流峭壁晴猶雨，積雪陰崖晝亦寒。恰喜暮春初日好，緣蹊桃柳足清歡。

昌樂道中遇雨

銜詔東來祝歲成，連朝喜見海雲生。但教野足千家雨，何惜車停半日程。隴麥青摇波瀲灔，林鶯聲滑語分明。眼前景物堪行樂，漫寫新詩酒細傾

登大澤山絶頂

青山四面削芙蓉，春日攜樽一問蹤。嵐氣碧蒸千疊石，風濤聲落萬株松。穿雲直欲驚栖鶻，搜穴還疑起蟄龍。莫怪支筇輕絶險，探奇須上最高峰。

歸田詠

十載離愁一夕寬，何須楚客賦秋蘭。探來龍頷心猶苦，結得鷗盟夢不寒。天路曾經車九折，柴門無事日三竿。爲緣多病思鄉里，不是清時有掛冠。

湖隄絶句

其一

羃緒經春安穩無，幾番花信到煙蕪。斑騅篾舫淮南路，日日行人聞鷓鴣。

其二

誰家水閣近花枝，是處簾旌罥柳絲。一曲扣舷歌小海，木腸衹合讓吴兒。

其三

樓頭頃刻變朝霞，林外連翩接暮鵶。萬事不如春汛準，白蘋纔過又桃花。

其四

弓衣團扇傳應徧，綺語新來未掃除。好覓玲瓏重疊唱，風情較勝白尚書。

國朝畿輔詩傳卷二十

翁叔元

叔元，字寶林，號鐵庵，永平人。康熙十五年一甲三名進士，歷官刑部尚書。有《梵園詩集》。

韓菼《翁公神道碑》：公，初名栴，字寶林，甫離襁褓，就傅即自力於學。康熙壬子舉京兆，丙辰成進士，以一甲第三人授編修。戊午館試第一。尋主山東試，拔畢世持等，爲各省試解最。歸纂《明史》，尋由贊善歷升工部尚書，壬申補刑部尚書。丁丑以病乞休，又四年，薨於里第，年六十九。公所居官皆以實心達之，性和厚，而義理所在，亦屹不可奪。在史館皆推其有筆，每奏一篇，上皆稱善。官祭酒，所拔者皆翕然稱允。工部歲發柴炭值八萬金，多侵耗，每預探支，時方二十七年，所司具稿將給二十九年之半，公計所虛耗約十萬，每歲少給二萬，至五年，其數悉償。部例每興一工，先計其直上之，名曰『料估』。工完多冒破，所司慮任怨，不敢以聞，有十年不銷算者。大工至四十三案，公請六部舉司官各二人，分董其役，甫半載，積案一清。在刑部聞鋃鐺叫號聲輒慘戚，以故平反甚衆。嘗語菼：『州縣奏當之成，吾固知多冤，然率周内不可破，概駮徒致株連，久繫容更有瘐死者。可奈何？或部即詰正而不復行，所由官其庶乎！』蓋公以愛民爲心，自少讀古名臣奏議，陳民疾苦，則涕泗交頤，慼然憂人之憂，不樂己之樂，其志量甚大。惜乎在位未久，猶未得究其用也。有德於公者，一言之知，一飯之恩，終身不忘，必過滿其所望猶不已也。造就人才如不及，今詞館之儁異者多在公門。子是揆、是平聰穎，俱能讀父書。

張維屏《詩人徵略》：司寇嘗具疏，一請復積分之法，一請令諸生習禮肅觀聽，一請嚴懲不率。今太學朔望釋菜禮，司寇所定。司寇少貧甚，叔父玉于先生周之，助其成立，故司寇以叔字命名，誌不忘。玉于先生諱長庸，順治丁亥進士，官至布政司參議，以清節著。嘗游粵，與陳元孝、梁藥亭諸先生唱酬甚歡。參政六世孫遂盦學使爲余述之如此。

病中雜述

其一

邇來有微疾，遂得身閒居。隱几發清思，且復親詩書。夜闌不成寐，落月明前除。漸覺萬慮捐，往往見太虛。多恐疾良已，此念又復初。

其二

我初亦何爲，無端在陶冶。我身既非真，況乃名氏假。因復被虛聲，從人置高下。微生屬醯鷄，世事付野馬。浮雲與電光，於我何有者。

下第出都途中偶成

孤磁寂寞與時違，匹馬荒郊趁落暉。有影自隨還對語，無家可老尚思歸。花當寒谷先秋落，雁叫空江帶雪飛。棄婦可憐身已去，向人猶整嫁時衣。

聞官軍收八閩

三年轉戰苦蒼生，禁旅傳餐滿市城。竇氏已來關右表，令公猶典朔方兵。却看星象書含譽，司天奏含譽星見。應有花名賜太平。宋仁宗時，蜀地貢名卉，賜名太平花。願得臨邊諸將帥，許教隴畝事春耕。

李聘

聘，字莘起，號伊庵，長垣人。康熙十五年進士，官廣東陵水縣知縣。有《餘存集》二卷。《長垣縣志》：莘起，明開封知府猶龍孫，幼聰慧，多智略。明末流寇之亂，搢紳盡逼而西，聘亦在其中，途次設奇計逸歸。年十五補博士弟子，爲學使熊伯龍所賞。康熙壬子領鄉薦，丙辰成進士。選江西寧都縣，邑多林谷，佃客李矮等負固抗官租，十餘年不服，聘涖任單騎入開誠撫諭，矮等感泣輸租。後知廣東陵水縣，邑三面環海，多瘴毒，黎峒三十餘所，親履其穴，椎牛以犒，申明法令，黎民相悦。會雷瓊道以採取花梨，羣黎激變相連者百十餘峒，獨陵水黎取勿從。卒年七十六。有《伊庵詩集》。

郜焕元《序》：莘起少負雋才，博貫羣書，凡天官、河渠、易象、岐黄、家言無不洞矚，尤專力於詩。

李澄中《序》：莘起令寧都兩載，輒罷去，懷才藴抱，無所發攄，溢爲幽憂之旨，獨獨漉漉，大放厥詞，有伯玉之簡穆，曲江之蕭遠。

雜感

其一

束髪愛讀書，篋中得陰符。揣摩良亦苦，策名達帝都。五斗歸來晚，俛仰愧庸夫。鷹鸇巢胸臆，笑語生戈殳。人情一何薄，不謂在吾徒。大雪没曉天，敝裘敵肌膚。忍受饑寒名，突兀懷古初。皇天宥小人，君子且趦趄。

其二

太行無坦途，渤海無澄波。人生總百歲，憂患日相過。曉起畏人語，夜眠困鬼歌。鬼歌則已已，人語可奈何。披榛樹蘭蕙，寸心信非他。中道遭委棄，零落遠山阿。秋光香未老，亭亭轉婆娑。霜雪正蒙養，抱真仰天和。

其三

作客思故鄉，結交思故人。豈不貴新知，眷言平生親。朝登白馬口，暮渡黄河津。夷門有委巷，自昔多隱淪。一言驚四座，長策却强秦。伏劍疑何愚，士爲知己伸。悠悠千載上，此義薄秋口。世無魏公子，感之鼻酸辛。

蘇門懷古兼呈陳明府

太行迤西來，蜿蜒亘中土。支分蘇門山，儼若孫侍祖。瞻彼安樂窩，白雲朝暮吐。理學開關閫，道演先天數。雅量如公和，高臺已榛莽。眼底司馬兒，寧與嵇阮伍。想其長嘯時，彷佛山水補。人傑地以靈，二子均千古。君兹者陳侯，丙辰余同譜。裹我游山糧，供我游山酤。仰視俯一切，兩腋集煙雨。歸卧百泉上，夕陽横前浦。

黎峝

南方風氣異，萬里無霜雪。祝融常司令，終歲皆炎熱。蠢爾峝中黎，其性與人別。下者爲巢居，上者爲營窟。四序不知年，但視月完缺。家家養黎鬼，事事必取决。男女無媒妁，踏歌水面媟。漁獵作生計，茹毛而飲血。居然混沌風，乃勢若吴越。種類日已繁，各自争雄傑。出入行以兵，刀箭總不輟。大峝連千家，小峝徧丘垤。余初尹兹土，朝夕心切切。入境方三日，親自履其穴。問俗識要領，若輩分優劣。椎牛以犒之，少長咸就列。約法申三章，感激聲嗚咽。

自是修職貢，俑匐赴官闕。熙然安耕鑿，遠近胥歡悦。何人專閫外，無端啓釁孽。質兵挾邀賞，
飽騰仍摘觖。九重亦震動，重臣代巡閱。下吏承風旨，五刑畢具設。二十九員官，一時陷縲紲。
余也僅守篆，理直冤立洩。微名幸瓦全，區區實不屑。抱薪而救火，禍亂終無歇。焉用此黎爲，
毋乃天不絶。

漢昭烈廟

漢室中微日，樓桑産異人。應符如白水，發蹟始黄巾。事業三分定，君臣一體親。至今逢伏臘，
父老薦青蘋。

送衛郎中出守龍安

五馬雙龍郡，三秋萬里期。猿聲悲鼓角，鳥道肅旌旗。地識鑾姬井，人留漢相祠。政成來報最，
一卷錦官詩。

題左氏園

下馬成孤往，蘿陰逕轉疏。愁經寒食後，懶對落花初。古樹宜幽鳥，春光眷敝廬。主人常謝客，
安坐賦閒居。

夜感

其一

夜刻長於晝，蕭然一敝廬。自吟殘月下，相伴短檠餘。家計貧逾懶，人情老漸疏。寒蛩多意緒，唧唧解愁予。

其二

寂寞誰相問，端居恥世情。文章今日賤，富貴古人輕。説鬼何妨妄，逃禪不愛名。頽然成獨醉，落月夜窗横。

早發固關

畫角驚殘夢，鷄鳴早度關。雲深埋古堞，木落響空山。絡繹哀泉瀉，嶙峋怪石頑。停鞭頻眺望，嶺外一僧還。

晉祠

其一

野殿秋風裏，荒庭落日過。猶存周俎豆，不改晉山河。古篆丹文杳，高原白壘多。年年桐葉在，感慨意如何？

其二

耳食訛壬癸，俗稱仁貴廟。到來天乙宫。溪毛經雨緑，石髮入秋紅。竹鎖平橋外，泉鳴亂石中。勞勞名利客，誰得傲漁翁？

自東流挽舟上建德

道出東流下，輕帆帶雨過。水從吴地轉，山入楚天多。竹鼠藏深樹，江豚戲晚波。南方風景異，藉此慰蹉跎。

登宜春臺

高臺空萬象，縱目入氤氲。到寺羣峰合，環城一水分。僧餐岩畔雪，客卧閣中雲。最上真如境，低徊夕日曛。

自袁州陸行晚渡瀘溪

肩輿行且倦，落日轉驚心。怪木千章合，寒煙一月陰。溪聲喧野碓，露氣冷秋砧。野渡無人問，悽然思不禁。

春郊行

寧都糧逋九年，人鮮定志。丁卯冬，余來尹，兹時四郊多壘，蚤夜戢綏，漸知嚮化，徧歷田間，聊仿古人勸相之意，悵然有作。

其一

孤嶂懸天半，亂流喧地中。荒屯餘鳥蹟，古道闢蠶叢。始信封疆異，還傷教化窮。誰云盤錯利，蹇蹇愧臣躬。

其二

戰壘今仍在，瘡痍未起時。民窮情益險，吏雜政多歧。夜雨三更夢，秋江一卷詩。小臣心萬里，何以報君知。

其三

路轉驚峰斷，環溪架小橋。燈明知夜市，木落見山寮。水旱交相迫，流亡半未招。斯民憔悴甚，風雨漫飄摇。

余解組數月，暮春復自贛返寧，苦雨，次大洲塘，舊父老齎鷄酒來迎，漫成

霽景開梅水，孤帆野色縣。方愁雲蔽日，忽喜月當天。故老三春酒，前官半夜船。杜鵑啼不歇，危坐意悠然。

登岸

犬吠孤村近，人煙障幾重。斜門三面水，古屋萬年松。苦菜當春種，香秔趁月舂。無庸驚小隊，我已遂歸農。

次石門

峭壁胡中斷，何年鑿此門。人傳楊僕壘，鬼哭吕嘉屯。海氣吞殘日，嵐光没遠村。篷窗聽戍鼓，永夜暗銷魂。

初入廣州

頓覺風光異，乾坤半水中。編氓科蜑户，履畝税鮫宫。木葉經年緑，山花入臘紅。一從歸漢土，聲教已全通。

行經越故宫

番禺山脚下，傳是尉佗宫。鹿逐秦封斷，龍飛漢使通。荒墟螢度火，古木鳥呼風。霸業今何在，空憐一世雄。

初莅陵水

其一

漫道來何暮，荒城一望愁。牆垣多豎木，官吏半乘牛。賦少增榔税，差煩逮女流。傷心諸父老，何事忍誅求。

其二

已歷山川險，還看物候殊。古牆生蛤蚧，官閣伴鼪鼯。落日元猿嘯，空城白鹿趨。炎威難就寢，兀坐話妻孥。

將去陵水

海上煙波當晝陰，酸風苦雨晚來侵。無多薄俸全蠲餉，不盡殘書久廢吟。官佃歲輸椰子酒，野人時供翠毛禽。諸賢漫比萊蕪令，家世清貧本素心。

馬子驤

子驤，字右白，靈壽人。康熙十七年舉人，官江西樂平縣知縣。有《午夢堂詩稿》一卷。

答悅生舅

薄宦來瀛海，鄉思夢轉頻。青氈羞故我，白髮懶迎人。離況情逾切，郵書話倍真。殷勤將遠意，猶念阿甥貧。

春暮

昨夜輕黃上柳枝，東風吹出一絲絲。明知春色留難住，不解流鶯恰怨誰。

征人曲

日暮邊城畫角哀，千羣鐵騎獵初回。遼陽不是衡陽郡，一紙曾無雁寄來。

黄之棠

之棠，字坤五，元城人。康熙十七年舉人，官奉天錦州府教授。

懷家兄客五狼

颯颯秋風凉，飄飄吹我衣。所思在海隅，惆悵別經時。千里遠爲客，地僻音信稀。憶爾羈旅單，又恐所願違。仰視河漢改，君今歸未歸。

泗州山亭

危磴牽蘿薜，孤亭面水雲。花飛千嶂暮，山豁衆流分。吴楚同襟帶，江淮下織紋。浮圖抽矢處，不見賀蘭軍。

游靈巖

雨後靈巖路，霜楓落馬蹄。峰迴山寺近，樹接野天低。孤塔横雲斷，層巒割霧齊。坐看江色暮，亂木鳥争栖。

過舊城

古木亂啼鴉，荒村落杏花。沿牆野老在，猶説舊繁華。

申頲

頲，字敬立，永年人，涵焜子。康熙十七年副貢生。有《耐俗軒詩集》三卷。《四庫全書提要》：《耐俗軒集》三卷，申頲撰，頲明太僕寺丞佳允之孫，涵光之姪也。涵光所著《聽山集》，以杜甫爲宗，頲詩則惟作古體，無近體，古體又皆五言，無七言，大抵源出阮籍《詠懷》、陳子昂、張九齡《感遇》，多託意寓言之作。而其運思取徑，又出入於黄庭堅、蘇軾之間，頗爲拔俗。然其間或有縱筆，一往傷於快縱者，或有故以波峭取姿，掩抑示意，傷於纖佻者，或有太涉理語，傷於實相者，瑕瑜互見，尚未能一一超詣也。《永年縣志》：頲博學能詩，疏宕有奇氣，兼工書畫。郡事利弊知最悉，守令多諮以行。喜獎勵後進，於人談忠孝節義事，竟日不倦。晚授唐縣教諭，不就。

郡隍芙蕖

吾永在畿南，僻小遠衝衢。雖無多名勝，水花近可娱。滏水西南來，引注城東隅。古名爲老灘，瀰漫儼太湖。由灘四分布，繚繞匯城渠。渠闊十二丈，周環十里餘。垂楊夾岸濃，桃李相扶疏。春雨添緑波，紫筍折新蘆。夏秋芙渠開，爛漫錦霞鋪。隔城聞馥郁，出城踐香蒲。沿渠步細堰，一綫徑盤紆。回合城門橋，車馬香中趨。蒼蒼曠無際，蒹葭滿郊郛。水鳥不避人，飛鳴繞衣裾。行行聞鷄犬，依依負郭居。網曬日氣腥，菱芡侵比閭。砧喧浣女伴，孳生鵝鴨雛。團團水雲中，風光四面俱。南臨準提庵，敞豁好規模。西郭桃花館，笙歌羅艷姝。迤邐北城陰，臺閣枕空虛。詩題滿素壁，蟬聯過高車。桔槔數畝園，逸人東郭廬。曲折游難徧，選勝各分徒。帘亭隨處有，壺乾酒易沽。徙倚拂花露，碧筒代杯盂。探泥起雪藕，引鈎上金魚。漠漠長林外，大堤雲模糊。圍抱如崇岡，歷歷辨村墟。遥眺遠山嵐，明滅時有無。風迴荷氣遠，日落溪光殊。霧靄擁城起，投栖鳥亂呼。朦朧見戍樓，殘霞耀鉛朱。恍如滄海上，蜃氣幻須臾。暝色扶醉歸，惆悵隔闉闍。

稻浦

永年水有三，滏洺及衡漳。洺水旱易涸，山雨輒汪洋。漳水不受渠，遷徙難隄防。高岸匯成谷，深谷壅成岡。二水所經行，百里累租糧。仁哉此滏水，安流順橋梁。發源神麕山，達漕助運航。來往通舟楫，貿易便農商。網釣魚蝦肥，利用蘆蒲長。隔堤引流入，周環衛城隍。餘分溉稻蒲，水聲百頃涼。芊芊秧稻齊，風動碧浪浪。芰荷相雜生，逐處散芬芳。浸潤夏秋間，亢旱不爲殃。煙中聞欸乃，近人鷗鷺翔。曲折踏清泥，衣履沐幽光。日照林霧開，鷄犬鳴村莊。門各横板橋，浣女間垂楊。迤邐雲中秀，宛在江南鄉。夙聞滏兩岸，斥鹵乏耕桑。維明嘉靖中，高侯始開荒。侯，名汝行，字修古，太原人。建牐隨地勢，指掌勞畫疆。遂令不毛地，永爲魚米場。霞散紅魚美，匙翻玉粒香。鄰封相則傚，創始推循良。乃知賢郡守，不獨善一方。里人嚴祠廟，紀德滏水旁。至今秋菰熟，未薦不敢嘗。水流日湯湯，厥功何時忘。

龍潭

聞昔有鳥龍，鼓怒撼城闕。洪流忽歸斂，平原深陷窟。郡郭盤高堤，至今愁衝決。靈怪耽奇險，攢聚争倏忽。跳沫積昏晦，煙中聞叱咄。波瀾黑的皪，簸蕩驚突兀。浴日毒霧黄，飛鳥不能越。魚鼈傲天頑，羣嬉任出没。非無網與罟，不敢輕唐突。亢旱井泉枯，終不減浩浡。昔傳異人言，有源通溟渤。往往陰雲天，雷雨此中發。急電閃驚濤，鱗爪辨恍惚。一氣引鴻濛，坤維宣鬱勃。頽岸林木偃，流汗草徑滑。或見夜深時，龍女出弄月。清風繞翠羽，霜華爛黄鉞。怪誕駭鄉愚，建廟修誠謁。泥偶森雜亂，猙獰露筋骨。對之白晝寒，悚惕動毫髮。歲時走士庶，報賽陳肥腯。徒命快陰欲，潛肆鯨魚齕。血食不作福，水旱猶倉猝。富者無倉箱，貧者乏糠麧。不悟是非宜，但咎誠未竭。我無神禹鎖，羣疑安可伐。

毛遂冢

毛公爽豁士，所向無危疑。奇才不在衆，得一足以威。汎愛失斯人，變起空嚋咨。公若不自薦，養士徒爾爲。自薦豈忘慚，功名貴乘時。可憐録録者，空隨秋草萎。公名留天壤，公冢長在兹。長堤繞西南，其北面城池。其東車馬道，其中長蒿藜。蘆荻煙冥冥，古木叫梟鴟。至今來英風，沙聲颯沓吹。逝者不可作，憑弔想威儀。不信脱穎後，更無再見奇。得非史遺失，千載誰能追。長歎苦莫伸，頻爲澆酒卮。昨走邯鄲中，曾謁平原祠。相如及李牧，亦尚有墳基。精靈儼未散，煙靄回霜曦。幽顯理雖隔，誠感若可期。我欲邀公魂，共往結心知。聰山青不改，漳水流如斯。誰謂燕趙間，今乏英雄姿。獨立荆榛久，四顧心傷悲。

感物

其一

深山有奇樹，獨立山之岡。堅質如金玉，黛色參天長。工師求大木，常材充棟梁。幸以託根遠，不爲斧斤傷。孤貞默自抱，恐懼聲譽彰。君看用而毁，孰與不用藏。

其二

幽蘭自在山，清荷自在水。遥遥不相親，芳潔有同美。蘭雜蔓草中，荷出菰蒲裏。秉志願孤生，臭味安可擬。所以君子朋，心期在千里。

其三

鏡明必借日，非能自爲明。引對暗室中，安能鑑已形。大智不師心，先民有遺程。君看梓匠巧，寸寸依準繩。

其四

種菜不種花，鋤莠惡妨苗。如何貴無用，伐桃接碧桃。碧桃花不實，桃實花復饒。棄茲花實茂，無乃情事淆。人巧屈天工，顛倒聽所遭。遂移碩果力，助彼花色嬌。精實滿根株，空逐春風消。惆悵舊年時，垂實已滿條。

其五

良驥逸草間，雄視輕九州。長年不一嘶，抱德日悠悠。伯樂遇之喜，收養待人求。求者笑相謂，聲價高難酬。驅策供力役，不及駑駘優。吁嗟勿復言，天胡生驊騮。

紀殷仲洪事四十韻

鷄澤有諸生，殷淵字仲洪。其父鎮興安，是爲大陸公。諱太白，號大陸，關南道副使，鎮興安州。竟戰守兼惠養，頗足慰兵凶。嗣昌出視師，剥削以自豐。三日軍無食，羣怒集貪庸。借公滅衆口，以軍法從。淵乃大悲憤，叩閽瀆宸聰。帝怒撓軍機，欲誅憐幼冲。赦歸益自憤，誓洞仇人胸。乃與其兄岳，晦蹟混樵農。乃聞嗣昌死，瞋目呼蒼穹。賊不膏吾刃，没齒恨難終。淵力猛如虎，淵才矯如龍。痛父復懷國，恨世無英雄。破産集義勇，移檄會諸戎。當時稱大帥，蟒玉荷恩隆。養賊以自固，愚怯羞兒童。遂使失天險，長驅太行東。腥風徧畿輔，千里煙氛紅。聞有鼎湖泣，奮袂思遺弓。揮岳將母去，避亂獅子峰。淵乃倡大義，哭廟會黌宫。遂此擒僞官，闖賊所設官。鼓進討元兇。有犬突牽衣，長嚎淒以恫。淵時心亦動，衆志何悤悤。是時肘腋間，咸與賊衆通。當淵哭廟時，賊騎已環攻。從人皆奔散，隻身攖其鋒。雙鍔縱莫當，斬刈如蒿蓬。苦戰無聲援，圍合復數重。仰呼天亡我，誰收再造功。身被十餘創，日昏歎力窮。遂爲賊所攫，棄尸泮池中。犬乃逐烏鳶，僵死衛其躬。亂定收遺骸，兼爲義犬封。余每聞岳言，慷慨仰英風。求死孝不得，乃竟死以忠。捐軀在布衣，姓字誰見崇。美新徒有揚，長樂徒有馮。請看義士犬，能不慙儀容。

把酒

把酒當秋夜，浩然天地清。清流映遥月，白氣横柴荆。月有萬古色，水有萬古聲。聲色兩無猜，往往相逢迎。我醉正忘言，宜與水月盟。

箕亭坐月

月滿沙溪白，流光摇竹樹。遥遥晚鐘鳴，聲落幽吟處。尚有耦耕人，煙中聞笑語。

初冬過胡逐谷先生

三月不過君，恍如隔三歲。扣門手自開，延入門還閉。木葉黄未脱，簷鳥鳴初霽。君齒何時豁，握手驚欲涕。薄俗失英賢，蹭蹬成衰敝。入山苦未能，豈免塵緣繫？新穀獲幾何，長孫就傅未。饘粥尚不充，逋負償何計？老境雖日艱，新詩法愈細。伏几兩悠然，茶煙霏竹際。

雨後登郡城南樓

端居忽不樂，起登南城樓。高敞縱人志，恍欲淩虛游。是時雨初晴，萬象舍清幽。雲日互出沒，雷聲轉遥丘。濕田滿霽色，蒸氣如煙流。此中清泰久，城郭居人周。開窗萬户入，市聲喧不休。獨立四眺望，望盡無朋儔。天風吹我襟，穆然如高秋。浩蕩忽興感，黄粱事有不。高呼馬服君，明滅山峰稠。趙奢冢在紫山頂，故又名馬服山。侘傺欄干熱，抗懷延冥搜。窈窕長堤外，溪光樹杪浮。指顧毛遂冢，縱横亂禾疇。惜哉君自薦，足爲好事羞。脱穎聊一試，壯懷豈盡酬。重泉不可作，風俗日渝媮。回薄有餘恨，英魂激暮秋愁。念茲千載人，頗盡身世由。俯仰忘機括，極目天悠悠。

漫書

其一

漫矜日月長，我生漸有鬚。雖乏爵禄榮，讀書守我儒。禮義化家室，即事良多娱。蘇秦誠鄙夫，黄金驕妻孥。

其二

名位非不榮，有如枝上花。艷盛難久長，徒增衰落嗟。至道山嶽尊，不爲榮瘁涯。苟抱斯文志，何暇競世譁。

小園社集限偕字

幽居頗自適，况與君輩偕。有時各歸家，旦夕亦苦乖。閒暇輒相聚，共欣小園佳。繞籬竹樹稠，好鳥鳴空階。飲饌隨時具，科跣共一齋。翻書析疑義，談論間詼諧。貧賤何足言，丈夫事無涯。莫論老與少，但須同好壞。肉食古所鄙，名高爲衆排。獨此疏散意，可以善形骸。

遺意

其一

古禮辨親疏，人情分族類。有過當面責，何忍恣背議。伏自念愆尤，徘徊昧所致。魑魅生几席，豈余能周備。怪君不聽察，徒快流俗忌。區區欲自明，翻恐遭詬誶。親朋雖滿座，蹲沓各自媚。誰肯施一言，爲我展情義。丈夫有本懷，非敢矯厓異。守己雖見憎，神明庶無愧。瓶罄罍之恥，本剥葉安寄。賢聖於尊卑，常使有餘地。中心苟乖離，面目亦覺僞。訑訑而笑語，智者爲憂惴。

其二

抱膝望天地，豁達長風吹。忘情任幽獨，甘與世參差。感君拳拳意，把臂訂心期。量力効微勤，籌畫竭愚思。君方誓管鮑，貧乏仰余資。謂可相終始，痌瘝不相欺。漸看君意別，索寞異曩時。我自種黍稷，君乃種蒺藜。蒺藜在君懷，犁鋤安能施。低回揀書篋，强半唱和詩。念此前日好，未忍即乖離。吐心在君掌，有何不可窺。掌覆自背君，展轉成猜疑。雙鍔雌雄龍，報恩知何誰？所以英雄人，必俟英雄知。

與賈允叶

數日閱君詩，思君不及訪。昨聞君枉顧，又值我他往。久晴冬氣温，盆梅緑蕚長。纍纍金橘垂，鮮香散書幌。煮酒遲君來，必有新詩奬。君來勿復遲，君去須月上。相去咫尺間，胡爲勞夢想。

冬日西巖

嚴冬天地閉，收穫報登倉。偶乘風日霽，過我西巖莊。牛毛寒蒙茸，舐犢卧斜陽。開門殘雪在，瓦雀翔空堂。園人速掃除，熾薪温我裳。展席呼其兒，奔走供壺觴。雖非狼戾年，里閭慶小康。敲冰出鮮鯉，晚炊薦黄粱。獨酌易成醉，畏冷懶登牀。隔籬招鄰叟，依依話夜長。虚牖通前溪，寒犬吠燈光。始知疏散意，所遇成羲皇。

哀流民

朔風吹枯蓬，數里聞號呼。行行見流民，狼狽紛路衢。面上多塵土，身上無完襦。逢人跪告訴，欲語淚連珠。豈不懷鄉土，恐懼急徵輸。頻年遭旱魃，原野盡焦枯。即欲鬻男女，無人能養奴。盜賊食生人，官司笞瘦膚。性命無由保，何暇念田廬。棄絶祖父墳，扶持兼妻孥。所過州與縣，貧苦略無殊。年荒禁令嚴，不許入城郛。白日食草根，黑夜卧榛蕪。老稚不耐苦，沿途死溝渠。到此十餘一，充腸半粟無。自然死不免，或可緩斯須。言久氣力絶，伏地但欷歔。令我摧肺肝，欲去更躊躕。所愧書生囊，能得幾青蚨。人各給數文，聊爲一食需。食已還復饑，更將之何都。樂土知無地，流離徒崎嶇。不見吾鄉民，亦多遠逃逋。聖人握至治，備荒足倉儲。賑濟行天仁，詔下萬彙蘇。請爲歌帝德，相勸返鄉閭。

中秋宴集贈路廷彦

中秋良宴會，爲歡亦多方。何爲烈士心，惻惻恒感傷。起視星漢微，皎然月舒光。低回攜君手，有酒不能觴。去日日已多，來日日正長。及時崇令德，無遺鬢毛蒼。古人勸秉燭，何如戒太康。

鄭惟孜

惟孜，字修來，號韋庵，南宫人。康熙十八年進士，歷官江南道御史。

孫勷《鄭公墓志》：君年三十舉於鄉，己未登第，壬戌授行人，辛未擢御史，壬申試倅江西道巡視中城，癸酉以稱職實授，甲戌復巡南城，乙亥補江南道御史，以霸州、文安諸州縣逼處河干，頻罹水患，疏請所以善其隄防者，詞甚切。至丙子監試鄉闈，辛巳九月以例外轉，庚寅歸居隰圃蒔花藝蔬，時課子弟，以終老焉。君三入臺班，疏凡十餘上，多關時事之大者，而論科場尤切。

舌敝吟

昔人幸舌存，吾舌固仍在。不如顔常山，割之以爲快。舌去英名成，舌在形骸壞。崛强不措詞，焉用此一塊。親知來相視，無言謹再拜。能不激中懷，日夕增感慨。忽念邁古稀，身事同沉瀣。百竅都無虞，四肢咸足賴。形神一朝盡，事定棺即蓋。誰知有舌無，默默以相待。

灝兒作詩二首以慰，即用其韻示之

其一

薪餘猶有燼，妄意可重然。今乃收絲轡，爾其擕槖饘。鬚髯無復染，牙齒幸俱全。歸去從吾好，鄉關夢正牽。

其二

兒輩抱孫久，胡爲尚認真。熱中悲昔聖，貪得笑時人。還結農夫伴，休逢醉尉嗔。所防有顛躓，藜杖護吾身。

留别賈藴冲

其一

此生秖合老煙霞，忽欲摩空效暮鴉。野鳥徒縈三匝樹，上林難託一枝花。傾陽未改區區志，遵路還驅去去車。西過故人須握手，南尋荒徑待鋤瓜。

其二

武林煙景分難游，半載京華笑滯留。不向房山看紅葉，却羈燕市負清秋。先生雨化帷前士，賤子盟尋海上鷗。待得蒸蒸風一變，還探談社舊時籌。

劉果實

果實，字師退，號提因，滄州人，慶藻子。康熙十八年進士，官翰林院編修。

《天津府志》：果實讀書，一過成誦。十三補諸生，十七舉於鄉，二十一成進士。性孝友，父歿，遺産盡讓於兄。妻亡不再娶，每曰：『夫死改適，爲喪節，妻亡再娶，獨非失義耶？』

趙執信《懷舊詩序》：滄州劉果實提因與余同康熙己未榜，長余四歲。其於世味了無繫戀，三十喪妻，竟不娶。詩文恢詭雄辯，菲薄迂儒不可以法度求之。

秋日城西訪友

葡萄熟後已無瓜，楊柳蕭疏村徑斜。一樹當窗門静掩，豆花紅處是君家。

閻中寬

中寬，字公度，號易庵，蠡縣人。康熙十八年進士，官户部郎中。

李塨《序》：公度博極典墳，發爲歌詠，皆有法度。

此夜

此夜偶然静，敲冰煮沸湯。疏鐘催月上，獨坐覺更長。屋窄風無力，情恬病不妨。比來憑一懶，身世得相忘。

任丘早行

爲逐征人兵曉行，驅車和月過虞城。貼雲飛雁千聲下，入水殘星幾點明。遠寺鐘聲平野度，荒村煙影隔林横。近來道上風霜冷，對此蕭蕭百感生。

楊雍

雍，字西涇，寶坻人。康熙十八年進士，官翰林院檢討。

《寶坻縣志》：西涇學術深醇，康熙壬子冠京兆試，從顧亭林受《左氏春秋》，經學益邃。己未成進士，改庶吉士，授檢討，與修會典。恪勤厥職，廷試詞臣，雍詩稱旨。生平不附權貴，家無餘貲，蕭然自樂。卒之日，幾不能殮，人尤重其清操。

趙執信《楊君行狀》：君先世居沙漠，以軍功世襲指揮千户，因戍寶坻，遂家焉。君穎異，八歲能文章，十一歲應童子試，輒冠其曹，補博士弟子。壬子秋，領鄉薦，年二十四。京兆人文之盛，莫如是年，而君爲解頭，名大噪。己未成進士，授庶吉士，讀秘書。君資既絶人，誦讀蚤夜不輟，又以其餘汎濫辭賦，切磋朋友。辛酉授檢討。甲子夏，朝廷以會典未成，開館纂修，君分纂工部，案積如山，窮力爲之，凝寒盛暑，披閲不倦，以勞卒。家貧好客，又孤介，不肯干求，日以困。予昨往視疾，造其室，荻簾土銼，布被不覆身，嗚呼悲哉！

贈淑莘先生

鄒魯言旋興轉豪，感君白雪勝綈袍。氣呈異彩凝奎宿，文砥中流挽鉅濤。隔面每虞生鄙吝，醉心常似飲醇醪。相知莫讀靈均賦，自有秋風散鬱陶。